象 语 者

［南非］劳伦斯·安东尼　　［英］格雷厄姆·斯彭斯　著

邬明晶　张　宇　译

GUANGXI NORMAL UNIVERSITY PRESS

广西师范大学出版社

·桂林·

象语者
XIANG YU ZHE

著作权合同登记号桂图登字：20-2019-131 号

图书在版编目（CIP）数据

象语者 / （南非）劳伦斯·安东尼，（英）格雷厄姆·斯
彭斯著；邬明晶，张宇译. —桂林：广西师范大学出版社，
2020.7
　书名原文: THE ELEPHANT WHISPERER
　ISBN 978-7-5495-8817-6

Ⅰ. ①象⋯ Ⅱ. ①劳⋯②格⋯③邬⋯④张⋯ Ⅲ. ①纪实
文学－南非－现代②纪实文学－英国－现代 Ⅳ. ①I470.55②I561.55

中国版本图书馆 CIP 数据核字（2020）第 086329 号

广西师范大学出版社出版发行

（广西桂林市五里店路 9 号　　邮政编码：541004）
　网址：http://www.bbtpress.com
出版人：黄轩庄
全国新华书店经销
北京博海升彩色印刷有限公司印刷
（北京市通州区中关村科技园通州园金桥科技产业基地环宇路 6 号
邮政编码：100076）
开本：889 mm × 1 194 mm　　1/32
印张：14.25　　　插页：8　　　字数：283 千
2020 年 7 月第 1 版　　2020 年 7 月第 1 次印刷
印数：00 001~10 000 册　　定价：69.80 元

如发现印装质量问题，影响阅读，请与出版社发行部门联系调换。

前　言

　　之所以同意翻译《象语者》，是因为我觉得自己就是一头野象。

　　拿到这本书的时候，我刚刚走出自己的阴暗时光。就像小说里描述的那样，因为我遇到了"贵人"，于是可以逃离自己不喜欢的生活。在欣赏、理解我们的人眼中，舒展天性是自然而然的事情。但在那些意于掌控我们的人眼中，流露天性是一种大逆不道的抗争。

　　对于这一群大象而言，食野而生是一种天性。所以，它们会冲破一切束缚，打破一切桎梏，亲近自然、追逐自由。但是，这种对天性的拥抱并不能得到所有人的理解。一旦以"听话"为标准，所有热情洋溢的释放都成了麻烦。万幸的是，它们遇到了作者——一个理解自由的人，一个可以与自然对话的人，一个有耐心、有爱心去接纳天性的人。

　　《象语者》的魅力在于它向我们展示了沟通的魔力。在人与动物之间，非洲的大草原上演绎着无比美好的故事。但这些美好全都建立于理解的纽带之上，在众人眼中的麻烦制造者，在作者的眼中却展现了领袖式的威严、军旅般的秩序，以及大象特有的坚忍与淡定。这一切的呈现，都源于跨越物种的理解。正是以这种理解为前提，作者带我们见识了原野上生命的神奇。象群中亲缘与地位的关系，大象们神秘的感知能力，还有它们对于不完美的生命（无论是衰老还是新生）的坦然接受……作者用他多年与象相处的经历，为我们描绘出别具一格的生命传奇。在他的眼中，每一头大象都活出了个性，活出了优雅，活出了自我。他的讲述，打破了物种与地域的界限，也打破了我们"万物之灵"的心防，使我们在赞赏动物的良善与聪慧时，直面人类的自以为是和蠢钝至极。

当我们越来越被这些具有魔力的生物所吸引时，便会越来越感念作者的讲述。作为"象语者"势必会经历难以想象的艰辛，这需要超常的热情与毅力，作者所经历的一切对我们而言，都具有超凡的启迪意义。我想，这既是我接受翻译《象语者》的原因，也是本书的魅力所在。

《象语者》就像摆在我们面前的一道人生思考题。它让我们发现不同，感受相似，学会宽容，接受挑战。它也像一本人生指南，让我们在周而复始的喧嚣或平淡中审视自己对生命的理解，对动物的感情。

我喜欢这本书，因为我曾是一头莽撞的野象。译完这本书，我希望自己成为那个欣赏天性的人。

张宇

2015 年 5 月 24 日

序 言

1999 年，有人让我把一群困境中的野生大象接收到我的野生动物保护区。我当时对自己将要面对怎样的奇遇，经历怎样的冒险，都一无所知，完全没想到这将是多么具有挑战的事情，也不知道我的人生将会因此变得多么充实。

这种冒险一直都是身心双重的体验。就自身经历而言，随着深入地阅读本书，你能体会到什么是"言必信，行必果"。说到精神层面的意义，这些地球上的庞然大物把我深深地带入它们的世界。

要知道，这本书的书名说的不是我，而是大象，因为就是它们对着我低语，并且教会了我如何倾听。

书中所写的纯粹是个人体验。我不是科学家，只是个自然环境保护者。因此，当我描写自己和大象如何互动时，完全是个人经历的真实诉说。这里没有实验室的测试，但是在我和象群相处的漫长而又艰辛的岁月里，通过不断摸索，我弄清楚了什么是最适合我们的交流方式。

我不仅仅是个自然环境保护者，而且还是个非常幸运的人，因为我拥有一个叫作"苏拉苏拉"的自然保护区。保护区位于南非祖鲁兰腹地，是一片五千英亩的原始灌木林。那里曾经是大象自由漫步的乐园，但只是曾经而已。现在，很多乡下的祖鲁人都没有见过大象，而我的大象则是一个多世纪以来被放入本地区自然栖息地的第一批野生大象。

　　苏拉苏拉是祖鲁兰当地众多野生动物的自然家园。那里不仅有不甚知名的捕食性动物，如猞猁和山猫，而且还有好望角野牛、豹子、长颈鹿、斑马、鳄鱼、土狼、威严的白犀牛，以及很多种羚羊。我们曾经见过像卡车一样长的蟒蛇，我们也可能拥有本省最大的白背秃鹰繁殖种群。

　　当然了，我们还有大象。

　　正如你们将要读到的那样，这些大象意外地来到我们面前。现在，我已无法想象没有它们的生活会是什么样子，而且我也不希望过那样的生活。

　　要想弄明白它们是如何教给我那么多道理的，你就得首先懂得，在动物王国里，沟通与交流就像微风拂面一样自然。然而最初，那些人类强加到自己身上的局限与不足却阻碍了我的理解。

　　在喧闹的城市里，我们往往遗忘了祖先们凭借本能便知晓的一些事情——大自然是活生生的，所有生灵都该倾听并且回应它的低语。

　　我们也必须明白，有些事情是我们无法理解的。大象具有的特质和能力完全超越了科学手段可以破译的范畴。大象虽然不会修理电脑，但是，通过有形的或无形的方式，它们的确能够交流，这足以让比尔·盖茨目瞪口呆。在一些重要领域，它们甚至将我们甩在了身后。

在整个动植物王国，无法解释的事情比比皆是。在那里，如果你看到周遭发生的事情，然后就断定这是事物的本来面目，那么，你往往就大错特错了，因为真相往往不是表面这样。

比如说，每一个保护区管理员都会告诉你，假如你决定把犀牛赶到其他的保护区，那么第二天，当你出去驱赶犀牛的时候，就会发现周围竟然连一头犀牛都没有了，而前一天，你还看到那里到处都是它们的身影。不知为什么，犀牛能够感觉到你要驱赶它们，然后它们自己就莫名其妙地消失了。下一周，当你只想把野牛赶到别处去的时候，那些你曾经找不到的犀牛却又出现在你的身边，平静地瞧着你。

多年前，我观察过一个猎人跟踪猎物的过程。他的狩猎许可证只允许他射杀黑斑羚"单身汉"群体中的公羚羊❶，而那天他碰到的却都是要与繁殖期母黑斑羚交配的公羚羊。更让人难以置信的是，这些不能射杀的种黑斑羚若无其事地站在猎枪的射程内，满不在乎地看着他，而远处的黑斑羚"单身汉们"却为了保命在奋力地奔跑。

为什么会这样呢？我们谁也不知道。那些缺少浪漫思维的

---

❶ 黑斑羚的家庭是留雌性不留雄性，雄黑斑羚往往在八个月大时就被赶出家庭。被赶出群体的年轻公羚羊，以及一些挑战失利者，会组成一个临时的"单身汉"群体，养精蓄锐，等待时机向首领公羚羊再次发起挑战。

保护区护林员会说这就是墨菲定律❶——会出错的事总会出错。当你想要射杀或者驱赶某种动物的时候，它们从来都不会出现在你的周围。而其他人，比如我，却不那么肯定这个墨菲定律。我认为这其中也许蕴含着更多的神秘气息吧，也许信息就飘荡在风中。

我非常熟悉的一位充满智慧的祖鲁老猎人，他也认可我的这个不那么僵化的观点。作为一位有着丰富阅历的丛林人，他告诉我，每当村子附近的猴子厚着脸皮来偷食物，或者吓唬、撕咬孩子的时候，村里人就决定射杀一只猴子，以便吓跑猴群。

"但是，那些猴子太聪明了，"他一边说，一边轻敲着自己的太阳穴，"我们一决定去拿枪，它们就消失不见了。我们现在甚至都记住了不能大声说出'猴子'或'枪'这样的字眼儿，因为那样的话，猴子们就不会从森林里出来了。每当危险来临的时候，它们不用耳朵就能听得到。"

事实就是这样！而且更令人惊讶的是，这甚至都跨越到了植物身上。苏拉苏拉保护区为客人准备的小旅店距离我家两英里❷远，房子周围是生长了几百年的金合欢树和阔叶树树丛。

在这儿，就在这片古老的树林里，当羚羊和长颈鹿吃金合欢树树叶的时候，树木马上就知道自己受到了攻击，于是，快速地向树叶中注入使其尝起来味道很苦的单宁酸。随后，树木

---

❶ 墨菲定律（Murphy's Law）是一种心理学效应，是由爱德华·墨菲(Ed-ward A. Murphy)提出的。其主要内容是：任何事都没有表面看起来那么简单；所有的事都会比你预计的时间长；会出错的事总会出错；如果你担心某种情况发生，那么它就更有可能发生。

❷ 1英里 ≈ 1.6093公里。

向空气中释放出一种气味。这是一种信息素，警告周围其他的金合欢树潜在的危险。这些邻近的树木接收到警告后，马上开始生成单宁酸，以应对可预见的攻击。

既然树没有大脑或者中枢神经系统，那究竟是什么做出的这些复杂决定呢？或者更恰当地说，为什么？为什么一棵看起来没有感觉的树能够关注周围其他树木的安危，并且不厌其烦地去保护它们的安全？既然没有大脑，它又是如何知道自己有家人或者邻居要去保护呢？

在显微镜下，活的机体就是一些混在一起的化学物质和矿物质。但是，显微镜看不到的又是什么呢？那种生命力，那个至关重要的成分——在金合欢树和大象身上都存在的东西——它可以被量化吗？

我的象群向我证明，它是可以被量化的。那种精神上的善解人意和慷慨大度就活生生地、好端端地存在于这个大象王国里。大象是有情绪、有爱心、有高度智慧的动物，而且它们很珍视与人类之间的良好关系。

这就是它们的故事。它们教导我，在我们共同追求幸福与生存的道路上，所有的生命形式对彼此而言都是非常重要的。生命不仅仅关乎你自己、你的家庭、你的同类，它还蕴含更丰富、更深刻的内容……

目 录

第一章 _____001

第二章 _____010

第三章 _____023

第四章 _____032

第五章 _____050

第六章 _____061

第七章 _____078

第八章 _____084

第九章 _____090

第十章 _____101

第十一章 _____111

第十二章 _____123

第十三章 _____130

第十四章 _____137

第十五章 _____145

第十六章 _____155

第十七章 _____164

第十八章 _____172

第十九章 _____179

第二十章 _____188

第二十一章 _____202

第二十二章 _____217

第二十三章 _____228

第二十四章 _____242

第二十五章 _____260

第二十六章 _____270

第二十七章 _____277

第二十八章 _____290

第二十九章 _____299

第三十章 ———— 313

第三十一章 ———— 322

第三十二章 ———— 337

第三十三章 ———— 347

第三十四章 ———— 355

第三十五章 ———— 366

第三十六章 ———— 377

第三十七章 ———— 389

第三十八章 ———— 397

第三十九章 ———— 402

第四十章 ———— 414

第四十一章 ———— 419

第四十二章 ———— 428

后　记 ———— 436

第一章

从远处听起来，步枪射击时的炸响就像柴火堆中一根巨大的木棍发出的爆裂声。

我从椅子上跳起来，竖起耳朵听，像我们这样的保护区管理者对这样的声音是非常敏感的。随后传来一串枪声——哒哒哒，哒哒哒，枪声惊得鸟群嘎嘎地叫着蹿到空中，暗红的夕阳衬托出它们惶恐的身影。

是偷猎者！他们就在保护区西面边界那里。

我的护林员戴维早已经冲到那辆 1962 年产的性能可靠的老路虎车旁，我抓起一支手枪跟了过去，跳到驾驶座位上。马克斯，我的那只斯塔福德郡斑点斗牛犬硬挤到我和戴维的座位中间。它太兴奋了，可不想被落在后面。

我赶紧将车打着火，把油门一脚踩到底儿。同时，戴维抓起了双向对讲机。

"库斯！"他咆哮着，"库斯，你听到了吗？完毕！"

几秒钟的沉寂后，对讲机终于又刺耳地响了起来。

"嘿，戴维，我是吉娜。库斯现在不在家。完毕。"

"告诉他回来后马上跟我联系。情况紧急。"

"好的。完毕。"

库斯是我的反偷猎部门的负责人，一个非常彪悍的阿非利卡人❶。在枪战的时候，他绝对是身边靠得住的人。吉娜是他的妻子，一位同样坚强勇敢的女性。

自从我和未婚妻买下了苏拉苏拉这个位于祖鲁兰腹地的壮丽的保护区后，偷猎者就一直是我们挥之不去的梦魇。他们将目标对准我们已经有一年多了，我不清楚他们是谁，来自哪里。我经常和周围乡下的祖鲁部落头领谈论此事，他们坚称自己部落里面绝对没有人参与偷猎。我信任他们，我们的雇工多数是当地人，他们格外忠诚。这些混账偷猎者一定来自其他什么地方。

天色很快暗了下来。在接近西面围栏的时候，我放慢车速，关掉前灯，把车开到一个巨大的蚁丘后面。当我们缓缓地穿过一丛金合欢树的时候，戴维最先从车中跳了出去。他神经紧绷，手指紧张地扣着扳机，一边听，一边观察着四周的情况。对付这些偷猎者，我们选用的是装有粗大子弹的泵动式霰弹枪，因为在黑暗的丛林里，危险的人或物可能就近在咫尺，而我们却无法察觉。非洲所有的保护区工作者都知道，职业偷猎者往往会率先开枪打死对方。

---

❶ 阿非利卡人，又称布尔人，南非和纳米比亚的白人种族之一。其种族来源以 17 世纪至 19 世纪移居南非的荷兰移民和少量法国胡格诺教徒为主，还有德国人和弗拉芒人、瓦隆人的血统在内。操阿非利堪斯语（又称南非语），多信仰基督教新教加尔文教派。

距离围栏只有 50 码 ❶ 了。偷猎者喜欢让他们逃离的路线保持畅通。我用手臂向戴维做出了一个包抄动作的示意，他冲我点点头，完全领会了我的意图。他负责观察，我则匍匐着爬向围栏。如果跟他们交火，我们就可以切断他们的退路。

一股刺鼻的火药味弥漫在夜晚的空气中，周遭死一般沉寂。在非洲，除非是在枪击之后，否则丛林永不愿静默，知了也从不歇息。

沉寂了几分钟后，我意识到偷猎者们一定是采取了声东击西的策略。我们被骗了！我打开卤素灯，上上下下地检查着围栏。围栏上面没有缺口，这说明没有偷猎者闯进来过。戴维也打开了他的手电筒，寻找着动物带血的脚印或者其他蛛丝马迹。一般来说，如果动物被杀死并被拖走，都会留下这样的痕迹。

然而什么都没有发现，只有怪异的静寂。

由于保护区里面没有发现任何异常踪迹，我意识到，一定是有人在围栏外面开的枪。

"该死，我们被骗了。"

正说着，我们听到了更密集的枪声。尽管听不太清楚，但可以肯定，哒哒哒的枪声来自保护区的另一端。由于春雨中的土路比平日更泥泞一些，所以要开车过去至少需要四十五分钟。

我们又跳进了路虎车里，迅速飞也似的开往枪声再次传来的地方。但是我知道，一切都太晚了。我们太容易上当受骗了，而且也肯定抓不到他们了。他们会在我们抵达前，带着猎杀的一两只白斑羚离开保护区。白斑羚可是非洲最美的羚羊啊。

---

❶ 1 码 ≈ 0.9144 米。

我诅咒着自己的鲁莽。如果我不是盲目地猛追，而是派一些护林员去保护区的另一端，也许我们就能当场抓住这些偷猎者了。

　　但是这也证明了一件事情。我现在明白了，正像祖鲁部落首领们所说的那样，我的问题出现在内部。毫无疑问，保护区里有人在操纵着这一切。偷猎不是当地人的活计，偷猎也不是几个饥肠辘辘的部落人或者几条瘦巴巴的狗去猎食果腹，这是有组织的犯罪行径，而且主谋知晓我们的每一个举动。否则，他们怎么能如此精确地掌握我们的时间安排呢？

　　到达保护区东部边界的时候，天色已经漆黑，我们拿着手电筒巡视着现场。从现场留下的各种痕迹中能够看出这里发生了什么：两只白斑羚被高速猎枪射杀了。地上血迹斑斑的被压平的草丛告诉我们，偷猎者把白斑羚的尸体从这里拖到了围栏的缺口处，这个缺口是他们用手动栓式切割机随便割出来的。在围栏外面 10 码的地方，我们看到了一辆 4×4 越野车在烂泥中留下的车辙印，甚至还能看清轮胎的纹路。不过现在，这辆车应该已经在几公里开外了。偷猎者会把白斑羚卖给当地的肉贩子，肉贩子再把白斑羚的肉制成干肉条，这种肉条在整个非洲都是深受欢迎的美味佳肴。

　　我的手电筒突然照到了一块血淋淋的深灰色毛皮，它就挂在被割断的围栏铁丝上。看来被杀死的猎物中，至少有一只是公白斑羚，因为母白斑羚的毛皮是浅褐色的，背上还有窄窄的白色条纹。

　　我颤抖着，感到身心疲倦。苏拉苏拉以前是个狩猎场，后来我把它买了下来，并发誓在这里再无杀戮。在我的眼皮底下，谁也不能白白地杀死一只动物。当时我还没有意识到，要坚守这个誓言是多么艰难的事情啊。

我们垂头丧气地开着车回去。见到我们，弗朗索瓦丝端过来大杯浓浓的黑咖啡，这正是我此时最需要的。

我看着她，微笑着表达谢意。弗朗索瓦丝身材颀长，优雅端庄，法国范儿十足。她依然那么美丽，就像我十五年前第一眼见到她时的样子。那是伦敦的一个冰冷的早晨，当时她正在叫出租车。

"发生什么事了？"她问道。

"我们上当了。偷猎的一共是两伙人，一伙在西面最远的围栏那里开了几枪，然后紧盯着我们的路虎车车灯。我们刚一到那儿，另一伙人就在东端猎杀了两头白斑羚。"

我猛地喝了一大口咖啡，一屁股坐到椅子上。"这些人是有组织的，如果我们不小心谨慎的话，也许有人就会被杀掉。"

弗朗索瓦丝点点头。三天前，偷猎者就曾直接对着我们开火，子弹从我们的头顶上擦过。毫无疑问，那时他们想开枪杀死我们。

"明天最好把这件事情报告给警察。"她说。

我没有搭腔。想要让警察关注两只被杀死的羚羊，估计对形势也没有什么帮助。

对了，我们手中也许有张王牌呢。库斯，他曾经当过兵，或许他可以露两手。库斯曾为苏拉苏拉以前的主人效过力，而且主人对他非常满意。有一次，在丛林中，他一只手开着车，另一只手拿着一瓶烈性白兰地，对我说苏拉苏拉如此美丽，他想死后就葬在这里。被他这种高贵的柔情打动了，我在收购苏拉苏拉之后就把他留下来试用了。现在他和我们在一起已经一年了。

第二天早晨，我告诉库斯又有动物被杀死了。他气得暴跳如雷，并且轻责我为什么当时没有给他打电话。我说当时打了，但是他妻子说他不在家。

"噢……呀，对不起，安东尼。我昨晚去希顿威尔酒吧喝了几杯，现在还觉得有点儿迷糊呢。"他怯懦地咧着嘴，一边笑，一边说。

我不想讨论他宿醉的事，接着问他："你能不能让警方优先处理一下这件事？一定要保证你在警察局里面的那些老交情知道这件事情，而且这些人一定是靠谱的人。"

"太对了！我们一定要抓住那些王八蛋。"

我刚一回到家，电话就响了。接起电话，听到一位女士的声音，她自我介绍说她是"大象经理人和所有人协会"（the Elephant Managers and Owners Association，EMOA）的玛丽昂·嘉莱。这个协会是一个私人组织，由几个南非的大象所有人组成。这些人都很乐意保护大象，以前我就听说过他们，也知道他们为保护大象所做的贡献。但是由于自己没有大象，所以从来没有和他们打过交道。

但她温暖的话语马上拉近了我们的距离。

玛丽昂讲话干净利落，开门见山。她听说在占地五千英亩的苏拉苏拉保护区里面，生活着大量祖鲁兰当地的野生动物。

她也曾耳闻我们是如何与当地人密切合作，培养人们的动物保护意识的。她想知道，我有没有兴趣接收一群大象。我还没答复，她就抢着要先告诉我一个好消息，那就是我不用花一分钱就可以得到这群大象。当然了，我得支付抓捕和运输的费用。

我不敢相信自己的耳朵。大象？陆地上最大的哺乳动物？而且他们要送给我一群？我一时觉得这一定是个恶作剧。我的意思是，要多长时间你才能等到一个意外的电话，问你想不想要一群大象啊。

但是玛丽昂是认真的。

好吧，我问她坏消息是什么。玛丽昂说的确存在一个问题。这些大象很爱惹麻烦，它们总想逃离保护区。现在，大象的主人想尽快摆脱它们。如果我们不接收它们的话，它们将会被撂倒——枪杀。所有的大象都将被杀死。

"你说它们爱惹麻烦，这是什么意思？"

"母头象是一个令人称奇的逃跑大师，它总能想方设法地突破电围栏。它用长牙把电线一圈圈卷起来，直到电线咔嚓一声断开，或者干脆不惧疼痛直接撞开围栏冲出去。这太让人难以置信了。现在，这些大象的主人受够了，希望'大象经理人和所有人协会'能帮助解决掉这个问题。"

我的脑海里马上就勾勒出了这样一幅画面：一头 5 吨重的庞然大物从容不迫地忍受着八千伏电压刺穿身体的剧痛——这需要多么坚定的意志啊。

"还有，劳伦斯，小象们也同样爱惹麻烦。"

"那为什么找我呢？"

玛丽昂感觉到了我心里隐隐的不安，毕竟她的这个请求太非比寻常。

"我听说你跟动物打交道很有一套，"她接着说，"我想苏拉苏拉是适合这群大象生活的地方，你是适合它们的人选。也许，它们也是你正确的选择。"

这话把我难住了。如果接收了这群大象，可能的结果是我们也完全不适合它们。我刚刚让保护区运转起来，而且前一天发生的事情足以说明，现在仅仅和组织严密的偷猎者打交道就已经够艰难的了。

刚想拒绝，要出口的话就被我生生地咽了回去。我一直那么喜爱大象，它们不仅仅是这个星球上最巨大、最优雅的陆地动物，而且还象征着一切有关非洲的雄伟和壮丽。现在，在毫无心理准备的情况下，面对别人要送给我的象群，我有机会帮助这群象，如果拒绝了，以后我还会遇到这样的机遇吗？

"他们在哪里？"

"在姆普马兰加的一个保护区里。"

姆普马兰加是南非东北部的一个省，那里拥有国内最多的野生动物保护区，克鲁格国家公园❶就坐落在那里。

"多少头？"

"九头。三头成年母象，两头青年象，两头少年象，还有两头幼象。这是非常像样的一个大家庭，母头象有个漂亮的小女儿，还有个十五岁的儿子，这头公象可是极好的大象样本。"

---

❶ 克鲁格国家公园是南非最大的野生动物园，位于德兰士瓦省东北部，勒邦博山脉以西地区。

"它们一定特爱惹麻烦，否则没有人愿意将大象送人。"

"就像我说的那样，母头象总是跑出去。它不仅仅能扯断电线，还会用长牙拨开门栓。象的主人可不想见到这些庞然大物溜进客人的营地。如果你不接收它们，它们就会被杀死，至少成年象会被杀死。"

我陷入了沉默，努力想捋清思路。巨大的机遇一定伴随着极大的风险。

那些偷猎者怎么办？象牙的诱惑会不会导致更多的偷猎者抛头露面呢？原先我只需用高速步枪把小偷赶跑，可如果接收这些巨大的厚皮动物，就得把整个保护区用电围栏围起来。而且当它们刚开始适应新家的时候，还要建围场把它们隔离，我到哪能找到赞助的资金呢？

尽管玛丽昂直言不讳地告诉我这些大象很爱制造麻烦，但是究竟制造多大的麻烦呢？它们仅仅是逃跑大师吗？这群捣蛋鬼的内心是不是充满了对人类的仇恨呢？如果在动物密集的保护区里面养这些大象，是不是太危险呢？然而，这是一群陷入困境的大象。

尽管危机重重，我知道自己应该怎样做。

"好吧，"我答复道，"我来接收它们。"

第二章

　　一夜之间，我成了一群大象的主人。还没等我缓过神来，又传来了另外一个消息：大象目前的主人想让我们两周之内就把大象从他的领地上运走，否则就取消交易。大象以前的主人把这群大象视为巨大的累赘，就想赶紧杀掉它们。如果一只如大象般巨大的动物被认为"让人生厌"的话，那么它最终的归宿往往就是死路一条。这真是一件令人感到悲哀的事情。

　　两周？在这么短的时间内，我们要维修好20英里的保护区防护栏，还要在上面扯上电线。更要命的是，要重新建一个隔离"博马"——一种传统的防兽围栏。这种围栏非常坚固，完全可以圈住这个星球上最威猛的动物。

　　1998年我买下苏拉苏拉的时候，它是一片约两千多公顷的原始非洲大地，那里只有一个年久失修的破败的狩猎营地。那些猎人当年一定是在营地里一边吃着干肉条，喝着白兰地，一边养精蓄锐的。然而，苏拉苏拉的历史如同非洲大陆的历史一样充满奇幻色彩。它是南非夸祖鲁-纳塔尔省最古老的私人动物保护区，它还是当年沙卡国王专属狩猎场的一部分。沙卡国王是一位被近乎神化的勇士，他于 19 世纪初叶建立了祖鲁国。这片狩猎场着实是专属的，如果没有国王的明确许可，任何人在这里狩猎，一旦被抓住，都会被处死。

因为苏拉苏拉这里有着成群的野生动物，所以自沙卡国王死后的绝大多数时候它都是一个狩猎胜地，吸引着有钱的客人们来猎杀羚羊，获取战利品。在 20 世纪 40 年代，苏拉苏拉的主人是肯尼亚一位退休的总督，他把这里打造成了高档的狩猎聚集地，来换取成套的杜松子酒和奎宁水。

这些都是过去的事情了。我们一接手苏拉苏拉，狩猎就被禁止了。曾经的"干肉条、白兰地"营地，现在已经变成了一个奢华的生态小旅店。

但是对我个人而言，走到这一步的确是一个漫长艰苦的过程。我是在当时还没有大规模城镇化的"老"非洲长大的，在津巴布韦、赞比亚和马拉维广袤的天空下，我光着脚丫，自由自在地奔跑。我的朋友都是乡下的非洲孩子，我们在这片野生的自然世界里漫步，就像是在自家的后院里一样轻松惬意。

20 世纪 60 年代初，我们举家搬到了南非祖鲁兰海岸线一带的甘蔗种植区。那个时候，当地的中心是丛林中延伸出来的一个叫作恩潘盖尼的小镇。这可是一个以作风硬朗著称的镇子。当地那些身上装饰着羽毛的农夫整夜地寻欢作乐，一边狂饮着"鬼柴油"（一种混合了少量可口可乐的甘蔗酒），一边在大街上东倒西歪地开着拖拉机。直到今天，人们还津津乐道地讲述着这样的故事。对于十多岁的孩子来说，我们也必须得有硬汉精神，还要通过橄榄球这样对抗性强的比赛来赢得尊重。

我的射击技巧是在非洲丛林深处磨砺出来的，而且高超的射击水平给我带来的好处也渐渐显现。农夫们经常打发我到他们的地里去打珍珠鸡和松鸡，然后做成锅里的美味菜肴。这里蛮荒的丛林就是我的家园，我可以不假思索地用一支 .22 口径步枪击中二十步开外的一个抛到空中的罐子。

毕业后，我去城里开了一家房地产公司。同时，我也带去了年轻时对原始非洲的种种记忆。我知道，总有一天，我会再次回到那里。

这一天终于来到了。20 世纪 90 年代初的一天，我正在仔细查看地图上恩潘盖尼以西的地区时，这片富饶的未被开发的部落领土一下子就映入了我的眼帘。这可真是一片充满野性的原生态地域啊，对最强壮的野牛来说，这里的环境都不是好对付的。这些托管土地一直绵延到著名的乌姆福洛济河-赫卢赫卢韦保护区周围。这个保护区是非洲的第一个动物避难所，在那里，白犀牛得到了保护性拯救，从而避免了灭绝。

这块托管土地是一大片壮丽的原始丛林，分属于六个不同的祖鲁部落。我的脑海里突然闪现了一个好主意：如果我能说服这些部落，让他们参与到保护野生动物的行动中，从此不再狩猎或放牧，那么我们完全能够创造出一个可想象的最美好的保护区。但是，要实现这个想法，我得给每个部落酋长一个令人信服的理由，让他们同意将各自的土地租赁给一个信托机构——"皇家祖鲁"。这样做的好处是，当地这些在苦苦挣扎中谋求生存的部落成员可以直接从中获得就业机会。

苏拉苏拉已经建成的坚实的基础设施成了这个项目成败的

关键。苏拉苏拉是一个天然的三角带，毗邻各个部落的领地，形成了通往各个保护区的一条至关重要的东部通道。还有，这也是五十年来，它第一次被投放市场。它的命运又将如何呢？没人能知道。

我深吸了一口气，然后小心翼翼地，非常小心翼翼地和我的银行经理，还有弗朗索瓦丝谈了自己的想法。最后，我终于成了苏拉苏拉的新主人。

从踏上苏拉苏拉的土地，在上面四处漫步的那一刻起，我就深深地爱上了它。现在，我仍然经常跳进路虎车里，驱车到广阔的大草原上，或者开到自己找得到的荆棘丛生的地方，然后在那里逍遥自在地散步。没有什么比深吸荒野气息更能让人充满活力的了。雨后的土壤更加肥沃，里面的生命使劲儿地往上蹿，把大地都带得颤颤巍巍的，散发出浓郁的泥土芬芳。这时，还可以深吸一下冬天干净凉爽的空气。突然间，丛林中生命复苏，万物葱绿。即使凋零，这片土地也不为苦乐所扰，而是心平气和地适应、等待。在丛林中，简单的一举一动都能带给人返璞归真的愉悦。比如说，把草枝从蝎子洞的缝隙滑进去，就能感到里面的蝎子咬住草叶的拉力。尽管没有鱼咬钩时的力量巨大，但也类似。直到今天，这些仍然可以勾起我对生来就享有的、自由自在的青春岁月的回忆，这回忆就如同一个失恋的人想起那个曾让他怦然心动的初吻。

带给我回忆的还有各种鸣禽银铃般的啼叫声。它们不愧是这个星球上天然的流行音乐作曲家，即使是惊慌中发出的警鸣，都拥有着完美的音高。看着一场场令人着迷的、永无休止的生

013

命落幕秀，读着一首首食物链中冷酷的悲壮诗篇，我更深切地领会到，尽管生命存在得如此偶然，但它仍盎然地悸动在每个形状、每个色彩、每个结构中。

在苏拉苏拉的一次次独自漫步，使我想起自己还是一个孩子的时候，在荒野中踏上的第一条小路。在几十年后的今天，我要把一群大象接回到古老的祖鲁兰家园。在我看来，大象是原始非洲最完美的象征。苏拉苏拉的自然环境就是大象这种厚皮动物的天堂乐园——沿着树林可以抵达芬芳的稀树草原，河岸边密密麻麻地遍布着营养丰富的青草。而且，即使是在最寒冷的冬天，水池也不会干涸。

但是，我们不得不大干一场了，既要给防护栏围上电网，还要建造结实坚固的博马。如果只是为了圈住羚羊，那么只需竖起高度足以拦住它们跳出去的围桩，这是很简单的事情。然而，要想围住大象这种比卡车还要强大的动物，那可完全是两码事。你得给防护栏安上百万伏的电线，这样才能圈住一头"5吨重型卡车"。

人们设计这种电力装置不是为了伤害动物，而是用来警告它们不要靠得太近。可以说，博马的设计应该是保护区外围边界防护栏的仿制品。这样，一旦大象们知道撞上它可不是一件逗乐的事情的话，以后，它们就会离边界护栏远远的了。

我们没有办法在两周时间内把这些活儿都干完，不过我们肯定要临时抱佛脚，玩儿命试试了。

我用无线电呼叫戴维和库斯，让他们到办公室来一趟。

"伙计们，现在站在你们面前的是一群大象的主人喽！"

他们两个人盯了我片刻，觉得我一定是发疯了。戴维首先张口："你这么说，是什么意思？"

我一边挠着头，一边说："别人送给我九头大象。"说此话的时候，自己仍然难以相信这一切都是真的。"这是一次性交易，如果我不接收它们的话，它们就会被杀死。糟糕的是，它们有点难缠。以前，它们冲破过护栏——电护栏。"

戴维咧着大嘴笑起来，整个脸庞都乐开了花。

"大象！太奇妙了！"他随后静默片刻。我看得出，戴维琢磨的事跟我一样。"但是，我们怎么才能把大象留在这里呢？苏拉苏拉的防护栏根本就挡不住它们。

"好啦，我们有两周的时间可以维修护栏，并且还要建一个博马。"

"两周？修理 20 英里长的防护栏？"库斯终于开口了，"天啊，难道你疯了吗？我们到现在还没把这儿弄妥当呢，你又开始谈论大象了。唉！"

他说这话的时候就好像我对此一无所知似的。

"我们别无选择，大象目前的主人已经给出了最后期限。"

戴维的满腔热情让我非常高兴。我本能地知道在接收这群大象的事情上，他将是我最得力的助手。我们两个家庭的关系可以追溯到几十年前，在这个关键时期，我相信一定是命运把他带到了苏拉苏拉。作为第三代祖鲁兰人，他没有正式的保护区管理员资质证书，但这并不让我烦恼。戴维能整天辛勤地劳作，并且还那么热爱大自然，这让我乐意把他作为最好的人选推荐给任何人，而无须考虑对方的工种要求。他还是一个顶尖的橄榄球选手，作为边锋，他的神速阻截远近闻名。这种坚忍不拔的精神在苏拉苏拉肯定能够得到检验。

我随后叫来祖鲁员工，让他们在当地的社区放出话，就说我们需要劳力。离我们最近的村子叫作布查那那，村里的失业率高达百分之六十。我知道找到肯干活的人不难，难的是找到有技术的劳动力。一个乡下的祖鲁人可以用木棍、泥浆和草叶建一个不错的棚子，可是我们要建的是一个布上电网，能够拦住大象的围栏。这些人干活的时候，得有人一直严格地监督，确保施工质量。当然了，他们也能在劳动的过程中提高自身的技能，这将使他们今后再找活儿干的时候多些优势。

果然，在接下来的两天，成群结队的人挤在苏拉苏拉的门外，吵吵着要活儿干。在乡下，成千上万的非洲人处于生死边缘。如果能够为当地社区做点贡献的话，我是多么高兴啊。

为了争取到当地部落酋长的支持，我如约去向他们解释我们目前所做的事情。令人难以置信的是，由于目前南非所有的大象都被放到了保护区里面，所以绝大多数的南非人从来没有见过大象。祖鲁兰当地最后一头自由漫步的大象在一个世纪以前就被杀死了。因此，去拜访这些酋长的目的就是向他们解释，我们要把这些庞然大物带回家。此外，我还向他们再三保证，防护栏的电网都安装在里侧，不会伤害到外面的路人。

然而，尽管当地人从来没有见过大象，这丝毫不会阻止他们发表"专家"观点。

"它们会吃掉我们的庄稼，"一个人说道，"那时我们该怎么办？"

另一个人随后问道："我们的女人去打水时，会不会不安全了？"

第三个人指着一个独自放牧、承担着成年人工作的孩子说："我担心孩子们，他们不认识大象啊。"

"我听说大象肉可好吃了，一头就可以喂饱一村子的人呢。"一个人尖声地说道。

好吧，这完全不是我期待的反应。但总的说来，酋长们对这个项目还是很有好感的。

有一个酋长是例外。我出去了一整天，库斯随我去和一个临时代理酋长商量这件事。糟糕的是，库斯惹得对方很不痛快。无论我们说什么，这个酋长只是反反复复地说："这不是我的大象，我什么都不了解。"

幸运的是，当时弗朗索瓦丝也在场，她接过了这个烫手的山芋。她是犹豫再三才决定参与其中的，因为祖鲁的乡下是一夫多妻的社会，男人一手遮天。如果哪个男人被看到聆听女人说话，那他可就没法儿在这里混下去了。

难道是大男子主义？就是这么回事，这就是偏远地区人们的生活方式。对于弗朗索瓦丝而言，要坚持住自己的立场，既需要技巧，也需要魅力。最终，酋长不再反对，承认他其实没有什么真正担心的事情。

得到酋长们的许可后，我们挑选了七十名精壮汉子。在古老的出征歌曲中，这群祖鲁人开工了。尽管在最后期限之前完工是不可能的事情，然而随着防护栏在乡野上慢慢竖起，我终于可以缓口气儿了。

就在开始看到进展之际，我们又碰到麻烦了。

戴维冲进办公室，气喘吁吁地说："老板，告诉你一个坏消息，西边边界的工人们撂挑子了。他们说有人冲他们开枪，现在每个人都吓得不敢干活了。"

我盯着他，丈二和尚摸不着头脑。"你说什么？为什么有人向一群工人开枪？"

戴维耸耸肩："我也不知道啊，老板。这事听起来好像另有内幕。也许是工人们想要更多的薪水，自己搞的罢工吧……"

我对此持怀疑态度，毕竟我们给这些工人的工资已经相当丰厚了。这次停工的原因更有可能是巫术捣鬼。

在祖鲁兰的乡下，人们相信超自然力量的存在，觉得这就像呼吸一样寻常。玛斯❶是全能的，它既可以仁慈，也可能邪恶，就像巫师或巫医一样有好有坏。要想抵挡坏的玛斯，你就需要找到一位善良的巫师，让他施更猛的驱魔咒语，巫师当然是要收费的。所以有时候，邪恶玛斯的故事就是他们自己先杜撰出来的。现在，这里发生的事情很可能就属于这种情况。

"老板，我们该怎么做呢？"戴维问道。

"我们得先查清楚到底是怎么回事。同时，我们也没有什么更多的选择了。把那些吓得不能干活的工人的工钱先结清，我们再找接替的人手。不管怎样，我们只能接着干。"此外，我还让库斯找来一对保安人员保护留下来的工人的安全。

第二天早晨，戴维又一次冲进了办公室。

"天啊，我们这回可遇到大麻烦了。"他一边说，一边努力

---

❶ 玛斯（muthi），祖鲁兰当地人称之为巫术。

恢复正常呼吸，"他们又开枪了，一个工人被射倒了。"

我抓起那支老李-恩菲尔德.303步枪，跳进路虎车，冲到防护栏那里。大多数工人蹲在树后面，两个人在照料着他们流血的同伴，他的脸被重霰弹弹丸击中了。

检查完伤员，确定他没有生命危险之后，我们开始在树丛中呈十字交叉式地搜寻。终于找到脚印了，这是一个持枪歹徒留下的，看上去不是我们最初担心的"一伙儿人"。我叫上贝基，还有保安监工恩圭尼亚，他的名字在祖鲁语中是"鳄鱼"的意思。这两个人是我们最好、最彪悍的祖鲁护林员。贝基是我遇到过的干活最卖力气的人，他的眼睛炯炯有神，面孔的棱角就像是在花岗岩上凿出来的一样坚毅。恩圭尼亚是个大块头，肌肉结实，有着稳重的领导风范，这使他能够影响队伍中的其他护林员。

"你们两个去追踪枪手，我和戴维留下来保护其他工人。"

他们点点头，小心翼翼地穿过金合欢树丛，直到确信自己包抄到了枪手的后面。他们慢慢地缩小范围，耐心地等待，等待……

突然，恩圭尼亚看见一道阳光照到金属上折射出的反光。他向贝基打了个手势，指向枪手的位置。他俩随后趴在深深的草丛里，哒哒哒，向空中射出一排警告的子弹。那个枪手跳到一个蚁丘的后面，射出两排子弹，然后就消失在了茂密的丛林里。

但是，保安们看清楚了这个枪手。令大家感到意外的是，他们认识他。他是几英里外另一个祖鲁村子的猎人。

我们开车把伤员送到医院，并且打了报警电话。保护区的保安们辨认了持枪歹徒，警察随后突击搜查了他的茅草屋，缴获了一支破猎枪。令人吃惊的是，这个歹徒毫无羞耻地承认了他是一个"职业偷猎者"，并且还把责任都推卸到了我们身上。他说，我们竖起的电护栏断了他的生路，因为他不能再像以前那样轻而易举地闯入苏拉苏拉了。他还否认想要杀死任何人，他只想把工人们吓跑，阻挠修建防护栏。当然了，他的辩解丝毫不能说服警察。

我要求看看猎枪，警察倒也给了我们这个面子。这是一支破烂的双筒十二弹猎枪，和它的主人一样又老又旧。枪托上面缠着乙烯基电工胶带，这样才能固定住枪托，不至于散架。但由于经常在丛林中剐蹭，胶带早已经千疮百孔了，枪筒上也锈迹斑斑。没有任何迹象表明，这个人与我们面临的重大偷猎问题有关联。

那么，究竟是谁在偷猎呢？

尽管经历了这样的干扰，工程照旧每周七天从早到晚地进行着。这真是要命的活儿啊！气温又猛升到四十三摄氏度，所以大家伙儿天天一身臭汗，脏得像泥猴儿。就这样，1英里又1英里，电围栏终于艰难地开始成形了。工程一点点地向北推进，然后与东部的围栏合龙了。随着工人们技能水平的不断提升，工程进展得也越来越顺利。

和搭建电围栏比起来，建造博马的工程尽管不那么浩大，但也同样是一件折磨人的事情。我们量出来约91平方米的原始丛林，用水泥把约2.7米高的结实的桉树干灌浇到混凝土地基里，树干间隔约 11 米。然后，把回火处理过的金属网和三芯电缆缠绕到桉树干上。三芯电缆非常结实，足有人的大拇指粗。由于缺乏设备，我们把金属网和电缆的末端固定到路虎车的保险杠上，再发动汽车把它们拉紧。

但是，无论电缆有多粗，在丛林中，什么样的防护栏都拦不住下定决心的大象。因此，撒手锏就是"短路点火"的电网。

给防护栏通电的过程貌似简单，所做的就是把四根连着电源的电线用托架固定到柱子上，这样，电线就能在护栏里面发挥作用了，给电网提供电力的是两个通过汽车蓄电池供电的增能器。

不管你是否真的觉得这件事很简单，这个增能器的确能够产生 8000 伏的效力。这个电压听起来挺吓人，但由于电流强度非常低，所以电击一下并不致命。但是，你要相信我，被电击中的感觉真是让人难以忍受，即使对于长着 1 英寸❶厚外皮的大象来说，也是如此，我可以用亲身经历来作证。在维修护栏时，还有和别人手舞足蹈聊天的时候，我有几次意外地碰到了电线，当时的窘样逗得护林员们哈哈大笑。被电击是最令人不快的经历了，身体会剧烈地颤抖。除非能够马上摆脱，否则你就会两腿瘫软，不由自主地坐在地上。唯一可以让人接受的是你可以马上恢复，并可以自嘲一番。

当防护栏立起来之后，最后的任务就是把挤在护栏周围的树砍掉。一旦这些树砸到电网上，便成了大象最喜欢的阻断电流的方式了。

---

❶ 1 英寸 ≈ 2.54 厘米。

眨眼间最后期限就到了，尽管我在博马那儿雇了更多的人手，大家没日没夜地奋战，到晚上还用汽车灯照明好继续工作，可是，我们距离完工还远着呢。

很快，电话就开始丁零零响个不停了。姆普马兰加保护区的老板们想知道我们的进展如何。

"一切顺利！"在电话里，我从牙缝儿里挤出低沉欢快的谎言。如果他们知道在最后期限内我们根本无法完成准备工作，如果再知道有无赖持枪歹徒向工人们开枪，那么这笔交易很可能就被取消了。有时候，我会让弗朗索瓦丝接电话，她的抑扬顿挫、迷人动听的法语腔足以使对方平静下来。

然而，我还是接到了最害怕听到的电话。

象群又一次从防护栏里逃了出去，这次，它们还毁掉了保护区的三个旅店。对方很直白地告诉我们，如果不立刻接收这些大象，象主人们就要做出"决定"了。

弗朗索瓦丝急中生智，向对方发誓说我们只需得到夸祖鲁–纳塔尔省野生动物协会（本省的官方权威机构）的批准，认定在建的大象防御设施合格，那么一切问题就都迎刃而解了。

对方不知怎的竟然买了弗朗索瓦丝的账，极不情愿地同意延期，但只给了几天的宽限，并且警告说，如果再不接收，那他们真的就要做出"决定"了。

又是这样威胁的话。

第三章

当筋疲力尽的施工队伍挥舞着锤子，往防护栏上钉最后的钉子时，姆普马兰加保护区的经理打来电话说他已经等不及了。不管我们的准备工作是否完成，他马上就派人把大象运过来。在我们交谈的时候，对方已经把大象装车，并且将于十八个小时内抵达苏拉苏拉。

我急匆匆地给我们的顶头上司——夸祖鲁-纳塔尔省野生动物协会打去电话，请求他们过来验收一下建成的博马，我还再三向他们强调动物们已经在来的路上了。幸运的是，他们立即做出回应，并且说验收员将在一两个小时内到达苏拉苏拉。

为了确保万无一失，我和戴维赶紧奔向工地，想最后再察看一下。但是，就在我们复查防护栏周围，看看还有没有可能倾倒的脆弱树木时，突然觉得有什么东西看起来怪怪的，不太对头。

我随后发现了问题所在。真是该死，尽管电线被固定在了护栏的里侧，但是电网本身，包括重型电缆都被连在了桉树桩的外侧。这个错误可是致命的，因为如果大象不顾电击，靠到电网上的话，这张网就会像纸张一样被撕下来。桉树桩最多只能提供一些内在的横向支撑力，实际上，就是能让护栏立起来，不至于倒下而已。一旦验收员看到这个问题，他马上就会宣告设备使用不安全。这意味着卡车会掉转车头开回去，大象肯定也就没命了。

我恼怒地攥紧拳头，大伙儿怎么能犯这么低级的错误呢？想补救已经来不及了，草原上飞起的尘土告诉大家验收员来了。我祷告着我们可以蒙混过关，可是内心深处已经是深深绝望。这个接收大象的项目还没有正式开始，就注定失败了。

验收员从他那辆丰田陆地巡洋舰中跳出来，这车因为总在丛林里行驶，车身被剐蹭得伤痕累累。一见面，我极尽溢美之词感谢他这么短的时间就赶了过来，还一再强调大象已经在来保护区的路上了。我告诉他时间紧迫，是希望这样可以使事态向着有利于我们的方向发展。

这是一个体面的家伙，知道自己是来做什么的。他注意到防护栏旁边的一棵巨大的塔木波提树。这棵树的树皮上遍布着结瘤，缠结在一起就像肱二头肌一样。塔木波提是非常坚硬的木种，即使是最锋利的链锯也会被它磨钝的。检查员随后发表了令人啼笑皆非的言论：即使一头大象也无法撞断这棵"肌肉发达"的大树。他认为防护栏是安全的。

随后他去检查电网，我紧张得口干舌燥。他肯定会注意到电线被铺设到了错误的那一侧。

那天，幸运女神与我们同在。让我长舒一口气的是，他居然和我们一样，没有看出这么明显的差错。这样，我们的博马得到了绿灯。现在，我终于有了至关重要的官方授权，可以召集人手正确加固防护栏了。

从姆普马兰加到苏拉苏拉，需要向南驱车 800 英里。这辆十八轮的大卡车得开一整天加大半个晚上，因为途中会遇到很多坑坑洼洼的地方，这时车辆就要停下来，正好顺便还能给这些大象喂点食物和水。对于整个运输过程，我并不太担心，因为负责这次运送任务的是科布斯·拉德特，他可是非洲最擅长对付大象的人。

就在这时，我从弗朗索瓦丝那里得到一个糟糕的消息。她听说，在抓捕过程中，象群中的母头象和它的孩子被故意杀死了，这就是象主人们经常说的"决定"吧。杀死它们的所谓正当理由很不合情理——就是因为这头母象是祸根，担心它在苏拉苏拉也会带领象群逃离。在载着象群的卡车上路后，对方又给我们打来电话。关于接收这群大象的事宜，我们之间的电话多得都要把耳朵磨出茧子了。可这个电话告诉我们的残忍消息却让我愤怒了，他们的做法正是苏拉苏拉坚决反对的。另外，杀不杀死母头象，按常理推断，也应该由我来做决定啊。的确，大象是巨大而又危险的动物，如果它们给旅店和游客带来麻烦甚至危险，就难逃被杀死的厄运。我早就准备好接收这个拥有"逃跑大师"美誉的母头象和它的孩子了，也愿意承担由此带来的风险，并且想着怎么和它们处好关系。但是再也没有这个机会了。不过，这次杀戮也坚定了我拯救这个象群的决心。

与大地休戚与共的祖鲁人中有这样一个说法，如果在落成仪式或开幕典礼的时候下雨，那么这事儿就得到了神的祝福。

对于与自然界同生共死的万物来说，雨就意味着生命。象群抵达的那天，岂止是下雨那么简单，简直就是倾盆而至啊。乌云密布的天空喷下如注水流，弄得我都开始怀疑祖鲁人那个"祝福"的说法是否靠得住。当铰链式卡车到达苏拉苏拉大门外的时候，天色漆黑，暴雨已经把土路浇得泥浆横流。

我们一打开大门，卡车的一个轮胎就爆了。加固橡胶的裂响就似枪声一样震耳。这可把大象们吓得够呛，毕竟它们刚刚目睹了母头象被枪撂倒的一幕。象群开始在挂车里面砰砰地乱撞，车厢也俨然变成了一个巨大的锣鼓。与此同时，随车过来的人员开始发疯似的更换车轮。

"这不就是侏罗纪公园嘛！"弗朗索瓦丝喊道。我们全都大笑起来，其实完全没有必要那么欢乐。

我和弗朗索瓦丝的初次相遇是在伦敦的坎伯兰酒店，不过那已经是多年前的事情了。那天的温度只有零下十七摄氏度，我急着要去伯爵宫参加一个会议。酒店外面计程车候车站那里，等着打车的人排着蜿蜒的长队。看门人知道我有急事儿，就去问有没有人可以和我合乘一辆车。碰巧，站在我前面那位美丽的女士也要去伯爵宫。看门人用手指着我问她是否介意与我打一辆出租车。她向前倾了倾身，以便看得仔细些，然后摇了摇头。这是我见过的最断然的拒绝。

算了，生活就是这样。不想再在那里磨蹭，我决定去搭地铁。当我大步流星走到地铁站的时候，出乎意料的事情发生了，那个女人竟然神奇地出现在我的身边。

"嘿，我是弗朗索瓦丝。"她一张口就露出了浓重的法国腔。

她说由于没有同意与我合乘一辆出租车，她感到很内疚。为了表示歉意，她专门过来告诉我应该乘坐哪辆列车。如果用"神魂颠倒"来描述我当时的感受，现在都觉得用词不够强烈。

　　她非常熟悉伦敦，还问我是否对爵士乐感兴趣。虽然并不感兴趣，但是我也没有愚蠢到说出真话的地步。实际上，我当时自称对这个音乐流派有着至死不渝的钟爱。所幸她没有要求我出示证据，比如我最喜欢的音乐人是谁等等。相反，她提议既然都喜爱爵士乐，我们晚上去龙尼斯科特爵士乐俱乐部好了。我当时想都没想就积极热情地答应了。

　　那天晚上，我除了思忖为什么不早一点儿懂得欣赏爵士乐的魅力之外，把更多的时间用在了向她讲述非洲的神奇魔力上。在英国的隆冬时节，谈谈非洲是个不错的话题。她问："非洲有大量的太阳吗？"我抓住了笑柄："那里有太阳吗？"我们创造出了这个表达方式。

　　好吧，五年后，我们真的在非洲了。两个人"沐浴"在丛林深处，和牵引拖车的巨大车轮较着劲。这辆车沾满泥浆，载着大象。我现在怎么也回忆不起来，在我们初次约会的时候我曾经提及过可能发生这类的事情。

　　刚要安好备用轮胎，这时卡车侧滑了几码，陷入了淤泥中。看到这一幕，谁都不觉得奇怪。车轮无力地转动着，把泥浆喷得到处都是。多少甜言蜜语、对天发誓、脚踢腿蹬、铺垫树枝，全都无济于事。更糟糕的一幕随后出现了，大象开始焦虑不安起来。

　　"我们要么早点儿解决这个问题，要么现在就把大象放出来。"科布斯皱着眉头，焦虑地说道，"它们不能再待在车里了，让我们向老天爷祈求外围的防护栏能拦得住它们吧。"

我和科布斯都知道，对于这群一触即发的大象来说，外围护栏根本就挡不住它们。而一旦它们出逃，那就只有死路一条了。

幸运的是，卡车司机听够了大家伙儿自以为是的办法，决定把事态掌控在自己的手中。他一句话没说就猛地挂了倒挡，不知怎的就把这辆巨大的牵引拖车开出了泥塘，驶离了泥泞路，开进了抓地力稍微大一些的草原里。他开着车躲开可以撕碎轮胎的荆棘丛，滑过巨大的白蚁丘，最终保持动力抵达了博马。

全体人员欢呼着，就好像他在"超级碗"比赛中触地得分了一样。

下一个问题就是怎么把大象骗下车了。因为大象身形巨大，所以它们是唯一不会跳跃的动物。我们挖了一个壕沟，这样半挂车可以倒着开进去，拖车的箱底板就会与地面相齐。

现在壕沟里面已经浸满了棕黄色的雨水，如果我们把车倒进去，那就很难再把它开出来了。淤泥就像冰块儿一样，无论什么东西被它粘住都难以逃脱。但是，车里面的大象已经非常烦躁不安了，所以我们只能铤而走险。

太倒霉了！虽然卡车没有困到泥里，可是壕沟太深了，拖车的推拉门被沟边的土层卡住了。更糟糕的是，时针已经指向凌晨两点，天色暗得像一块巨大的黑曜石，雨水冲刷着大地，如同岸边拍起的浪花。我给保护区里面所有的人都发去了紧急叫醒电话，大家拿着铁锹，在推拉门周围的烂泥中慢慢地铲出一片凹槽。让我惊讶的是，我的手下居然没有人发生暴动。

伟大的时刻终于到来了。我们都往后站得老远，准备迎接这些大象走出来，踏进新家园。可是，象群已经在极度紧张的状态下煎熬好几个小时了，科布斯决定首先得给这些大象注射小剂量的镇静剂，而注射器就有钢管那么粗。他爬到拖车顶上，那里有巨大的通风口。戴维也跳上去帮忙，打个下手。

戴维一跳到拖车顶部，一只大象的长鼻子就像树眼镜蛇一样猛地从板缝中间伸了出来，并狠狠地抽打在他的脚脖子上。戴维毫不迟疑地往后一跳，躲开了要抓住他的长鼻子。如果大象抓住戴维，就会把他拖到里面。结局显而易见，他会死得很惨。科布斯告诉我，他听说以前发生过类似的事情，一个人被七头愤怒的大象拖到一个密闭的地方，随后就变成了汉堡肉饼。

谢天谢地，随后的一切都很顺利。注射完镇静剂之后，大象们终于平静了。当推拉门打来的时候，新的母头象出现了。车头灯把它巨大的身影投到身后的树丛上，在影子的衬托下，它试探性地踏上了苏拉苏拉的土地。这是近一个世纪以来，光临本地区的第一头野生大象。

其余六头大象跟着鱼贯而出，首先是新任母头象的小儿子，随后是三头母象，其中一头已经成年，还有一头十一岁的公象，最后出来的是上任母头象十五岁的儿子。它走出几码远，步态还有些东倒西歪。当意识到身后有人，它便转过头，盯着我们，然后张开蒲扇似的大耳朵，并发出愤怒的尖声吼叫。这头大象用鼻子又拉又拽，还猛烈地撞击我们前面的防护栏。尽管还没有成熟，但它本能地知道它必须保护自己的族群。我一脸崇拜地朝着它微笑。人们在它的面前杀死了它的妈妈和小妹妹，它还被关在一辆拖车里面疾驰了十八个小时。现在来到这里，还不过是个十五岁的孩子，可它已经开始保护自己的家庭了。戴维马上就给它起了个名字，叫作"努姆赞"，在祖鲁语中意味着"先生"。

我们给新任母头象起名"娜娜"，所有安东尼家族中的孙辈们都这样称呼我的妈妈雷吉娜·安东尼。

我们给第二头管事儿的，也是最活跃的母象起名"弗朗姬"，这个名字源自"弗朗索瓦丝"。后来，我们陆陆续续地给其他大象也起了名字。

娜娜把它的家人们聚到一起，然后大步走近护栏，伸出鼻子，碰了碰电线。8000伏的电线把它庞大的身躯击得摇晃颤抖。哇，它急忙后退几步。紧接着，它和家人们一起大步地巡视了博马的整个周界，它还稍稍弯曲一下鼻子，伸到电线下面感受电流的脉冲，想找到其中最薄弱的一环。我想，它以前一定看见它的姐姐，前任母头象这样做过。

我屏住了呼吸，仔细地观察它的一举一动。完成整个检查之后，它嗅了嗅水坑，接着就带领着象群过去饮水了。

电防护栏能否发挥作用的关键是要仔细调整隔离动物的时间。关得太短，它们就无法学着畏惧电网产生的兆电子伏特的重击。可如果关得时间太长，它们慢慢就会明白，原来只需忍受几秒钟痛苦的抽搐，就可以像前任母头象那样扯断电线。一旦如此，它们再也不会害怕电网了。

糟糕的是，没人确切地知道这个完美的时间段究竟多长。

针对不同大象的性格特点，人们的观点各异。比如说，对于温驯的大象，关几天就可以了。野性十足的大象，可能就要关三个月。

我的这群大象和"温驯"二字根本不搭边，因此究竟要把它们关在围栏中多久，谁都拿不准。专家们告诉我，在隔离期，动物们不应该接触人类。当我们把大门关好后，我命令所有人离开，除了库斯手下的两个保护区保安。

我们要离开的时候，我注意到大象们汇聚在防护栏的一角。它们面对着正北方，那是它们以前家园的准确方向。这一幕就好像体内的指南针正在给它们讲述什么似的。

这看起来像个不祥之兆。

此时，我已经全身湿透，都要冻僵了，体内的磁针坚定地指向温暖的床铺。带着强烈的不祥预感，我离开了象群。

第四章

我的脑海里回荡着像鼓声一样震耳的锤击声。蒙蒙眬眬中，我想知道这声音究竟是从哪儿传来的。

我费劲儿地睁开眼睛，意识到这不是梦，砰砰的声音来自被敲得乱震的房门。咚咚咚，咚咚咚……

随后我听到了库斯的喊叫声："大象不见了！它们撞破了博马！它们跑了！"

我从床上跳了下来，一边提着裤子，一边一条腿站在地上，跟跟跄跄地就像单脚踩着弹簧高跷。弗朗索瓦丝也醒了，睁大眼睛看着眼前混乱的一幕，然后把睡袍披在肩上。

"来了，来了！别急！"我一边喊一边撞开卧室两截门的上扇，这个门直接对着树木繁茂的花园。

库斯焦虑地站在外面，身子在破晓前的寒气中颤抖着。

"那两个大块头的家伙开始猛撞大树，"他用低沉沙哑的阿非利卡口音叨叨着，"它们是结伙干的，一直顶那棵树。树就像摇篮一样晃悠，后来猛地就倒了，砸在护栏上。电线就短路了，大象撞开电网跑了。就是这样。"

恐惧在我的内心里翻腾着，问："什么树？"

"你知道的，就是那棵塔木波提树。野生动物保护协会的伙计说的那棵太大，根本推不倒的树。"

我用了好一会儿才明白过来。那棵树得有几吨重，足足 9 米高。可是，娜娜和弗朗姬很清楚，如果它们通力合作，就能把树推倒。一想到这儿，尽管惊慌，我心头还是闪现了一阵骄傲和自豪——这是一群不凡的大象！

最后一丝蒙眬的睡意像蒸汽一样消散了，我们必须马上采取行动。不是天才都能想清楚，象群现在正向防护区外围的防护栏奔去，所以我们现在遇到大麻烦了。如果闯过最后的屏障，它们很有可能直接冲到苏拉苏拉周边的一个个居民点。所有的保护区护林员都能预见到，在人口密集的地方，一群逃跑的野生大象带来的灾难可能就像切尔诺贝利事故一样可怕 ❶。

我不停地狠狠咒骂着，只在看到弗朗索瓦丝责备的目光时才暂时停下来。我以前一直认为布上电网的博马完全可以阻止大象逃脱，专家们也是这么告诉我的。从来没有想过专家有时也是靠不住的。

戴维的卧房在草坪的对面，我跑过去喊道："把每个人都叫起来！大象跑出去了。我们得把它们找回来！快！"

只几分钟的时间，我就草草地组成了一支搜索队伍。当我

---

❶　1986 年 4 月 26 日凌晨 1 点 23 分，乌克兰普里皮亚季邻近的切尔诺贝利核电厂的第四号反应堆发生了爆炸。连续的爆炸引发了大火并散发出大量高能辐射物质到大气层中，这些辐射尘覆盖了大面积区域。这次灾难所释放出的辐射线剂量是"二战"时期爆炸于广岛的原子弹的 400 倍以上。切尔诺贝利核事故被称作历史上最严重的核电事故。切尔诺贝利城因此被废弃。

们聚集到博马那里的时候，眼前的一幕把我们惊呆了。巨大的塔木波提树已经成了历史，它倒塌的上半部和四分五裂的树桩只靠一片树皮连着，树皮那里还渗着有毒的树液。护栏看起来就像是被艾布拉姆斯坦克碾压过一样。

震惊的奥万博保安站在支离破碎的大树旁，他目睹了大象脱逃的一幕。他给我们指出了大象逃跑的方向。

我们循着足迹一路跑到保护区边界那里。太晚了，外围护栏也被撞倒了。动物们跑掉了。

我最害怕的事情还是发生了。可是，这些动物究竟是怎么不费吹灰之力就闯过 8000 伏电压的电网的呢？

很快我们就找到答案了。从它们留下的痕迹判断，大象先到了两米高的围栏那里，乱转了一会儿后，又从原路返回保护区。随后，离奇的事情发生了，它们发现了给电网供电的增能器。它们怎么知道藏在灌木丛中的这块小小的、没有任何明显特征的玩意儿是电流的来源呢？我们百思不得其解。但是，它们鬼使神差地做到了。把增能器像易拉罐一样踩瘪后，大象又回到保护区边界的围栏那里，当然电线已经不通电了。它们用肩膀把钢筋混凝土立桩撞倒，钢筋在它们的眼里就像火柴棍一样不堪一击。

足迹指向北方。毫无疑问，它们朝着 600 英里外的姆普马兰加进发了，那里是它们曾经的家园。不过，这个家已经不再欢迎它们了，而且一旦重返那里，等待它们的很可能是无情的子弹。在这个过程中，如果它们被护林员或者狩猎者碰到，那么，重返家园的梦想都将随之破灭。

当东方天际开始破晓的时候，一位司机在 3 英里开外的地方看到象群迈着大步，沿着公路朝他走来。起初，他认为自己产生幻觉了。大象？这地方不可能有大象啊……

大约又行驶了半英里，他看到了被夷为平地的围栏。根据事实推断，他看到的一定是大象了。幸好，他一点儿也不糊涂，马上打电话报告了情况，给了我们很有价值的最新消息。

追踪仍在进行。我一脚把路虎车的油门踩到底，车子一下子就蹿了出去，把车里的追踪队员甩到了车厢后面。

车子还没有开出保护区，让我吃惊的一幕出现了。一群人站在土路的路脊上，身上穿着卡其布的猎装，手里拎着伪装好的狩猎工具，地上还竖着大口径步枪。他们像街头黑帮那样咋呼着，兴奋得有些过了头。这时，你能闻到空气中弥漫的浓浓杀气。

我停下车，从里面跳出来。戴维和其他追踪队员站在我的身后。

"你们在这里干什么？"

一个人看着我，眼睛里闪烁着期待的光芒。他抬起枪，一边抚摸着枪托，一边说："我们追大象呢。"

"哦？什么大象？"

"从苏拉苏拉跑出来的大象啊。我们打算把这些大象杀死，要不它们就得杀人。它们现在是可以猎捕的动物啦。"

我盯了他几秒钟，极力克制着自己，不想让他的歪理邪说使问题升级。可是，怒火还是在心头燃起。

"那些大象是我的！"我一边说一边向前迈出两步，以示自己坚决的态度，"如果你们胆敢朝它们哪怕射出一颗子弹，我都跟你们没完。不仅如此，我还要起诉你们这些饭桶。"

我停下来，大口地喘着气。

"现在，给我出示一下你们的狩猎许可证。"我命令着，明知道他们在天亮前是不可能弄到许可证的。

他瞪着我，脸变得通红。这是随时准备迎接挑衅的样子。

"它们已经跑了，不是吗？不需要你答应，我们也可以合理合法地杀掉这群大象了。"

"你怎么知道它们逃跑了？"

刹那间，他收敛了原先逞能的样子，开始支吾起来。从他冷酷的目光里，我捕捉到了一丝不确定的眼神。他瞧向了库斯。

这时天亮了。原来竟是我自己的反偷猎主管告诉他们这个消息的。

我转过身，怒视着库斯。他用脚踢着地上的土，嗫嚅着："我当时只是想我们需要额外的帮手。"

戴维站在我的旁边，拳头紧握，我可以感觉到他已经怒不可遏了。我大声地喊着："戴维，看看这群人，再想想那边还有一群陷入巨大麻烦的可怜的大象，而我们是这里唯一没带枪的人，我们是唯一不想杀大象的人。他们想要大象的命，我们想要把它们带回保护区，各自考虑的侧重点怎么有如此巨大的差异呢？"

我又转向库斯："你把他们叫来的！你再把他们撵走！"

我气得喉咙咝咝作响，命令手下回到路虎车里面。我猛踩油门，车后灰土飞扬。在那些持枪分子挑衅的目光下，我们绝尘而去。

与这伙人的遭遇极大地震动了我。从严格意义上说，这些城里来的壮汉子说得没错。现在，这些大象是准许猎捕的动物了。刚刚，我们从双向对讲机里收听到消息——KZN 野生动物保护协会的官方正在给员工们分发枪支，用来射杀大象。一知道象群逃跑，我们就通知了这个组织。而现在，他们打算一见到大象就马上开枪，根本就不用事先通知我们。他们最关心的是当地人的安全，这一点无可厚非。

对于我们来讲，现在就是与时间赛跑，当务之急就是赶在其他持枪人之前找到这些大象。

在公路上沿着象群的足迹又追了 1 英里，随后脚印转进了灌木丛，这跟先前那位司机说的完全一样。苏拉苏拉的两侧是广袤的金合欢树树林和乌伽伽内灌木丛——这种灌木的树枝像鞭子一样柔软残忍，上面布满了荆棘。由于树枝错综交织在一起，因此这种灌木长得非常茂密。这种随意生长的茂密的灌木丛，看起来原始可爱，但踏进去却痛苦难耐。当然了，尖锐的荆棘难以划破大象的皮肤。可是对于我们这些皮肤柔嫩的物种来说，走在里面就像在一个布满鱼钩的迷宫里奔跑。

放眼望去，森林郁郁葱葱，一直延伸到北方。我们能在这片几乎无法穿过的荒野里找到大象吗？

我抬头看了看天，阳光太强了，我只好眯起眼睛。所有的天象都表明这是一个能烤死人的大热天。突然，我找到了解决问题的办法——空中支援。对于我们来说，现在还没有丧失找到大象的机会，但一定要赶在其他枪手之前。我们必须找一架直升机在空中搜寻，但这需要几千美元的费用，而且还无法保证能成功。另外，即使是最商业化的飞行员，也不见得能够在这样崎岖的地形条件下侦查出大象的藏身之处。

但是，我认识一个人——彼得·贝尔，他可以提供空中追踪的帮助。更凑巧的是，他还是家里的一位老朋友。彼得·贝尔不仅是一位在贝尔设备公司（一家国际重型车辆制造商）供职的技术天才，他还是一位专业的猎物追捕飞行员，并且在非常时期，他是可以依赖的大好人。我马上开车回到苏拉苏拉，给他打去了电话。

不需要我告诉彼得事态多么严重，他就毫不迟疑地答应出手相助了。他做准备的时候，我们继续步行追踪大象。但是正当我们要钻进金合欢树树林的时候，请来的奥万博追踪专家们盯着一片硬邦邦的泥巴地，开始摇头。经过慎重考虑，他们宣告大象已经折返回来了。

"你确定？"我问他们的头头儿。

他点着头，指着苏拉苏拉的方向说："它们回去了，正朝那儿走呢。"

这是我最盼望的消息了，也许它们是主动返回保护区的。我开心地笑了，拍打着戴维的后背，然后就掉头穿过灌木丛朝家的方向走去。

可是在经历二十分钟最艰苦的跋涉后，我开始有了疑惑。汗水成串地从我的脸颊流下，我叫来追踪队伍的头头儿。

"大象不在这里。没有足迹，没有粪便，也没有折断的树枝。根本没有任何迹象。"

他摇着头，就好像是耐心地和一个孩子商量似的，用手指着前方说："它们在那里。"

没有坚持自己最理智的判断，我们又向前行进了一段路程。随后，我终于受够了，因为一路走来毫无所获。按理说，奥万博族人是世界上最棒的追踪者，仅次于纳米比亚乡下的科瓦桑人（他们以丛林人著称）。但是，这次一定有哪个环节出错了。很明显，周围根本就没有大象的踪迹。作为一头大象，由于身材巨大，力量超群，它完全没有必要行事神秘，鬼鬼祟祟。它会留下明显的脚印，成坨的粪便，还有扯断的树枝。除了人类以外，它们没有任何敌人，因此，偷偷摸摸不是它们的本性。

另外，先前的一切迹象都表明，它们是朝着原来的家园前进的。那么现在，它们为什么又突然从原路返回了呢？

我叫来戴维、恩圭尼亚，还有贝基，并且告诉那些奥万博人他们的判断是错误的，我们打算重返最初的追踪路线。奥万博人耸耸肩，没有加入我们的计划。当时，我太专心于紧张的追捕了，没有过多地思考事情的原委。

一小时以后，我们再次捕捉到了大象的足迹。这些脚印是刚刚留下的，朝着完全相反的方向。这些库斯指挥下的奥万博人为什么非得选择错误的路线呢？他们是故意把我们引上歧途吗？当然不会。我只能猜测他们是害怕在这么荒凉的野外毫无预兆地碰到大象。不可否认，这是一项非常危险的工作。

的确，几年前在津巴布韦，一个经验丰富的猎象人和他的同伙在狩猎途中死在了大象的脚下。他们当时做的正是我们不打算做的事情——在茂密的丛林中追踪大象。他们以为自己追踪的是一头落单的公象，结果他们突然发现自己身陷树丛中的一群大象中间。由于发现身后有大象，他们才惊恐地意识到自己跟踪的竟然是一个象群，而且丝毫没有注意到自己已经走到了大象的前头。局势发生了转变，愤怒的动物冲向这个猎人和他的同伙。腹背受敌，猎人的枪也派不上用场了。他们毫无选择，只能悲惨地死去。

我们与彼得一直保持无线电联络。他正在灌木丛上方飞行，进行着拉网式的搜查。与此同时，KZN 野生动物保护协会的护林员约翰·廷利拜访了周围的居民点。他来自一个名叫樊迪姆维罗的保护区，地点就在我们保护区旁边。在居民点，他询问酋长们是否有族人见到过这群大象，得到的答复都是"没有"。这对于我们来说，无疑是个好消息。我们最担心的是这些动物溜达到村子里，把茅草屋踩成脚垫，或者更糟糕——杀死村民。

天气炎热，皮肤剐伤，再加上汗渍，衬衫已经被浸成了深色。同时，人也越来越烦躁。不过我们仍坚持前进，偶尔还能发现一些迹象，证明我们跟踪的方向完全正确。我估计我们至少落后象群两个小时，但是谁知道呢。它们可能就在我们的前方，就像津巴布韦那群大象对待猎象人一样，埋伏在灌木丛中。由于这种恐惧如影相随，不止一次，因为听到几码远的地方传来拉扯树枝的噼啪声，我们就马上停了下来，心就像大弯角羚或者小羚羊从藏身之处冲出来一样提到了嗓子眼儿。这真是危险的工作啊，随着我们的心情变得越来越急躁，我能够感觉到紧张气氛已经开始蔓延。

尽管前进的过程很折磨人，要想行进得快一点儿却是不可能的。当一个人在丛林中从缝隙往前挤的时候，荆棘会分到两侧。可是人刚一挤过去，荆棘就会弹回来，像黄蜂一样刺在人的后背上。

我指望着动物们能够在一个水坑边上停下来休息，使我们能够追上几英里。对我们有利的一个因素是象群中有娜娜两岁的儿子可以拖拖后腿，我们叫它曼德拉，在祖鲁语中是"力量"的意思。它可以把象群前进的速度大大地降下来。事情真能如我所愿该多好啊。

最终，大家经历了漫长、炎热、饥渴，并且令人泄气的毫无收获的一天。太阳慢慢地下山，我们的行动也暂时结束了。没有人会在晚上，在荆棘丛中跌跌撞撞地寻找大象。大白天，在茂密的树丛中追踪动物已经够可怕的了，如果在晚上，那就意味着自杀。

我极不情愿地宣布搜索暂时告一段落，彼得也同意明天再次起飞。

到家的时候，我们全身污泥，上下湿透，神情沮丧，一头栽倒在房前的草坪上。弗朗索瓦丝从屋里走出来，剩下的事情就不用我们管了。她吩咐着准备饭菜，还让人端上冰镇的啤酒。

我们已经筋疲力尽了。可一顿丰盛的晚餐，加上随后的一个热水澡，完全可以在恢复士气上发挥奇妙的作用。一个小时以后，我走到屋外的阳台上，坐在星空下，努力想弄明白这一切的来龙去脉。

我的斯塔福德郡斗牛犬马克斯跟着我走了出来。它是这个犬种的出色范本，重40磅，肌肉发达，强劲有力。我拥有它的时候，它是一只刚刚断奶的狗宝宝。马克斯从那刻起就摇摇晃晃地跟在我的身后，满腔都是无条件的奉献。就血统而言，它的全名应该是阿法拉伐的柏林格尔犬。要不是马克斯有一个身体缺陷的话，它就可以赢得狗展的奖杯了。它只有一个睾丸，我总认为这很有讽刺意味。马克斯比我了解的任何动物都更勇敢，无论和人比，还是和野兽比，它都是无所畏惧的。

可是，当它和孩子们在一起的时候，就变得无比温柔了。孩子们可以拉它的耳朵，戳它的眼睛。马克斯从不发火，也就是敷衍地舔舔孩子们。

马克斯趴在我的脚边，尾巴砰砰地拍打着地面。它看起来好像感觉到了我的郁闷，用它的湿鼻头轻轻地推了推我。

抚摸着它的大脑袋，我仔细回想这一天发生的事情。究竟是什么使大象能够冲破两道电防护栏呢？为什么奥万博人在追踪上能犯如此大意的错误呢？为什么他们随后放弃了搜寻呢？又是什么驱使库斯叫来这群"白兰地加子弹"的混混呢？这些人有着超乎常理的粗莽，怎么能让他们加入追捕中呢？

事情越发扑朔迷离，而且整个错综复杂的过程中一定有断线的环节。

马克斯低声的咆哮把我从思绪中拽了回来。我低头看看它，它一副高度警觉的模样，昂着头，耳朵半立着，盯着前方的暗处。

随后，一个温柔的声音叫响了我的祖鲁名字"穆克胡鲁"。

"穆克胡鲁"是我的祖鲁名字，字面意思是"爷爷"，这可不是限定的西方意义上的"爷爷"。祖鲁人崇敬成熟，如果称呼某人"穆克胡鲁",这绝对是一种赞美。

我抬头一瞥,认出了盘腿坐在几码远的那个模糊人影,是贝基。

"萨乌伯纳!"我用传统的方式问候。这是"我看见你了"的意思。

"是的。"他点点头,稍停片刻,就好像在思忖接下来要说什么。

"穆克胡鲁,事情有点神秘,有人在制造麻烦。"他说着,语气中带着密谋的味道,"他们在制造大麻烦。"

"此话怎讲?"

"昨晚,在博马旁边有人开枪,"他确定我在全神贯注地听着之后,就接着说,"大象惊得又喊又叫的。"

他突然站起来,举起胳膊,模仿着大象的鼻子,"它们发疯了,也许有一头还被击中了呢。"

"哈呜,"我用祖鲁语表示着震惊,"这么重大的事情,你是怎么知道的呢?"

"我就在那儿,"他说,"我知道大象很宝贵,所以昨晚就一直待在博马附近监视着。我不信任那些外人。"我知道他指的是奥万博保安们。

"然后,几头母象一起过来推倒了一棵树,树砸在了防护栏上。它们的力气太大了,树砸得也狠,护栏一下子就被砸烂了。这样,它们就跑出去了。我当时怕极了,因为它们就是贴着我身边跑走的。"

"真的吗?"

"千真万确。"

我答道:"太谢谢你了,干得好!"

贝基很满意自己完成了使命,随后起身,消失在黑暗中。

我大声地呼着气,思绪也开始飞奔起来,心里想这足以解释很多事情了。博马附近的偷猎者开枪,完全不在意这会引起大象的恐慌,尤其是这群大象在四十八小时前刚刚经历了失去母头象和它孩子的痛苦。

尽管我很喜欢贝基,可是也得谨慎看待他对奥万博保安的怀疑。非洲部落之间的仇恨由来已久,我也知道祖鲁人对纳米比亚人没有多少好感。完全还有一种可能性,就是本地的土著人想利用目前的混乱局面把奥万博人牵连进去,这样当地人就可以抢走这些人的饭碗了。

不管怎样,贝基的话是值得认真思考的。

天刚刚破晓,我们就开车抵达了昨天停止搜寻的地方。远远地看到彼得的直升机低飞过来,像鹰一样在空中盘旋,想在坑坑洼洼的公路上找一块可以降落的地点。一看见直升机在滚滚尘烟中着陆,一群祖鲁孩子就从附近的村子里跑过来,围在轰轰作响的机械周围,叽叽喳喳兴奋地说个不停。

搜寻队伍重新踏进荆棘丛中,寻找地上的足迹。我决定协助彼得在空中展开追踪行动。飞机起飞后,我望向窗外,注视着具有超凡魅力的广袤非洲,完全沉浸在它充满奇幻色彩的历史中。这里曾经是种目繁多、数量庞大的野生动物的家园,可是现在绝大多数都已经灭绝了。这里,也是我们这样的自然保护者进行抗争的地方,而行动的关键是让当地社区能够从自然保护和生态旅游中受益。这是一场艰苦、有时又令人沮丧的战争，但也是一场必须打、必须赢的战争。部落间的团结合作是非洲自然保护行动能健康有序进行的关键。而很多时候，我们往往忽视了这一点，总是单打独斗，自担风险。现在，那些乡下孩子叫叫嚷嚷地围在直升机周围。他们在丛林中长大，却从来没有见过大象。在未来，他们应成长为与我们并肩作战的生态勇士。

我们沿着恩塞勒尼河往北飞行，扫视着芦苇丛，寻找着大象的踪迹。低飞时，几乎是贴着西克莫无花果树的树尖掠过。这种无花果树盘根错节，像蟒蛇一样扭曲缠绕着陡峭的河岸。因为雨水丰沛，植被长得非常茂盛，里面完全藏得住一辆坦克。

终于，又有消息传来。KZN 野生动物保护协会在无线电里说他们接到一个报告，有人看见象群了。昨天下午，大象们把一群牧童和他们放的牛从水坑边赶跑，幸运的是没有人员伤亡。这些孩子跟在惊恐万分的牛群后面，为了保住小命，飞快地跑远了。

这个消息更说明了情况的急迫。不管怎样，我们总算有了象群位置的确切报告。彼得把我送到搜索队那里，让我下了飞机。随后又起飞、倾斜、改变飞行路线，而我则跳进了等候的路虎车里。

接着，我们又接到了 KZN 的电话，大象改变了前进方向，现在朝着乌姆福洛济野生动物保护区的方向去了。这个保护区是 KZN 野生动物的旗舰避难所，距离苏拉苏拉大约 20 英里。他们告诉我们一个大概的方位，我们马上用无线电通知了直升机。

彼得在下午发现了它们，大象所在的位置距离乌姆福洛济保护区的防护栏只有几英里，离我们还有一些距离。它们稳稳当当地行进着，彼得知道这一次机不可失，他必须在象群闯进乌姆福洛济之前稳住它们。因为一旦象群进入保护区的护栏，他就再也无法把它们赶出来了。

在空中赶大象只有一种方法，而这个方法一点儿乐趣都没有。飞机必须直对着动物们飞，直到它们掉头，转向相反的方向，也就是朝着苏拉苏拉的方向前进。

彼得倾斜着飞机飞行，然后呼呼地下降，螺旋桨发出哗啦啦的巨响，直对着娜娜飞过去，几乎挨着它的头皮掠过，然后又一个 U 形急转弯，以同样的角度飞回来，在象群的前方盘旋着，不让它们继续前进。这真是让人反胃的飞行啊，而且还要求飞行员有高超的驾驶技巧，双手要稳，神经更要稳。如果飞得太高，大象会从飞机底下穿过，然后跑掉。飞得太低，就有撞到树上的风险。

到目前为止，大象们已经奔波了二十四个小时。筋疲力尽的它们真应该在这只盘旋在头顶的嗡嗡狂叫着的"大鸟"面前知趣地转身离开，这是百分之九十九的动物的选择，即使如大象这样巨大的动物也会如此。而这个象群坚定地站着。

飞机一次又一次地向它们飞来，直升机旋翼实际上已经"亲吻"到了树尖，发出有节奏的轰鸣声。然而坚定的娜娜和它的家人依旧岿然不动，长鼻子傲慢地弯曲着，拒绝撤退。彼得将飞机飞得很低，1 英寸 1 英寸地判断着距离，大象就是不肯挪动一步。他用无线电告诉我们所发生的一切，我意识到，我的大象真是一群非比寻常的家伙。也许我有些偏爱，但它们的确与众不同。

终于，凭借高超的飞行技术，彼得无情地耗尽了象群的体力。1英寸，又1英寸，他催促着它们缓缓移动，直到大象面对着苏拉苏拉的方向。然后，彼得在空中把这些大象凑在一起，赶着它们前进。他熟练地操作着，直升机在他手中就好像一条飞行的牧羊犬。

我的呼吸开始顺畅点儿了，信心也渐渐回归，相信一切都会好起来的。在苏拉苏拉那里，工人们整天都在修补博马和外围那里被毁坏的护栏，他们通过无线电告诉我一切已准备就绪。我们还不得不割断一块围栏，好把大象赶进去，但是具体割哪一段围栏取决于大象最后抵达哪里。

终于，经过几个小时紧张的空中驱赶，我们终于看到了盘旋在远方天际的直升机，它们马上就要成功了。我命令围栏维修队伍把围栏缺口开得大一些，这样大象就能立即走进保护区里面了。我祷告着，希望疲惫的母头象能够径直走进去。

紧接着，我看到了它，这是大象逃跑后，我第一次见到它。在轰鸣的直升机下面，它慢慢地推开丛林。我能辨认出的仅仅是它的耳朵尖和后背的隆肉，但这是我目前最渴望看到的东西了。

很快，象群全体成员都出现在了我们的视野中。拖着沉重的步伐，它们走到了公路上，距离截矮的护栏只有最后难熬的15码了。这时，娜娜用长鼻子在空中嗅了嗅，停了下来。

大象的情绪突然转变了。从一开始疲惫地接受，到现在，它们心中充满了蔑视和反抗。娜娜大声吼出了它的挑衅，并且组织家人围拢成典型的防御阵形，屁股靠在一起，头朝外，就好像车轮上辐条的造型。它们用这个姿势表明自己坚定的决心和立场。彼得继续用轰鸣声驱赶它们做最后的冲刺，希望能引导它们顺顺利利地走进保护区里面。但一切都是徒劳。

看到自己的努力毫无进展，彼得把飞机开到远一点儿的地方，随后降落。他冲到了我的面前，任由马达轰鸣。

"我不想干了。"他说，"现在唯一能做的事情就是登上飞机，然后在象群身后开枪，强迫它们前进。我可以借你的枪一用吗？"

"不，我不想……"

彼得打断我："劳伦斯，我们已经浪费了太多的时间，明天我就不来了。勿失良机啊，你自己决定。"

我最不愿意做的选择就是开枪。对于这群心灵受到创伤的大象来说，听到的枪声越多，内心的悲伤就越深。

可是彼得说得也在理，我已经别无选择。我从皮套里拿出自己的那把9毫米口径罗西手枪，检查一下弹匣，确认里面装满了十三发子弹，然后把它递给了彼得。

他一言不发地接过手枪。飞机起飞后盘旋在大象的身后，彼得快速扣动扳机，子弹射到地里。

啪啪啪……一声又一声的枪声响起。

他倒不如用纸团好了，大象一步也没有挪动。这是它们表明立场的地方，它们一声不吭。我完全清醒地明白了，这也是它们划清界限的地方。

夜色降临，在逐渐明亮的星光下，我看得见大象朦胧，但不失坚毅的身影，身影中流露着钢铁般的反抗意志。

我绝望透顶了，我们距离圆满完成任务仅仅一步之遥。彼得调转机身飞走了，他用无线电告诉我们天太黑了，没有照明的话，飞机无法着陆，他会在苏拉苏拉把我的枪投下来。

意识到它们的"迫害者"离开了，娜娜让它筋疲力尽的家人们转过身，随后消失在茂密的丛林里。

我仰天长叹。现在，只好等待明天，一切重新来做。

第五章

又一个早晨，定时四点的闹表还没有响，我就醒了。由于着急出发，我咕咚咕咚地灌下一杯咖啡，咖啡浓得上面都能浮起一颗子弹。这真是个难熬的夜晚。

戴维和那些追踪队员站在一旁。这时，天边第一缕粉色的朝霞已穿透黑暗，黎明到来了。我们找到了娜娜和它的家人们留下的足迹，足迹所在地点就是它们昨晚在直升机面前表明坚决立场的地方。脚印又一次朝向了北方的乌姆福洛济保护区，我们跟随着新脚印钻进荆棘丛生的灌木林，壮着胆儿疾行。

现在很明显，我们要赤手空拳对付的是一些焦虑不安、难以捉摸的野生大象。而且我的脑海里始终摆脱不掉这样的画面：大象们穿过村庄，所经之处，无不遭到摧毁践踏。当我们择路穿越茂密的丛林时，我的脑海里还闪现着"保护区的切尔诺贝利灾难"这样的字眼儿。

今天，彼得不能开直升机过来支援了，所以追踪行动只能依赖我们的血肉之躯进行。这是我们和象群之间的一场徒步竞赛。但是它们有着十小时的先发优势，所以双方的胜算概率相差很大。

　　同时，弗朗索瓦丝厌倦了心神不宁又满怀期待地在屋子里转来转去的状态，她决定自己做一些侦查工作。大象前一天晚上曾在这个地方逗留，于是她带着我们那条几乎全身白色，比马克斯小两岁的狗贝柔跳进她自己的车里，在保护区周围尘土飞扬的路上搜寻，而且见一个人问一个人："你们见到我的大象了吗？"

　　乡下的祖鲁人中没有几个懂英语的，更别提听懂复杂的有着浓重法国口音的英语了。当然，他们当中见过大象的人数更是少得可怜。可就在此地，在丛林里，居然出现了一位陌生的金发美女，还带着一条好像得了白化病的雪白的狗，逢人便问是否见到周围有溜溜达达的大象出现过。毫无疑问，他们一定认为太阳是从西边出来了。

　　然而，弗朗索瓦丝的搜索行动竟然出名了。当地的新闻机构偶然得知此事，随后，消息传到了巴黎的大街小巷。事情经过媒体的加工润色之后，弗朗索瓦丝成了一个在多车道公路上只身搜寻大象这种厚皮动物的奇女子。

　　确切地说，当地报纸也开始报道大象逃脱和我们追寻它们的故事了。人们关注着这件事情的进展，而且幸运的是，媒体更关注象群目前所处的困境和象群中还有一头小象的事实。

　　将近中午时，我从 KZN 野生动物保护协会那里听到一个让我欣慰的消息：昨天晚上，大象们分头从相距几英里的两个点闯进了乌姆福洛济保护区。它们轻而易举地冲破电围栏，因为这些护栏的电网是布在里侧的。在保护区里面，它们是安全的，至少可以远离那些狩猎队的肌肉男。

象群在晚上分成了两队，娜娜和它的两个孩子，还有努姆赞是一组，弗朗姬和它的儿子、女儿一组。它们只是在禁猎区里时才重新会合到一起，它们的行为足以挑战人类的理解能力。在黑暗中，没有指南针，也没有无线电，精准定位几乎是不可能的事情。而这两组大象，相距7英里远，却能够在茂密的丛林中会聚在特定的地点，这不得不让人称奇。一想到这一点，你就毫不怀疑大象拥有让我们难以置信的沟通能力。据说它们能由胃部发出低频的隆隆声，这种声音的频率太低了，人类根本听不到。可是它们，即使相距几英里，也能探测到这种声音。大象要么是通过巨大的耳朵听到这些感觉脉冲的，要么就是按照一个更新的理论所假定的那样，它们通过脚来感觉震动以获取同伴的信息。

不论通过何种方式彼此沟通，这些令人称奇的家伙拥有一些远胜过人类的感觉。

离这两队大象会合的地点不远，有一个圆形茅屋，这个圆形的祖鲁小屋是 KZN 野生动物保护协会反偷猎部门的一个工作地点。这些护林员正在酣睡，突然，他们感到这个脆弱的建筑物开始摇晃起来，就好像发生了地震一样。随后，两截门的上扇被撞开，在夜色中，他们看见一个长鼻子像蛇一样探进来。这些大象闻到了护林员存储的口粮——玉米的味道，这可是祖鲁人的主食。象群正打算过去分一杯羹，当然了，它们过去就意味着把玉米全拿走。大象的鼻子就像超大的吸尘器一样在屋里探寻，这可把屋里的护林员们吓得不轻，他们迅速地钻到床底下，而那只长鼻子则把玉米袋子猛地拽了出去。

其他几个弯曲的鼻子击碎了窗户，伸进屋子，把里面的摆设抛得到处都是。大象们还想找到更多的食物，于是又把这些家具摔得粉碎。大象把一个人的丛林夹克衫从他手里拽了出去。当这人从破烂的门缝偷偷往外看时，他瞧见两头小象朦朦胧胧的身影，它们重重地踩在夹克上，又把它抛到空中。看来，这件衣服成了它俩的玩具了。

趴在地上的这些人不止一次地想去够他们的武器。他们把生命都奉献给了拯救动物的行动中，所以只会在万不得已的时候才会开杀戒，他们完全被眼前的一切惊呆了。眼看着自己的财物被翻得乱七八糟，并且被抛到屋子的周围，他们猜想，大象肯定还要摧毁这间木屋，而且这还不见得是大象出的最后一招。

这些横冲直撞的庞然大物一离开，护林员们马上就用无线电通知了保护区的总部。

在黎明时分，乌姆福洛济最有经验的保护区经理彼得·哈特利决定亲自去评估一下情况。当他开车赶往现场的时候，正好瞥见远处大象们的身影。彼得从车里下来，一步步小心翼翼地靠近，唯恐打扰这群动物。从数量和外貌判断，彼得断定这就是苏拉苏拉的象群。他谨慎地慢慢靠近，在距象群还有一定距离的时候，停了下来。而这时，弗朗姬突然转过身来，它嗅到了他的气息。

大象很少主动攻击人类，除非人靠它们太近。但是，伴着愤怒的吼叫，弗朗姬有如狂风暴雨般冲了过来。哈特利没见过这阵势，根本措手不及，只能马上转身就跑，钻进荆棘丛，跌跌撞撞地奋力逃命，全然不顾被荆棘丛划破肌肤的剧痛。他跳进 4×4 越野车，幸运的是车子马上就打着了火。他猛踩油门，越野车一下子冲了出去。这时，那头 5 吨重的正在发起猛攻的"重型卡车"已经追到车后几码远的地方了。这一幕恰恰印证了老护林员的格言：林中无尊严！

攻击保护区的经理，还袭击了所有遇到它们的人，这一切极大地毁坏了象群早有污损的声名。哈特利面色铁青地回到了保护区的总部，讲述了他是如何"象"口脱险的。这些经验丰富的老护林员目前非常担心，因为事情越来越失控。哈特利建议大家与姆普马兰加保护区的人接触一下，以便获得一份更加综合全面的报告。但是，他们根本不喜欢自己听到的一切。

我还在丛林里搜索大象的时候，接到了无线电呼叫，让我马上到乌姆福洛济"商讨"形势。马上就去。

这听起来就不像什么好兆头。我意志消沉、神情沮丧地沿着布满车辙的泥巴路，穿过部落领地，来到了动物避难所总部。令我欣慰的是大象们还活着，而我担心的是随后要发生的事情。我有一种可怕的预感，我马上就要听到对它们的死刑判决了。

我带着参加葬礼的情绪走进办公室。我认识这里大多数的丛林人，他们都非常诚恳忠厚。尽管和我热情地打着招呼，但他们看起来并不怎么高兴。

寒暄几句之后，他们切入正题，说的正是我最怕听到的。他们说如果早点知道这些大象是麻烦制造者，他们肯定不会许可苏拉苏拉接收这个象群的。突破两道电围栏，追逐牛群，践踏护林员小屋，拒绝在嗡嗡作响的直升机面前让步，攻击保护区经理，所有这些都清楚地表明这是一个危险的、难以驯服的，而且凶猛的象群。让它们继续待在这片人口密集的乡下聚居区，风险无疑是巨大的。

在保护区里的这番"交谈"，只意味着一件事情：护林员们打算处决这群大象。

我打断对方，决心扭转目前一边倒的局面，否则事态就无法挽回了。"嘿，伙计们，你们别忘了，现在围绕这件事情，各种报道已经铺天盖地了。关于我们寻找大象的消息已经传到了各地，大多数公众都非常同情这群大象。母头象的象宝宝尤其引起了全国人的普遍关注。大家都想知道接下来如何开展追踪行动以及如何安顿大象。既然象群现在还是安全的，还没有造成任何伤害，如果你们开枪射击的话，媒体就会狂轰滥炸，你们也就没什么好果子吃了。"

我随后强调象群能够逃跑纯粹是我们运气太差，我们所做的一切都是按照书本的要求完成的。KZN 野生动物保护协会在当地的专家也声称我们建的博马安全坚固，他完全没有想到象群能够推倒围栏旁唯一的那棵大树，大树又砸毁博马，这才引发了象群的逃脱。

一旦逃脱，那么它们想返回原来的老家也是再自然不过的事情了，这是根植在它们灵魂里的本能。只要我能有机会让它们慢慢适应苏拉苏拉的新环境，那么一切都会好起来的。

我还指出，尽管它们已经逃跑三天了，但还没有伤害到任何人。

我停顿了一下，强烈地意识到自己是在为了这些动物的性命在抗争啊。"先生们，拜托了，能再给它们一次机会吗？这样的事情绝不会再发生了。"

沉默忧郁的气氛笼罩着房间，我不知道还能再说些什么。

这些护林员都是善良的人，除非是在万不得已的情况下，否则他们不愿意杀死任何动物。就目前的情况而言，他们认为娜娜和它的家庭成员没有什么机会了，因为残酷的经验证明，任何一个拒绝敬畏电护栏的动物都跨越了底线，也就没有什么改过自新的希望了。

我知道他们说的是有道理的。

其中一个人说道："是啊，劳伦斯，我们理解你的感受，但是你也知道这样下去的结果一定很可怕。这群大象没救了，它们经历了这么多糟糕的事情，现在完全把人类看成了敌人。象群几乎杀死了彼得·哈特利，谢天谢地，他逃出来了。他以前可从来没有听说过大象会从那么远的距离开始攻击人。我们打算先把那几头成年象杀死。

"行，行，好吧，我想你们不会那样做的。"我紧紧抓住最后的救命稻草，"媒体会通篇报道你们的，这将引发公关危机。"

"我们也想到了这一点。我们建议可以追捕这些大象，然后把它们送回苏拉苏拉，但是我们只把年轻的大象送回去。至于成年母象和未断奶的小象，我们会给它们注射大剂量的麻药，实施安乐死。"

我惊得目瞪口呆，他们已经把一切都计划好了。

"媒体会嗅到可疑之处的。"我赶紧再次争取挽救大象们的生命，试图阻止任何有关死亡的决定，"而且还可能指责你们不称职。无论哪种情形，你们的形象都会大打折扣。现在，你们已经是万众瞩目的焦点，所以我们最好把事情妥善解决一下。我把大象带回苏拉苏拉的博马那里，把它们牢牢地关好。我们严密监视它们，观察一段时间，再做决定吧。如果我们在一两个月内仍然控制不住它们的话，那我们也没有其他办法了。我负全责。"

随后是长时间的沉默，我感觉到自己仿佛触动了一根敏感的神经。经过好似炼狱般的等待，终于听他们说这件事情可以再考虑考虑。

我筋疲力尽、绝望孤独地回到苏拉苏拉，向戴维和库斯讲述了发生的一切。

第二天，我接到一个陌生人的电话，他说自己是一个野生动物贩子。

"嘿！"他的声音从话筒里轰隆隆地传来，"我听说这件事了，你的大象总惹麻烦。"

我做了一个鬼脸。还有谁不知道这事儿啊？

"对了，我可能会给你提供一个完美的解决方案。"

这马上引起了我的好奇心。"什么方案？"

"我从你手里把这些大象买走。所有的，一个不剩。不仅这样，我再送你另外一群作为替代。这是一群听话的老实动物，不会给你惹麻烦的。"

"你说的是马戏团里的大象吧？"我掩饰不住声音中的挖苦。

"不是，不是，根本不是那样。这些也是野生的，只不过不像你的大象那样野蛮。而且我还可以额外给你两万美元。"

"你这么做是何苦呢？"

"如果你的大象继续留在这里，早晚会被杀死。如果放到我的手里，我会把它们重新安置到安哥拉的一个保护区里面。在那儿没有人打扰它们。至少它们可以活下去。"

这的确让我有些动摇。这个人可以一次性解决我目前面临的所有问题，我能收回最初运送大象和建造博马的费用，我还能免费得到另外一群大象。想到如果把目前的象群从乌姆福洛济运回来，我还得支付更多的抓捕和运输费用，那么这个人的建议无疑是很诱人的。如果我不接受这个提议的话，那自己又得大把大把地往外掏银子了。

"把你的电话给我吧，我随时和你联系。"我说道。

然而，我总觉得有什么地方不对劲。也许这件事好得都让人难以置信了，并且简直就是及时雨。我一直是个靠直觉行事的人，这件事让我嗅出一丝不妥的味道。

确切地说，我越是想到这个野生动物贩子，心里就越生气。我本应该对他抛来的救生索感激涕零才对，这也是很理智的反应。可是，对于摆在面前的解决方案，我完全没有心头卸下重负的轻松感，而是莫名地感到很反感。

我开始渐渐明白，有些东西尽管难以描述，但却根深蒂固地存在于我们的骨子里和血脉中。这个电话带给我的启示就是：尽管我还不了解这群大象，但我不知不觉地已经离不开这群总"犯错"的大象了。

过去几天的经历告诉我，除了作为时髦的生态旅游的一个招牌外，在现实世界里，大象根本就没有什么真正的价值。似乎没有人在意这群逃跑中的绝望而又不知所措的动物。对于护林员来说，它们是麻烦；对于"子弹加白兰地"的狩猎队来说，它们是猎取象牙的靶子；对于当地的土著人来说，它们是威胁。没有人在乎这群有血有肉有感情的生灵，虽然它们的祖先在亿万年前就已经徜徉在这个星球上了。

　　情况并非一直如此。实际上，也就是几十年前，祖鲁人非常敬畏大象。他们现在在公共集会上仍会高呼"您就是大象"，来向他们的国王表达赞美。成千上万尚武之人发出的震耳欲聋的呼喊声萦绕在脑海里，唤起了我对一个时代的记忆。在那时，这些如圣像般高贵的动物受到了人们极大的尊重。

　　这样的日子一去不复返了。在如今的非洲，人们简单地把大象视为土地的掠夺者。在西方，它们仅仅是奇物；在东方，它们只意味着象牙。

　　这三天令人绝望的追捕让我意识到一个残酷的现实，尽管这些大象看起来强大威猛，而实际上，它们就像婴儿一样脆弱。这群迷路又迷惑的大象，无论走到哪里都是危机四伏，没有人会为保卫它们而战。事实上，娜娜和弗朗姬还非常有可能被处死。

　　一想到我和象群间这种几乎不理性的联系，我就知道这群大象将会改写我的人生。不管你喜欢与否，我都觉得自己是这个象群中的一分子。生活给了这群大象沉重的一击，我则下定决心尽自己所能纠正这一切。至少，我应该给予它们一些帮助。

终于传来了消息，对苏拉苏拉而言，这可是在过去令人绝望的几天中难得的好消息。KZN 野生动物协会同意暂缓执行处决，他们将抓捕这些大象，并把象群送回到苏拉苏拉的博马里。娜娜和弗朗姬的死刑终于被缓期执行了。

但是，如果它们再次逃跑，那么整个象群将会被就地正法。在最后一次的追捕中，不会再有"返场"，也不会再有商讨。

这绝不是随意的威胁。我知道非洲最恶名昭著的猎象枪——.458 型猎枪已经作为常规武器配备给了本地区所有的护林员。

这既是象群最后的机会，也是我最后的机会。

第六章

　　有了不带任何附加条件的缓期执行口谕，我终于觉得自己又可以喘口气了。现在，过去几周承受的压力已经得以缓解，更让我如释重负的是，自己又有了一个机会。

　　这一次，我只能成功。实际上，这是一次事关生死的努力，KZN野生动物协会绝对不可能再让步了。这是最后一搏，如果失败，代价是难以想象的。

　　博马已经维修好，现在我只等着KZN做好抓捕象群的准备工作了。这段时间，我千方百计想要琢磨出一个办法，可以让大象回来时尽快平静下来。这样做不仅仅是为了大象好，我自己也必须考虑在保护区里面拥有一群焦虑不安的，并且闯过祸的大象的深层次意义。在我把它们放到大自然这个更广袤的保护区里面，让它们重获自由之前，我必须确认它们已经完全安定，并且安顿好了。但是我们该怎样做呢？

　　就在我苦思冥想之际，我又接到了来自EMOA的电话。很高兴能听到玛丽昂·嘉莱的声音，她是我这次惨败中唯一的同盟伙伴。

"劳伦斯，我有一个主意，也许对你有帮助。"

"我需要所有的帮助。什么主意？"

"我遇到过一位可以和动物打交道的巫师，"她停顿了一下，随后有点儿紧张地大笑起来，"但是在你拒绝之前，请耐心听我说完。"

哼哼哼……看来我们目前的局面太令人绝望了，以至于她都开始考虑采取超自然的解决办法了。

"有话快说，"我冲口而出，随后立即改口，"对不起，我用词不当。请继续。"

"这个巫师和那些爱惹麻烦的动物打交道很有一套，她与这些动物有着独特的沟通方式。也许，她能靠近头象，也许还可以使它平静下来，然后再安抚其他大象。我知道这听起来有些荒诞，但是，唉……也许这个办法能奏效呢。"

噢，好吧。通过自己的亲身经历，我知道和动物交流这样的事情超出了人们正常理解的范围。在丛林中，传统做法并不总是解决问题的好办法。可是，找一个巫师过来总让人觉得有些过火了。

但除此之外，还能怎么办呢？这么做又有什么害处呢？至少，这个办法也许会发挥作用。最糟也就是背个"如堂吉诃德般不切实际"的骂名罢了。

"好吧，请告诉她爱咋做咋做，就是别碍我的事。大象回来后，我会忙得不可开交。"

几天后，巫师来了。这是一个中年女性，美国人，梳着灰白长发。本打算与她敞开心扉好好聊聊，但是见她在早上十点钟就开始喝啤酒，我怀疑她到这里来的动机不纯。

第二天，她让我们的一个员工转达她对午饭的要求：客房送餐的花生酱三明治。

这个要求把弗朗索瓦丝惊呆了，对方提出的唯一餐饮要求竟然是花生酱三明治！这简直就是亵渎她这位讲究营养花式的法国主妇的厨艺。

我们接着到博马那里看了看，她花了好几个小时的时间在丛林里嗅来嗅去，还把所谓的"家庭、爱、尊重之心灵感应"喷到护栏上。

她还说那东西就能把大象留住。

第二天，她指向花园里我最喜欢的那棵树。这是一棵繁茂的野生无花果树，半裸露的树根如同人的大腿那么粗，伸展蔓延到草坪上。

"那棵树，"她用颤抖的声音说，"它里面有个邪灵。你能感觉到它，是吧？来吧……我要斩妖除怪了！"

我们走到大树那里，我仔细端详着它粗大扭曲的树干。我一直把它视为一个庞大而亲切的伞盖，它为成群的鸟儿提供了一个栖息之地，每天早晨，那里都会传来完美的，如编钟齐鸣般悦耳的音乐旋律。我真想知道究竟是什么邪灵在树枝间阴魂不散……随即，我狠狠地摇了摇头，让自己清醒过来。难道我也中邪了吗？

她开始嘟囔起某种宗教咒语。我站在一旁，拼命地祷告，希望她快点结束。

"赶跑了！"几分钟后她说道，显然对自己的表现很满意。

我们正要离开，她转过身指着天空。

"看到那些云彩了吗？它们根本就不是云彩，它们是载着邪恶外星人的飞船。就是它们不让大象回家的。"

我见到的就是棉片状的卷积云。她肯定注意到了我的疑惑。

"我当然知道了，"她一边说，一边拍着自己庞大的胸部，而且还把身子靠了过来，"我在云彩里面游历过。"

第二天，她走进厨房，点她的主食花生酱三明治。但这次，她要求我们的护林员戴维亲自把餐送到她的房间。

我们严格执行她的规范要求。三明治做好了，上面抹满了花生酱，放在盘子上。照她的吩咐，戴维端着食物过去敲门。门旋转打开，出现在他眼前的就是巫师。她竟然一丝不挂！

戴维放下盘子，咕哝着："夫人，您的三明治。"随后转过身，飞快地跑了，脸红得就像甜菜头。

终于盼来了切实可靠的消息。KZN 打来电话，明天就能把象群运到。

捕捉大象的事情在南非时而发生，但在夸祖鲁-纳塔尔省却是个例外。实际上，乌姆福洛济那里的捕捉队声名远扬，他们是抓捕白犀牛的先锋，也正是他们使得这一物种免遭灭绝。可是，他们却缺少运载一家子大象的重型设备。在抓捕过程中，这个由成年母象，还有它们半大的、幼小的孩子组成的家庭从来没有被分开过。成年公象一般都是单独运输的。最近，捕捉队刚刚购进了一辆新型的双用途重型拖车，它既可以运送长颈鹿，也可以运输大象，现在就到了检验这辆车性能的时候了。摆在捕捉队面前的问题是：这辆车够结实，够大吗？能装下七头大象吗？没有专门设备和滑车，捕捉队员们能把大象弄到拖车里吗？在其他地方，运载大象时，可都要用一些特殊设备和滑车的。如此说来，我的大象就是这辆车的第一批试验品了。

令我安慰的是，我的好朋友戴夫·库珀将负责照料这些大象。戴夫是乌姆福洛济享有国际声誉的兽医，也许还是世界上顶尖的白犀牛专家。

抓捕行动一般都是在大清早进行，为的是躲开白天的酷热。六点钟一到，直升机就嗡嗡地起飞前往上次见到大象的地点了。飞机上载着一位经验丰富的神枪手，他就坐在射击位置上。戴夫留在地面，以应对随时可能出现的紧急情况。排除几次误报消息后，飞机终于发现象群了。驾驶员操控飞机俯冲下去，几乎是朝着树尖的正上方飞去，看起来险象环生。随后飞机继续下降，差不多就是贴着地面盘旋，这样就可以驱散象群了。

这便是非洲飞行员远近闻名、一枝独秀的丛林飞行技巧。直升机在飞行员手中就像玩具一般，一会儿这样倾斜，一会儿又那样；先阻截，再爬升，再垂直下降。所做的一切都是为了吓唬、诱导、追逐这些狂乱的大象，把它们往飞行员看见的一条土路上赶。从空中看，这条路就在几百码的前方，好似旷野上一条巨大的伤疤。这条初具雏形的土路对于抓捕行动来说非常关键，因为地面人员要把重型运输卡车开到距离动物抵达地点最近的位置。

直升机上的神射手把飞镖装上膛，一切准备就绪。这时，飞行员用无线电向地面人员报告了他的位置。

螺旋桨桨叶驱赶着象群冲破灌木丛，全速飞奔。

眨眼间，娜娜和它的家人一起冲破树林，跑到了开阔地带，这里正是我们挑来向大象们发射麻醉飞镖的地点。

飞行员敏捷地调整飞行方向，以便正好跟在狂奔的大象后面，这样射手就能够清楚地瞄准它们巨大的屁股了。

叭！.22麻醉枪射出一支粗重的装满M99的铝飞镖，M99是为大象和其他大型食草动物专门定制的强效麻醉剂，飞镖击中了娜娜的臀部。在发射麻醉飞镖的时候，通常都是先射击母头象，然后是其他体型较大的象，最后是小象。这样做是为了避免小象被更大的家族成员踩踏，造成窒息。娜娜的孩子实在是太小了，如果从空中进行飞镖麻醉的话，很有可能出现意外。这样，戴夫只能自制一个飞镖，在地面给小象进行麻醉了。

一支飞镖射中后，另一支就得马上装膛，再开火。飞镖上鲜红的羽毛在飞奔的动物们的屁股上"矗立"着，就像是引航的信号灯一样。射手必须手脚麻利，两枪之间的任何耽搁都会导致大象昏倒时分散躺在丛林各处，这就会使抓捕行动变得异常复杂与艰难。

最后一镖精准射中，神射手竖起了大拇指。随后，驾驶员把飞机拉高，盘旋在空中。第一个是娜娜，紧接着，其他大象也开始踉踉跄跄，随后膝盖一软，缓慢地轰然倒下。当这些飞奔的庞然大物突然失去动力，然后像树干一样粗壮的大腿变得像果冻一样绵软，最后倒在尘土中时，这看起来就像是超现实的一幕。

载着地面队伍的疾驰而来的卡车现在距此不到1英里。直升机摇摇晃晃，轻轻地降落在卷起的红色尘土旋风中。看来，此次行动的时间掌握得非常精确。

戴夫急匆匆地赶到娜娜那里。那头幼象此时正紧张地站在妈妈倒下的身躯旁。我们给它起名曼德拉。这个名字完美地诠释了小象令人难以置信的坚强毅力，它可是跟随着象群经历了这么长时间的奔跑啊。此时，它扇动着耳朵，竖起小鼻子，本能地想要保护俯卧的妈妈。戴夫找准位置，把一支轻飘飘的塑料飞镖射进幼象的肩膀，这支飞镖里的麻醉药是最小单位的安全有效剂量。

曼德拉的膝盖刚一弯曲，戴夫就从旁边一棵加里树上折下一根树枝，并把它插进娜娜长鼻子的末端，以保持它呼吸道的畅通。他同样处理了其他的大象，随后又回到娜娜这里。戴夫把药膏挤进娜娜放大的瞳孔，抻开它的一个耳朵。娜娜的耳朵上遍布着静脉血管，大小如同一条裙子，戴夫把它盖在娜娜的眼睛上，这样眼睛就不会被烈日灼伤了。

其他处于麻醉状态的大象也都得到了同样的处理。戴夫系统地检查了每一头大象，看看有没有受伤的情况。幸运的是没有一头因轰然倒地而摔断了骨头或者撕裂韧带。

地面人员赶到后，立即给娜娜翻身，让它肚皮朝天地躺着。因为它是母头象，所以大家想把它第一个装车。首先，用绞车把它头下脚上地吊到空中，虽然这样做看起来很唐突无礼。其次，再通过大卡车后面的门把它装进车厢。把一个由血、肉、骨骼构成的重达 5 吨的大家伙倒栽葱似的吊在空中，看起来的确不雅。但是，我们的每个动作都既迅速又和缓。由于缺乏专业设备，整个过程的耗时比正常情况长了很多。当大家伙儿把大个儿的大象装上车时，等待装车的大象身上的麻药药力开始降低了。当处于麻醉状态的大象开始出现苏醒迹象的时候，你可不能浪费时间在四周闲逛了。大象的鼻子开始抽搐，还挣扎着想要抬起头来。戴夫忙不迭地从一头大象跑向另一头大象，往它们耳朵上的粗大静脉里补充注射麻药。当所有的大象都装上车并且苏醒过来后，卡车便加速朝着苏拉苏拉的方向驶去。大象们在这九十分钟的路途上陆续恢复过来。尽管步态还不稳，但是娜娜又一次带着它的家人步入了博马。它的身后跟着弗朗姬，弗朗姬还是一副目中无人的样子。它们为争取自由所付出的努力更增加了它们对囚禁的憎恨。我清醒地知道，我们随后的几个月将是一段艰难的时光。

当抓捕队开车离开时，一个护林员朝着身后高喊："我们很快就会再见了！"

这可不是礼貌的告别，他很明显是在冷嘲热讽。他是说这些动物意味着坏消息，他毫不怀疑它们还会逃脱，他也会再次回来抓捕的。只不过再回来，带着的不再是麻醉飞镖，而是子弹了。我气得真想回他几句，但是当时大脑没有反应过来。

第二天，那个野生动物贩子打来电话，他出的价码涨到了四万美元，并且还重复强调送给我们一群更温驯的大象作为补偿。这听起来仍然不真实，令人难以置信。我继续采取拖延策略，说我会考虑考虑的。他开出的条件又一次令我感到愤怒。我仍然毫不动摇地坚信所经历的一切都是命运使然。我原本并没想要拥有大象，是命运把这些大象送到了我的面前。也许，注定要发生的事情总会发生。

在夜幕降临之前，我驱车前往博马。把车停在不远处，我小心翼翼地走向围栏。娜娜站在浓密的植被中间，身后是它的家人。它仔细观察着我的每一个举动，而且它身上的每一个毛孔都散发着强烈的怨恨气息。毫无疑问，它们迟早会再一次逃跑的。

突然，我脑海里闪现出一个解决办法。我立即决定不再听别人的建议了，我要和象群生活在一起。如果我这样做，我知道专家们会惊恐地挥舞着双手制止。他们反反复复地指导我们说，大象被关在博马里进行隔离的时候，人类要最低限度地接触它们。但是现在，我要采取一些非常规的措施了。如果想对这些生命负责的话，我就应该按照自己的想法行事。即使失败，至少我竭尽全力了。

当然，我要待在博马的外面。我会一直和它们在一起，喂它们，和它们说话。最重要的是无论白天还是黑夜，我都不和它们分开。这些壮观无比的生灵现在处于巨大的痛苦中，而且可能已经彻底迷失了方向。如果现在有人关心它们，陪伴它们，它们也许还有救。毋庸置疑，除非我们现在不走寻常路，否则它们会继续想尽办法撞破围栏逃跑，并且死在争取自由的道路上。

归根结底，我们先要慢慢地相互熟悉和了解，否则所有的希望都将成为泡影。现在，我们已经没有时间再尝试专家的方法了。正如有一天晚上我对戴维所讲，我们当中至少得有一个人能够赢得母头象的信赖。如果做不到这一点，象群对人类的怀疑就无法排除，它们也不会安心地待在这里。

"你就是这个人选啊。"戴维说。

我点点头："我们试试吧。"

我和弗朗索瓦丝探讨这件事儿，她也认为按照传统的方式难以让动物们安顿下来。我问戴维愿不愿意和我做伴，他报以灿烂的微笑，我知道这就是最好的答复。博马距离我家大约3英里远，所以，我们只把一些必需品打包装车。在相当长的一段时间，这辆路虎车将是我们的家。

我当然还带上了马克斯，在户外，它是一个了不起的同伴。当它还是一条小狗的时候，第一次嗅到丛林的味道时，那可真是见什么追什么啊。在保护区里面，这可是个问题。它这样做会骚扰到动物们，而且不停地狂吠还有可能把食肉动物吸引过来。我不得不向马克斯再三指出它因年轻冲动而犯下的错误。

尽管马克斯和野生动物初次打交道的经历并不特别愉快，但它真是一个令人称奇的学习快手啊。一大群黑长尾猴落户在我家周围的大树上，而且它们还以奚落马克斯为乐。它们经常聚在低矮的树枝上，正好是马克斯够不着的距离。猴子们在彼此身上打滚，还冲着马克斯尖叫，极尽所能地运用灵长类动物的智商羞辱它。有时甚至往马克斯身上撒尿，或者精准地朝着它投掷粪便。马克斯气得暴跳如雷，但也毫无办法。

这种折磨持续了一年多，马克斯终于等来了自己的机会。有一天，发生了一件闻所未闻的事情。一只年轻的大个子公猴非常迫切地想带头戏弄马克斯，没想到一不留神竟然从树上掉了下来，还正好落在了马克斯的脚边。双方面面相觑，目瞪口呆片刻。马克斯静静地蜷着身子，公猴龇着牙，随后双方厮打在一起。当我费力地把它俩拉开的时候，马克斯终于出了口恶气，报了"一箭之仇"。

稍后，我回去处理猴子的尸体。猴群们仍在那里，见我过去，它们表现得极其仇视。我退了几步，目睹了一场奇特的、从没见过的仪式。猴子们从树上下来，静静地围拢在死去的同伴周围。过了片刻，它们轻轻地抬起尸体，跳过一个又一个树枝，一棵又一棵树，然后消失在远方，这完全就是一个葬礼。大约一个小时以后，它们回来了。我不知道它们是怎么处理那具尸体的。

然而，对于马克斯来说，这是一个转折点。从那以后，黑长尾猴对它视而不见，双方的停火协议终于达成了。

到现在，两年的时光过去了，马克斯也终于成长为一条真正的丛林犬。它只要领会到我让它保持安静的指令，就会蹲在我的旁边，或者坐在路虎车的座椅上。无论什么时候有动物靠近，它都充满警觉，却像壁虎一样安静。我知道，在大象那里，它也一定能发挥作用的。

对马克斯而言，和我们一起到博马那里宿营的经历将会成为它冒险生涯中的又一篇章。我们将全天候地和大象待在一起，住在丛林中，在车里打盹，在星光下伸懒腰，手表的闹钟会定时地提醒我们到围栏那里巡逻。我们将和大象们一起挨过寒冷的夜晚，一起汗洒灼热的白天。这将是一段身心俱疲的人生体验，而且我们很清楚，象群根本就不想让我们待在它们的周围。

第一天，我们待在距离大象 30 码开外的地方观察。随后，每天都靠近一点，但这绝对是一个渐进的过程。娜娜和弗朗姬不时地观察着我们，如果觉得我们靠得太近了，它俩就会冲到围栏这里。

在非洲，夜幕的降临既是静悄悄的，也是让人措手不及的。通常在半个小时的薄暮后，天就完全黑了。但是暗夜也能成为你的朋友。荒野在黑暗里沸腾了，那些夜行动物急匆匆地离开洞穴、树木和裂隙。它们深知食肉动物们都已休息，所以表现得勇气可嘉、毫无畏惧。夜空由于没有城市的大气污染，穹顶就如同得到了满功率的电力供应一样星光熠熠。我最爱仰望苍穹，寻找黄道十二宫的踪迹，或者沉浸在零星出现的流星的光芒里。

这时，戴维轻声唤醒我："快，围栏那里不对头。"

我甩掉毯子，眨巴着眼睛，努力适应夜晚的视线。我们穿过树丛，慢慢地匍匐到博马那里。我什么都看不见，突然，一个巨大的影子显现在我面前。

是娜娜，它站在距围栏大约 10 码的地方，旁边是它的小儿子曼德拉。

我极目四望，搜索其他大象的身影。尽管大象身形巨大，但是在茂密的树丛中，即使是在大白天也很难发现它们的身影，更别提在晚上了。我快速地瞟了眼手表，早晨四点四十五分。在祖鲁语中，有个词"乌维维"形容这个时间段，意思是"黎明前的黑暗"。这个词描述得太恰当了，在祖鲁兰的丛林里，天际出现第一抹鱼肚白之前，是那里夜色最浓的时间。

突然，娜娜绷紧全身的肌肉，张开了耳朵。

"天啊！快看它！"戴维轻声叫着，蹲伏到我的旁边，"真大啊！"

娜娜向前迈了一步。"噢，糟糕！它朝这边来了。"戴维不再嘀咕，而是大叫起来，"那该死的电网最好能拦住它。"

未加思索，我起身向围栏走去。娜娜像巨人一样站在我的正前方，仅仅几码远。

"别这样，娜娜。"我尽可能镇静地说，"小姑娘，请不要这样。"

它一动不动地站着，但是绷紧神经的样子就像是一个等待发令枪响的运动员。在它身后，是稳如泰山的象群。

"现在，这儿就是你的家。"我接着说，"请不要这样，小姑娘。"

尽管在黑暗中我看不清它的脸，但能感觉到它的眼睛盯着我。

"如果你们跑出去的话，他们会把你们全都杀死。现在，这儿就是你们的家。你们不必再跑了。"

它仍然一动不动。突然，我意识到这种局面太荒谬了。在浓浓的夜色里，我居然在和一头带着小象的野生母象说话。它们娘俩在一起可是最危险的组合啊，而我和娜娜表现得就像是朋友间在友好地聊天。

管它荒谬不荒谬，我决定继续讲下去，并希望我说的每个字它都能够理解。"如果你们离开的话，你们都得被杀死。留下来吧，我会和你们在一起，这是一个好地方。"

它又向前迈了一步。我看到它又一次表现出紧张的样子，随时准备着逃跑。我也准备好了。如果它不惧疼痛，扯下电线的话，弗朗姬和其余的大象眨眼间就能冲破围栏。另外，即使电流能把娜娜击退，可是象群联合起来的冲劲也足以让它们闯出去。

我正好挡住了它们的路，我完全清楚目前的局势。围栏上的电缆线只能拦住它们片刻，我只有几秒钟的时间可以连滚带爬地跑开，爬到旁边的树上。否则，我就会被踩成信封。离我最近的是左侧10码开外的一棵巨大的罗布斯塔金合欢树，树上满是白色的恼人的尖刺。我不知道自己能不能跑得足够快。也许不能。另外，我记不起上次爬这样带刺儿的树是什么时候了。

这时，我和娜娜之间有了点儿感觉，这是瞬间闪现的些许理解。

随后，这种感觉就不见了。娜娜用鼻子轻轻地推了推曼德拉，然后转身消失在树丛里。其余的大象跟着都不见了。

戴维像爆裂的气球一样长舒了一口气。

"我以为它又要跑了呢。"

我们点起一个小火炉，煮上咖啡。没有什么要说的，我不打算告诉戴维，刚刚我觉得自己和母头象之间有了短暂的理解。这听起来有点儿太疯狂了。

但是，那种感觉的确出现了。这给了我一线希望。

每天都是老样子。太阳升起之后，象群开始心不在焉地沿着围栏前前后后地走来走去。如果我和戴维胆敢靠近，它们就会朝我们冲过来，直奔到电缆那里才停下脚步。我们连忙后退，远远地观察着，看见的只有它们凶狠的目光。

这是我在动物身上见过的最猛烈、最赤裸裸的进攻和骚动。

只要我们接近围栏，它们的怒火就会被点燃。

由于象群被关在封闭的博马里面，所以我们必须为它们提供额外的食物。这就带来了一个问题，只要我们接近围栏，把一包包的苜蓿草扔进去，它们就会又一阵暴怒发作，对食物则视而不见。

唯一的办法就是把食物放在博马的另一端，我在这边分散大象的注意力。当它们冲我走来的时候，戴维，这个非常年轻的壮汉子，马上跳到卡车的后车厢，把一大包一大包的草料从围栏上面扔进去。

象群一看见他，就转过身朝他冲过去。当戴维转身跑开，我就从自己这边往里面扔食物。大象又朝我奔来，戴维再继续扔草料。当我俩都走得远远的，象群才开始进食。

随着我和戴维交替着往围栏里扔食物，大象的怒火也轮番地喷向我俩。毫无疑问，如果没有围栏，我俩早就被大象干掉了。

这种仇恨如此强烈，我开始疑惑这些生灵在以前究竟经历了什么，尤其是想到玛丽昂曾经告诉我，娜娜和弗朗姬还是幼象的时候就与人类有过接触了。据我所知，它们没有受到过肉体的虐待，那么更深层次的原因是什么呢？难道这就是从几乎被人类猎杀到灭绝边缘的祖先那里传下来的某种恐惧吗？还是因为它们本能地知道人类应为它们的囚禁负责？或者是因为我们，它们不再能够阔步踏上大迁徙之路，像它们的祖先亿万年来那样跨越非洲这片神奇的土地？

剩下的时间我就观察它们，努力想发现共鸣，而不是怒火。

现在看来，弗朗姬，这个第二领袖，是主要的进攻者。娜娜会有短暂的平静，但这绝不意味着稳定。我能被它接受吗？不知道，我只是希望如此。

每天，我和戴维都要把两千磅的食物从围栏上面扔进去。同时，我俩的体重就像蛇蜕皮一样锐减。仅仅一周，我们每人瘦了10磅，其中绝大部分是通过出汗减掉的水膘。如果不是每天如此忧心如焚，我会很高兴有这样的好身材。

但有一件事情是肯定的，大象们知道我和戴维就在周围。我围着博马一走就是几个小时，检查围栏，还故意地大声讲话。这样，它们就能听到我的声音了。有时候，我还唱歌。戴维毫无怜悯地说他受够了，还说听到我的歌声，他都想一头直接撞到电网上算了。我的行为一旦引起了娜娜的注意，我就会直视着它，并且温柔地、全神贯注地与它交流。我一遍遍地告诉它，这是它们的新家，这里有它需要的一切。绝大多数时间，我选一个离围栏比较近的地方坐着，或者静静地站着，什么也不说。不管它们离我是远是近，我都表现出轻松自在的样子。

慢慢地，我们成了它们生活中不可或缺的组成部分。它们开始“认识”我们，但这是好是坏，我也不确定。

然而，每天在“乌维维”（黎明前的黑暗）时段发生的令人担忧的仪式仍在上演，那个时候它们看起来突破围栏的决心最大。每天早晨，在四点四十五分整——实际上，我把手表闹钟定在这个时间——娜娜都会带领象群一字排开，面对着位于姆普马兰加它们老家的方向。我对娜娜说什么话并不重要，毕竟它不懂英语，我只是尽量保持安抚的语气罢了。每次的情形看起来都是一触即发，只有当它和家人们鬼魅般地退回到树林里时，我才能长舒一口气。

当太阳终于升起的时候，我和戴维才又回到卡车上。经历完这些紧张的僵持，我俩都已经筋疲力尽了。即使是在早晨的寒意中，我们仍然大汗淋漓。

戴维静悄悄地在路虎车旁点起一小堆篝火，上面架起咖啡壶，我俩都在想这一天接下来还会发生什么。为什么即使是我们给它们送食物的时候，它们仍表现得那么咄咄逼人呢？为什么它们那么仇恨我们呢？大象是聪明的动物，到目前为止，它们肯定知道我们不会伤害它们，那为什么还要那样对待我们呢？我理解它们想要逃跑的念头，如果我被关起来，可能也会抓狂，但这是另一码事儿啊。我想，总会有办法打破这个痛苦壁垒的。

"我们能赢吗？"有一次，在经历了又一天的折磨之后，戴维一边喝着热腾腾的咖啡，一边问我。我们每天都要喝掉以加仑为计量单位的咖啡，这样才能保持清醒和警觉。

"我们必须赢。"我一边回答，一边沮丧地耸耸肩。"不管怎样，我们必须让它们平静下来。"

实际上，我仍然不知道该怎样做，我唯一知道的就是失败的代价难以想象。但是，我开始思考，我们是否能打破坚冰，我们是否能安顿它们。它们对人类的敌意如此强烈，我们之间的障碍还能够突破吗？也许，它们受到的伤害已经太深太深了，我只是不知道而已。

第七章

象群又一次威胁要破坏围栏，所以我们也又经历了一次特别折磨人的清晨巡逻。这时，巫婆来到了博马，她偶尔会过来看看。每次见到她的身影，我都找个借口机智地走开，比如去检查一下对面的围栏。这样，戴维就只好一个人对付她了。

半小时后我回来了，这时，她已经走了。

"她来干吗？"

"就是来多喷洒点儿有用的心灵感应。"

戴维的脸绷得都扭曲了，我看得出他在奋力地控制，否则马上就会捧腹大笑了。"她还说她已经和大象沟通过了。大象们告诉她，我现在可以安全地跳进去和它们一起漫步了。"

这一下子点燃了我们的笑点，也有可能是紧张的缘故，我们笑得肚子都疼了。

但是，当停下喘息时，我意识到这根本不是一件可笑的事情。巫婆的建议很怪诞，甚至很危险。她什么忙都没帮上，因为我们任何人走进博马，都会被大象杀死，如此简单而已。不想再让她影响我的手下，我当场决定让她离开这里。

我用无线电呼叫弗朗索瓦丝，让她礼貌地告诉巫婆，我们不再需要进一步的服务了，而且已经为她订了返回约翰内斯堡的机票。弗朗索瓦丝关注的则是菜单上不必再有花生酱三明治了。

几天以后，巫婆的预言竟然奇怪地成真了。我们的确不得不进入博马，只不过进去的理由与她所说的和象群"交流"的含义不同而已。

娜娜和弗朗姬仍然经常对着围栏的方向推大树，但是那些靠近围栏并有破坏力的树早就被伐掉了。不过不远的丛林里有一棵非常高大的金合欢树，大象们开始打起了它的主意。起初我没太在意，毕竟它看起来距离电网太远了。可是当这棵树轰然倒塌的时候，它居然弹了起来，一些树尖上的枝干搭在了电线上，几乎就要把电线抻断了。

这导致了短路，电线发出一阵阵噼里啪啦的声响。幸运的是，这也吓跑了大象。更巧的是，电线居然没有断，仍然有电流。不过，大象很快就能感觉到此时线路的连接很脆弱，并再次发起攻击。它们只需再往前推一推这棵树，电线就能断开。那时，什么都阻挡不了它们逃跑的步伐了。

我们必须马上采取行动。在研究了所有的方法后，我们清醒地意识到只有一个解决办法，那就是必须有人溜进博马，拿着伐木锯，把压在围栏上的树枝锯断。但是谁愿意做这样疯狂的事情呢？又该怎么做呢？

戴维往前走了几步，说道："我去！只要你能把大象引开。"他一边说，一边瞄着那边扇呼着大耳朵的愤怒的大象。

我可得仔细考虑一下这件事。戴维自告奋勇要去做的事情是我以前从没听说过的。他要跳进密闭的电围栏里，里面圈着七头大象，而且还没有快捷的逃生路线。无论你从什么角度看待这件事情，都会觉得这太疯狂了。

　　我痛苦地思考了大约一个小时。如果我这样派一个年轻人去送死，良心能过得去吗？如果发生意外，我又该如何跟他的父母交代？他们可是我家的好朋友啊。

　　如果我们能设计出一个方案，也许就可以帮助我做出决定，所以我全神贯注地使现场可视化，随后开始演练，终于一切就绪了。戴维的小命完全取决于这个方案的成败与否了。

　　首先，我们得减掉大象的一顿饭。然后，当它们饥肠辘辘的时候，我们把一捆捆的苜蓿草从博马的另一端扔到里面。大象会被吸引过去，忙着填饱肚子，这样便顺理成章地远离戴维了。

　　其次，我安排两个护林员带上无线电去供电设备那里控制电流。他们会在戴维准备好爬过护栏、翻进博马的时候切断电源。等戴维一进入博马，他俩再马上接通电流。否则的话，大象可能会感觉到电力中断，然后在我们忙乱时，趁机闯出去。当然了，这样做也意味着我们把戴维关进了八千伏电压的囚牢中，和大象待在一起了。

　　最后，有一个护林员将和我待在一起，作为我的通信员来传递指令和操作无线电。我则端着枪，随时准备射击，当然了，只有在戴维的生命受到极其严重威胁的时候才会用此下策。

　　我们演练了好几遍，直到确认一切都已准备就绪。戴维看起来很镇定，完全一副若无其事的样子，我真惊叹他的勇气。在过去的一周里，戴维每天都能目睹到大象激烈的挑衅，可他仍然准备好了跳进博马。

我一发出信号，护林员们马上开始往围栏里面投掷食料，好把象群从我们这边引过去。大家希望它们专注进食的时间越长越好，以保障戴维可以顺利地完成任务。

娜娜带领着饥饿的家人奔向食物，我看着戴维："你还想进去吗？"

他耸耸肩："如果放弃的话，我们就会失去它们。"

"好吧。"我说道。只要一想到他承担的巨大风险，我就浑身直冒冷汗。

我向身旁的护林员点点头，他拿起无线电对负责电源的人员喊道："断电！开始！"

戴维攀上围栏。他一跳进博马，我就把带锯机扔了过去，并发出指令："供电！马上。"

电源接通了，现在，戴维被关在了博马里面。

我把子弹上膛，把枪托稳稳地搭在路虎车打开的车门上，枪口对准远处的大象。

戴维背对着象群，握着电锯的手臂像活塞般前后摆动。他在一边切割着讨厌的树枝，我则在另一边透过瞄准器进行现场的实况报道："一切正常。没有问题，没有问题。进展顺利。你做得太棒了。小菜一碟儿。等等……"

眨眼间，形势突变。弗朗姬当时位于象群队伍稍后的地方，它一定是听到了什么声音，突然抬起头来。见到有人入侵了它的领地，弗朗姬怒火中烧，转过身，猛冲过来。天啊，它冲得太快了，就像火箭一样。

"戴维，出来！快！断电！断电！快！快！它冲过来了。"我狂喊着。

可是负责电源的那一班人马根本没有接收到我的指令。大象猛攻的这一幕把我旁边的这位通信员完全吓傻了，就好像被剧情催眠了一样。这一无比壮观的场面把他惊得一动不动，呆若木鸡。

戴维被困在了里面，而此时弗朗姬正以雷霆万钧之势像火箭一样朝他飞奔过来。戴维奋力地翻过那棵被撂倒的大树，抓住了围栏。杀气腾腾的弗朗姬体重足足有 5 吨。戴维只有几秒钟的时间可以脱身。

我的心都要跳出嗓子眼儿了。我咒骂着，瞄准了弗朗姬。我知道一切都太晚了，即使我把子弹射进弗朗姬的脑袋，可是它正以每小时 30 英里的速度冲来，不管它是死是活，这个冲力会让它直接撞到戴维身上，把他压得粉碎。没有任何生物可以在大象的冲撞下死里逃生。

握着扳机的手指紧绷着，就在要扣动的刹那，我听到了你能想象到的最脏的脏话。是戴维！他就在我身边，咒骂着没有发出"断电"指令的无线电通信员。

当弗朗姬停下了脚步，鼻子高高扬起，大耳朵张开着，猛地一个急转弯避开电线的时候，我一下子举起了枪。

慢慢地，我把枪放下来，盯着戴维。他已经完全吓蒙了！他刚刚翻过一个 8 英尺高的电围栏。如果他在颤抖，那一定是因为愤怒，而不是因为强大的电流。

我知道很多人会在危险的情况下完成不可能的使命。可是，不管你的肾上腺素多么猛烈地喷涌，8000伏电压足以把你拍扁到地上。强大的电流拦得住几吨重的大象，你不可能找到比大象更威猛的、可以战胜电围栏的家伙了。

可是，戴维做到了。在他惊慌失措逃命的时候，也不知道是何方神圣助了他一臂之力，躲开了全部四根突出的火线。我们不知道，他也不知道。

但有一件事情是肯定的：如果戴维被电击弹回去，不管我开枪击没击中弗朗姬，它肯定会撞到戴维身上。弗朗姬跑得太快，也离戴维太近，当时什么都救不了戴维的命。

当所有人都平静下来后，戴维坚持重新进入博马完成工作。我用无比崇拜的目光看着他。这个年轻人真有种！

弗朗姬和其他大象又被食物吸引到了围栏的远端，戴维也再一次翻过了围栏。爬进博马之前，戴维事先警告无线电通信员，如果他再把事情搞糟的话，戴维就会亲手要了他的命。

"如果这样，你也小命难保了。"一个护林员调侃着。

戴维发出浑厚爽朗的笑声。

第八章

　　我安排两个护林员守在博马那里，然后和戴维开车回到住处。我们太累了，急需好好休息一下，再来杯冰镇啤酒。当然了，也可以先喝杯啤酒，然后再休息。我们坐在房前的草坪上聊天。突然，我觉得有点儿异常，有什么事儿不太对头。

　　原来是我钟爱的那棵无花果树不对头，它的叶子正在枯萎。我急忙走到跟前仔细查看，发现它要死了。我当时觉得太吃惊了，忙把戴维叫过来。这棵树完全没有迹象显示它生病了、腐烂了，或者有其他外观的问题。它看起来就是自己不想活了。

　　"这么大的一棵树不应该死啊！"我惊愕地说，"怎么回事呢？"

　　戴维一边用手指戳着树干，一边说："我也不知道。对了，你还记不记得那个巫婆，她不是从树里赶跑了一个邪灵嘛。"他歪着嘴，笑着说。

　　我一点儿都不迷信，根本就不相信一个疯疯癫癫的女巫，竟然能够通过"喷洒心灵感应"杀死一棵百年老树。可尽管如此，当我们往屋里走的时候，我还是觉得后背凉飕飕地发抖。

在祖鲁兰的丛林，超自然的事情就是生活的一部分。这就是非洲！追溯到几年前，我还没有买下苏拉苏拉的时候。有一次，我开车拉着一个祖鲁人往医院赶，他在附近的村子里被一条眼镜蛇咬了。这一口咬得很可能要命，可是他竟然毫不在乎。他真正焦虑的是他觉得这事不是碰巧倒霉，按他的理解，这条蛇是被他得罪的一个鬼附了身，过来惩罚他的。幸运的是我们及时把他送到了医院，他最终得救了。

"你认为大树是被一个邪灵杀死的？"戴维打断了我的回忆。他咯咯地笑着，毫无疑问，他是想把这出巫婆导演的戏翻个底朝天。

我笑着说："这就是非洲。"话音刚落，就听到弗朗索瓦丝的尖叫，随后见她向我们狂奔过来。

"怎么啦？"我问道。

"蛇，好大的一条蛇！在灶台上，在厨房里。"

"到底怎么回事儿？"

原来正当她做意大利面的时候，一只老鼠突然从炉子上面的通风口里跳了出来，落在她旁边的一个罐子上。紧接着，一个模模糊糊的、灰色的、身上长着条纹的东西环绕着炉子上方的一个横杆迅速爬下来。它闪电般快速出击，把有毒的尖牙刺进了迷迷瞪瞪的小老鼠的体内。

弗朗索瓦丝从来没有见过蛇，她吓得扔掉小锅铲儿，撒腿跑了出来。

我冲进厨房，那条蛇快速地向我滑行过来，想爬进休息室。这是一条莫桑比克射毒眼镜蛇，当地人叫它姆菲兹。不管弗朗索瓦丝在慌乱中是怎样描述的，这实际上是一条中等尺寸、大约4英尺长的蛇。在非洲，姆菲兹是除了树眼镜蛇之外，第二危险的蛇类，这使它声名远扬。如果被它咬一口，那绝对是要命的事儿，而且无药可救。射毒是它主要的防御手段，当它需要这样做的时候，竟然可以从任何方位喷出大量的毒液。

它朝弗朗索瓦丝的方向爬去，我赶紧冲到一边想抓来一把笤帚逮住这条爬行动物。我定了一个严格的条例，在苏拉苏拉，如果没有威胁到生命安全，谁也不能杀死一条蛇。如果蛇爬进屋里，我们会逮住它，然后再放回到丛林里。我知道如何对付眼镜蛇。当蛇一立起身来，我会小心翼翼地把笤帚慢慢地伸向它，然后，再顺着地板轻轻地推它，蛇身就弯倒在笤帚头上了。这时抬起笤帚，把蛇端到门外，它就爬走了。

无论我什么时候见到蛇，大脑里的神经细胞都会乱跳。这种返祖的神经冲动是从先辈那里一代代遗传过来的，正是这种神经反应帮助祖先们在穴居状态下生存下来。我不怕蛇，它们是自然环境的重要组成部分，而且绝对是利大于弊的生物，它们能够阻止虫害的大规模爆发。和几乎所有的野生动物相似，蛇只有在受到威胁时才会进攻，否则，它们更愿意一跑了之。

我抓着一把笤帚返回来，但是太迟了。马克斯已经把蛇挤到了墙角，现在蛇身的前三分之一部分都已经竖了起来，它又长又薄的头巾状颈部张开着，暴露出了粉黄色夹着黑色条纹的下腹部。它的样子太可怕了，既令人作呕，也令人震惊。

"到这儿来，马克斯！别理它，宝贝。"

但是平时那么听话的马克斯这次却没有理我。马克斯盯着姆菲兹，静静地绕着竖起来的蛇移动，而蛇扭来扭去，尽量想保持面对马克斯的姿势。

"马克斯，别理它！"我命令着。如果它被蛇咬到，肯定就死了。含有神经毒素和细胞毒性的蛇毒会快速蔓延到狗的重要器官，而且速度比在人体里快多了。

"马克斯！"

转瞬，马克斯猛地向前一扑，从姆菲兹的头后面咬住它。马克斯的上下颌一咬合，就像捕熊夹子一样有力，我听到了咯吱作响的咀嚼声。它一口一口地咬着。

它扔下蛇朝我走来，尾巴还摇来摇去的。蛇已经被咬成了三段，由于神经末梢的收缩，蛇头仍在颤抖。

马克斯看起来对自己非常满意，我也长舒一口气。这时，我注意到了它的眼睛。天啊，马克斯竟然在狂眨着眼睛。射毒眼镜蛇果然名不虚传，对目标的进攻也是毫不含糊的。姆菲兹能精准地把毒液喷出 8 英尺远，更确切地说，是喷洒，而不是喷射。这就意味着喷向你的是成片的剧毒雾，而不是小水珠。所以当你受到这些蛇的威胁时，一定要记得戴眼镜，闭上嘴，尤其是当你想用笤帚把它们从屋里赶跑的时候。

弗朗索瓦丝飞快地弄来牛奶给马克斯冲洗眼睛，随后，我立即驾车带着它风驰电掣地开往位于恩潘盖尼的一个最近的兽医院。如果我们再晚来一会儿的话，马克斯可能就瞎了。看来，我们想方设法把它眼里大多数毒液冲洗掉的做法非常有效。

兽医也认为牛奶削弱了蛇毒的毒性，她又往马克斯的瞳孔上挤了些药膏，告诉我们它马上就会好起来的。

离开兽医院时，马克斯跳进车里，尾巴像风挡雨刷般欢快地摇摆着。

"该死的，你以为自己是谁啊？"我训斥着马克斯。"以为自己是那只神勇无比的小猫鼬吗？"

的确，马克斯就像吉卜林的《丛林故事》中那只小猫鼬一样敏捷。在和眼镜蛇的战斗中，它自始至终没有叫过一声，这对于一条狗来说很不寻常。保持安静是它的制胜法宝。在蛇面前，绝大多数狗都会狂吠不止，这反倒使自己成了蛇容易攻击的靶子。马克斯却是放轻脚步，不出一声地围着蛇一圈圈地转。铺着花砖的地面比较光滑，蛇想要转身面对马克斯并不是一件容易的事情。这就给了马克斯机会，使它得以绕到蛇的身后，一招致命。

我轻轻地拍着它的头："小伙子，你是天生的丛林犬啊。"

深夜，我和戴维返回到大象那里。当然，我们又带上了马克斯。不论我什么时候查看它眼睛的恢复情况，它都是一副敷衍的表情，可能觉得我有些小题大做了。

我们照例检查一下博马，然后打了几个小时的盹。又是在四点四十五分的时候，我听到围栏那里传来了窸窸窣窣的声音。我内心惊恐地知道，这是娜娜，它在为每天黎明前的逃跑做准备。我走了过去，现在，我已经能够准确无误地知道它在哪儿了。和往常一样，曼德拉站在它的身旁，其余的大象排在它身后。

"小姑娘，请不要这样。"我说道。

它停下脚步看着我，身体紧张得就像发条。我接着和它说话，劝它留下来，并且努力保持声音既低沉，又有说服力。我还不停地叫它的名字。

突然，它改变了站姿，面对面地看着我。它四周布满黏液的眼睛中原本愤怒的神情慢慢褪去，取而代之的是另一种闪烁的情绪。看起来尽管不和蔼，但也不再敌对。

"娜娜，现在，这里就是你的家了。这是一个好地方，我会一直在这里陪伴你们的。"

它不疾不徐地转过身，威严地离开围栏。其他大象闪到两侧，让它从队伍中穿过，然后紧跟它走了。

走出没多远，它停了下来，让其他大象走到前面。我从来没见过这样的情景，以前，它总是第一个消失在丛林中的。它转过身，再一次直视着我。

仅仅几秒的对视，我觉得却是永远。

随后，它渐渐消失在了黑暗中。

第九章

时间一周周地过去，象群也开始渐渐平静。这样，我们在喂食的时候就能靠近围栏，大象不再愤怒地冲过来了。当然，我们还能多补充些急需的睡眠。

荒野中艰苦的生活对灵魂来说不失为一种拯救。古老的本能被唤醒了，遗忘的技能回归了，意识变得更加敏锐，生活的节奏也慢慢变得更加丰富。

在荒野里生活，往往今天在这里，明天便去他处。我和戴维不想这样做丛林中的过客，我们必须努力调整自己，适应这里的一切，这样才能被这个原始大地的永住民接受。我们要像鱼儿漫游在水里一样，实现和周围环境的无缝对接。

最初，众多野生动物把我们视为不受欢迎的殖民入侵者。它们想知道我们是谁，到它们的地盘来干什么。无论走到哪儿，总有几百双眼睛盯着我们。我敏感地觉得自己时刻处于监控之下。无论何时，只要一抬头，总能看见不远处有猫鼬、疣猪，或者草原雕窥视着我。我们做过的事情一丝一毫都逃不过它们的眼睛。

很快，我们也成了原野中的生灵。大型动物渐渐习惯了我们的存在，也知道我们不会给它们造成什么伤害，开始在我们周围自由自在地漫步了。当地的公黑斑羚和它的母黑斑羚们，通常都像小马群一样活泼可爱。它们在三十步开外的地方吃草，把我们看成是自然景观的一部分。斑马和羚羊经常在我们身边经过，捻角羚和白斑羚在附近啃食，完全是一幅轻松自在的景象。

但这并不意味着我们非常受欢迎。一群狒狒在一头装腔作势的公狒狒的带领下，每天悠闲地溜达到河边，顺便再洗个澡。见我们不小心闯入了它们的领地，而且还在那里扎营驻寨，那头可怕的公狒狒简直怒不可遏。它端坐在一棵纳塔尔桃花芯木树的树顶上，龇着匕首形的黄色大牙，"呼呼哈哈"地怒吼着，声音响彻山谷，它用来宣告土地所有权的"啵啵"声也回荡在河床两岸。在它眼里，我们一直以来都是入侵者。

时间已到春末，各种形状、各种大小的鸟儿已经换上了各种非洲色彩的羽毛。它们叽喳啁鸣，自顾自地吟唱着生命的故事。包括黑曼巴蛇在内的各种蛇类忙着找阴凉地儿，好躲避太阳的炙烤。我最喜欢的是一条漂亮的岩蟒，它住在附近溪谷旁的一堆岩石中。它还是一条小蟒，不足 5 英尺长。但是，看到它橄榄色与褐色相间的身子在地上像潺潺流水般滑过，你一定会惊叹不已的。

每当这条肌肉弹性惊人的蟒蛇从身边爬过，我都要紧紧地抓住马克斯脖子上的项圈。尽管它早就知道不能追逐大部分野生动物，但对蛇，它还是很有想法的。稍一疏忽，它就会以迅雷不及掩耳之势扑向这条蟒蛇。

附近还有一只1英寸大小的达尔文树皮蛛，它把路虎车的双向无线电天线当成了巨大的脚手架。尽管身材娇小，可它绝对精力充沛。每天晚上，它都把接收天线当成支撑杆，然后织出一张大大的网。到了早晨，它就开始狼吞虎咽地享用昨晚的战利品了，而且不浪费粘在轻飘飘蛛丝上的每一毫克的蛋白质。当夜色降临的时候，它再次登台开始自己的纺织表演。我们给它起名"威尔玛"，它的3码见宽的网就是一个工程奇观。这样一张令人生畏的超黏性大网能够用"丝钢"捕住任何飞虫，比如4英寸长的长角甲虫。随后，威尔玛有条不紊地把虫子体内的汁液吸得一干二净。

有时，我们需要到博马的另一端去巡视。每当车辆一打火，发动机的震颤就把威尔玛吓坏了，它只能悬在刚刚织好的网上了。最终，我们不忍伤它的心，只好步行过去。

夜幕降临，活跃在阳光下的动物们都找安全的场所睡觉去了。大地看起来也空旷了许多，可是这样的情形持续不了多久。很快，在非洲闪耀的群星下，夜行动物重新占领了这片土地。疣猪给牙齿又细又小的丛林野猪让出位置。茶色战雕也休息去了，取而代之，巨鹰鸮粉墨登场。巨鹰鸮静悄悄地展开翅膀，在夜色中搜寻猎物。一看到圆滚滚、胖乎乎的丛林鼠，它马上俯冲下来。这种丛林鼠行动迟缓，易受攻击，要不是有着出色的繁殖能力，估计早就灭绝了。红脖子夜莺长着开合式的嘴巴，这完全像是为了在飞行中捕捉昆虫而量身定制的。它们汲取着大地渐渐退去的蒸腾热气，然后翱翔到空中。成千上万的蝙蝠在空中急速飞行。而夜猴是最可爱的动物，小身材，大眼睛，让人想把它抱在怀里好好爱抚一番。有时，会听到它们从树顶那里传来的交配时发出的尖叫声。

土狼，作为声名狼藉的野蛮食腐动物，在非洲经常被污蔑、被误解，但我还是很喜欢土狼。它们潜伏在黑暗的小路上寻找晚餐，喋喋不休的"嗷嗷"叫声是土狼在界定自己的领地。有时，第二天醒来，我们会发现和狗脚印类似的巨大足迹，这说明它们来瞧过我们了。我们有时会间歇地使用聚光灯追踪这个沸腾的剧院，可如果长时间打开聚光灯就会引来一群群的虫子。在丛林中，亮灯是很不明智的做法，因为这样会引来昆虫，昆虫引来青蛙，青蛙再引来蛇。我们唯一的连续照明手段只有营火。

一天早晨醒来，我在路虎车旁发现了猎豹的粪便。这只当地的公豹把我们睡觉的地方划成了它的领地，它的粪便传递出一种强硬的猫科动物信息——这是它的地盘儿。

住在这样接地气的地方，可以这么讲，我有充足的时间去研究这个象群。另外，它们独特的小怪癖也让我着迷不已。娜娜，个头巨大，有绝对权威，认真履行母头象的职责。它就像一个瞎操心的家庭主妇一样，最大化地利用了博马里的每一寸土地。它划分出来最佳的乘凉地点，最佳的遮风地点。更为神奇的是，它还精确到分钟，掌握了进餐的时间。它还准确地知道我们什么时候给水坑和泥塘添水。

弗朗姬，把自己封为象群的保护人。它最开心的事情是抛下其他大象，全速从我们身边冲过，高高地扬起头，凶狠地瞪着眼睛。而所做的这些，无非就是闹着玩。

曼德拉，娜娜的小儿子，是个天生的小丑，它滑稽的动作总是让我们忍俊不禁。它生命中考虑的最大问题就是如何让它橡胶般有弹性的鼻子听话，就好像这条鼻子是有生命的独立个体一样。它经常虚张声势，假装冲向我们，当然这只是它妈妈在身边的时候才发生的事情。

马布拉和马如拉，分别是弗朗姬 13 岁的儿子和 11 岁的女儿。它们总是既安静又听话，很少离开妈妈的身边。

南迪，娜娜的女儿，已经十多岁了，完全是它妈妈的翻版。它个性更加独立，经常独自漫步、探索。

还有努姆赞这头年轻的公象，它是前任母头象的儿子。在妈妈死后，它就从王子贬成了贱民，也不再是象群的核心成员。绝大多数时候，它都是独来独往，或者待在象群的边儿上。这就是亿万年来象群的行事之道。象群是非常女权的社会，一旦公象进入青春期，它就会被赶走。这是大自然的一种散播基因的方式，否则，所有的象群只能内部交配了。当然，公象被驱逐后，会感到心灵受到极大的创伤，这就好比一个小男孩被送到遥远的寄宿学校后，开始深深地想念自己的家园。一般情况下，它们在荒野上会遇到其他被驱逐的公象。然后它们会在一头充满智慧的老公象的指导下，形成一个关系松散的"单身汉"公象群。

糟糕的是，我们的象群里面没有一头公象可以扮演努姆赞父亲的角色。这样，它不仅仅要经历失去母亲和妹妹的痛苦，同时还要忍受被家人驱逐的痛苦，而这又是它熟悉并热爱的唯一的家。

喂食时间到了。每当这时，弗朗姬和娜娜就粗暴地用肩膀把努姆赞推到一旁。这样，它只能在其他大象饱餐后捡拾它们的残羹剩饭了。见它越来越瘦，戴维决定单独喂它。努姆赞表现出来的感激之情让人不忍目睹，这让原本就很热爱野生动物的戴维更加关注它了。每天，戴维都额外给它扔过去苜蓿草和新鲜的金合欢树枝。

一件事情更加证实了努姆赞地位的卑微。一天晚上，我们听到了一连串长时间的高声尖叫。随后，我们不得不剥夺了威尔玛利用路虎车进行结网工程的权利，驱车赶到了博马的另一端。到那儿后，我们看见娜娜和弗朗姬已经把这头年轻的公象挤到了角落那里，还把它顶到了电围栏上。

我们一边往那里跑，戴维一边气喘吁吁地说："快看啊，象群把它当成冲击夯了，想把它推出去，好打开一个缺口。"

它们就是这样打算的。努姆赞被带电电线困住，电流穿透它年轻的躯体，这头巨大的血肉之躯发出了声嘶力竭的尖叫。它越叫，它们越使劲推它。终于，在我们出手干预之前，尽管我也不确定怎样干预，它们放了它。这个可怜的家伙猛冲过来，沿着博马围栏全速地跑了一圈又一圈，大声叫喊着它的愤慨。

它终于平静下来，找到了一块远离其余大象的安静地方，站在那里，生着闷气。看起来，它的内心极度痛苦。

这件事更确凿地显示娜娜和弗朗姬完全明白电围栏的工作原理。它们知道如果把努姆赞推过火线，它们就不用害怕被电击中了。然后，象群可以冲破围栏，重获自由。

不管怎样，让我长舒一口气的是，每天让人心惊肉跳的黎明巡逻结束了。娜娜不再带领着家人排着队站在北部边界，吓唬我们它们要集体出逃了。在这几周里，我们克服了极大的困难，也看到了些许进展。可是，接下来发生的事情是我们谁都没有料想到的。

第二天早晨，太阳刚刚升起，我一抬头，就看见娜娜和小曼德拉站在营地的正前方。这是以前从来没有过的事情。

我一站起来，娜娜就抬起大鼻子，垂下耳朵，直视着我，一副平静的样子。我本能地走向它。

在与大象打交道的艰难经历中，我知道大象喜欢从容缓慢的动作，因此我慢慢地走过去，还时不时地故意停下来揪一根草叶，再查看一下树桩，这也是我平常消磨时间的方式。我需要让它习惯我接近它们的方式。最后，我停在了距离围栏3码的地方，盯着面前的这个庞然大物。我慢慢地向前迈了一步，又迈一步，离围栏只有两步了。

它没有动，我心头突然掠过一丝满足感。现在距离这个坏脾气的野生动物只有一步了，它完全可以轻而易举地杀死我。可不知为什么，我现在感到从未有过的安全。

我心里充满了幸福的幻想。当这头壮观的生物高高耸立在我的面前时，我已经完全出神了。我第一次注意到它长着浓密尖细的睫毛，皮肤上遍布着成千上万条十字形皱纹，甚至它的断牙都让我觉得新奇。它温柔的眼神吸引着我走过去。然后，就像慢动作一样，它轻轻地伸出鼻子来碰我。我如同被催眠了一般，看着眼前发生的一切，仿佛这是世界上最自然不过的事情。

戴维的声音从虚幻的背景传来："老板！"

随后声音越来越大："老板，老板！该死，你在干什么？"

他急切的喊叫声打破了魔咒。突然，我意识到，如果娜娜抓住我，那一切就都结束了。它能把我像玩具娃娃一样拽进围栏，然后踩扁。

我想后退，但是脚被牢牢地钉在地上。那种奇怪的感觉又来了，我感到好像被催眠了似的，内心无比平静。

娜娜再一次伸出了鼻子。这时，我懂了，它想让我再靠近些。没有多想，我又向围栏迈去。

娜娜的鼻子像蛇一样从围栏里探出来，小心翼翼地避开电立桩，轻轻地触碰我的身体，并且温柔地抚摸着我。时间仿佛静止了！我很惊讶，娜娜的鼻尖竟然是湿漉漉的，而且身上还散发着好闻的麝香味儿。过了片刻，我抬起手，抚摸了一下它的鼻子尖儿，上面长着又粗又硬的毛发。

这个瞬间马上就过去了。它慢慢地收回长鼻子，站在那里看了我一会儿，然后慢慢地转过身，朝象群走去。象群站在大约 20 码开外的地方，默默地看着眼前发生的一切。有趣的是，当它折返回去的时候，弗朗姬向前迈了几步去迎接它，就好像欢迎它重返家园一样。如果我想得没错，我认为弗朗姬是对娜娜说——"你做得真棒！"随后，我也回到了营地。

我已惊讶得完全说不出话了，过了好一会儿，才颠三倒四地说："我不知道。但是我知道，该把它们放出去了。"

"究竟是怎么回事？"戴维问道，"把它们放出去吗？从博马里放出去？"

"是的。我们先休息一下，顺便好好谈一谈。"

我们开车回到保护区的小旅店，一边喝着现磨咖啡，一边热烈地谈论着刚刚发生的事情。

"现在，娜娜和它刚来时比，已经完全不一样了，这是事实。"戴维说着，"实际上，整个象群都改变了，它们的暴力倾向没了。也许我们应该给 KZN 野生动物协会打个电话，听听他们怎么说。"

"别打电话。我们自己做主，先把大象放出去再说。野生动物协会已经说过了，我们必须把大象关三个月。他们现在不可能改变主意的。"

戴维点点头："你说的对。还记得大象从乌姆福洛济运回来之后，有天晚上我们谈什么了吗？我们必须让母头象至少相信一个人。现在我们做到了，它信赖你。"

"好吧，马上呼叫库斯，让他确保外围护栏全部通上电。明天一早，我们就把大象放到保护区里面。"

我们开车回到博马。一想到自己将要做出的重大决定，我内心就非常痛苦。如果我判断错误，象群闯出了保护区，那等待它们的就是死亡。我开始动摇了。不过，在最后一次夜间巡逻时，我注意到大象们表现得更加放松和平静了。这是以前没有过的情形，它们好像正在期待，并等着一件重要事情的发生。感觉到这一点，我心里好受多了。

五点钟的时候，保护区保安从电围栏供电处那里呼叫我，说博马的供电已经切断。戴维把横在博马大门上的巨大栏杆从铰链上抬了下来。

我冲着站在50码外的娜娜大喊，并且故意在大门口进出两次，向它显示门已经打开了。然后，戴维和我走开，站到安全距离外的一个蚁丘上，这里可以清楚地看到博马大门口发生的一切。

二十分钟过去了，一点儿动静都没有。终于，娜娜慢悠悠地向大门走去，还用鼻子探测着四周，以确认没有无形的障碍。结果令它很满意，娜娜继续往前走，象群跟在后面。可是，走到大门口的时候，它们莫名其妙地站住不动了，娜娜也不往前走了。

十分钟过去了，它仍然一动不动地站着。我问戴维："怎么了？它怎么不出来呢？"

"一定是因为门口的水。"他说，"当初，为了从卡车上把大象卸下来，我们在那里挖了坑。现在里面全是雨水，娜娜可不喜欢踏进去。我想它不会从那里走的，因为对曼德拉来说，水太深了。"

接下来，我们第一次目睹了娜娜是如何生动展示它大力神般的力量的。

在门口两侧，立着两根8英尺高、8英寸宽的桉树干，而且树干底部30英寸还被灌浇到了混凝土里。娜娜用鼻子检查一番这两根树干，然后低头猛地一推，树干马上就被撞弯了，然后像软木瓶塞一样从混凝土里弹了出来。

戴维和我面面相觑，完全惊呆了。"我的天啊，"我赞叹着，"我们就是开着拖拉机也做不到这一点啊。想想昨天，我居然还让它碰我了呢！"

　　水沟周围的障碍清除了。娜娜已经等不及了，它带着象群沿着保护区里的一条小路直奔河流而去。我们眼看着夏天浓密的丛林吞噬了它们。

　　"我希望我们做得对。"我说。

　　"我们做得没错。它已经准备好了。"

　　我希望戴维的判断是正确的。

第十章

象群一走远，我们就拆了帐篷，接着把睡袋，还有被火燎得黑漆漆的水壶扔进了路虎车的后备厢里。这象征着我们又向前迈进了一步。

马克斯仍然站在博马的门口，盯着那片吞没了大象的丛林。我喊它，它抬头疑惑地看着我，好像在问我需不需要它去追这些动物。如果我说"追"，毫无疑问，它会立即冲进丛林里。对手个头的大小对它而言毫无意义，它就是一条大无畏的狗。它根本没有这个概念——娜娜只需一抬脚，就能把它踩成薄饼。

戴维在旅店那里下了车，我又驱车到库斯那里，打算告诉他象群的最新消息。他和老婆、孩子住在3英里开外的地方。

他们的家是座正方形、有着锡铁皮屋顶的房子，还带有一个农舍常见的外廊。房子建于1920年，名曰"无畏居"，取自"一战"时英国一艘驱逐舰的名字。我喜欢这个大气的称号。这座简朴的房子坐落在丛林中一座小山的山顶，可以俯瞰苏拉苏拉保护区草原的全貌。房子外面还扩建了几间房，奥万博保安们就住在那里。

当车子开到离库斯家不到100码的时候，库斯冲了过来，挥舞着胳膊低声说："快关掉发动机，别出声。前方40码那里有头猎豹，就在我们的右前方。"

我熄了火，朝旁边的丛林瞧去。我的视线搜索着他所指方向的每一寸土地，可什么也没看到。

"猎豹大白天出来？不可能。"

库斯把手指放在嘴唇上，"我两分钟前刚刚看到它，这时你就开车上来了。别动！它一会儿还能出来。看看那片灌木丛，它就是从那边过来的。"

那片树丛足够浓密，完全可以藏住一头猎豹。但是，猎豹主要是在夜间出来活动的，所以在大白天见到一头溜溜达达的豹子实在是罕见的事情。

这时，我眼角瞥见一个奥万博人从房后走了出来，一边向库斯点着头，一边用抹布擦着手。可这个人一看见我正瞧着他呢，马上就把抹布塞进了口袋里。

库斯，原本蹲在汽车旁边，这时站了起来。

"得了，估计它被你的车吓跑了。太可惜了，这是我在苏拉苏拉见到的第一头豹子。"

我点了点头。从最近在路虎车旁留下的足迹和标记上判断，我们认为保护区里面应该有几头这样的猫科动物。但是，在我们接手苏拉苏拉之前，人们在这里疯狂地猎杀它们。所以现在，猎豹只敢偷偷摸摸地活动，身影难得一见。库斯说他刚刚见到一头长着漂亮斑纹的大型猫科动物，在金色的阳光下，从离人的住处那么近的树丛里面跳出来，这的确让人感觉惊讶。

"好了，你来干什么？"他询问着。

"我们把大象放出来了。我想让你的保安们继续巡逻，跟踪它们。另外，检查围栏。还有，一定要确保电力持续供应。仔细检查围栏四周的树，确保没有离围栏太近的。我可不想让大象再把电网弄短路了。"

"这些我全都落实了。围栏周围所有的树都被砍倒了。"

大象上次从博马跑出去之前，我也听到了这样的话。我不想再冒一次这样的风险。

"你确定？"

"呀，当然。"

"那么好吧，再见。"

我开车离开。最近的几场雨把丛林冲刷成金色和绿色，肥沃的土地也因为生命的萌芽而悸动。尽管丛林看起来无限壮美，可是繁茂的树叶使我们更难追踪到大象了。我们必须随时掌握它们的行踪，以防止它们再一次逃脱。

比耶拉，我们忠诚的园丁，也是这里每个人的朋友，见我和马克斯从车里下来，便跑过来迎接我们。刚进屋，弗朗索瓦丝就告诉我，我的安全队长恩圭尼亚想要见我。

他坐在护林员住所长廊外的一根树桩上，那里离我的房子大约30码。这看起来有点儿不正常，显然，他不想让别人看见他去找我。我走了过去。

"你在这儿啊。"

"是啊，穆克胡鲁。"

我们谈了一会儿异常潮湿的天气，又谈了一会儿大象。随后，他切入正题。

"穆克胡鲁，我们都知道保护区里正在发生一些怪事儿。"

"什么怪事儿？"

"比如说保护区里的枪声。"

我全身的肌肉一下子绷紧了。这段时间，我净忙大象的事儿了，几乎把偷猎的事情给忘了。

"但是现在我听到了一些奇怪的说法，"恩圭尼亚接着说，"最奇怪的是人们都说是库斯先生开的枪，是他杀死了我们的动物。"

"什么？"我的脸涨得通红，"这么重要的事儿，你是怎么知道的？"

恩圭尼亚摇着头，一副自己都不相信的样子。"库斯先生开枪打死公羚羊，剥皮的活儿是奥万博人和看门人菲尼亚斯干的。有时，拉着冰块的卡车在夜里开过来，还不开车灯，随后就把猎物拉走了。还有时候，库斯先生亲自把肉拉到城里去。"

"你是怎么知道的？"

"这儿的人都这么说。我还听说奥万博人不太乐意，他们发牢骚说自己干的是村子里最累的活儿，可库斯先生连一分钱报酬都不给，只给他们一点儿肉，而且还不是什么好肉，除了脑袋，就是小腿。我就知道这些了。"

"这种情况持续多长时间了？"

恩圭尼亚耸耸肩："从你来的那天就这样了。可我才知道真相，这就是我为什么今天来找你。"

"谢谢你，恩圭尼亚。干得好。"

"现在情况不太妙。"他从树桩上下来，"千万别让奥万博人知道我跟你说这些。好运吧！"

"放心。"

我呆呆地坐在那儿，好像被人狠狠地砸了头一样。这个指控太可怕了，偷猎者猎杀了那么多的动物已经够糟糕了，居然还有更吓人的内幕。如果恩圭尼亚的断言无误，让我更加惊愕的是自己的员工竟然亲自参与猎杀。偷猎者还向我们开了几次枪，这就不再是骚扰，而是伤害啊。他们用的还是我给发的枪，奥万博人佩带的李–恩菲尔德 .303s 型枪就是属于苏拉苏拉的。

换句话说，我完全想象不到自己付钱雇来的人竟想方设法要杀死我们。在最近的几次开火中，毫无疑问，不管这些偷猎者是谁，他们射出的子弹绝对不是吓唬人的。

"老板。"

我抬头看见戴维正站在我旁边。

"电工来了，就在门口。我们带他去供电那儿？"

我点了点头，想起来因为大象已经被放入保护区了，所以，我们和这个电工约好去彻底检查一下围栏的电网状况。我们刚上车，无线电对讲机就哗啦哗啦响起来。是库斯！我气得肌肉都绷紧了。我的这位保安经理可能是无辜的，那么我就得还他清白。可是，恩圭尼亚的说法仍让我非常苦恼。

"我们看见大象了。它们就在保护区的正北边。"

"太好了，"我一边回复，一边压着心头怒火，"盯住它们，我们十五分钟就能赶到。"

我们马上开车出发，电工挤在我和戴维之间，只能跨坐在变速杆上，马克斯则趴在戴维的大腿上。大象在保护区的最北边现身是有理由的，因为那里正好对着它们老家的方向。但这也是一条让人不寒而栗的消息。难道它们还打算逃跑吗？我真想知道啊。

正如库斯所说，这伙工人的确把围栏四周有可能砸到电网的树木都砍倒了。窄窄的车辙印也在林中铺就成了一条小路，这样反偷猎队员可以沿着路巡逻，工人可以沿着路维护、检查边界护栏，这也方便了我们远远地跟踪大象。

娜娜正沿着围栏移动，它的鼻尖正好在电线的下方，这样，它就能探查到电流的冲击了。和家人一道，娜娜步量了保护区周界整整20英里的围栏，用它的天然"电压计"检查是否有连接不好的线路，也就是围栏上是否有没电的部位。

现在将近四点了。象群几乎花了一整天的时间绕行保护区一圈。让我欣慰的是，尽管娜娜在查找断电的部位，但是看起来它没有直接撞击围栏的打算。它可不想像前任母头象在姆普马兰加保护区那样，忍受巨大的痛苦冲出围栏。

就在象群即将结束巡演的时候，我们看见就在电网旁边，矗立着一棵高大的金合欢树。库斯的清障队伍居然漏掉了这样一棵醒目的树，他们该如何解释呢？这是整个一圈边界围栏面对的唯一"危险"，没有人砍倒它，它像纪念碑一样骄傲地耸立在那里。

"真行啊！"戴维嘟囔着。我和他都知道接下来会发生什么。

正如我们所料，娜娜和弗朗姬停下脚步，看了看树，然后几乎是跳跃着跑过去，想靠得近点儿查看一番。

"不，娜娜，不！"我冲着它们喊着。这时，娜娜和弗朗姬站在金合欢树的两边，一起用肩膀顶着树干，测试一下它的抗力。毫无疑问，它们打算把树推倒。如果想阻止即将发生的难以避免的逃跑事件，我们必须靠近大象。幸运的是，附近有一扇大门，我们加速开出保护区，旁边的一条小路把我们直接引到了围栏的对面。

我们一到那儿，就听见大树根部传来震耳的吱吱嘎嘎声，娜娜正在全力猛推着树干。只听咔嚓一声，树干碎裂，砸到围栏上。立桩被砸倒，电流被切断，并引起了剧烈的短路。此时，我已经顾不上安危了，马上冲过去，一把抓过电线，检查还有没有电流。正如我担心的那样，电网断电了。现在象群几乎就站在我们头顶上。我们遇到大麻烦了！

"不，娜娜，别那样！"我声嘶力竭地大喊。现在，我们之间只剩下一团铁丝和一排倒地的立桩。"别跑！"我的喊声因为绝望都变音了。

还好，电线短路发出的咔嗒声和啪啪声把娜娜吓得不轻，它急忙退了一步。可是，这样的退让又能持续多久呢？

谢天谢地，电工正好在那里。在我激动地祈求大象的时候，他和戴维已经着手拯救现场了。尽管娜娜、弗朗姬，还有那几头小象就站在 10 码远的地方，可他们依然镇静地清理着电线上的鸟巢，砍掉树枝，重新连接电缆，竖起立桩，重新通上电。

与此同时，我继续像在博马那里一样和娜娜说话。我叫着它的名字，一遍遍地告诉它这里就是它的家。

我一边说，它一边看着我，我们之间至少保持了十分钟的视线交流。

突然，就好像现场的忙乱让它很不解似的，娜娜转身走进了树丛。

其他大象紧随其后，我们也舒了一口气。

这时，我才意识到，自己竟然没有想着抓把枪带在身上，万一刚才出现什么闪失怎么办？看来，我和象群之间的关系肯定已经朝着好的方向转变了。

可是，在整个忙乱的过程中，还有一件事情引起了我的关注，一件非常阴险的事情，就是这伙儿奥万博人。当树倒下的时候，其中一人居然像受惊的兔子一样迅速跑开了。我认为这太奇怪了。这些大肆吹嘘自己勇猛的护林员，在看到大象的时候，居然被吓呆了，这绝对不是有经验的丛林人应该表现出来的样子。库斯，显然也是门外汉，他也跳到后面。甚至电工和戴维忙碌的时候，他也没有伸出一根手指头去帮忙。

突然，我茅塞顿开。我似乎第一次看得这么明白，就好像薄雾神奇散去，真相终于显现一样。尽管他们自吹自擂，可库斯和他手下的一班人根本就不是丛林人。他们从来都不是。他们是只会开枪的士兵，否则的话，怎么也得了解一些保护区的概念啊。他们现在露出了原形。以前我就一直怀疑，本应该是顶尖儿追踪专家的奥万博人，怎么能在大象第一次逃脱时把我们引向歧路呢？现在，我什么都清楚了。

我的脑海里不再有一丝一毫的疑惑，一切都已真相大白。

就像恩圭尼亚说的那样，库斯和那群保安就是偷猎者。在过去的一年里，就是他们一直不断地骚扰着保护区，杀死大批公羚羊。他们想获取的最后宝物就是苏拉苏拉的大象。

他们没有和大象打交道的经历，更别提面对这群意外到来的象群了，所以他们意识到，要是周围总有一群愤怒的大家伙的话，他们偷猎的非法勾当就要玩完儿。原因很简单，绝大多数的偷猎是在夜间进行的，这要求偷猎者要么非常勇敢，要么极其愚蠢。晚上在丛林里大步流星地转悠，周围还有喜怒无常随时出现的大象，这些做法对于偷猎者而言，无异于自杀。

当库斯了解到，如果大象闯出保护区，就相当于给它们自己判了斩立决时，他马上就想引发象群的下一次集体出逃。这样，他就能继续搞有利可图的副业了。他又可以事先通知他那伙貌似"兰博"的狐朋狗友，就是我们第一次追踪大象时，在路边碰到的那伙人，让他们开枪打死落跑大象，砍下象牙到黑市出售，然后神不知鬼不觉地一跑了之。

尽管证据已经非常详尽，我还是努力地把每个细节拼凑到一起。突然，我想起贝基曾经告诉我，大象第一次出逃的那个晚上，有人曾经开过枪。难道是有人故意开枪吓唬大象，并引起疯狂踩踏的吗？

这也解释了为什么最初铺设围栏电线时，工人们故意把线路固定在了博马的外侧。当然，今天大清早，库斯家那里也根本没有豹子。我敢打赌，他们当时正在非法屠杀动物。实际上，我的突然造访差点把他们抓个现行。库斯只好转移我的注意力，这样他们好匆忙地掩盖证据。这就是为什么从房后走出来的那个保护区保安那么使劲儿地擦手，因为上面一定沾满了血迹。

围栏边故意留下来的那棵大树又是怎么回事儿呢？这是一条最明显的线索。这远远不是巧合，完全是有意为之。

　　我以前太自负了，完全被骗了。

　　不仅仅我们被荒诞地背叛了，更重要的是现在大象也处于生死关头。库斯和那些奥万博人一定会千方百计把整个象群斩草除根的。

　　"戴维，"我一边叫他，一边把他拉到一边，"我有话要跟你说。"

第十一章

我们爬进路虎车里，发动了引擎。我气得直冒烟，不仅仅生库斯的气，更生自己的气，我怎么那么容易上当受骗呢。我就像一个天真无邪的孩子般被欺骗了。

"发生什么事儿了？"戴维问。

"什么事儿？库斯和他那些该死的奥万博护林员呗。就是这事儿。"

"一群蠢货。他们真不该漏掉那棵树。我的意思是，他们太笨了，是吧？"

"不是，"一边开车，我一边使劲儿地摇着头，"不，我说的不是这个意思。是偷猎！库斯和他的奥万博人——他们就是偷猎者。他们根本就不是护林员。他们是残忍的偷猎者。"

随后是惊愕后的沉寂。

"你逗我玩儿吧？"戴维说，"库斯？那……"

"就是他们，没错。"我的脸气得通红。我列出了所有证据，从博马立桩那里布错电线到恩圭尼亚刚才跟我说的那些事儿。

当戴维弄清楚来龙去脉后，他的脸色凝重起来。他，一直战斗在与偷猎者斗争的最前沿，为此付出的努力超出了任何人。

戴维一动不动地坐着，紧握拳头。过了一会儿，他平静地说："掉头，老板。我想和库斯谈几件事儿。"

戴维的祖鲁语绰号是"艾斯克洛"，是"拳击手"或者"斗士"的意思。他身材健美，体格强壮，无所畏惧，个性鲜明。现在，他算是盯上库斯了。

"嗯，嗯……"我没有同意他去找库斯，"我理解你愤怒的心情，我又何尝不是呢。但是，我们必须以智取胜。这是一个绝好的机会，可以让我们一举粉碎这个可恶的偷猎团伙。不能让库斯知道我们要收拾他了。"

戴维怀疑地看着我。

"在搜集到所有证据之前，我们要假装一切正常。"我接着说道，"否则，我们就会搞砸。另外，我们现在掌握的都是传言，库斯肯定不能承认。"

"好吧。"戴维勉强同意，"但事后，我打算和他随便聊聊。"

"那是你自己的事儿了。但在那之前，绝对不能让他和他的那帮手下离开我们的视线，一分钟都不行。我们要派两个最好的护林员常驻库斯家那里。让恩圭尼亚简要地跟他们说明一下情况，这样他们好知道自己要做什么。我想让他们二十四小时和奥万博人生活、工作在一起，并且随时报告他们的一切行踪。这样，库斯就没法猎杀动物，也不能浪费我们的时间了。"

"就这么定了，老板！"戴维同意了，嘴角慢慢洋溢起顽皮的笑意，"库斯也会经常见到我，从今晚开始，我就是他最好的新朋友。"

第二天早晨，我们早早出发去看大象在干什么。在密密的丛林里，我们颠簸了两个来小时才发现它们的踪影。它们正在保护区的中央吃草，那可是离围栏最远的地点了。努姆赞站在离象群大约100码的地方，正从一棵矮金合欢树上拽叶子吃。我们小心翼翼地向前移动。终于可以看清它们了，我数了数头数，没错，是七头，它们都在那儿，一个个掩映在丰美的草叶树枝间，就像参加生日派对的孩子们一样猛往嘴里塞好吃的。由于这里降雨丰沛，雨量几乎是象群老家那里的两倍，所以食物供给量也是那里的两倍。苏拉苏拉被誉为"厚皮动物的天堂"的确实至名归。我知道娜娜是最精明的一头母头象，它一定注意到了这里给予它们的食物太丰富了，尤其是在经历了姆普马兰加一个干燥的冬天和博马那里的禁闭之后。

　　眼前宁静的一幕让我觉得所有的付出都是值得的。在历经压力、闹剧、危险、挫折之后，这些火暴脾气的大象看起来终于在新家里平静下来了。至少现在是这样。

　　"它们在考察。看来它们很喜欢这里的一切啊。"戴维说，"这儿肯定是它们见过的最好的地方。"

　　我点点头。也许吧，只能说也许。我们冒险把它们提前从博马里放出来，目前看，达到了预期的效果。

　　我们开车回到家时，弗朗索瓦丝已经准备好了早餐迎接大胃王归来。早餐是南非香肠，这是一种辣肠，还有培根、鸡蛋、西红柿、吐司。当然，还有一杯接一杯的自磨咖啡。彭妮和贝柔是弗朗索瓦丝的两条狗，它俩在一块儿，总能逗得我和弗朗索瓦丝咯咯直笑。它俩对比太强烈了，尽管都是雪白颜色，可一条毛茸茸，软乎乎，另一条则肌肉发达，体格强健。彭妮忠心耿耿，苏拉苏拉就是它的家，它把自己封为这里的保护者，而且它是在用生命保护着苏拉苏拉。

酒足饭饱后，我卸下自己的9毫米口径手枪，把它锁进枪支保险箱。接着，按约定，我又驱车去恩潘盖尼见一位私人侦探。让他调查的案件很简单，查明库斯究竟是谁。

我于下午返回，准备开始采取第一个行动。

"请通知菲尼亚斯，我要见他。"

恩圭尼亚有点不安，他知道要发生什么了。

"现在？"他问。

"对，现在。"

恩圭尼亚迟疑地走到门口，回过头来对我说："我们必须万分小心，穆克胡鲁。如果奥万博人听说我们找他谈话了，他们就得杀了他。这些人以前可是杀过人的，他们是阿飞，最凶狠的暴徒。村里人都非常怕他们。"

"这就是如果我们报警，村里人肯定会帮忙的理由。"我答复着。

菲尼亚斯是保护区的门卫，但却被库斯强行征去给被猎杀的动物剥皮。他是一个头脑简单、体弱多病的年轻人，并且饱受艾滋病的折磨，而艾滋病是现代非洲苦难的根源。在街头巷尾，人们把艾滋病俗称为"慢撒气儿"，这的确是个很恰当的描述，因为这种疾病使人慢慢地虚弱、衰竭。菲尼亚斯也不是例外。我们把他从力工队伍那里调到了相对轻松的看门岗位，这样他上一天班也不会觉得太累了。我打赌他会站到我们这一方，并且成为关键的证人。我所需的就是正确的方法。

菲尼亚斯没有敲门就进来了，这是祖鲁乡下的惯例。他把身子缩得低低的，没等我邀请，就走过来一屁股坐在椅子上。他移开视线，盯着地板，在这里，这样做是有礼貌的体现。

"你好啊，菲尼亚斯。"我问候他。

"你好，穆克胡鲁。"他低头应着。

我并没有礼貌地询问一下他的健康状况，或者随便地聊聊天气，而是像这里的乡下人一样，开门见山，直奔要害。

"菲尼亚斯，我听说你被骗了，有人强迫你给库斯偷来的动物剥皮。"

效果立竿见影。菲尼亚斯使劲儿地四处打量，好像要找一条逃生通道似的。紧接着，他原本苍白的脸变得灰白，并且呼哧呼哧吃力地喘息着。毫无疑问，他心里在诅咒自己的霉运。如果事先知道这次见面的内容，那他肯定早就跑到山里，再也不回来了。现在，他想跑也跑不掉了。

"别怕，菲尼亚斯，"我安慰他，同时利用这次突袭的明显效果步步紧逼，"大家都知道一直以来发生的事情，我不想把你交给警方，监狱对你来说可不是一个好地方。我现在给你机会，你可以帮助我们。"

他的头颓然地垂到胸前，然后，他毫无征兆地啜泣起来。尽管我知道艾滋病重创了他的免疫系统，蹂躏了他的身心健康，但见他这么快就崩溃了，我还是被吓了一跳。我对他充满了同情，无疑，他原本脆弱的内心一直饱受着良心的折磨。

"库斯先生答应给我钱，"他声音颤抖地说，"可他什么也没给我，还吓唬我说，如果我把这件事儿告诉别人，他就杀了我。他给我看好多死人的照片，他说那些人都是他杀死的。"

"什么照片？你在哪儿看到的？"

"在他办公室，他的桌子里。那儿有好多照片。"

我起身走向花园尽头库斯的办公室，确认他不在附近后，马上走进去开始搜查他的办公桌。没多长时间，我就找到了照片。它们散落在一个抽屉里，大约十几张的样子。这是我见过的最让人害怕和不安的照片了。在有的照片上，库斯穿着军装，拿着 R1 步枪，站在尸体旁边，并摆出王牌猎人获取战利品的姿势。有的照片是他站在装甲车旁，挡泥板上捆着几具尸体，这些僵硬的尸体就像木柴一样随意地堆放着，而库斯正咧着嘴笑。

我回到办公室，菲尼亚斯仍站在地上抽搭着，看起来心烦意乱。

"谢谢你讲真话，我看过那些照片了。但是你还得向警方——招认，这样你不仅能受到保护，免遭库斯和奥万博人的加害，还能保住你的工作。"

"我就照你说的做，"他擦着眼睛说，"对不起，穆克胡鲁。"

接下来，他详细地向我讲述了这伙儿偷猎分子的行径，包括他们杀死了多少动物，什么动物，在哪一天，什么时间。我完全被这么大的交易规模惊呆了，这些畜生杀死了至少一百只动物，相当于几吨肉和几千美元的收益。

现在有了第一个目击证人，我们在接下来的时间里拼凑着信息，约谈菲尼亚斯指出的其他员工，搜集真相，录取更多口供。终于，我们觉得可以提起诉讼了。所有问题里面最严重的是这些人经常受到库斯的死亡威胁，这一点可以用库斯那些吓人的照片来证实。这些事让库斯罪责难逃，足可以让他在监狱里度过漫长的刑期。但是，我决定再等等，看看在接下来的几天还能不能有更多故事浮出水面。

与此同时，我的护林员们忙着搬到奥万博人旁边的营地，戴维也成了库斯"最好的新朋友"，总是在库斯身边如影相随。这些举动使偷猎活动大大减少。另外，我不管白天黑夜，随时通过无线电呼叫库斯，问他奥万博人在哪儿啦，安排林中的见面啦，或者突击造访他家。

这种紧张局势开始让他们不安了。尽管库斯认为我们一无所知，但他开始紧张起来，因为他不知道接下来又要面对什么任务。奥万博人的情况也好不到哪儿去，无论他们什么时候结队出去，我的护林员们都会用无线电通知我。我们马上开车去追赶，然后出其不意出现在他们面前。互相寒暄几句，大家接着闲转悠。他们脸上迷惑的表情实在太滑稽了，而且最主要的是他们没有机会再偷猎了。

对于娜娜和它的家人而言，人类的阴谋诡计与它们的生活毫不相干。它们表现得越来越安定，大有安顿下来的迹象。我决定花一上午的时间去看看它们，就自己一个人去。

开了一个小时的车，我发现它们站在一棵巨大的无花果树下乘凉，这株蔓生植物就长在河边，树荫如盖。尽管天还早，但水银温度计已经迅速蹿升到三十八摄氏度。我停下车，蹑手蹑脚地往前走，然后站在下风口 50 码处的一棵枝繁叶茂的马鲁拉树下。它们一动不动地站在那里，只是轻轻地拍打着耳朵，这是它们最好的降温方式。大象的耳朵相当于一个胖女人穿的裙子的大小，而且就像一台天然空调机。在大象巨大耳朵的软骨后面是如路线图般密密麻麻的血管，这些血管在皮肤下面能够泵入好几加仑的血液。耳朵扇动时，温和的气流可以使细胞变凉，这样，体温就降下来了。

努姆赞和其他大象相比，离我要近20码左右，它感觉到了我的出现。它向我靠了靠，在一个舒服又谨慎的距离停下来，观察着我，然后继续吃草，时不时地抬头瞄我几眼。看起来，与待在其他大象身边相比，它更喜欢和我在一起，而且，它也不用费力气给其他大象发送有人出现的警报了。

它是大象中的超级样板，有着粗壮的牙齿和比例协调的身材。它很快就要长成一头了不起的公象，并成为自己领地的主宰。但此时此刻，它只是一个困惑迷失的少年，仍然沉浸在失去妈妈的痛苦中。

在努姆赞身后，远处的娜娜找到了一棵鲜美多汁的小金合欢树，并认定这是全家人一顿理想的午饭。它轻轻地推了推树，测试一下它的强度。然后它调整角度，低下头，采取"一推一松"的动作撞树，这样就产生了巨大的冲力。树猛烈地摇晃着，当摇到极限时，娜娜用力最后一撞，树应声倒下。

其他大象慢慢悠悠地走过来享受全家盛宴。如果说大象真正拥有一样东西的话，那就是时间。它们有大把可以消磨的时光，无须像我们这些弱势人类那样在办公室之间奔走劳碌。即使是面对多汁的丛林盛宴，它们也是慢条斯理地前去，绝不失态。

大树倒塌的声响使丛林静止了片刻，我注意到附近的一家白斑羚竖起了耳朵。公羊嗅了嗅空气，本能地知道发生了什么事情。一等大象走开，它和它的母羚羊就可以过去饱餐一顿了。被撞倒的金合欢树树顶的多汁嫩叶是这些羚羊平日里吃不到的美味，因为它们根本就够不着树尖。实际上，在干燥的冬季，当牧草匮乏时，成群的羚羊经常尾随着大象。有时一跟就是好几天，就是等着母头象推倒一棵大树，它们可以蹭顿饱饭。

巨大的声响还惊扰了一只鬣鳞蜥。这是一种非洲巨蜥，它当时正要突袭悬在河面上方，一棵开着红花的垂枝伯尔宾树上的鸟巢。它吓了一跳，于是这只 4 英尺长、黑灰相间的爬行动物从一根粗树枝上跳下来，身体在空中腾挪着，然后胸腹着水跳进河里。

我脚边的马克斯听到了水花飞溅的声音，它把这个爬行动物当成了蛇。没等我拽住它，它就像子弹出膛一样冲进了芦苇丛。在鳄鱼的领地拍打着水游泳，对体态大的动物来说都无异于自杀，何况对一条狗而言了。当它从里面出来，抖着湿漉漉的身子时，看上去就好像一辆洒水车。我训斥它不该如此冲动，可是无论我怎么管教它，也难以断了它对蛇的特殊癖好。

这些都没有打扰到象群。娜娜、南迪、曼德拉站在撞倒的树的一侧，弗朗姬、马如拉、马布拉站在另一侧，有条不紊地用动物王国里最强大有力的磨牙把树叶和树皮磨成容易消化吸收的营养物质。它们现在是一个家庭，但其实每个象群都是由一个更大象群的残余成员组成的，这个更大的象群因为买卖和杀戮被残忍地削弱了实力。它们现在有时候还会本能地分成最初的两队。

从树木中间传来一股气流旋涡，温暖地轻抚我的后背。风向缓缓地转向南边。我到这儿的时候，是在下风口，现在却有了微妙的改变，我不得不快点儿离开。

我一起身就看见娜娜的大鼻子突然转换了角度，朝我这边旋转着，看起来已经捕捉到了一丝气息。然后，它站直身子，抬起鼻子核实这气味，又转过身来面对着我的方向。

我赶紧抓起双筒望远镜和水壶，和马克斯爬进了路虎车里。娜娜向我奔过来，其余大象落在它后面。我有充足的时间可以开车离开，可是我看得出来它实际上就是奔我而来的，我被它迷住了。正常情况下，它应该急匆匆地带领家人向相反的方向离开才对。

我把车子调整到一个可以迅速逃跑的位置，努力使自己的神经坚强起来，静静地等待着。终于，在距我几码远的地方，娜娜稍稍改变了方向，从汽车旁走了过去，后面跟着它的家人们。每头大象经过时，都会转过头来瞪着我。弗朗姬殿后，它展开大耳朵，冲着我们凶猛地甩着头。

突然，它离开队尾，高高扬起鼻子，朝我奔来，速度就像卡车一样快。我本能地知道这是一次佯装的猛冲，此时最糟糕的事情就是驾车跑开，因为这会激怒它，反倒引来真正的攻击。我硬撑着自己。它终于在几码远的地方猛地停下脚步，呼扇的耳朵掀起旋风，扇动着尘土和怒火。在怒气中，它晃了一两下头，跺着脚返回到象群里，还生气地竖起了尾巴。

我盯着它的背影，惊得完全呆若木鸡。等我回过神儿，心想以后要是跟弗朗姬打交道，还是小心为妙，它的脾气太暴躁，太急于发泄怒火。尽管娜娜是头象，弗朗姬却更危险。我以前多次看见过猛冲的大象，那可是世界上最令人生畏的大场面。

我跟了它们一段路程，荆棘丛把路虎车剐蹭得吱吱作响。后来，丛林太密了，我只好打转向，把车开到一条杂草丛生的荒路上，朝着家的方向开去。

我刚咕咚咕咚地喝下一品脱冰凉的水，电话就响了，电话那头是那个野生动物贩子。

"真的，劳伦斯，我怎么也想不明白，你为什么要在这群大象身上浪费你的生命呢？"他说，"我可以在一周之内让你拥有一群更好的大象，这样，你的麻烦就没有了。你知道，这群大家伙很容易就能要了你的命。它们需要更多的空间，并且完全摆脱人类。你应该还给它们自由。"

"你说的有点儿道理，"我一边说，一边摸索着找纸和笔，"对了，我还不知道贵公司的名字呢，还有你的电话号码。告诉我好吗？"我记下了这些细节，然后立即给位于约翰内斯堡的"大象经理人和所有人协会"打去电话，要求找玛丽昂·嘉莱。

"玛丽昂，你认识这些人吗？"

"噢，天啊，劳伦斯，请不要告诉我你在和他们交易啊。"

"为什么？"

"最初是这伙人想要你手头的这群大象，但是我抢先了一步。他们注册的是野生动物经销商，尽管合法，但是很让人怀疑。我当时听说他们已经把你的大象预售给了中国的一个动物园，这就是我为什么那么着急把它们送给你。这伙人对我很恼火，现在千方百计想得到这群大象好履行合约。如果你把大象卖给他们，你的大象将活得非常悲惨。更糟糕的是，这家动物园只想要小象，因此那两头成年象很可能被射杀。拜托，拜托你不要和他们交易。"

"好吧，你尽管放轻松。"听到真相后，我也如释重负了，"我的大象哪儿都不去。"

我给野生动物贩子打去电话，礼貌地告诉他不要再和我联系了。

他非常不解。"你完全可以得到这一大笔钱，还有一群新的大象。可是，你却宁愿留住麻烦。你面对的情况只能越来越糟，三个月之后，不要哭着来找我，因为对我们来说太迟了，对你也一样。"

"我不会卖的。"

"好吧，好吧。"

他随后迟疑了一会儿，我能感觉到他脑海里正在挣扎着什么事情。"听着，千万别告诉我的老板我对你说的话。以前的那个母头象，就是他们射死的那头，其实不像他们说的那样爱惹麻烦。它只想带领象群去有更多水源和更多牧草的地方，所以它才经常撞破围栏，带领象群闯出去。不管他们怎么说，它只是在履行自己的职责而已。"

我放下电话，真相终于大白了。母头象全心全意地为家人尽责，它为此付出了生命的代价，而他们竟然还杀死了它的小女儿。一想到这些，我就难掩心头的怒火。难怪这群大象内心的创伤如此难以平复。

我再没有接到过这个人的电话。

第十二章

在接下来的几天里，我们开始不断得到有关库斯和他那伙儿偷猎分子的消息，所有信息都将有助于我们端掉这群混蛋。

那些奥万博人，无时无刻不在我们地监视下，无法再去打猎了。他们在晚上溜进村子，去当地的地下酒吧和混混们喝得酩酊大醉。他们喝得越多，话就越多，所以我们在酒吧里安插了线人。在酒精作用的影响下，他们陡生豪迈，公然吹嘘自己的英雄事迹。但是，他们话里话外真正表达的是对库斯的不满。库斯太抠门，自己在副业中挣个沟满壕平，却不给他们一分钱。就像恩圭尼亚说的那样，库斯只把那些猎物的下脚料"慷慨"地送给他们。我知道库斯当然不是个股市分析高手，可是他对犯罪同伙如此吝啬，也的确愚蠢至极。幸好他在偷猎中得到了百八十具猎物的收益，否则，被这样一伙儿偷盗分子如此讥讽也真是够让人耻笑的了。

随后的一天早晨，我接到了期待中的寄自恩潘盖尼的文件，我聘请的私家侦探终于调查清楚了库斯的背景。这是我在采取最后行动前所需的最后证据，而且完全可以作为趣味阅读的材料来浏览。

在南非持久的丛林战中，库斯曾经在纳米比亚—安哥拉边境的步兵团服过役，并且这场战争在 1980 年津巴布韦独立后急剧升温。他目睹了很多前线的军事行动，是个狂热的种族分子，尤其喜欢展示他枪杀的那些游击队员残缺的尸体。那些他拿来吓唬菲尼亚斯的血淋淋的照片并不是摆拍的，而是一幕幕真实发生的事情。

他的那些奥万博保安也来自同一支武装力量。他们最初驻扎在纳米比亚—安哥拉边界，后来因为他们与南非武装作战，就被驱逐了。

这足以解释很多事情。我突然意识到，在大象被放出博马那天，这些人的表现就是久经沙场的士兵。就奥万博人而言，他们是雇佣兵，根本不是热爱丛林的护林员。如果我们当初雇用他们是为了参与近距离作战的话，那又该是什么结果呢？

我刚刚读完文件，库斯就如同暴风一样冲进了办公室，屁股后面紧跟着戴维。我急忙把这些文件塞进最上面的抽屉里。

"安东尼先生，"他大喊着，眼睛气得都鼓出来了，"这位年轻人，您的这位年轻人，"他用笔直的手指指着戴维，"居然那么无礼地对待我。这种事情绝对不允许再次发生，否则后果会很严重。"

我站起身来。看起来戴维的"最好的新朋友"计划正在戏剧性地拉开帷幕。

"怎么啦？"

"他骂我'××'，这让人无法接受。我是反偷猎部门的经理，他的上司。他以为他在跟谁说话？"

"但你就是个××。"戴维一边说，还一边向前迈了一步。

我极力控制自己不要笑出声。按理说，像库斯这样的硬汉子肯定不能接受"××"这个词儿的侮辱，可他却跑到我这里来寻求帮助。

"什么？"库斯喊叫着，"你知道你在跟谁说话吗？"

"知道！"戴维答道，"跟一个××。"

"这是给你的最后警告，"库斯气得浑身颤抖，"最后一次警告！"

"××！"戴维又向前迈了一步，居高临下地盯着他。

到了这个节骨眼儿上，事态变得有趣了。我们现在正想知道库斯的真实性格——究竟是勇猛善武之人，还是欺凌弱小的恶棍。因为知道他有当兵的背景，我认为他应该是前者。我的神经绷得紧紧的，做好了面对办公室里即将爆发大战的准备。

"××！"戴维口中又冒出了这个词。同时，他紧握拳头，随时准备应战。自从我给他讲了这个偷猎团伙的事情之后，他心里一直痒痒着，就等着跟他们大干一场了。

现在关键时刻终于来临，我想局面马上就要失控了。

库斯的脸扭曲着，在我看来，他的眼泪都要流下来了。他转向我："拜托，安东尼先生，告诉他不要再骂人了。我没有做过任何对不起他的事儿啊。"

我站到他俩中间："好了，大家都平静平静，我们先暂停。库斯，你走吧。戴维，我有话要对你说。"

当反偷猎部门经理大步流星地往外走时，戴维在身后又喊了句"你就是个××！"而库斯连头都没有回。

"他就是个狗屁窝囊废。"戴维拽过一把椅子。

"是的，他就是个婊子养的混蛋。"我接过了话茬，同时想起了我刚刚读的那份文件，"我可不希望库斯让他的那伙儿奥万博人向你乱开枪啊。"

"他们已经开过枪了，在上一次偷猎时，你以为他们在干吗？"戴维说得兴高采烈，完全折服于自己刚才的英勇壮举。

我本该生气才对，他刚才差点儿搞砸我们的计划。他的任务是随时随地像影子似的跟着库斯，而不是到处喊他"××"。但是，我却抑制不住放声大笑。库斯，这个外表强悍的大男人形象在我面前已经轰然坍塌。

"得了，我们现在该怎么办？"戴维问。

"我们去警察局提交材料。有个警官在那儿等我们，我要把材料交给他。"

第二天，我们开车去了恩潘盖尼，见了两个高级警官，向他们完整地讲述了事情的来龙去脉，还递交了所有的证词。

"这个案件一目了然。"一个警官在读了菲尼亚斯的证词后说，"他罪不可赦，我们马上出发去逮捕他和他的那些奥万博人。"

我就想听到这句话。五点整的时候，来了两辆警车。我和戴维领着他们穿过保护区，将车开到库斯家。他正和家人在外面吃烧烤呢，看见我们，他手里拿着啤酒走了过来。

"出什么麻烦了？"他看着亮黄色的警车问我。

"你！"我答复他，奋力地控制自己语气上的愤怒，"你就是所有麻烦的始作俑者。我们全都知道你偷猎的事情了。"

一时间，库斯看起来就像被人在肚子上重重地打了一拳似的。他很快明白了究竟是怎么回事儿，径直朝警察走去，伸出一只手："让我们澄清一下误会。我有什么能帮到你们的吗？"

警察根本就没有理会他伸出去的那只手，一人紧紧抓住库斯，扭转他的身子，啪啪两下就把手铐戴在了库斯的手腕上。

"你因偷猎被逮捕了，还可能犯谋杀未遂罪。"警察说。随后，向库斯宣读了他享有的权利。

"走吧。"另一个警察推着库斯往车里走。

"等等，我要跟安东尼先生说几句，单独说几句。"

我点点头，警察很不情愿地松开他。我们走到别人听不见的地方，库斯转向我，开始祈求。

"拜托，安东尼先生，请不要这样对待我。我们可以把这些事儿好好解决一下，要不，我们达成个协议吧。我知道自己做错了，可是您考虑一下我的家人。让我们做个交易吧。"

我很高兴，至少他承认了自己的罪行。他的供认将会帮助我们把整个偷猎团伙一网打尽。

"好的，我们可以这样交易。你告诉我们你所有的联系人——经销商、买家、整个团伙。你还得补偿我那些被杀死的动物。这样，我可以为你说点儿好话。"

他一言不发，随后摇摇头。

"这是你的选择，"我说，"那么我们没有接着商量的必要了。"

他盯了我片刻。突然，他的真实人品大爆发了。他眯起眼睛，仇恨像火山喷发一样炸裂出来。我意识到，这不仅仅是偷猎的问题，这是人性的问题。我飞快地思考究竟是为什么。我从来没有伤害过他，事实上，我买下保护区的时候，还把他留了下来。那时，我轻松地就可以解雇他。

"你永远都不可能证明我有罪，"他咆哮着，"这个案子永远不会拿到法庭上的。我认识大人物。"

我回瞪着他，摆出厌烦的姿态。

"我认识大人物。"他猛地又喊了一遍。

两个警察冲了过来，抓住他的胳膊，推搡着把他塞进了警车的后排座。

库斯一被关进车里，第二辆警车就风驰电掣般驶向花园后面奥万博人的住处。

我们太迟了。当我们冲进屋里，眼前只见散落在地板上的步枪。柜子的门摇摇晃晃地敞开着，他们的个人物品都不见了。毫无疑问，看见库斯被铐走，他们马上两脚抹油，飞也似的跑了。他们现在在丛林里为性命而逃，我们却不知道他们逃跑的方向。在天黑之前我们是不可能抓住他们的。

不过至少，我们抓住了罪魁祸首——库斯。警方说，他们将发协查通告抓捕在逃的那伙儿保安。这是我们目前唯一能做的事情。

当我们开车离开的时候，库斯的老婆满嘴脏话，骂个没完。这可是我听过的最恶心的骂人话了，只能从这种人嘴里冒出来。

回到家里，我向弗朗索瓦丝叙述了这戏剧性的一幕。随后，我们一起来到外面散步。血红色的太阳慢慢西下，躲到了远处群山的后面，整个保护区看起来如此静谧。也许是我的臆断，随着库斯和他的保安们离开这里，保护区的整个气氛都发生了变化，就好像某种恶性力量得到了净化一样。

第二天，库斯出现在了法庭上。他被准予保释。

我知道，他会密谋报复的。如果他这样做，我随时奉陪。

第十三章

终于，苏拉苏拉找回了属于自己的平静。

大象不再总想着逃跑，偷猎问题也基本解决了，但我知道我们永远不可能杜绝偷猎的问题。在非洲，不管你怎样努力地保护野生动物，总会有几个部落男子杀死耍单的黑斑羚或者小羚羊。他们这样做，无非是为了锅里有果腹的饭菜罢了。从黄昏到黎明，我们一夜又一夜地在丛林里防范几个没有什么装备的年轻人。很快，这种做法就失去了浪漫气息，因为为了生存而猎杀动物的个体化行为不足以造成什么可怕后果。只有当捕杀动物开始商业化的时候，正如我们以前所经历的那样，问题才会变得严重。

另一方面，我和祖鲁部落的酋长及部落成员商量，把他们周围的牧场变成野生动物保护区。事情商讨得很顺利，也取得了一些进展。这个计划已经敲定了一些细枝末节的问题，不过要想说服成千上万视牛群为财富标志的祖鲁人放弃牧场，并把牧场转变为野生动物的栖息地，这项任务的野心太大了。任务很艰巨，其中交织着很多文化，以及其他方面的复杂因素。毋庸置疑，这是一件正确的事情，耐心和耐力是关键。

现在，我第一次集中精力思考我们的核心使命——经营一个非洲动物保护区。

这是件极具挑战的事情。这种生活是艰苦的，但更是值得的。每天从清晨就开始劳作，而且还没有周末可以休息放松。但是，如果你不怕辛苦的话，很快就顾不得每周七天都是星期几了。

每天，我们要检查和修护围栏，养护大道和小路。如果灌木侵占了道路，我们还得费力地清理路面，否则我们就永远失去这些通道了。在这里，大家还要对付永无休止的外来入侵植物，要清点猎物，评估草原，视察维修水坝，保养防火带，进行反偷猎巡逻，巩固和邻近部落的良好关系，还有上百件其他的事情要处理。

但这是多么美好纯朴的生活啊。周遭的危情险境会让你时刻保持警惕，并乐在其中。

象群小心翼翼地安顿下来，开始远离围栏，我也尽可能多花些时间接近它们。离开博马仅仅三周的时间，它们已经开始大快朵颐，并且明显的胖了。

我故意与它们保持安全舒服的距离，尽可能不要显得太唐突。我观察着它们，并努力了解它们的行为举止，比如它们最喜欢哪些水坑，它们吃什么，到哪里吃。但是，有时候事情并不会按照计划进行。有一次，我着实被吓了一大跳。当时，我以为距离大象应该有一段距离，于是就从路虎车里跳了出来，想用自己的新手机打个电话。

聊得正欢，我突然觉得身后不太对劲儿。回过头一看，我几乎被吓死，距我20码的地方，弗朗姬正虎视眈眈地盯着我，在它身后，是其余的大象。

我的那辆可爱路宝宝（对老路虎车的爱称）恰好离得不远，我以自己都难以思议的速度和敏捷冲了过去，用力拉开车门，直接跳进车里。

然而在忙乱中，我把昂贵的新手机掉在了地上。此时，大象们就在手机周围转悠，我别无选择，只好耐心等待象群走远，这样我才能下车捡回手机。

可谁能想到，手机居然在这个紧要关头响了起来。铃音穿透旷野，就好像哨音在刺耳地鸣叫。象群停下脚步，接着几乎同时朝着陌生的声源围拢过来。弗朗姬第一个抵达，它的长鼻子在手机上面迂回着，想要搞清楚这究竟是个什么玩意儿，其他大象随后也加入进来。我看着眼前这匪夷所思的大场面——灌木丛中的七头大象在一个叽叽喳喳叫唤的手机上面挥舞着长鼻子。

终于，弗朗姬觉得受够了。它抬起一只大脚，对着手机狠狠地踩下去。铃声戛然而止。

象群走开了，在从容漫步中打发着它们的美好时光。等它们走远，我才从可爱的路宝宝里出来去拿手机。手机嵌入地里1英寸深，我不得不把它撬出来。外壳的透明塑料都被踩碎了。

抱着尝试一下的态度，我输入了一个号码。没想到它居然响了，并且一切运转正常。

后来，我给诺基亚公司打电话，告诉他们发生在手机上的事情，并称赞他们的手机太坚固了。沉寂良久，经理说了句"谢谢"，就挂断了电话。我思忖着，他们可能根本就不相信自己的产品居然能扛得住野生大象重重的一脚踩踏。

现在，不仅仅象群在努力适应新的环境，随着库斯和那伙儿保安的销声匿迹，好几十只其他动物也好像一夜之间出现在了苏拉苏拉的土地上。无论我走到哪里，都能见到捻角羚、白斑羚、黑斑羚和结队的角马，还有其他成群的小动物。它们四处奔跑，好像这世上根本没有什么值得它们劳神的事情似的。以前，猎人只要见到奔跑的动物，抬手就是一枪。后来，偷猎者又闯入这里巧取豪夺。他们用兆瓦特的探照灯晃得羚羊头晕眼花，还不分白天黑夜坐在车里随意向外射击。这就难怪每当我们的路虎车开过的时候，动物们都很容易受到惊吓。一辆汽车发动机的声音就能使整个保护区恐慌不已，现在，我才知道真正的原因。直至今日，只有我和戴维在博马外宿营的那段时间，才是我真正欣赏苏拉苏拉野生动物的时刻。

不久，几乎一夜之间，保护区发生了翻天覆地的变化。土狼在夜里肆无忌惮地嚎叫着，我们甚至偶尔还能瞥见猎豹、猞猁和薮猫。薮猫是一种茶色毛皮上带着黑色斑点的夜行猫，不幸的是，它的毛皮至今仍然估价很高。动物们越是胆大，我们见到的动物就越多，由此带来的欣喜也越多。我发现，尽管遭到了大规模的偷猎，我们这里仍然拥有着绝大多数祖鲁兰原生动物物种，并且数量可观，它们就在我们身边生机勃勃地茁壮成长着。现在，整个保护区充满了真正的活力，就连我们都因为身处其中而变得精力充沛了。

我发现，这一切如此令人震惊。库斯和他的保安们被铲除，这样一件简单的事情，怎么能够对保护区的氛围产生这么巨大的即时影响呢？动物们怎么能够知道现在主要的偷猎威胁没有了，它们已经安全了呢？显然，这些不会作为当庭证据被使用。但是对我而言，这是万物的自然秩序，这也证明了动物们可以感知到苦难结束了。

　　几年以后，我在苏丹参与一个保护区项目的时候，听到了一个难以置信的故事，这个有着确实可靠根据的故事听起来与我自己的故事相似。在南北苏丹二十年的战乱中，人们为获得象牙和象肉而残忍地猎杀大象。于是，数量庞大的大象迁徙到了肯尼亚安身。在最终的停火协议签署的几天内，大象们成群地离开临时居留地，艰苦跋涉数百英里返回了苏丹的家园。它们是如何知道自己的地盘现在已经安全了呢？虽然这是一个难解之谜，却也证明了这些令人惊叹的动物身上有着让人难以置信的本事。

　　每天轻松自在地徜徉在丛林里，重新激起了我的另外一个爱好——观察鸟类。由于有着多样化的栖息环境，苏拉苏拉拥有至少三百五十种可识别的鸟类，绝对是鸟类观察者的天堂。这些人把所有闲暇时间都用在了观察鸟类这一迷人的物种上。

　　在祖鲁兰一个宜人的清晨，我和戴维步行跟着象群穿越茂密的河边丛林。四周一片沉寂，除了我们踩在落叶上传来的沙沙声。这时，我们巧遇到一群猴子，它们盘踞在一棵高高的罗布斯塔咖啡树的树顶上，正对着盘旋在空中的一只大战雕连吼带叫。这只战雕飞得很低，低到足以引起猴子们的注意。同时，这个高度恰好可以让猴子们虚张声势，又不至于躲藏起来。

或许猴子们也是这样认为的。距离使它们胆大包天，这些长着顽皮黑色面孔的小生灵在树枝边儿上尽情玩耍，而不是藏到树叶中间。它们完全不计后果地把自己暴露在了战雕的视野内。

正当我们观察的时候，另外一只战雕出现了，一双巨大无声的翅膀令它飞得又低又快。飞到距离地面仅有 10 英尺的高度时，它敏捷地盘绕转弯，绕过树干。当它在树盖底下滑翔时，可怕的钩形喙和雪白的腹部就像疾驰残影，树上喧闹的猴子根本没有注意到它。拥有着超过 7 英尺的翼展，飞行中的战雕总是一道惊人的风景。在如此近距离的接触中，你能发现它浑身上下都充满了魔力和魅力。当它从我们头顶掠过的时候，我们能感觉它的羽翼生风。

此时，它尾部羽毛的抽动让人几乎难以察觉，突然，它近乎垂直地拉升，就像隐形战机一样飞到了猴群的头顶。在猴子们还没有搞清楚究竟发生什么的时候，它猛地从树枝上拽下一只猴子，然后翱翔到空中去和同伴会合了。此时，在它弯曲粗糙的利爪下，小猴子还在痛苦地扭动着身子。

草原雕也是一位熟练的捕食者，并且经常像战雕似的一前一后去猎食。在繁殖季节，它是新生小动物的最大威胁。一天，娜娜和它的象群正在我们的左侧吃草，我不经意地一抬头，看见这样两只雄伟的猛禽飞来。在蔚蓝的天空中，它们就像两个斑点。突然，它们几乎完美地同步垂直俯冲下来，最后以令人难以置信的速度猛攻进树木的冠盖之中。我想它们垂直穿过密叶繁枝时的速度太快了，它们不可能及时停下来。

但是，草原雕的确能够从空中垂直俯冲下来，抓住猎物，然后落在几码开外的地方。当我们绕到近前的时候，发现它们的爪子已经插入到幼小白斑羚的体内，它们合拍地扇动着巨大的翅膀，统一起飞动作以帮助提起重负。它们快速袭击时的冲击力即刻就杀死了幼羚，可是羚羊妈妈决心不惜一切代价夺回它的孩子。它用嘴巴咬住孩子的一只脚，自己的四条腿像金属轴一样锁定不动。它就像参加一场激烈的拔河比赛，脚像生了根似的，极力阻挠草原雕飞走。

我们的突然出现，把这两只雕吓了一大跳，它们扔下战利品，重又飞回到天空。

不管见到的场景多么令人心痛，我们从不干预大自然的事情。食物链就是这么残忍，这就是野生环境下生命的平衡。对于白斑羚妈妈来说，这场悲剧太令它痛苦，可是草原雕也得喂养它们的宝宝。

丛林里并不都是血腥和杀戮，这里还是祖鲁兰鸟类展示其绚丽羽毛和动听歌声的所在，聆听它们的歌声，欣赏它们的美妙是最令人陶醉的事情了。李子色的椋鸟，绿松石色的欧洲金丝雀，都在这里陪我们过冬。艳丽的非洲伯劳鸟，血红的绿颊咬鹃，还有其他无数鸟类，都在这里夸耀自己艳丽的羽毛。这是令人叹为观止的视觉盛宴。只要看上一眼飞行的呱啦呱啦鸟，它那鲜艳闪耀的猩红色羽翼便足以令我们的灵魂翱翔天际。

我的灵魂已经幸福地翱翔在天际了。我在想，库斯、偷猎、大象的袭击……都已经成了过去。

可是，我压根不知道自己这次又想错了。

第十四章

　　一天早晨，弗朗索瓦丝和我一起坐着四轮越野摩托车去跟踪象群。

　　当我们开着嗡嗡作响的摩托车，急速行驶在尘土飞扬的小道上时，我惊讶于弗朗索瓦丝在适应丛林生活方面发生的深刻转变。

　　弗朗索瓦丝和我不一样，她在繁华都市长大。都市气息与巴黎林荫大道的咖啡屋给她的熏陶是追求精致复杂的生活品质。我小时候在非洲内陆的生活和她的成长环境相比，不知得相差几光年。

　　有个很好的事例可以证明这一点。那是她第一次在苏拉苏拉宴请来自巴黎的朋友，她把餐桌搬到了屋前的草坪上，上面摆着卡蒙贝尔软酪、布里干酪、外国水果、刚刚烘焙好的面包卷、肉饼等，桌上还装饰着红色、白色、淡紫色等叶子花编成的绚丽花环，这些东西多得把桌子都压得吱嘎作响。

　　尽管我认为她钟爱的这些花是疯狂的外来入侵品种，可这对她一点儿影响都没有。她指导园丁比耶拉："它们是外国品种，很漂亮，一定要保护好。"比耶拉和恩圭尼亚认认真真、极度挑剔地查证这些花名的翻译，并且从那以后，用典型祖鲁人的坚韧精神捍卫着多彩的灌木丛。无论何时，只要我靠近这些植物，比耶拉就抄起花园里的工具威胁我，让我离远点儿。

说回到弗朗索瓦丝的宴请，她当时正在朋友的帮助下布置餐桌，这时路过的一群猴子从树上跳了下来。弗朗索瓦丝吓得没敢把这些淘气的猴子赶跑，而是和她的伙伴飞奔回屋里，在巨大的窗玻璃后面大声地用法语咒骂着。这么缤纷有趣的语言根本就吓不住猴子。它们几乎不敢相信自己的好运，干脆停下脚步，轻松自得地享受着祖鲁兰最好的法式大餐。还好，这些猴子不太满意香槟，否则这几个大酒瓶里的宝贝也得被它们一饮而尽。

等我和恩圭尼亚把它们赶跑的时候，一切都太晚了。猴子们分散着跑进树丛里，手中还紧紧攥着大块的干奶酪和肉饼，还有原来桌子上摆放的那些切好的水果和面包。我当时笑得都要岔气儿了。当然，笑归笑，这对弗朗索瓦丝的宴会而言，却是个灾难。

那是一年前的事情了，现在，弗朗索瓦丝惬意地生活在丛林里。她的双臂紧紧地搂着我的腰，我们驾车穿过恩塞勒尼河的浅水区，开到一个高处的瞭望点。我们想仔细看看能不能找到大象的踪迹。

站在小山上，我们就有了全景视野。放眼望去，在山下小河边的丛林里，它们的身影一闪而过，那儿离我们刚才驱车经过的地方不远。尽管距离它们也就 50 码左右，可我们居然没有看见象群。相距这么近，我竟毫无察觉。一想到这儿，我不免忧虑起来，尤其是弗朗索瓦丝就坐在摩托车的后座上啊。通常，每次大象出现在周围的时候，我都能够感觉到它们的存在。这次是怎么回事呢？我心头隐隐有些不安。

"它们又出现了。"我指给弗朗索瓦丝看。大象在1英里开外的地方轻快地跑进了我们的视野。它们排成一列，穿越绿草深深的泛滥平原，重又消失在河床那里。

"它们走开了。我们给它们点儿时间跨越河流，然后再跟踪。"

大约十分钟后，我们开着车从山上下来，一直开到泛滥平原上。我驾驶着摩托，小心翼翼地沿着河床开进缓缓流动的河里。我们把脚抬得高高的，免得被摩托车溅起的河水打湿衣服。一跨过河流，我马上加大油门，攀爬上陡坡，然后猛地冲到河床顶上。

眼前面对的一切绝对是灾难啊！一跳出河床，我突然发现我们被巨大的灰色身影包围了。我们居然鬼使神差地开进了象群中间！大象们跨过河流，爬上河床后，索性停下脚步吃起草来。这是我完全没有预料到的。之前在瞭望点观察时，我还认为它们会继续前进呢。

我吓得全身发抖。坐在没有任何保护措施的娇小的摩托车上，被一群喜怒无常的重达5吨的哺乳动物包围着，那一刻，我觉得自己多么渺小孱弱啊。更糟糕的是，我还把弗朗索瓦丝带在了身边。

大脑飞速地旋转，喉咙憋得紧紧的，我怎么能摆脱目前的困境呢？身后是河流和陡峭的河岸，前面是一群激动的大象，怎么办？

更令人不安的是，我们居然把马如拉、马布拉和它们的妈妈弗朗姬隔开了。马如拉和马布拉稍稍站在我们的后面，它们惊恐地大声尖叫着。如果说有什么事情能给我们目前可怕的困境雪上加霜的话，那就是挡在一头咄咄逼人的母象和它惊恐万状的孩子中间。

我们陷入了麻烦中，感到万劫不复。

娜娜站在距离我们右侧几码远的地方，它向前迈了两步，鼻子扬得高高的，仿佛在恐吓我们。不过谢天谢地，它随后停下脚步退了回去。这已经够让人害怕的了，不过更让人恐惧的是它身后的弗朗姬。

我疯狂地想要调转车头，迅速逃跑。可是河岸太陡，摩托车的弯矩又太大，我们就这样被困在了这里，完全没有逃脱的希望。

我努力装出无所谓的样子，对弗朗索瓦丝说："我想我们遇到麻烦了。"我都惊讶自己的声音还能如此平稳，可是心里早已惊恐万分，因为是我把她带到了如此九死一生的险境。

现在，弗朗姬正愤怒地从一片树丛里倒退出来，想要转身攻击我们。我拔出自己那支9毫米口径的手枪，把它递给弗朗索瓦丝。一旦我遇到什么不测，她至少可以用这支枪保护自己。说实在的，在大象面前，这支小手枪就像小孩儿玩的射豆枪一样。但是，到万不得已的时候，开上一枪起码可以分散一下弗朗姬的注意力。

我从摩托车上站起来，面对着弗朗姬。它现在正冲着我们飞奔过来——快速、凶狠、致命。克莱夫·瓦尔克，这位非洲著名的保护区管理员，曾经在他的《荒野特征》一书中极好地描述了这样的经历："大象的进攻伴随着恶魔般的尖叫声。要不是考虑到即将面临的由长鼻子执行的绞刑，没有什么能比这更有助于我们全神贯注思考人生的了。"

这句话总结得太精辟了。听着弗朗姬大声地怒吼，我祈求这是一次闹着玩儿的进攻。我拼命地想要找到一些迹象证明它只是想把我们吓唬走，离它的孩子们越远越好。关键的迹象是看它的耳朵是不是张开的。可是，它的耳朵没有张开。它的耳朵折向了后面，鼻子也卷了起来，这样，它就可以全力进攻了。看到这些，我陷入越来越深的恐惧中。卷起的鼻子意味着它绝不回头，这次，它是动真格的了。意识到这一点，我竟然有种梦幻般兴奋的感觉，就好像身处撞车的慢动作中一样。我听到了离村子很远的地方有人在捶打着什么，声音就好像是从隔壁传来的那么清晰。我还看到在自己的头顶上空，有一只老鹰在高高地翱翔，它优美的飞行姿态令我惊叹。当时，我就像什么事儿都没有似的，而且发现自己从来没有见过那么蔚蓝的天空。

当它猛冲过来的时候，它壮硕的身躯好像抹杀了周围所有东西的存在感。我一边在头顶挥动着双手，一边冲着它大声喊叫，希望喊声可以穿透弗朗姬愤怒的迷雾。这是我最后可以尝试的手段了。

正当我认为自己和弗朗索瓦丝要没命的时候，弗朗姬的耳朵突然张开了，冲锋的脚步停下了，鼻子也伸直了，但是巨大的冲力还是让它奔到摩托车前才站住。此时，它雄赳赳地耸立在我们面前，小眼睛里还冒着怒火。我不由自主地一屁股坐在车上，眼前是弗朗姬喉咙下面的一堆褶皱。我已经完全吓呆了。弗朗姬有点儿泄气似的摇晃着脑袋，抖落掉的红土撒了我们一身，毕竟它刚刚洗过沙浴啊。接着，它向后退了几步。

马如拉和马布拉惊惶地从她身边跑过。弗朗姬又向我们摆出了两三次恐吓威胁的姿态，然后就转身跟着儿女走进了丛林，把我们远远地留在了原地。

我僵硬地从车座上下来，扭头看看弗朗索瓦丝。她紧紧地闭着眼睛，我轻声告诉她没事儿了，一切都过去了。我们两个人呆呆地待着，被吓得一言不发，一动不动。

终于，我恢复了点儿体力，重新启动摩托车，先把车开到路边，然后朝着象群相反的方向驶去。我们开车穿过丛林。此时，丛林看起来如此静谧，就好像鸟儿和树木都已经知道刚才发生了什么似的。

随后，我们看到了一辆卡车，车里面坐着一些来访的朋友。我挥手示意他们下车，我们也从四轮摩托车中下来。当朋友们围过来后，弗朗索瓦丝开始绘声绘色地向他们描述刚刚经历的惊魂一幕。她一边讲述，还一边活力四射地用双手比画着。法国人一兴奋起来，往往就是这个样子。现在唯一的问题是她手里还握着那把9毫米口径的手枪，而且手指还搭在扳机上呢。每次一强调某个重要情节，她就挥起手中的枪。朋友们见状，马上四散跑开，各自寻找藏身之处去了。我赶忙从她手里把枪夺了回来，并卸下了子弹。

回到屋里，我向震惊的员工们讲述了刚才发生的事情。"我真不敢相信你还能活着回来。"戴维一边说着，一边从牙缝里挤出一声口哨，"它肯定是有意识地放你一条生路。你想没想它为什么这样做？"

这个问题问得好。大象一旦全速进攻，极少半途中止。我仍然不相信弗朗姬会在最后一分钟停下进攻的脚步。它为什么突然"换挡"，从真正致命的进攻减速为佯攻呢？

第二天，我回到摩托车上，开车返回我们几乎送命的过河管❶那里。我就想弄明白究竟是怎么回事，我需要答案。可是不管我怎么努力地想，对于弗朗姬进攻时的关键镜头，脑海里仍是一片空白。这就好像我的脑子已经被吓坏，什么都想不起来了。

我折回到昨天的路线，开车沿着过河管穿过小河。这个过程我重复了好几次，头脑里也一遍又一遍地展开整个事件的经过。慢慢地，细节开始具体了。

记得当弗朗姬猛冲过来的时候，我站在车上一直尖声喊叫。但是到底在喊什么？我还是想不起来。

突然，犹如电光一闪，脑海里的记忆终于清晰了。我当时喊的是"停下来，停下来！是我啊，是我"。

我喊的就是这句话，一回想起来，就觉得太滑稽了，但事实就是如此。对着一头最爱进攻的母象高喊"是我"，而它当时正在努力保护自己受到惊吓的孩子，这话怎么听怎么觉得差劲儿。

---

❶ 过河管是穿越江河的管道。管道过河可架空跨越，也可倒虹穿越河底。

143

不过，就是这句话使它停下了脚步。毕竟有过在博马那里共处的日日夜夜，我想在最后关头，它认出了我。我认为它饶了我们两个人的性命，是因为在我把它们从博马里放出来的前一天，它见到了我和母头象的互动交流。

我、弗朗索瓦丝和我们的小公主——贝柔在乡下小屋

我们的斗牛犬——马克斯小时候的照片，
它是我们从斯塔福德郡带回来的

大象被送往保护区不久之后逃离了苏拉苏拉地区，一架直升机在连续数小时搜索逃跑的象群无果后选择返程

我和小象苏拉在它获救后所住的小房子前面合影

在小象苏拉获救后不久,我们给它打了点滴

这次活动最早始于 2000 年与外国来宾的一场逐象之旅

努姆赞和它的朋友从我们的小屋前走过

着传统皇家服饰的恩科西酋长

在呱拉呱拉水坝洗澡的象群

在这儿，游客们最喜欢做的是漫步丛林

我、乌西、贝基和恩圭尼亚在祖鲁兰美丽的天空下

娜娜表现得太热情了，差点用它的象鼻将我推倒。它新生的小象姆乌拉跟在身旁

壮硕的大家伙——我亲爱的努姆赞走过来和我闲聊。你看看它的个头：我身高 6 英尺 3 英寸，才刚好触到它的象牙

马布拉在我的面前漫步，犹豫下一步要去哪

姆乌拉（左）和曼德拉长大了

弗朗姬和当时还是小象的伊琅嘉加一起，身后跟着年幼的马布拉和马如拉

第十五章

"围栏又断电了。"戴维苦着脸说,"这次是在西面边界那儿。"

围栏那里三天两头就出问题,几乎没让我们省心过。保护区电网的情绪喜怒无常,做事又不靠谱,情绪的波动和行为的不可理喻比更年期的犀牛还严重,任何一点儿小事儿都能影响它的工作效果。雨水太多就淹没电流,雨水太少又影响导电性。闪电经常击中围栏,引起断电。土狼、野猪、疣猪经常在电网下面挖洞,造成短路。这些只是一些表面上的问题,我发誓,有时候它暂停作业,就是想怠怠工。它就是不想让我们顺顺当当地把这伙经常攻击我的、脾气暴躁的大象圈起来。

我还发现,娜娜和弗朗姬在离开原先的保护区之前就怀孕了,使它们受孕的是那里的领头公象。由于大象的块头巨大,所以很难在早期判断它们究竟是什么时候怀孕的。可是现在,这两头成年母象已经显怀了。

保护区的头条规定是保证电网不能断电。否则的话,我们很有可能失去这群大象。现在大象仍然在寻找逃跑的机会,而且娜娜一走到保护区的边界，就会用鼻子探查电围栏，想找到断电的地方。谁知道还会发生什么事儿呢？这意味着每天早晨和傍晚，我们必须沿着整整 20 英里长的周界检查电网，而其他人在白天也要经常进行检查。如果电网运行不正常，我们谁都不能上床睡觉。

这次的问题不仅仅是断电那么简单，路虎车还发动不了了。此时，天色渐渐暗了下来。

"没问题，我开拖拉机去。"戴维说。

我远远地瞧了一眼那辆"咣当咣当"，这是我们用祖鲁语给这辆忠诚的二十岁的老家伙起的名字。它总是那么靠谱，一开就能上路。可是，它的前大灯已经不见了。这样，在没有夜间视野的条件下，在黑暗的丛林中驱车 20 英里绝对是一次令人毛骨悚然的严酷考验。

非洲荒原冷酷无情，要想生存，你需要调动自己所有的基因优势。几乎每一种非洲动物都拥有着出色的夜视能力，因为在它们的虹膜后面有一块反射膜，这种反射膜甚至可以捕捉并放大远处的星光。这就可以解释为什么在黑暗中，如果有光线照射到它们的眼睛，眼睛看起来会非常明亮。大型猫科动物显然拥有着最佳的夜间视力。在夜里，所有的物种都要依赖敏锐的视力去狩猎或者躲避食肉动物的追杀。

对了，不是所有的物种，有一个就是明显的例外。地球上最具有统治地位的生物完全是夜盲，这就是我们——充满智慧的人类。

请试着在一个没有月亮，或者多云的夜晚到密林中走一圈，不要拿手电，你就明白我的意思了。天太黑了，你什么都看不见，我的意思就是你看不见任何东西。如果不借助于星星的指引（条件是天上没有云层覆盖），你就会迷路。也许几分钟之内，你就惊慌失措了。

有一次，我在距离营地4英里的地方从摩托车上摔下来。在事故中，我的手电筒也不知道被甩到哪里去了。这样，我不得不在黑暗中步行回家。现在，一回想起当时的情景，我还会浑身发抖。在漆黑的夜里，我什么都看不见。穿过丛林的时候，我向前伸出双手，这样我至少知道能不能碰到别的东西。我也许会撞到水牛，而且只有醒过来后才能知道究竟发生了什么。或者更有可能，我压根儿就醒不过来了。

我花了好几个小时才回到家，浑身淤青，紧张不堪，被荆棘刺得遍体鳞伤，完全一副落魄的模样。当我一边摸索，一边跌跌撞撞地前行时，心里最害怕的是，周围的动物就像在白天一样可以清晰地看到我滑稽的举动。在任何一个食肉动物的眼里，我就是一个受伤的，或身有残疾的生物。当夜晚的丛林突然再次活跃起来时，我吓得举起手枪向空中疯狂地射出了几发子弹。幸运的是，我最终回到了家。

我们的祖先没有敏锐发达的夜视能力，那么在亿万年间，他们是怎么生存下来的呢？我认识很多科学家，可是没有一个能够给我满意的解释。当四周的动物都拥有着完美的夜间视力时，夜盲的智人看起来多么孱弱无力，多么美味可口啊。对于人类来说，要想熬过一个夏天都实属不易，更别提进化了。

然而，戴维完全没有理会我的保留意见，跳上"咣当咣当"

就出发了，转眼消失在了暮色中。戴维刚一走远，我就发现他忘记带无线电了。

回到屋里，打了几个电话，我随后又走出房门，坐在草坪上。我远眺着保护区，使劲儿地想在远处边界那里捕捉到戴维手电筒闪烁的亮光。这时，我听到一声低沉的呜咽，然后声调越来越高，后来竟然变成了令人焦躁的咆哮，听得我毛骨悚然。马克斯保持着警惕，一动不动地盯着暗处。

"这不可能。"我心里暗想。紧接着，我又听到了咆哮声。这可怕的声音在荒野上空震荡着。这回没错了，这是雄狮宣示自己领地的呐喊声。由于保护区里面没有定居的狮子，这就意味着一只流动动物闯进来了。

更糟糕的是，叫声突然有了应答。令人胆战心惊的咆哮声回荡在山崖之间，这表明至少有两只狮子正在保护区里面漫步。保护区这么大，咆哮声是从西部边界那里传过来的，那正是戴维开着没有前大灯的拖拉机前往的地方。这两只狮子一定是在电网停电时穿过围栏进来的。

在苏拉苏拉的夜色里，每个动物都能听到这不祥的咆哮声，这是死神的呼唤，它已经伸出了迎接亡灵的臂膀。

估计娜娜也听到了。我想象着它一动不动地站在原地，展开了耳朵，抬起了鼻子，嗅着空中的气息，努力想要判断这呼叫声来自哪里，并且还考虑着群中小象的安危。它原有的策略和习惯现在也要改变了，就像保护区里其他万物一样。

我俯身拍拍马克斯，好让它能够安下心。

这样的事情时有发生。狮子会从附近的乌姆福洛济保护区里跑出来，四处闲逛，突袭牛群，引起村民的巨大恐慌。如果放任狮子逍遥自在的话，它们完全可以控制整个乡下地带。可是，想把狮子围起来实在是太不容易了。只要跑出来，它们就毫不留情地杀死并吃掉牛或其他家畜。如果它们惹的麻烦太大，护林员们只好追捕杀掉它们了。

在狮群中，狮子王经常强行赶走年轻的公狮子，这也是导致狮子逃跑的一个原因。雄性头领不能忍受有其他雄性跟它竞争，一旦雄性幼崽长大成熟，它们就被驱逐出去。然而，保护区里面所有的领地都已经被其他定居动物占领了，这些幼小动物只能被迫跑到保护区外面，进入人类的领地。

这些年轻的雄性，通常是兄弟，已经长成了令人生畏的模样。它们会一直在外面逗留，并且不断提高自己的狩猎和搏斗技能。在此期间，它们越来越成熟，越来越强健。这时，它们就会重返保护区向狮王挑战，想夺下老狮王的领地和母狮群。由于是以二对一，它们往往都会挑战成功。

我爱狮子，它们是非洲最具超凡魅力的标志性物种。但是，我现在多么希望这对狮子选择的是其他什么地方度过自己的"空档年"，而不是苏拉苏拉啊，我们还没有做好迎接它们的准备呢。

此时，我最关心的是戴维。如果他正开着声震天、冒油烟的拖拉机，那还相对安全些。如果他正在查找断电的位置，而且想要找到故障点，那就不得不跳下车，沿着围栏走，有时还要走相当长的距离。我知道他带了一个小手电，但是没有带枪。晚间，一个手无寸铁的人走在丛林里，近处还隐藏着狮子，这事儿听起来多么疯狂啊。如果我们早点儿听到狮子的声音，戴维肯定不能冒险出发了。我现在抱着一线希望，那就是他也听到了狮子的吼声。但是"咣当咣当"太吵人了，估计是没指望了。

我叫来贝基，他当时正在护林员的房子里，而且也听到了"大猫"的叫声。我告诉他现在戴维一个人在外面，贝基摇着脑袋，咂摸着舌头，看得出他也很担心。

"我们必须找到他，"我说，"请把我的猎枪准备好，备足子弹。"

我可不想在黑暗中跋涉。好在在防护栏的外围有一条与之平行的泥巴路，这条路几乎环绕着围栏，那里要安全很多，毕竟现在狮子是在保护区的里面。如果我们运气好的话，就能在走到防护栏和这条路分岔的路口前找到戴维，还有狮子挖的洞。过了交叉路口，这条泥土路就直接伸进丛林里了。

我们又听到了叫声，这嚎叫声令人心惊肉跳。声音很近，也许就在一两英里的范围内。现在，我太担心了。狮子们肯定闻到了拖拉机的气味，但是它们是不是也能闻到司机身上人类的气息呢？另外，它们饿到什么程度了呢？它们也许好几天没有吃到东西了。

呼应的叫声随后传来，这次声音离得更近了。

"贝基，我们必须快点儿了。"我催促着。

这个祖鲁人嘴里嘟囔着，他和我一样牵肠挂肚。在苏拉苏拉，戴维是非常受大家欢迎和喜爱的人。

我们手里紧紧地握着猎枪，开始跑步前进。当然了，是以在黑暗中能跑出的最快速度前进。即使拿着手电筒，我们在夜晚的丛林里活动也很艰难。谁都没有注意到自己究竟被岩石和树根绊倒了多少次，我们心里只有一个目标，在狮子发现戴维之前找到他。

走了两英里左右，终于看见了微弱闪烁的光线。我们欣喜若狂，正是戴维站在围栏的缺口处，"咣当咣当"在旁边嘎嘎地响着。

我刚想提醒他注意，戴维抢先了一步。

"有狮子，大个儿头的。"他大声喊着，然后指向那个洞，"它们从那儿进来的。我没把拖拉机熄火，是想让狮子离得远点儿。这里到处是它们的脚印。"

我瞬间就被欣慰的喜悦淹没了，这个家伙是坚不可摧的。"今晚把拖拉机留在这儿，你跟我们一起到外面的土路上检查围栏。开车太危险了。"

我们堵死了狮子在围栏底下挖的洞，把电线抬高，让多股电缆短路。这样，可以有效增强功率，困住保护区里面的狮子。完成这些活儿之后，我们一起走回了家。明天将是有趣的一天。

丛林里的电话礼仪要求不能在天亮之前打扰别人。太阳刚一露头，我就马上联系公园管理局的区域林管员。

"你们那里丢没丢两头狮子？"我问。

"是啊，"他答道，"前天，有两头跑出去了，还在周围的几个村子里引起了混乱。它们一直在活动，还朝着你那边儿跑去了。你见到它们了吗？"

"它们两个都在苏拉苏拉，"我说，"你想过来把它们带走吗？"

"我们马上出发。在我们抵达之前，请密切监视它们的行踪。"

我们通知保护区所有的工作人员加强戒备，所有的作业人员全都放假回家。我们的员工里面没有一个人有过和狮子打交道的经历，因此，我们不能冒任何风险。

在等待管理局工作人员的时候，我顺便出去寻找象群。我发现了它们的足迹，很快又看见了它们刚拉的粪便。离粪便没有几码远，还看见了狮子的脚印。显然，它们狭路相逢了。不过，对于狮子来说，不管它们多么饥饿，象群更加可怕，所以大象并没有遇到真正的危险。当然了，条件是小象们不要溜达到离妈妈太远的地方。

没有找到它们，我只好回到家。站在房前的草坪上，盯着远处的丛林，我想起了去年发生的一件令人痛心的事件。当时，一头正在猎食的母狮子攻击了克雷格·里德。他是我们旁边乌姆福洛济保护区的一位资深护林员。

他当时正和已经怀孕五个月的妻子安德烈娅分别坐在马背上，一头狮子猛地从芦苇荡里冲了出来，直接奔向他们。克雷格的马受到惊吓，一路狂奔。但是母狮子已经把目标对准了安德烈娅，紧追不舍。安德烈娅是一位熟练的骑手，她骑着马全速穿越丛林。马匹已经嗅到了危险的气息，所以无须任何刺激，它便全速飞奔，以求保命。这时，安德烈娅的一只脚突然从马镫里滑了出来，她的身子也从马鞍上往下滑落。

就在她跌落的时候，安德烈娅想方设法抓住了马镫。就这样，狮子穷追不舍，马匹一路狂奔，安德烈娅被拖着穿越丛林。狮子越来越近，越来越近，已经追到了她的脚跟前，她惊恐万状地看着眼前的一幕。她只能顺从命运的安排了，松开了抓住马镫的手。令人吃惊的是，母狮子直接从她四仰八叉的身上跳了过去，爪子插进了马匹的体内。

这时，克雷格才想法儿让自己的马转过身来。他骑着马发疯似的飞奔过来，同时往天上放枪，这才把母狮子吓跑。谢天谢地，安德烈娅安然无恙。尽管全身严重擦伤，还受到剧烈的颠簸，但是四个月后，她生下了一个完全健康的孩子。边远地区的女人就是这样皮实。

这个故事告诉我们，和这些大型动物打交道，一定要常怀敬畏之心。在早晨匆忙吃饭的时候，我就一直在想这件事情的经过。随后，我出去与贝基和他的手下会合，一起去狮子钻进保护区时挖的洞那儿，然后一路追寻它们的脚印。但是苏拉苏拉的硬黏土土层使追踪变得异常艰难，因为这样的土一旦干燥，几个小时以后，留在上面的痕迹就全都不见了。头顶上也看不见秃鹰盘旋，这说明昨晚狮子们没有大开杀戮。看来，我们现在可以轻松一点了。

公园管理局人员到达的时候，我们已经在保护区里面搜索两天了。一会儿发现脚印，一会儿又失去踪迹，情况总是这样反反复复的。终于，在检查围栏的时候，在电线下面发现了一个大窟窿。它们走了。我们后来听说它们返回了乌姆福洛济。

几周后的一个晚上，我坐在车里，车辆行驶在乌姆福洛济保护区的地盘上。我让司机把车开到路边的一个加油站，想过去喝几杯咖啡。外面一片漆黑，我打开车门，这时司机随口说了句"最好先检查一下"，并且从打开的车门往外闪了闪聚光灯。

在深深的草丛里，离我下车的地方也就 10 码远，有两头威猛的雄狮。

我发誓，它们就是跑到我们保护区的那两头狮子。这里离我们保护区的边界很近，我就是有这种不可思议的直觉。我们刚刚还看到了这里的狮王，那是一头体态庞大的狮子，身上长着威严的金色鬃毛，它的母狮们就待在不到 1 英里的地方。

毫无疑问，尽管旅程艰辛，毫无收获，但这两头狮子在苏拉苏拉那里徒步旅行一圈后还是踏上了回家的路。这次它们要向狮王挑战，夺取它们想要拥有的一切。

第十六章

　　白犀牛的体态非常大。当你站在地上，看着一头白犀牛从灌木丛里走出来时，这种感觉更加强烈。此时，它看起来大得让人吃惊。

　　它是地球上第二大的陆地哺乳动物，轻松就能长到 3 吨重。因为犀牛角的缘故，偷猎者非常看重它。现在，一头白犀牛就站在我的面前，一对牛角尤其完美。

　　我们保护区刚刚接收到三头白犀牛。这头母犀牛体内的镇静剂还没有完全失效，它离开了另外那两头，自己东倒西歪地走到了一边儿。

　　这样，问题就严重了。大象们就在近旁，它却毫无所知地直接朝着象群踱去。我们必须拦住它，这当然不是我期盼的事情，毕竟这是要劝阻一个由肌肉、牛角组成的山一般的家伙啊。更何况它在运输途中被注射过镇静剂，还处于迷迷瞪瞪的状态呢。

　　"戴维，"我在无线电里呼叫，"我找到它了。你能开着路宝宝过来吗？我们在停机坪南端。"

"收到，老板。"他马上就回话了，"苏拉苏拉国际机场呗！"

我看着不到15码外的这个美丽的家伙，它短粗的胖腿走起路来仍然摇摇晃晃的。说出来你可能不信，这样短粗的腿竟然可以带动它以令人难以置信的速度进攻。它身上披挂着好像史前的一套铠甲，除了子弹以外，几乎什么都无法穿透它。它蹒跚地晃悠着，根本不知道我的存在。细长的头上顶着一根40英寸长，如佩剑般的牛角，这给它原本就很雄伟的外观增添了庄严的气息。这可是偷猎者们梦寐以求的好东西啊。

马克斯站在我的旁边，完全被眼前这个大家伙震住了。尽管它在丛林中久经沙场，但也不习惯离白犀牛这么近啊。马克斯一动不动地站着，只是偶尔抽颤着鼻子嗅嗅气味。

我谨慎地观察着在上风口吃草的象群，这时听到身后传来轻轻的声响。回过头一看，原来是努姆赞。它正沿着下风口的飞机跑道走过来，一边走，还一边闻着空气中的气息。

该死！怎么所有糟糕的事儿都赶在了一起。它肯定已经捕捉到了我或者犀牛的气味儿，现在正慢慢地朝着我们的方向走来。一切都太迟了。

"戴维，"我对着无线电小声地说，"努姆赞在这里。"

"老板，我也在这儿。"他说话间，路宝宝就从林子里弹了出来，冲到了飞机跑道上，这可把努姆赞吓了一大跳。戴维把车子停到我旁边，自己从车里跳出来，发动机空转着。

"我们必须想招儿让努姆赞和象群离它远点儿。"我指着迷迷糊糊的犀牛对戴维说，"它们离得太近了，我一点儿也不喜欢它们这样。"

"我带来了你要的喂马的颗粒饲料，估计这些饲料能拖延它一会儿。"戴维对我说。

"那倒是，但是饲料的味道也可能把其他大象引过来。我们用汽车把犀牛挡住，如果哪头大象对它好奇，我们就站到它们中间。但首先，我们得把努姆赞撵走。"

戴维跳进路宝宝的后车厢，用他的莱泽曼小刀把装马饲料的大袋子划开。他把敞口的袋子搭到后挡板上，自己蹲在袋子旁边。"我希望它们能喜欢这个东西。"

"我们马上就能知道结果了。"一边说着，我一边把车慢慢地朝努姆赞开过去。

戴维并没有把眼前的一切当回事儿，可我知道这是一件非常重要的大事。通常来说，大象和犀牛相安无事。可是如果犀牛挡了大象的路，大象就会觉得很恼火，可犀牛还总犯这样的错误。我们这头犀牛仍在努力摆脱来此途中注射的镇静剂的效果，当时使用镇静剂是为了能够让它平静，因此它无法搞清楚自己目前的处境。如果它遇到努姆赞或者其他的大象，好嘛，任何结果都可能出现。

我们计划做的就是把努姆赞的注意力从东倒西歪的犀牛身上转移走。具体办法就是给它尝一口富含蛋白质的马饲料，然后把饲料撒一路，这样就可以把努姆赞引到尽可能远的地方了。这是一项危险的工作，因为当戴维往地上倒饲料时，兴奋的大象就跟在车后几码远的地方，而且戴维还不得不将自己完全暴露在皮卡车开放的后车厢上。虽然努姆赞还只是个十几岁的孩子，但它已经超过 3 吨重了，我们必须要万分小心。

我抄近道把车开到努姆赞的前面，然后又把车倒向它所在的位置。努姆赞有点困惑，同时对于这个闹人的入侵者，它还表现得有些暴躁。戴维丢下一些饲料，我就开出一段距离。让我沮丧的是，它对撒下的食物视而不见，继续沿着飞机跑道向犀牛走过去。

"再倒一回车！"戴维喊着。他抓着袋子准备往地上倒饲料，"这次得靠得再近一点儿。"

"好的，但你一定要小心啊。"

我小心翼翼地往后倒车。"再靠近点儿，再靠近点儿。"戴维指挥的同时，还谨慎地监视着这头年轻的公象。

突然，事态发生了变化。努姆赞挑衅地抬起头，猛地转向我们，耳朵展开了。

"再倒一点点……"戴维说，完全没有理会大象公然的警告。正当我认为我们离大象太近的时候，戴维快速地把饲料袋子倾斜，我迅速把车挂上一挡。车慢慢地前进，戴维在车后撒下长长的一溜儿饲料，我们离犀牛越来越远了。

努姆赞见我们离开，便放松了它张开的耳朵，还伸长鼻子闻了闻地上饲料的味道。它用鼻子吸进一些，然后送到嘴里。只过了几秒钟，它就开始像贪吃鬼一样往嘴里大把大把地塞食物了。这个策略发挥作用了。

"这够它忙活一阵儿了。如果其他大象过来，我们还有更多的饲料呢。"戴维起身离开后车厢，坐到副驾驶的位置，顺手把马克斯推到我俩中间。

听他提到其他大象，我抬起头，向那些大象望去，它们正在 40 码开外的地方吃草。就在这时，娜娜突然抬起了鼻子。尽管它们位于上风口，可是大象拥有着超级敏锐的嗅觉，它们可以捕捉到主气流遇到的非常微小的旋涡流。

"糟糕！"戴维说，"它闻到了什么东西，要么是犀牛，要么是食物，现在它的好奇心被勾起来了。老天爷保佑，它可别往这边儿来啊。"

可是，它的确往我们这边走来了，身后跟着其他大象。它不停地检验着空气中的气息，想嗅着找到气味的源头。

"该死！"现在，这头可怜的白犀牛的一侧是朝它走来的一群大象，努姆赞在它的另一侧。

更糟糕的是，它们不是排成一列走来的。如果它们排成纵队的话，我们还能好对付一些。可实际情况是娜娜站在中间，弗朗姬和它的女儿马如拉、长子马布拉站在左边，娜娜的儿子曼德拉、稳重的女儿南迪一字排开站在右边。

在它们的正前方，那头稀里糊涂的犀牛仍然隐藏在丛林里。令我担忧的是，它开始躺下要休息一会儿了。这就使它的处境更加危险。

"好吧，"戴维说，"我们再来一遍，用食物把它们也引开。"

他跳到了路虎车的后车厢上，这次割开了两个袋子，准备在我倒车的时候往地上倒一排饲料。

象群的反应非常迅速。它们闻到了气味，直奔我们过来。戴维奋力地往外铲饲料，马布拉和马如拉停下脚步开始享用美食了。可是其余的大象，在娜娜和弗朗姬的带领下，莫名其妙地继续跟着路虎车，并且步伐越来越快。

突然，不知道怎么搞的，路虎车熄火了，我怎么都无法再启动它。好在车厢的后玻璃早就不知去向了，就在娜娜几乎踩到戴维头顶的时候，戴维的庞大身躯居然从狭小的窗框挤进了车厢，手脚并用地扑到坐在副驾驶位置上的马克斯身上。

紧接着，大象追到了我们身边。我们被包围了。

戴维转身盯着他刚刚蜷缩着爬进来的小窗户，一边大笑一边说："我想我不可能再从那儿爬进来了。太神奇了！这得多有种才做得到啊。"

幸运的是大象追的只是食物而已。两头成年象把剩下的袋子从后车厢里猛地拽下去，然后试着踩在袋子上，想把它们踩烂。弗朗姬正努力尝试着打开袋子，它用鼻子抓住袋子的一角，然后轻轻一弹，把它高高地甩到空中。谢天谢地，袋子被弹到了犀牛的对面。此时，犀牛睡得正香呢。袋子从我们的头顶掠过，在空中至少航行了30码，然后砰的一声着陆，里面的东西散落一地。这个袋子重达120磅，可弗朗姬只用鼻尖儿就把它抓了起来，而且投掷出了了不起的高度和距离。

大象们大步流星地跑到摔碎的袋子旁，它们狼吞虎咽的时候，我们偷偷地从车里溜出去，把燃油线路接好，重新启动了路宝宝。既然知道了它们爱吃这玩意儿，我赶紧用无线电要求送来更多的饲料，这样我们就能够往地上撒足够长的食物带，把象群引到远离我们新成员的地方。

努姆赞却不那么好打发，它对白犀牛的纠缠仍然没有结束。它很快失去了对地上那些残羹冷炙的兴趣，重又折回头，向白犀牛躺着的地方走过去。

我们现在别无选择，只能挡在它们中间，尽我们所能把努姆赞隔远点儿。一想到尽管努姆赞还未成年，可它完全可以轻松地把我们的车扔个底儿朝天，我的心就狂跳不已。此外，大象不喜欢被迫去做违背它们意愿的事情。

我开车经过努姆赞的身旁，直接奔向昏昏欲睡的犀牛，挡在了它们中间，而且没有把车熄火，让发动机继续空转。努姆赞可以轻松地绕过我们，所以拦截方案就是保持汽车一直挡在它面前，不让它靠近犀牛。我祈求它可以领会到我们的意图，而且它心里还没有被别人干预的不快。最重要的是，千万不要激起它攻击我们的欲望。

它走过来了！相距十步远的时候，它停下脚步，谨慎地观察着我们，用它大象的智力评估着目前的形势。正如我们所料，它开始围着汽车绕起了大圈。最难应对的局面出现了，它不仅仅靠得越来越近，而且还可能意识到有人正在干预它的计划。

"等等。"我平静地说，一边慢慢地向前开着路宝宝去挡住它。

努姆赞又一次停下脚步，这次站在不到五步远的地方，接着它改变了行动方针。我开始倒车。我们的车刚开始后退，它就张开耳朵，摇晃着脑袋，面对着我们，摆出了应战的姿态。当它高昂着头，向我们迈出挑衅一步的时候，车里的气氛陡然紧张了。

"这家伙！"戴维平静地说。

"不！努姆赞，不要这样！"我从敞开的车窗向外喊着，努力使自己的声音听起来是表达想法，而不是表达愤怒或者恐惧，"不要这样！"

它又向前迈了一步，挑衅地张开耳朵，还抬起了尾巴。这回它动真格的了。

"不，努姆赞，不！"我又冲它喊了一遍，同时倒车急转了半圈，把它挡开。"不！"

通过眼角的余光，我瞥见犀牛醒了。它笨拙地站起来，想离开这里，这给了我们宝贵的调遣空间。我终于放下了心，开着路宝宝原地打转，再一次和喜怒无常的大象面对面了，这次我们相距 10 码远。

这次面对面，它看起来明显地不安，开始挥动着前足，这是一个明确的信号，它要向我们发起进攻了。不容细想，我踩下离合器，向它猛冲一次，随后又猛冲一次，直接向它挑战了。

"哇！"戴维紧紧抓着仪表盘说，"它过来了！"

正当我们准备迎接这次无法避免的猛攻时，它突然停下脚步，然后高高地扬着鼻子，轻快地跑了。我们必须把优势保持到底，于是紧随其后，继续驱赶，直到它跑进并消失在茂密的丛林里。

"太惊险了。"戴维深深地呼出一口气，"这可是一次近距离遭遇战啊，我再也不想跟成年公象玩这个把戏了。"

他所言极是，努姆赞的年少不经事帮了我们的忙。不管怎样，我们成功了，犀牛也终于安全了。

我们派了一位护林员看护白犀牛，并且指示他一旦大象再出现，一定要通知我们。而我呢，当然要去找找努姆赞，想法儿跟它言归于好。

第十七章

弗朗姬攻击我和弗朗索瓦丝的事情尽管很吓人，可是也以这种奇怪的方式加固了我和象群之间情感的纽带。

在那次攻击中，也有一些值得肯定的积极内容，其中最明显的就是我们活下来了。另外，母头象娜娜没有参与进攻，这也是一个令人感动的突破。它已经向我们迈出了挑衅的几步，这是野生大象理应做出的选择。可是，它马上就停下了脚步。对我而言，它没有反应过激，这个意义太重大了。

弗朗姬，早已经是"凶险"的代名词了。可当它一认出我，马上就停下了全速进攻的脚步。这在大象的世界里，几乎是闻所未闻的事情。

然而，几个月以后发生的事情，甚至比这个更让人惊讶。

我和弗朗索瓦丝睡得正香，这时，贝柔不停的咆哮声把我们吵醒。贝柔，在法语里是"珠宝"的意思。它是弗朗索瓦丝养的一条马尔济斯犬，这种犬几乎是每个法国女人的必备品。贝柔在家里享有的特殊待遇是马克斯和彭妮可望而不可即的，它可以选餐，甚至能够吃上牛排。晚上，它还跳到床上，睡在我和弗朗索瓦丝中间。有段时间，它的主要成就是几乎毁了我和弗朗索瓦丝的性生活。

它不是一条看门狗，所以它一咆哮，我就意识到一定有严重的事情出现了。

我跳下床，抓起猎枪，然后听到了使贝柔感到不安的重重的抓挠声。声音来自屋顶，而且还伴随着轻柔的砰砰声。其他的狗也警觉起来，彭妮后背的毛像金属丝一样竖着，它摆出保护的姿态蹲在弗朗索瓦丝身边。马克斯待在地板上，竖起了耳朵。它很镇静，疑惑地看着我，等待我发出指令。

我提上裤子，然后试探地打开对着花园的两截门的上扇门，猎枪端在手里。

哇！一个巨大的身影突然朦朦胧胧地出现在面前，着实吓得我半死。我急忙后退，没想到被身后的马克斯绊了一下。我踉踉跄跄地往后跌，撞到身后的墙上，最后四仰八叉地倒在地板上。在慌乱中，没想到我居然还能设法把枪口对着天花板。否则的话，枪托就会顶到墙上，子弹肯定也就射出去了。难道只有这样，我的狼狈不堪才算告一段落？

门口，站着的是娜娜，它正在悠闲地从茅草屋顶上往下拽着草。

弗朗索瓦丝被这阵喧闹吵醒了。她坐在床上，怀里紧紧地搂着贝柔，眼睛盯着门口那个幽灵般的影子。和她一样，我也不相信自己的眼睛。半夜三更的时候，我曾想象过门外可能闪现的各种幽灵幻影。不过，真没有想过那里会出现一头成年的大象。

恢复镇定之后，我起身向门口走去。不知道接下来该做什么，于是开口跟它轻声地说话。

"嘿，娜娜，你把我的魂儿都要吓飞了。在这儿干吗呢，你这个漂亮的丫头？"

我永远都忘不了它当时的反应。它伸过长鼻子来，我伸出双手，仿佛这是世上最自然的事情一样。我们这样触摸着对方，度过了彼此吸引的片刻时光。我又向前靠近一点儿，同时小心地和它保持一个勉强安全的距离，免得它一下子把我拽出去。它用鼻子尖儿轻轻地触摸着我的 T 恤衫，随后抚摸着我的头和脸。我一动不动，完全沉醉在这种危险与爱意交织的喜悦中。门楣挡住了它的视线，所以它根本看不见自己在做什么。考虑到这一点，娜娜的温柔表现真让人吃惊。

它低了低头，往前动了动，好像要挤进屋里似的。这时，贝柔狂吠起来。魔法被打破了。

我怀疑是否有人见过一头 10 英尺高、5 吨重的野生大象试图穿过窄门挤到他们的屋子里去。但是，请相信我的话，这可不是一件令人心灵宽慰的经历。

贝柔和彭妮狂怒不已，满屋奔跑，还像女妖一样吠叫。娜娜有些惊讶，后退几步，展开了它的耳朵。

弗朗索瓦丝担心这两条狗会被踩成肉饼，她一下子拽过彭妮，并把它塞进一个内置式衣柜的底层，她随后又去追贝柔。尽管名不副实，但是贝柔一直扮演着王国保护者的角色。可是现在，不知为什么，它只盯着马克斯，还用高音调的马耳他母语对着它尖叫。我深信，对于一条马尔济斯犬来说，娜娜实在太令人生畏了。贝柔根本搞不懂是怎么回事儿，于是就把所有的困惑都发泄到了马克斯的身上。

弗朗索瓦丝抓住贝柔，把这条狗也扔进了衣柜里。这时，彭妮推开柜门跑出来，重返打架现场。它可不想让任何东西挡在它和弗朗索瓦丝之间，即使对方是一头大象。

弗朗索瓦丝又一把拽过彭妮，把它夹到胳膊底下，然后推回到衣柜里。可是，贝柔又从里面冲了出来。这整个儿就是一场马戏团的表演啊。最终，我们把三条狗都关进了卫生间。现在，我终于可以好好关注一下娜娜了。

在屋里乱作一团的时候，娜娜已经退后了大约十步。这时我才看见整个象群都在它身边。我看了看手表，凌晨两点。

"太不可思议了！"我对走到门口站在身边的弗朗索瓦丝说，"完全不可思议！"

"它们到这儿来干吗？"

"我也不知道。但是我们最好趁这个机会好好欣赏一番。"

我们的确好好欣赏了一番。在月光下，看着动物们在草坪上逛来逛去，觉得空气中都弥漫着令人心醉神迷的气氛。月光把它们巨大的身影投到花园里，看起来就像史前世界的幽灵一般。

当它们向主房前走去的时候，我冲过草坪，跑到护林员的住处，叫醒戴维。

他从床上一跃而起："又有偷猎的了？"

"不是。是大象来了。快跟我来。"

"你说什么？来这儿了？"

"对，就在房前草坪那儿。"

"我们的房前草坪？我们的大象……"

"赶紧穿好衣服过来吧。"

我又跑回弗朗索瓦丝那里。

"靠近我之前，你最好把自己洗干净。"弗朗索瓦丝指着我说，脸上还装出厌恶的神情。我看着她，一头雾水，然后把手放在前胸上，这时摸到了一团黏糊糊的东西。

"还有你的头。"她说着，还皱起了鼻子，"你满头都是这东西。"

我大步走到镜子前一看，才知道她说的是什么意思。我全身都是大象的黏液，娜娜肯定把半品脱的黏液都喷到了我身上。

"我一会儿再洗。戴维马上就到长廊那里和我们会合。我们过去瞧瞧。"

我把马克斯从卫生间里放出来，我们仨蹑手蹑脚地穿过草坪朝护林员的住处走去。我们保持着敏锐的视线，就怕撞上一头离群的大象。很快，我们就到了房前长廊那里。在这里，弗朗索瓦丝拥有了正面看台的视野。大象们推开树丛，正在践踏她珍爱的花园。它们无情地扯断她最喜欢的灌木，吃掉它们发现的每一朵花。我必须说实话，对于大象们的来访，弗朗索瓦丝看起来不像我那么着迷。

戴维从屋里出来，站在我们旁边。"这太让人难以相信了。它们全都在这儿。"戴维说着，努力放眼向黑暗中望去，"除了努姆赞。"

"不对，它也在这里。我先前看到它了。"

这时戴维才在大约 20 码开外的黑暗中发现了它。"可怜的小家伙。它们容许它待在象群里,不过也就如此而已。它没有已经成年的亲戚,所以它总是那个姗姗来迟的。我真希望它不会有事儿。"

我接过话头:"它已经是个大男孩儿了,不会有什么事儿的。"

娜娜站在被它毁掉的花园里面,抬起头,嘴里还叼着一束珍贵的矮灌木,然后慢悠悠地朝我们走来。马克斯向草坪方向迈了几步,又静静地退回到长廊里相对安全的地方。我让弗朗索瓦丝回到屋里去,担心万一娜娜靠得太近,可能会有危险。马克斯也跟着进了屋。

我还不习惯这样的事情。一个令人生畏的庞然大物如幽灵般来到跟前,显然它还念念不忘地想表达爱意,于是就站在了我的旁边。这就像一头痴情的雷克斯霸王龙把全部的注意力都放在了你身上一样。更让人吃惊的是,两个星期以前,它还一心想要杀死我,好寻个乐趣。

我们决定安全地玩这场游戏。我和戴维回到两截门的后面,看着它雄伟的大块头慢慢靠近。娜娜在长廊的矮墙那里停下脚步,然后在那个黑暗的凌晨,第二次向我伸出了它的长鼻子。它够不着我,我决定稍候一会儿,等等看接下来会发生什么。

可是我低估了它的耐力,还有它的气力。因为我不愿意接近它,娜娜感到有些失落。它决定过来找我,于是使劲儿地想让自己庞大的身躯从长廊入口的两根砖立柱之间穿过去。显然,这是不可能的。当它轻轻地把脑门儿顶在左侧的立柱上,然后试探性地推了一下时，我们大张着嘴巴，都看得傻眼了。

这马上引起了我的警觉。我想起它在博马里的时候曾经撞倒过门柱。毫无疑问，如果它想撞的话，它能把整个长廊的棚顶撞塌。

我急忙向前走去，它也停下了推撞的动作，扬起了鼻子。它又一次用鼻子触摸我的头顶，慷慨地把黏液涂抹在我的身上。相信我，我不会用这美好的经历交换任何他物。它胃里发出的低沉的隆隆声在房子里回响，湮没了我心脏的狂跳声。

心满意足之后，它悠闲地走回到象群里，它们正好也把弗朗索瓦丝花园里仅剩的几株外来植物消灭掉了。现在，弗朗索瓦丝的花园被彻底毁了。

这时，家里养的一只八周大的小猫从我们身边跑了出去，它根本没有注意到草坪上的大象。等我们发现的时候已经太迟了，所以大家只能惊恐地观望。它现在身处象群中间，我们也无能为力。大象对这个小东西非常感兴趣，都聚拢过来想仔细查看一番。小猫还是毫无反应，我想它周围的外星生物太巨大了，小猫就像贝柔一样根本不明就里。不一会儿，它就被大象包围了。大象们伸出鼻子，在小玩物的周围舞动着鼻尖。小猫抬起爪子猛击大象，和它们玩耍起来。

最后，大象厌倦了。它们把小猫独自留在草坪上，转身走了。

弗朗姬可不想就这样离开。它走出大约20码的时候，突然转身向小猫跑去。我想以后再也看不到眼前这一幕了，一头5吨重的大象攻击一只5盎司重的小猫。

小猫咪终于意识到事情不对头，及时地飞奔回我们这里。

我们一夜没睡，一直观察到早晨五点钟。在第一缕曙光中，娜娜和它的象群一起走远了。它们的身影很快就被茂密的丛林吞噬了。

我盯着它们的背影，一阵空虚感渗透到了血液里。我的一部分也被它们带走了。

第十八章

那天上午的晚些时候，我从睡梦中醒来，内心洋溢着难以言表的幸福和满足。

大象的来访生动地证明了我们之间的关系已经有了实质性的进展。想想六周前，当公园管理局给护林员们发放猎象专用枪，并指令他们"格杀勿论"时，我曾苦苦地恳求他们放大象一条生路。而现在，我得努力让大象离我的客厅远一点儿了。

看起来，象群似乎已经回归了正常生活，我们也大功告成，现在完全有理由庆祝一下胜利了。但是，说出箴言"骄兵必败"的人肯定知道自己在讲什么。

当我正享受着一顿轻松惬意的早午餐，脑海里回放着娜娜不寻常的夜间造访，以及它表现出来的温柔爱意时，护林员发疯似的打来的一个电话把我一下子从梦境拉回了现实。

"穆克胡鲁！姆波姆乌！我们要没命了，大象想杀死我们。"

贝基上气不接下气地喊"姆波姆乌"，在丛林里，这个"红色代码"相当于求救信号。

我抓过无线电。

"我已就绪。你们在什么位置？"

"我们在河边的护栏这儿，就是小河流出保护区的边界这里。大象追我们呢，我们正在跑。穆克胡鲁，情况太糟糕了！"

我听得出，这个平常很坚韧的护林员，现在的声音里充满了恐慌。他们现在在几英里外，在保护区的另一端，我们不可能及时赶过去。无疑，象群前进的速度很快，因为它们离我们的房子已经那么远了。几个小时之前，它们刚刚把弗朗索瓦丝的花园夷为平地。

"它们离你们多远？"我对着无线电喊着。

"到我们跟前儿了。它想杀死我们！这些大家伙想杀死我们！"

贝基是位经验老到的护林员，他声音里的惊恐把我也吓坏了。他可是我认识的最坚强的人啊。

"贝基，往外跑！"我对着无线电狂喊着，"带着你的人穿过围栏跑出去。要么割断围栏，要么找个能从下面爬出去的地方。"

这时，无线电里面传来了两声枪响。

"可恶！贝基，怎么啦？谁开的枪？"

"恩圭尼亚开的。他在开枪……"话还没有说完，无线电就断了。

"跑！快往外跑！"我喊着，拼命想要接通无线电，可是那边死一般沉寂。

旁边一直听着的戴维跑了出去，迅速把路虎车开过来。车辆穿过弗朗索瓦丝被毁得乱七八糟的花园，停在了前门门口。

我爬上车，他把车开到路边。一边开，一边咒骂着路虎车差劲的转弯半径。经过花坛松软的沙土时，车轮打了一下滑，随后冲向了大门。

"贝基，贝基！说话，说话啊！"

但是没有任何回答，无线电里还是一片不祥的沉寂。我们匆忙地开了四十分钟的车，以飞快的速度穿过保护区。有时，偶尔隆起的路面都能使在上面疾驰的汽车飞起来。我们不知道能看到什么，也不敢想最坏的结果。

在距离围栏大约 100 码的地方，我看见象群在不安地乱转。在围栏的另一侧，在浓密的灌木丛里隐约可见挤成一团的贝基和他的手下。我查了一下人数，首先是护林员，然后是大象，随后长舒了一口气，心终于放下了。他们全都在那儿。

弗朗姬首先注意到了我们，它生气地扬起一只脚，猛踏地面，大地都因它的踩踏而颤抖了。同时，它还摇晃着硕大的头。不管刚才发生了什么事情，看来都已经极大地激怒了弗朗姬，它现在就是让我们知道它很生气。

我们把车停在一边，大声地喊着这些护林员。他们战战兢兢地从密林里走出来，原先一直盯着大象的眼光终于移开了。

"你没事儿吧？"我问，"到底发生什么了？"

"穆克胡鲁，这些大象发疯了。"恩圭尼亚猛地挥着手臂，指着这群大象说，"我们在围栏这儿碰到它们，它们竟然想弄死我们。它们向我们猛地冲过来，我们就跑啊跑啊。但是，它们穷追不舍啊。我们正以为自己要玩儿完的时候，发现有条小溪从围栏底下流过。于是，我们就从那里爬出去了。电流一个劲儿地打我们，可我们不得不继续往外爬啊。我的无线电算是完蛋了，它落水里了。"

我拿出一把钳子，剪开围栏，又用一根棍子支起电线。这样，他们就能爬回保护区了。

"你们太幸运了。"我一边重新连接剪断的电线，一边说，"现在，你们近距离地看到这些大象有多么危险了。告诉其他人，告诉在这里工作的每一个人一定要睁大眼睛，离它们远点儿。"

我知道这个插曲很快就能够传遍村庄，当然其中还得有很多添油加醋的花絮，我希望这可以进一步吓唬吓唬那些蠢蠢欲动的偷猎分子。

但那还不是我最关注的事情。相反，让我警惕的是这样一个事实——象群没有任何明显的理由去攻击护林员。贝基和他的手下既没有不小心地激怒大象，大象们也没有下定决心离开这个满是奇怪陌生人的新领地。也许带枪的护林员使它们想起了在早前那段艰难岁月中遭遇的偷猎者吧。

我越考虑这件事情，就越相信这场冲突的真正原因可能没有什么大不了的。也许当时护林员们正在聊天，所以忽略了对周围环境的观察。还没等搞清楚怎么回事儿呢，他们就无意中闯进了大象的地盘。于是，他们遇到了大麻烦。或者至少这是我希望的来龙去脉。

也许我们永远都不会知道具体原因，但是有一点是肯定的，这仍然是一群极度危险的大象。在我们放松之前，还有很多工作要做。

从有利的一面考虑，我的这些护林员现在已经彻底知道在丛林里应该多么警惕了，我肯定他们不会再犯同样的错误。另外，由于他们没有直接向大象开枪，而是保持头脑的冷静，跑出了保护区，这是值得永远赞扬的举动。

他们爬上路宝宝的顶棚，我们开着车回到了驻地。他们把所有的员工都聚拢到一起，然后活灵活现地讲起了自己的历险记，只有天生善于讲故事的祖鲁人才能讲得如此生动。当他们争论谁逃得最快时，每个人都被逗得哈哈大笑。

几天以后，第一次婚姻带给我的两个儿子，二十一岁的迪伦和二十三岁的杰森来到了苏拉苏拉。他们打算在这里待上一段时间，我也一直期待着和他们再次相聚。杰森是一个喜爱丛林的城市男孩，而迪伦却迷恋荒野，一有空闲就跑到边远林地去。

我们已经准备好了一个款待他们哥俩的节目。几个星期以前，我和戴维偶然发现了一个土狼穴。那天晚上，我们打算过去侦查一番。

两个男孩刚一抵达，我们便装好一些物资，开车去了土狼穴。不过我们很沮丧地发现土狼遗弃了这个洞穴。狼群已经离开了。

迪伦掩饰不住失望的情绪，走到旁边去寻找它们的脚印。不一会儿，我们听到了他低低的口哨声。

"迪伦在叫我们。"我说，"他发现什么东西了。"

我们推开矮灌木，穿过去时发现他蹲在空地上。"岩蟒！"他兴奋地低声说着，还大大地伸开双臂比画着，"太大了。"

苏拉苏拉和它的自然环境非常适合蟒蛇栖息，以至于蟒都成了当地比耶拉部落崇拜的图腾。部落人认为他们祖先的灵魂有时会附在大蟒的身上回来看看。在村子里，无论什么时候人们看见蟒蛇，他们都不会杀死它。可如果看到的是其他蛇类，那可就不这样对待它们了。人们聚拢到蟒蛇周围，有时还在柱子上拴一只羊作为祭品。岩蟒是非洲最大的蛇，当受到打扰时，极具攻击性。我们现在说的这种大的爬行动物，身子长到 10 或者 12 英尺长并不罕见。

可是迪伦发现的这条蟒着实把我看呆了，这是我见过的最大的岩蟒。金褐色的身体上布满了棕色和橄榄色斑点，现在完全伸直了趴在丛林里。

然而，迪伦现在盯着的还不是这条蟒，他指着另外一个地方。我们走了过去，我看见了又一条蟒蛇，个头更大。

这是一生难得一见的场景。可是，没有人带相机。这是一条不言自明的逻辑：如果你在丛林里见到了真正奇特的东西，那么，你一定没有带着相机。

这两条蟒都在休息，在晒了一整天的太阳后，现在一动不动。这样，我们就可以走过去靠得近一点儿。当然，还不能太近，免得惊动它们。迪伦用脚步测量它们的身长，第一条是 15 英尺长，第二条足足有 17 英尺。

"以后我可以不用再看那本蛇类参考的书了，"戴维说，"书上说蟒蛇只能长到 14 或 15 英尺长。"

我们凝视着这两条令人难以置信的蟒蛇样本，它们像肌肉男的胳膊那么粗。等到天黑以后，我们继续打开手电筒守夜观察。当电池电量不足的时候，我们才离开。这点不足为奇，我们谁也不想在黑暗中待在这两条巨蟒的旁边。

第二天，当我们返回时，它们已经不见了。

我从来没有见过那么大的蛇类，也许以后也不会再见到。不过知道它们得以保护，并且安全地在那里生存和繁殖，也的确是令人振奋的事情。

第十九章

每天，我都去丛林里转一圈儿，和大象们待上一会儿。这样既可以看看它们的习惯和活动是不是正常，还可以和它们共度一段令人心情爽快、精神倍增的时光。最重要的是我想继续研究大象之间彼此沟通时的一些奇怪特点，这些奇特之处始终吸引着我的关注。我已经打开了一扇面对美丽新世界的大门，我要充分利用丛林里的每一分钟单独和它们在一起。

一个炎热的下午，我步行出去寻找大象。有一瞬间，觉得它们就在旁边，我就像做白日梦一样径直朝它们走过去。很快，我缓过神儿来。环顾四周，令人意外的是四周没有它们的身影。

过了片刻，这种感觉又出现了，仿佛是最轻柔的一碰，随后就消失了。我又一次四处张望，还是没有它们的一点儿影踪。这种莫名其妙的感觉仍在继续，这更加引起了我的注意。我很惊讶，在和象群相处的时间里，从来没有过这样的感受。

我等待着，这次我故意恢复到以前的状态，在丛林里漫不经心地徜徉，不期待任何事情的发生。这时我突然又有了那种感觉，一种强烈的预感，象群就在附近。就在这时，娜娜从旁边的树丛里走了出来，后面跟着其余的大象。眼前的一幕令我瞠目结舌，我居然在见到它们之前就感觉到了它们的存在。

这时候，我还发现，这次经历还可以反向证实自己的直觉。有时，当我出去找它们的时候，我往往可以认定它们根本就不在这片区域，而是在其他什么地方。这样判断并不是因为我找不到它们，而是因为没有它们的存在，丛林里让人感觉空荡荡的。

终于，经过几周的实践，我开始掌握了窍门。只要情况适合，想要发现它们变得越来越容易了。

不知怎的，我终于明白，大象会把自己的存在感渗透到周围的环境里，并且还能够控制这种存在感。比如说，如果它们不想被发现，那么即使我都要站到它们头顶上了，也不会捕捉到任何它们存在的信息。经过更多的尝试和研究，线索变得越来越清晰了。比如说，狮子的吼叫声是在人们听得到的声音层面上，而大象发出的低沉的隆隆声却不在我们可以听到的层面上。这种声音弥漫在周边几英里的丛林里，而我却能莫名其妙地捕捉到。

它们以大象自己的方式，以自己的语言可以让每一件东西，每一个人知道它们在哪里。我后来还发现，这些声波的震动还可以通过地面传播，它们可以用脚收到这些信号。

一天上午，我正小心翼翼开着车穿过一条满是石头的小路，突然又有了这种感觉，大象就在附近。紧接着，我听到了一声清晰的喇叭般的吼叫。我停下车，几分钟后，这个声音又回响起来，而且这次距离更近了。突然，努姆赞悄无声息地从树林里缓慢地走出来，正好停在了路虎车的前面，挡住了我的去路。它透过挡风玻璃专注地盯着我，它以前从来没有离我这么近过。

它非常淡定地站在那里。我坐在车里，心脏扑通扑通地狂跳个不停。我最好奇的是它究竟过来干什么。二十分钟过去了，我放松了很多。它还在那儿，绕着我的路宝宝吃草，完全没有要走的意思。

这时，无线电发出了刺耳的声音。这个声音打破了大自然的宁静，也使努姆赞感到有点儿紧张。这次是来自办公室的呼叫，让我马上返回基地。但是，我刚要驶离，努姆赞就迅速地挡到了汽车的前面。它毫无恶意，只是故意地挡住了去路，这可把我搞糊涂了。我把汽车熄了火，努姆赞就漫不经心地返回到吃草的地方。然而，我一打着火，它就又过来挡住我的路。反正只要我熄掉火，就明显地感觉到它放松了。

现在很清楚，它不想让我走。我摇下车窗。"嘿，小伙子，你今天怎么啦？"

它慢慢地，有点儿迟疑地走到车窗前，站在大约 1 码开外的地方，用它那聪明的棕色眼睛俯视着我。同时，悠闲地摇晃着脑袋，看起来完全是一副心满意足的样子。它浑身散发着从容气息，让我觉得和它在一起就像是和老朋友相聚一样。这种特别的气氛深深地吸引了我，这种气氛就是我和它们在一起时感受的情感历程。这看起来就是它们的情感，而不是我的。

每次和大象相遇，都是它们确定情绪的基调。比如说在博马的时候，当娜娜决定离开那里时对我所做的一切，就足以证明它们才是我们之间情感的决定者。现在，努姆赞也在做同样的事情，它正传递出一种和老友相聚的情绪。我还回忆起它们刚刚抵达苏拉苏拉，被关在博马里面时流露出来的敌意。那种反感情绪从博马里面延伸到电围栏外面，不管大象在不在你的视野内，只要你在围栏周围，就能感觉到它们内心强烈的厌恶之情。

我的注意力重新回到努姆赞的身上。这时，我突然领悟到它没有选择自己的同类，而是选择我和它做伴。这就是为什么当我开车经过的时候，它发出喇叭般的吼声叫我等等它，这也是为什么它不让我离开的原因。

当这个高耸在面前的庞然大物如此明显地想要和我做朋友的时候，我觉得胳膊上冒出了密密麻麻的鸡皮疙瘩，而且倍感自己是多么的卑微。我决定加倍重视这次经历，或者更确切地说这次优待，留在原地不动。

它继续进食，这样，附近的树木算是被糟蹋了。它从一棵树这儿走到另外一棵树那儿，猛咬树枝，就好像咬的是小细枝一样。它把树叶扯下来送到嘴里，在树枝上留下了一道清晰的咬痕。偶尔，它抬起硕大的脑袋，冲着我的方向伸出鼻子嗅一嗅，以确定我还在这里。

终于，大约过了三十分钟，它转身靠到一边，让我驾车离开。

"谢谢你，努姆赞。明天见，小朋友。"

它侧着头待了一会儿，然后迈着特有的优雅摇摆的步伐消失在了丛林里。

我把车开走。这时无线电里传来了戴维的大嗓门问我在哪里。我没有回答，因为我已经惊叹得说不出话了。

随着我把更多的时间放在与娜娜还有象群的相处上，它们也开始慢慢地接近我。后来，它们很愿意在路虎车周围吃草了。有一次，我正在观察它们，娜娜突然停止摄食，径直朝汽车走来。

我没有动，能够感觉到它是带着友好善意而来的，所以并没有觉得害怕。不过，我对接下来发生的事情还是缺少心理准备。无比缓慢地，也许是让人觉得如此缓慢地，娜娜把鼻子伸进车窗，跟我打了个招呼。这是个非常亲密友好的举动，娜娜以前在博马那里曾经轻轻触摸过我，当它来到我家门口时也曾经轻轻触摸过我，我相信对于大象来说，这意味着深情的抚摸。它只是想告诉我，它们吃它们的草，我可以待在这里，它很愿意有我的陪伴。尽管身处险境，可是我从来没有觉得这样舒适安逸过。

现在，弗朗姬也比以前随和多了。它有时就站在汽车旁边，身后跟着一双儿女——马布拉和马如拉。这头"战斧"也有温情的一面，有一次甚至试探性地向我伸出鼻子。我刚抬起手，它反倒紧张地收回了鼻子。

不管和大象在一起觉得多么舒服快乐，我从来没有忘记过它们是野生的大象。无论什么时候，只要它们走近，我就调整车头的方向，确保自己不要被堵住去路，被包围，或者身处其他令人不安的境地。

慢慢地，这样的邂逅越来越自然而然地发生。几个月过去了，我开始得到象群其他成员的单独问候了。它们不像娜娜那样走到车窗前把鼻子伸进来，它们就是走近些，然后挥手似的把鼻子扬起来。当然了，它们这样做无非是想闻闻我的气息罢了。看起来，它们已经把我接纳为象群的"名誉会员"了。

但是，在此过程中，我的路虎车受到了相当大的"打击"。大象是极端触觉型动物，总是彼此轻触、推搡、磨蹭。可是这样重的庞然大物撞到汽车上，那结果就是让路虎身上布满了火山口大小的坑坑洼洼。现在，我的路宝宝就像参加过事故多发的美国赛车协会的比赛一样。每次，我开车去城里，它都吸引了相当多的关注。很快，它有了自己的名字——"大象车"。

象群喜欢玩弄汽车上任何突出的部件。我的后视镜早就不知所踪，大象抓走它们的时候，它们看起来就像是纸做的。两个无线电天线也是同样的命运，我不得不用螺丝把它们拧上。这样，每次出发去见大象之前，我得先把天线卸下来。雨刷也经常被大象扯掉，我都放弃重新安装一副的念头了。如果赶上雨天，我就把头伸出窗外开车。当然了，车厢后的所有配置也基本都消失在丛林里了，包括那个再也没有见到的备用轮胎。

也不知道为什么，大象对金属非常着迷，它们会花上好几个小时去感受这种质地。它们喜欢从发动机里嘭嘭排出的热气，尤其是天冷的时候，它们把长鼻子搭在引擎盖上，一待就是很长时间。夏天，引擎盖灼热得都能烫伤人，可是大象还把鼻子放在上面，然后一下子又猛地抽走鼻子。令人费解的是，几分钟之后，它们又去炙烤一下自己的鼻子。

娜娜和弗朗姬在抵达苏拉苏拉之前都已经受孕了。现在，它们的孕期即将结束，我也格外地关注它们。大象的怀孕期是

22个月，这就意味着它们已经历了两次被飞镖麻醉和被抓捕的过程，而且在孕期一直不停地奔波，但这些都没有给它们带来不利的影响。

每一两周，它们就到我的住处拜访一番。我们不得不在弗朗索瓦丝的花园周围布上电线，否则它们就会再把那里夷为平地，并且把灌木丛变成嘴里的美味佳肴。可即便如此，也阻止不了它们探访的脚步。它们耐心地站在电线旁边，一直等到我走过去向它们问好。

有一周，我去德班出差。回来时，我惊奇地看到所有七头大象都站在房前满怀期待地等着我。那阵势，就像一个接待委员会在等待着嘉宾的到来。我把它看成是巧合。可是，我下一次出差回来时，又受到了这样的迎接。下一次，再下一次，依然如此。很显然，不知道为什么，它们能够准确地知道我什么时候走，什么时候归。

后来……好嘛，事情变得有点儿吓人了。那天，我在约翰内斯堡机场，错过了回家的航班。那时，在400英里外的苏拉苏拉，象群正朝着我的住处走去。后来，有人告诉我，它们突然停住脚步，转身返回了丛林。我们随后发现，那正好是我错过的那个航班起飞的时间。

第二天，我回家时，它们跟着我来到了房前。

很快，我相信这其中一定包含有非比寻常的力量，这种力量完全超越了我有限的理解能力。

我回家那天，就在我出发的时间，它们从几千英亩保护区的丛林深处走出来，站在保护区大门的围栏那里，耐心地等着我。它们知道我要回来了。可怜的门卫畏缩在小屋里，根本不敢出来。

至今，我们的员工对此仍然津津乐道。只要我出门，大象就不过来拜访了，而更愿意隐蔽在丛林里。每当这样，护林员们就很难为客人们找到大象的踪迹。

我们停下车，我向大象们问好。然后，它们一路跟着汽车回到我的住处。大象们在电网旁边静静地等待着我走过去。

科学已经证实了大象具有令人难以置信的交流能力。正如我所了解的那样，大象通过独特的胃部鸣动传递次声波，这种声波可以在遥远的地方被接收到。人类的耳朵觉察不到这些超低频率，它们震荡的波长与鲸鱼传递的波长相似，有人甚至认为这种震动可以传递到地球的另一端。

但即使那些波长就像目前科学界普遍认为的那样只能波动几百平方英里的范围，这仍然意味着大象们很有可能以此联络到整个非洲大陆的同类。一个象群与另一个象群交流，再依次联系到下一个，直到信息覆盖它们整个的栖息地。这就像你，或者我打个长途电话一样。

康奈尔大学大象听力项目研究中心的科学家凯蒂·佩恩发现了大象的声波。这是一个令人吃惊的突破，将改变我们对大象行为的整体看法。

在先天高等智力和长距离的沟通能力之间有着明确的联系。比如说，青蛙的交流技能只是原始求偶的呱呱声，因为池塘就是它的整个宇宙，它没有必要再进一步拓展空间。

但是大象可以跨越长距离进行交流，这说明原野上的这些庞然大物非常聪明，它们所拥有的卓越智力远远超出了我们的想象。

如果你对此还有怀疑的话，请思考以下问题：大象在亿万年中进化出来的超凡交流能力，难道仅仅是传递一连串毫无意义的鸣响吗？进化是无情的，任何生存不需要的东西都会在基因库图谱中衰败。因此，唯一合理的假定就是，大象运用这些发达的长距离音频是为了达到特殊的目的——彼此之间，象群之间进行条理清楚、意义明确的交流。

它们是不是也如此互相转告，让彼此知道人类对它们做了什么呢？

考虑到它们的超凡智力，我毫不怀疑就是这么回事儿。

第二十章

库斯的阴暗魔影依然盘旋在保护区的上空。我本想让起诉这个前任反偷猎部门经理的偷猎案子受到法律最大限度的追究。可不知为什么，这个案子一拖再拖。

每个月，他都要出庭候审保释。可是最终审讯的日期一直没有定下来。

我终于受够了，直接冲进位于恩潘盖尼的公共检察官的办公室。

"这个案子无限期地推迟开庭。究竟是怎么回事？"

检察官是个五十多岁的高个子男人，他低着头尴尬地说："很遗憾，安东尼先生。我昨天刚刚检查这个案子的材料，可是包括所有证据在内的备审案件目录表竟然全都不见了。"

"你说什么？"我火冒三丈地问他，"材料已经第二次不见了。唯一能接触到材料的就是你的职员还有警察。这不是很明显地说明他在这儿有熟人吗？"

"我们不能做出那样的指控。"

"那么好吧，如果不是警察干的，就只能是你的人干的了。

这可是个严重的问题。"

　　检察官点点头。"我也意识到这一点了。"他说着，还瞟了一眼位于他乱糟糟办公室一角的古老空调。空调费力地工作着，他擦了擦前额的汗珠，"事情并不总是它们本来的面目。"

　　"那好，"我说，"我还有备份文件保存在安全的地方，我再给你拿来一份。现在，这儿有一份奥万博人的证词，你先看看。"

　　我把以前这伙保安的证词递给了他。当时，库斯一被逮捕，这些保安就全跑了。他一页页地翻看着，然后慢慢地不再表现得那么官僚麻木了。他坐直身子，还轻轻地吹声口哨。"这个对你打官司肯定很有利。"他说，"你从哪儿得到的这些文件？"

　　"我在开普敦的一家保安公司追踪到了他们。他们非常害怕被逮捕，同时也很讨厌库斯和他的谎言，还有虚假的承诺。如果能够免于起诉，他们同意出庭作证。"

　　"我们可以搞定，把案子交给我吧。"他起身并伸出手，"法庭会受理这个案子的，我们会用自己的人，我向你保证。"

　　可是私下里，我对此持怀疑态度。

　　那天晚上，我正在思考问题的时候，电话响了。接起听筒，对方迟疑了片刻，然后传来一个醉汉含含糊糊的声音。

　　"嘿，安东尼！"

　　"是我。"

　　"如果你不撤掉对库斯的起诉，我们就打算修理修理你。你这个笨蛋！"

　　"那你们就试试看吧。"说完，我放下了电话。

这只是众多威胁电话中的一个而已，言辞仍然很龌龊。他们警告我如果不放弃这个案子，他们就要对我下手了。

　　尽管接到这样的电话让人感到有些害怕，可我忍不住大笑起来。这些污言秽语的电话总是在"快乐时光"——下午五点到七点打来。南非的酒吧有这样一个惯例，在这两个小时的时间段里，所有的酒水都打半价。这样，在"快乐时光"期间，就像蚊子嗜血一样，酒鬼们纷纷奔向酒吧。无疑，库斯和他的狐朋狗友们喝了两杯白兰地之后，被酒精刺激得热血沸腾、激情澎湃，然后才敢抓起电话来骚扰我。这更证明了库斯是个胆小鬼，这些粗野的、说话时舌头都硬了的恐吓电话无非是虚张声势而已。

　　真正让我担心的是库斯如何能够说服朋友两次取走他的文件。所以，我想尽快解决整个事件。

　　尽管我们竭尽全力地想要铲除偷猎的情况，可是保护区里面偶尔还会见到偷猎分子的踪影。损失零星的几只黑斑羚，就像在百货商场里有人顺手偷走几件东西一样。虽然可以把猎杀一个动物比作购物通道上发生的小偷小摸，可是，多一些损失就意味着多一点愤怒。

　　可是突然之间，形势大变。布查那那警察局局长把我叫了过去，他告诉我这样一个信息——一伙偷猎犀牛角和象牙的家伙正在本地区活动。每个护林员都知道，这些暴徒完全是另外一伙人，他们组织严密，装备精良，无论谁挡了他们的财路，他们都格杀勿论。我们很快就发现，这群坏蛋完全清楚自己究竟要什么。

我们甚至都没有听到他们的枪声。出事地点在保护区远端，从 .458 猎枪中射出了一发无声但却致命的子弹。几天之后，当我们出去巡逻时才发现了牺牲品。我当时注意到空中有好几十只白背秃鹰以空中漏斗的形状盘旋而下。

一定有尸体，而且还是大个头动物的尸体，我们需要尽快赶过去看个究竟。可是，尸体位于浓密的金合欢树丛里，周围根本没有道路。当我们徒步到达的时候，每个人都已经筋疲力尽，汗流浃背，身上还被剐得伤痕累累。

土狼已经在尸体上撕开了血红的大口子，使得甲胄般的皮肤完全绽开。成群的秃鹰站在散发着恶臭的灰色尸体上，看起来得有一百来只。它们嘎嘎地叫着，拍动着翅膀，争抢着啄食这具腐尸。

那些抢占到有利位置的秃鹰使劲儿伸长它们的瘦脖子，把头插进腐烂的内脏里，自顾自地狼吞虎咽着。在这个混乱现场的外围还有两条黑背豺，它们不断地猛冲到这群大鸟中间，咬掉一大口肉，再赶紧冲出去。从这么一大堆腐肉的腐烂程度判断，动物死亡至少三天了。

这是一头雌性南方白犀牛，它的凝满血迹的口鼻部位满是怪异的皱纹，因为它的两只角已经被齐刷刷地切断了，可能是用链锯切割的。尽管它和我们相处不足一年，可是我太了解它了。无论什么时候见到它，我总是在一个安全的地方停下车，然后和它聊会儿天。这就是它们被送到苏拉苏拉那天，我们用马粮从它身边引开努姆赞的那头白犀牛。看见它的尸体时，我意识到它已经怀孕了，因为胎儿的残肢就四散混杂在流出来的内脏里，这让我心中的悲痛更加强烈。

这是专业偷猎分子所为。他们肯定躲藏在保护区里面好几天，观察我们和犀牛的活动，精心计划如何猎杀这头雄伟的动物。大自然失去了一头处于黄金生育年龄的雌犀牛，我们也蒙受了巨大的损失。我们只有四头犀牛，因此这不仅仅是经济上的挫折，更是对我们自尊心的重击。对方智胜一筹，这的确让人感到不快。

我们知道偷猎者不会走远，他们还会找机会回来。每个人都恨不得好好跟他们较量一番。我们想要找回公道，不仅仅为了可怜的犀牛，还为了那些被他们屠杀的所有动物。犀牛角会被走私到东方，满足人们认为它有壮阳功效的荒谬期盼。

一周后的一个傍晚，我们听到了弱音猎枪的一声枪响，还看到保护区远处间歇闪烁的探照灯光。

我们一直等待着对方的这种失误。几分钟之内，大家就全副武装，准备追击了。我们现在只能徒步追踪，因为车头灯和路虎发动机的轰鸣声会彻底出卖我们，这就给了偷猎分子足够的时间跑到丛林里。这是一次艰苦的跋涉，我们几乎是一路小跑跟踪着偷猎分子偶尔闪烁的手电筒光线，并以此确定他们的方位。

反过来，这意味着我们也不可以使用手电筒，这样就有泄露自己方位的风险了。当然，我们有自己的撒手锏，就是我们熟悉哪里有近道。这样，我们比偷猎分子更容易穿越丛林。天色已经漆黑，这时最大的危险就是瞎乎乎地撞到大象，或者其他犀牛。我甚至不敢想象这样的事情。

和偷猎分子的枪战被称作"接触"，这是抄袭军事上的术语。可见，这可能也像在战场上一样惊险，因为双方的每个人都是全副武装。天色已黑，大家都像服用了过量的肾上腺素一样兴奋。我们的保安通常是两人一组，一人手提 .303 猎枪，另一人持装好重型 SG 铅弹的霰弹枪。我更喜欢霰弹猎枪，因为在近距离交火中，这种枪更精准。在夜间，往往都是短兵相接。

这次，我带着儿子迪伦，还有其他四个人，其中包括贝基和恩圭尼亚。我们悄悄地前进，眼睛使劲儿地捕捉手电筒的微光。马上就要到达保护区边界并形成包围之势的时候，我感到有什么东西在蹭我的腿。我几乎被吓得魂飞魄散，可不知怎的，居然控制住了惊叫。我低头一看，黑暗中的竟然是马克斯，它的尾巴不停地摆动着。它从家里溜了出来，一路追踪我们的足迹。这是它决心参加的又一次冒险。

我本来不想让它和我们一起过来，但是已经来不及了。我命令它在后面跟着，它听话地走在我的身后。它的个头不大，不会成为对方射击的靶子。我心里这样宽慰自己，也许它还能帮上忙呢。

这时，我们听到一声压抑的咳嗽，还看见围栏那里有手电筒上下闪动的微光，他们正在找先前在上面切割的洞口。总算发现他们了，他们正沿着围栏朝着我们的方向走过来。

我向贝基点点头，他碰碰其他两个人，小声安排一个人去偷猎者后面堵截，另一个人去护栏那边切断他们逃跑的路线。我和贝基，还有迪伦继续向前移动，躲藏在蚁丘的后面。

罗网已经织好。这时，我听到贝基轻轻地拉上了枪栓。我们全部准备就绪，耐心地等待着时机。紧张气氛越来越浓，我所有的感官都在肾上腺素的驱动下强烈地期待着一触即发的战斗，这就跟每个士兵在作战前几秒钟的感觉是一样的。

偷猎者们悄悄地沿着围栏前进，手电筒一亮一灭地寻找着出口。终于，他们离我们只有大约30码的距离了。

贝基伸手碰碰我的胳膊，朝我点了点头。我俩一起从蚁丘后面跳了出来，打开聚光灯，向他们高喊："放下武器！"

在兆瓦特光束的照明下，我们看见对方至少有八个人，个个荷枪实弹。他们绝对是职业偷猎分子。

惊慌的偷猎者们率先开火。他们在仓促中胡乱地射击，就像从自己的屁股后往前开枪一样没有准头。现场一片大乱。

我和贝基马上关了聚光灯，向前俯冲寻找掩护。我掉进了蚁丘下面的荆棘丛里，搭在扳机上的手指猛地抽搐一下，可是我没敢开枪，因为他们见到枪口的闪光就能确定我的位置了。令人难以置信地，我感到有什么东西在湿漉漉地舔我的脸。是马克斯，它搞不清楚我为什么要躺在地上，所以过来查验一下我是否安好。我一把抓过它，把它按在地上。

恩圭尼亚和另一个护林员已经到了围栏警戒线那里，他们也开了几枪。这伙持枪歹徒终于明白他们已经被完全切断了退路。

现在，情况陷入僵局，双方都在等待对方先开火。因为谁先开枪，谁就先暴露自己的位置。他们被困在电网里面，尽管他们在人数上比我们多一两个，可他们没有看到我们的具体人数，刚才聚光灯的强光使他们短暂失明了。

我能感觉到贝基就在我右边几码远的地方。这是一个能和你并肩作战的好手，坚毅、忠诚、无畏。以前我们也遇到过这种情况，我知道他和我一样在等待机会。很快对方就会坚持不住，他们要疯狂地开火阻止我们继续追赶。这样，我们就能瞄准他们了。

黑暗中的寂静就像令人窒息的幽闭恐惧症，使人难以忍受。可我知道，对方比我们更难受。

突然一排子弹在我们的头顶啪啪飞过，我们立即进行了还击。眼前一片枪口的闪光，你都分辨不出谁是谁了。

接下来又是死一般的沉寂。

我肯定我们至少射中了对方的两个人。在这样近的射程内，霰弹猎枪的杀伤力非常强大。可是我们没有听到伤员的呻吟声，也没听到有人抑制剧痛的喘息声。

这时，一个偷猎者喊起话来："嘿，对方的哥们，你们为什么要把枪口对准自己的祖鲁兄弟呢？你们为什么给白人卖命呢？"

寂静。

"兄弟们，我们不想杀死你们。放我们走吧，这样谁都不会受伤的。"

还是寂静。

"我们这儿有头大公羊，肉足够我们分的，我们把它分掉算了。这是货真价实的丛林鲜肉，可不是老娘们吃的糟烂货。"

仍然是寂静。

"过来吧，"另一个声音喊着，"今晚我们就像国王一样美餐一顿。"

贝基悄悄地向我这边挪动一点点，小声地对我说："他们想分散我们的注意力。我听到电线在动，他们一定在翻越围栏。"

他的声音太小了，我几乎没听清他在说什么。

突然，他发出古老祖鲁语作战的呐喊——吃我们的长矛吧。随即他开了火，现场乱作一团。伴着尖叫，枪声就像一群野狗发出的刺耳的吠声。

我端起压动式猎枪，朝着我推测的对方四散的方向猛烈开火。迪伦和我一样毫不手软。

就像突然开火一样，枪声突然停了。我们重新装好子弹，等待了五分钟。在死一般的静寂中，这五分钟仿佛一个世纪那么漫长。

我听到了一声低低的呻吟，至少一个人被我们击中了。端好猎枪，我移到土丘边上，伸出一只手臂，打开探照灯。

实际上，我们撂倒了对方三个人，一个四仰八叉地倒在围栏下面，双腿被 .303 枪射穿了。另外两个人被霰弹射中，伤势不轻。

其余的人都跑了，但是从他们翻越护栏时滴落的成片的血迹判断，他们的伤势也很重。

谢天谢地，我们五个人毫发无损。

贝基大声地命令躺在地上的偷猎分子不要找他们的枪，否则他就杀死他们。四周被探照灯照得非常明亮，我们又调整了一下光束，对准他们的眼睛，使他们暂时什么都看不见。贝基走上前，啪啪给他们戴上了手铐。

恩圭尼亚随后过来看了看他们的面孔。"他们不是村子里的人。他们也不是祖鲁人。"他往地上吐了口吐沫,"他们是尚迦纳人,远方过来的丛林肉贩子和象牙偷猎者。今晚,他们就知道以后绝不能再来了。"

一个护林员用无线电呼叫来一辆汽车,我们其余的人把受伤歹徒的伤口包扎好。马克斯四周闻了闻,然后坐在地上看着眼前的一切,好像这就是它一天的工作似的。受伤的坏蛋胆战心惊地盯着它,马克斯看起来的确相当凶猛。

很快,一辆路虎车开了过来。我们把伤员送到布查那那警察局,警察又叫来了救护车。我把偷猎者的武器交给警察,一支 .375 猎枪,还有一支 .458 猎枪,它们都足以射死大象。枪膛里已经没有了子弹,可见他们冲着我们打完了最后一颗,这群家伙是想射空了弹匣再逃跑。我们还剩下五十发子弹。他们打光了弹药,而我们没有,这就是差距啊。

我还希望能够追查到死去犀牛的牛角,可是警察说他们认为牛角在当晚就被送到理查德湾港口的一艘台湾拖网渔船上了,估计现在早已经驶离了。

与偷猎者作战既可以粉碎丛林里的谣言,还可以提升自己的声望。偷猎者总是去容易得手的地方猎杀动物,而且他们联合起来,共同为一伙买家卖命,所以他们彼此之间都能通上话。我们今晚胜利的消息肯定像草原的野火一样,马上就能传播到各处。我们也可以稍稍喘口气了。

我们现在可要出名了,因为在和这群久经沙场的职业偷猎分子的交锋中,我们大获全胜。

在接下来几周的平静日子里，我又可以和象群愉快地接触了。没想到这个时候，我们得到了一个坏消息，看门人，同时也是我们起诉库斯的关键证人菲尼亚斯死了。流感和支气管炎横扫整个村子，而菲尼亚斯的免疫系统早已经被艾滋病彻底破坏了，根本抵御不了病毒的入侵。尽管消息令人悲伤，可我不得不考虑我们失去了关键证人这样一个事实。

　　几天以后，我得到了更多的坏消息。奥万博人辞掉了开普敦的工作，总而言之，他们从这个地球上彻底消失了。这对于我们的案子而言不是一件好事儿，我们难免会有这样的想法，是不是库斯的朋友们跟他们"谈了谈"呢？

　　我向检察官汇报了所有这些情况，他仔细看过文件后实事求是地说："很遗憾，安东尼先生，没有这些证人，这个案件也就不复存在了。"他合上卷宗，耸了耸肩。

　　一周以后，案子被撤销，库斯也被放了出来。我立即给他打去了电话。

　　"我听说对你的指控被撤销了。"

　　电话的另一端没有任何声音。

　　"你知道，库斯，最近在苏拉苏拉我们遇到了真正的职业偷猎者。"我继续说，"这是一群手持重型武器追杀犀牛的大块头家伙。不像你们那伙人遮遮掩掩，小偷小摸的。我们和这群家伙交火了，干掉了他们三个人。"

　　库斯一言不发。

　　"公园管理局现在遇到了同样的问题。我们已经把关于你们的全部材料交给了他们，他们在这件事情上和我们站在一起。

另外，他们也向警方介绍了你们这个案子。"

我的声音强硬起来："现在形势已经不同了，告诉你的那伙酒鬼朋友不要再打电话骚扰我了。"

他挂断了电话，自始至终一言未发。从那以后，我们再也没有见过他，也没有听到他的任何消息。

经营一个野生动物自然保护区意味着你刚刚解决一个问题，另一个问题马上就出现了。会计的意外来访给我们带来了下一个要面对的挑战。他带来的是坏消息，我们的钱花得太快，马上就要花光了。由于我们还在努力安顿象群，所以保护区还没有对游人开放。我们一直是在没有任何收入的情况下靠着本金运转。

"你需要提高最终盈利底线。"他说，"除非你想办法开始赚钱，否则马上就要出问题了。"

这不再仅仅是资金流动的问题了。多亏了利率不断上调，否则我们的预算早就混乱了。我仔细查看来自方方面面的数字，踌躇不决地想要紧缩支出，可是毫无办法。看起来我们只能认输了。一想到要把苏拉苏拉投放市场，我就心如刀绞。

这时弗朗索瓦丝开口说话了："我们可以建一个奢华的小旅店，这不是我们一直想要做的事情吗？如果想要开辟财源，我们就得吸引更多的客人。不给客人们建好的客房，他们就不会到我们这里来游览。"

"不行。这意味着我们得以高利率借钱。"会计说，"这甚至意味着更多的风险。"

他使劲儿地挠着脑袋，用所有的手指猛戳他的计算器，然后抬起头来看着我们。

"弗朗索瓦丝的话有些道理。在目前的财务状况下，建一个小的精品旅店听起来有点疯狂。可是，这个想法也是有道理的。你需要创造更多的收入，吸引更多的客人无疑是一个手段。"

我沮丧地盯着这些数字。"好吧，我想大象现在也安顿得差不多了，它们完全可以吸引游客来苏拉苏拉参观游览。不过，我们还没有狮子，客人们更愿意欣赏大的猫科动物。"

弗朗索瓦丝看着我，眼里闪烁着兴奋的光芒。"你知道吗？我可以用厨艺代替狮子。谁都知道现在祖鲁兰需要有一个提供高品质食物的场所。"

弗朗索瓦丝来自一个频出大厨的家庭，她有段时间还断断续续地在巴黎跟一个法国大厨学过烹饪。突然间，我茅塞顿开。

"你说得对，"我说话间，就觉得肩上的重负被卸下了，"一个拥有美食餐厅的奢华小旅店肯定能让我们占据经营优势。也许真能赚钱呢。"

我给了她一个大大的拥抱。"我们开始行动吧。"

一想到这个机会，我难掩兴奋，马上出去拿了一瓶香槟回来。这瓶香槟是我们一直留给重要场合用的。

"恐怕我得走了。"会计看看手表，紧张地说，"我得回家了。"

我什么都没说，跟着他走到汽车那儿，拔出9毫米口径手枪冲着轮胎开了一枪，然后对他说："我们会给你铺张床，因为一般情况下，我们没有什么客人来。而且糟糕的是，你的车还意外爆胎了。今晚，我们一起庆祝一下吧。"

这个可怜的人一屁股坐下，只好听从命运的安排接过我递过去的啤酒。"香槟就给弗朗索瓦丝喝吧。"

这是她应得的待遇。弗朗索瓦丝接手了这个项目，距离我们住处大约两公里的这间漂亮的木屋也开始逐渐成形。它坐落在恩塞勒尼河河边树林里，四周满是螺穗木和金合欢树。它看起来既奢华，又具有浓郁的乡村风格。

一个全新的苏拉苏拉诞生了。到了年底，也就是我们搬到那里两年以后，我们的精品旅店开张营业了。

在非洲，有两种类型的保护区旅店：一种是大公司所有的，标价最低的旅店；一种是野生动物保护者经营的旅店，他们需要挣钱来维持自己的保护工作。我们当然是属于后者了。

在任何情况下，弗朗索瓦丝的想法都被证明是绝对正确的。我们的旅店雇用的都是当地的祖鲁人，很快就吸引来了客人。我们正在步入正轨。

第二十一章

戴维看起来焦虑不安。"注意到了吗，周围怎么这么安静？"

我们坐在草坪上，看着苏拉苏拉这里一座座长满树木的小山。在清晨的雾气中，它们看起来就像是海市蜃楼。我灌了一大口咖啡："没有啊。怎么啦？"

"大象呗，"他说，"它们好像遁地了，到处都找不到它们。要不是我们检查了围栏，我还以为它们又跑了呢。"

"不能，它们在这儿待得多幸福啊。那些逃跑的日子已经一去不复返了。"

他耸耸肩。"也许吧。但是它们在哪儿呢？我们甚至在载着客人观赏动物的时候都没有见到它们的踪迹。"

我思考了一会儿。象群早已经平静，我们现在已经可以酌情把来保护区的客人带到它们附近，为这些兴奋的自然爱好者提供绝佳的拍照机会了。

这时，娜娜的身影突然从我脑海里闪过，镜头是我上次见到它把长鼻子伸进车里的情景，当时，它的肚皮鼓得像个水桶。显然，它一定是到丛林深处生产去了。我们不知道它受孕的日子，所以也不十分确定它的预产期。

我把一天的供给装到路虎车上，然后就出发到苏拉苏拉原野上最茂密的丛林深处去搜寻，可是到处都没有发现它们最新留下的痕迹。我找遍了植被繁茂的摄食区域，还有它们喜欢的藏身之处，仍然毫无收获。这个星球上最大的陆地哺乳动物难道就这样烟消云散了吗？

当然不会。终于，时间刚到下午，我就在被称作"祖鲁墓地"的地方发现了它们刚留下的脚印。这个有着两百年历史的埋葬场可以追溯到祖鲁国的缔造者沙卡国王统治的时期。

"来吧，娜娜！"我大声地喊着，用的是它们现在已经习惯的腔调，"来……吧，我的宝贝……"它们看起来总是对这个祖鲁语中"宝贝"的称呼很敏感。这次，我不知道自己的呼喊还能不能把它们引出来。

突然，树丛开始晃动，里面很明显地传来了大象的声音。我每次见到它们，内心都翻涌着激动、害怕和喜爱之情。我又一次呼喊它们，嗓门也因为期待拔高了。

"过来啊，宝贝！"

于是，我看见了它。它就站在土路的旁边看着我，想再往前走几步，却还有些迟疑。"太奇怪了。"我心里想，"它通常都是径直朝我走来啊。"

它又犹豫了一会儿，既不往前走，也不退回到林中，就好像自己也不确定下一步该怎么办。不过我马上就知道为什么了，在它身边站着一头标准的迷你小象，大约两英尺半高，也许只有几天大。正像我猜测的那样，它刚刚生完小象。我看着一百多年来在我们这个地区出生的第一头小象。

　　不想打扰它们，我就站在原地，心怦怦地狂跳，当时多希望自己是带着相机过来的啊。它向前迈了几步，又迈几步，终于慢慢地朝我走了过来，身边还带着迈着小碎步、摇摇晃晃的小婴儿，它的小鼻子像一根橡皮筋儿似的摆动着。

　　在我们相距仅剩大约 30 码的时候，弗朗姬出现了，耳朵张开着。这是个让我赶紧后退的信号。我跳进车里，把车倒到一片安全的区域，然后关火，静静地观察。

　　逐渐地，其余的大象都从丛林里出来了。它们围着娜娜和小象转着圈，同时警惕地看着我。

　　我如醉如痴地看着眼前的一幕，这些触觉动物不停地触摸、爱抚这个小家伙儿。即便努姆赞也时不时地参与进来，它站在允许它踏进的外围区域，注视着正在发生的一切。

　　接着，一直面对着我的娜娜，开始沿着这条路朝我走来。我连忙跳进车里，挂上倒挡，慢慢地往后倒。我非常清楚这个冷酷的丛林生存法则，就是千万不要靠近母象和它的孩子。但是，娜娜继续朝我走来，我以为它们要用这条路，就把车直角倒进了路边的草丛里。这样，我就可以看着它们从我的正前方走过了。

　　完全出乎我的意料，娜娜竟然也离开马路，一直跟着我，弗朗姬和其他大象跟在它身后几码远的地方。我根本不挡它的路，所以它完全没有必要这样做啊，它们刚才原本可以从我身旁漫步过去。一想到它们是有意识地决定跟着我，我的心开始扑通扑通地狂跳。我迅速地把马克斯推倒在前排座椅的下面，又把夹克衫扔到它的身上盖住它。它一平静下来,我马上对它说:"别动,小伙子,我们有客人过来了。"

由于正对着太阳,我使劲儿地眯着眼睛,努力想查明对方是否带着任何敌意,是否因为我闯入了重点产妇的地盘而导致了它们急躁情绪的发作。没有任何这样的迹象,即使脾气暴躁,仍在待产的弗朗姬都没有表现出异常情绪。环顾周围,丛林一片寂静祥和。大象们好像是集体做出的这个决定——全都到我这里来。

娜娜缓慢地来到我的车窗前,高高地耸立在车旁边,几乎占满了我的视线。身下,是它的小婴儿。令人难以置信的是,它竟然把新生儿带到了我的面前。

我屏住了呼吸,它把鼻子伸进车里,轻轻地触摸我的前胸,它粗糙的皮肤竟然可以敏感如丝。然后它抽回鼻子,垂下来碰了碰小象,这就是大象王国的介绍方式。我一动不动地坐着,被它赠予我的这个专属特权震撼了。

"你这个聪明的丫头。你的宝宝太棒了。"我说话时的声音都不自然了。

它硕大的头颅离我只有几码远,现在由于充满了骄傲,看起来更大了。

"我不知道你怎么叫它,但它是在第一场春雨里出生的,所以我就叫它姆乌拉吧。"

姆乌拉在祖鲁语中是"雨水"的意思,相当于大地上万物的生命。它看起来很满意,名字就这样敲定了。

然后它慢慢地走开,带着象群回到了它们来时的路上。仅仅几分钟，它们就走进丛林，不见了踪影。

两周以后，它们又一次消失不见了。我只好再一次艰难跋涉，去了祖鲁墓地。它们果然在那里，就是我上一次见到它们的地方。

这次是弗朗姬生了漂亮的小宝宝。我又重复了一遍倒车的过程，以确定自己没有侵入它们的空间。终于，它也走向我，象群紧随身后。不过，它不像娜娜那样停下脚步，而是只从我身边走过炫耀一下它的孩子，就草草了事了。

当弗朗姬经过我的车窗，浑身洋溢着做母亲的自豪时，我对它说："做得好，漂亮丫头。我们就叫它伊琅嘉吧，是太阳的意思。"

我惊叹地摇着头。一年多以前，它还差一点儿弄死坐在越野摩托车上的我和弗朗索瓦丝。现在，它竟然骄傲地给我展示它的孩子。一想到这儿，我就心动不已。我们一起走过了那么漫长的道路，经历了那么多的磨难和考验。

那天晚上，它们都来到了我的房前。弗朗姬的小宝宝才只有一周大，却也在密林里走了将近 4 英里的路。这一次，弗朗姬站在其他大象的前面，在电网那边看着我。

"嘿，丫头，你的孩子太漂亮了！它真的太漂亮了！"

弗朗姬站在那里爱抚着它的孩子，身上明显地闪耀着骄傲的光芒。它始终直视着我，这是我们彼此之间最亲密的直接接触了。我们都知道，一种宝贵的情感在我们之间传递着。

这些几乎不可思议的经历在几年之后有了续集。当我的第一个孙子出生时，象群来到房前。我怀里抱着小伊桑走近耐心等待的大象，它们就站在几码远的地方。它们伸直了鼻子，慢慢地靠近，鼻尖全都凑到我怀里的小包裹上。它们嗅嗅空气，捕捉到了气味，然后，它们的胃里发出了兴奋的隆隆声。

我回报以赞美，还把它们介绍给我的孙子。我信任它们和我的孙子待在一起，就像它们信赖我一样。

伊琅嘉出生几天以后，本地区大酋长给我捎来话说他想见见我。我开车前往他位于乡下的宅邸。按照规矩，我喊出自己的名字，然后站在牛圈旁边的大门口等待着被邀请进屋。

"皇家祖鲁"项目的主旨是让各个部落都参与到保护野生动物的行动中来，恩科西·因坎伊苏·比耶拉（又称恩科西·比耶拉）是该项目中不可或缺的一个人物，我和他成了最好的朋友。作为祖鲁王室的后裔，他的言行颇具贵族风范。他蓄着胡子，五官英俊，举止威严，看起来就是一个活脱脱的古德维尔·兹韦利蒂尼国王。这个国王曾经是一千万精壮祖鲁人的统治君王，也是比耶拉的祖辈。

这时，来人把我带到了一个硕大的茅草屋里，这个房子专门作为商议大事的地点。地上摆放着新酿的祖鲁啤酒。比耶拉尝过之后，让他的手下把这一大葫芦瓢的啤酒递给我喝一口，接着又传给另外两个手下，他们也各自喝了一口。祖鲁人的啤酒是用玉米和高粱酿造的，是一种非常有益健康的低酒精含量饮品。酵母成熟的时候闻起来像臭脚丫子的味道，游客们一闻到肯定就得呕吐。我几年前就尝过他家啤酒的味道了，酿造工艺的确特别好。我让恩科西向他的妻子转达我由衷的赞美，他妻子的确是位酿造专家。

"谢谢你能够过来。"他微笑着说,笑容加深了他和蔼面孔上的皱纹,"我想让你出席部落法庭,谈一谈这个保护区项目。在这件事情上,我的族人应该直接听到你的讲解。"

　　我们离开木屋,走到对面的审判室。恩科西每周去那里一次和大家商议事情,审判官司。

　　屋里的地上坐着大约一百个人,很多人穿着传统服饰,还有很多人站在屋外。有人把我带到前排,我坐在椅子上。而酋长登上了主席台,他把我介绍给大家,我起身开始讲话。

　　大家对这个项目很敏感,主要原因是项目涉及目前的牧场,以及以后潜在的牧场。在过去的两年,我在整个地区召开会议,举办讲习班,向大家解释保护区的运作方式,描绘生态旅游会给这片严重缺少食物的乡下地区带来的好处。

　　这是一份艰苦的工作。上个月,我带着各个部落的头领到乌姆福洛济保护区参观。我很吃惊地发现他们中绝大部分人以前没有见过斑马、长颈鹿,以及其他很多非洲大陆标志性的本土野生动物。这里是非洲啊,他们生来就应该享有和这些动物共处的权利。他们生活在国际上享有盛誉的保护区的周边,种族隔离带来的直接影响就是他们从来没有踏进保护区一步。在过去,他们认为保护区是"白人的想法,只是抢占他们土地的借口"。另外,前政府也没有让他们参与过什么事务,所以即使已经废除了种族隔离,但是想要一夜之间发生变化也是不可能的。他们完全不知道保护区是干什么的,以及为什么要设立保护区。最糟糕的是,这里原本是传统的部落领地,后来竟然被单方面地吞并了,由此带来的憎恨不满情绪一代一代地不断恶化。在历史上，这是他们的土地。可没有经过任何协商，就被强行抢走了。这就难怪他们一直认为保护区完全是"白人的想法"了。

看着眼前的一张张面孔，他们就是这片土地的坚强的儿女，我给他们介绍了"皇家祖鲁"项目的巨大潜力，并承诺这可以改善他们的生活。我谈到了就业机会、技能培训、财富创造、教育均等，所有这些都是项目带来的结果。我请求他们支持这个项目，这不仅仅是为了他们自己，更是为了他们的后代，最重要的是为了地球——我们所有人的母亲。

但是旧习难改，宿怨难息。我的话音刚落，那些原本想为牛群争取牧场的养牛人就跳了起来，毫无感情色彩地陈述祖鲁人养牛的优良传统。可是，这里有大片的土地，足够大家使用。这就是传统，那些保守的养牛人不愿意接受变革的想法。在祖鲁兰的乡下，牛是一种主要的货币形式。人们不想改变现状，不管变革的原因是什么，也不管带来的好处是什么。

"如果没有牛，怎么置办聘礼？我们不都得耍光棍啊！"这个人的话带来了持续的雷鸣般的掌声。

"给祖先祭祀的牛怎么办？难道以后就用野猪了？"另一个人的叫嚷引起了人群的一阵哄笑声。

接下来两个小时的讨论仍以这样逗趣的方式进行着，终于，恩科西扬起手，结束了会议。尽管在有些地区遇到了明显的抵制，可我对会议的结果并没有不满。我达到了一个重要的目的——现在每个人都知道我是恩科西邀请去的，如果他反对这个项目的话，他就不会带我过去了。

但是，如果我认识到这一点，牛的主人也能认识到。恩科西召集大家的用意肯定对他们不起什么作用，我感觉到前方会有更大的冲突等着我们。

我随后决定留下来看看恩科西，这个像《圣经》中所罗门一样以智慧闻名的人如何主持一场审判。官司的起因是他的一个族人在争执中刺伤了另外一个人。

双方各自陈述了事件的原委。他们一讲完，恩科西就做出了当庭裁决。伤人者被判处"巨额"罚款，当然了，这是一个适合他微薄的收入的数字。另外，还有八次鞭挞。根据人群发出的低声议论判断，这个判罚是公正合理的。

随后，人们开始情绪高涨地忙活起来。椅子被挪到一边，法庭的勤务兵走上前来，抓起这个可怜的人，扯掉他的上衣，把他按倒趴在地中央。勤务兵们坐在地上，一人压住他的一只胳膊，以确保他不能动弹。从侧门走出来一个人高马大的壮汉，手里拎着一根用河马皮搓成的 6 英尺长的鞭子。他径直走到俯趴在地上的人旁边，铆足全身力气甩起鞭子，鞭子夹带着嗖嗖风声重重地抽在赤裸的后背上。这一击的威猛力道让我震惊了，我等着地上趴着的这个人发出尖叫声，可他只是静静地趴着。

八鞭子过后，这个人的后背已经血肉模糊。他被拖起来，东倒西歪地被架到门外。依然一声不发。

"他一声都没有喊，"我对旁边的助手说，"让我佩服。"

"他不能喊，"他回复着，"犯人每喊一声，就要加罚两鞭子。"

真是冷酷无情的审判啊，而且按照祖鲁人古老的传统，审判要立即执行。不过有一点是肯定的，持刀伤人的那个家伙以后再也不敢冲动刺人了。

几个月以后，我目睹了另外一个残忍的判决。这件事情提醒我们，在这个富有异域风情的美丽国家，在文明的薄薄外衣下面，还有那么多不当、不公和违法的事情。

我当时正开车行驶在苏拉苏拉周围的乡下腹地，突然注意到一群附近部落的男人迎面走来。他们唱着歌，还在地上拖着什么东西。最初，我以为是一头动物，可能是他们射杀的黑斑羚。可出乎意料的是，那居然是个人。而且很明显，他被打得站都站不起来了。我把车停到一边，他们把那个半昏迷的人扔到地上，就像扔一个布娃娃。

"你好啊，穆克胡鲁。"一个人认出了我。

"发生什么事儿了？"我一边拎着枪从车里下来，一边询问。他们手中这个囚徒血淋淋的样子让我惊愕万分。

"这个人强奸并杀死了一个女人。我们要把他带到河边弄死。"一个人很随便地说着，那口气似乎在问"你怎么不和我们一道去"。

"你们确定就是他干的？"我努力想平息一下事态。听我这么一说，瘫倒在地的那个人呻吟着，努力想爬走，结果被狠狠地踢了回来。

"就是他。"他们答道，"我们已经把他的房子给烧了。"

"你们为什么不带他去警察局呢？法官会严厉惩罚他的。"

"呸！"一个人挖苦地往地上吐了一口，"法官？他能干什么？"

他们没工夫和我闲聊，抓起地上这个被打得半死的人，拖着就走。

"肯定还有其他办法解决这个问题。我不能坐视不管啊。"我说着，挡住了他们的去路。

见我站到他们前面，他们的脸色马上就变了。这伙人的头头儿狠巴巴地盯着我。"穆克胡鲁，这事儿跟你无关，让我们走。"他根本就不在乎我手里正拿着枪。他的语气很坚决，如果我再给他们施压的话，那就跨越了部落事务的底线，可能造成他们过激的反应。我退到了一边。

我开车离开，心想着去报案。可是最近的警察局在 30 英里外，而且道路难行。我甚至不确定他们是否有执行任务的警车。就搜捕而言，如果不能及时出警，那么凶手就会消失在周围的山中和棚屋里，警察永远也找不到他们和尸体了。

这就是非洲，一个不完美的、漂亮的、壮观的、迷人的、神奇的、独特的、改变人生的大陆。它迷人的风情、塞壬的魅惑，还有古老的智慧，经常会被难测的突发流血事件所玷污。

从恩科西家回来的那个晚上，我听到了一个更坏的消息，戴维告诉我他要辞职去伦敦。在保护区的旅店，他结识了一个年轻迷人的英国客人。我也注意到了，她总是延长自己的逗留时间。

"这只是'卡其狂热'而已，戴维。"我戏弄他。"卡其狂热"指的是一些女性被身穿制服的护林员所吸引的情况。"等你到伦敦的时候，任何时候都不要脱掉制服，否则，一切就都结束了。"

不管怎样，他还是走了，这对我们来说是个巨大的打击。他已经是苏拉苏拉不可缺少的一部分了，而且一直以来都是我的左膀右臂和朋友。现在，我感觉就像失去了一个儿子。他那么热爱丛林，我只是想象不出他待在阴雨连绵的英国会是什么感受。

　　弗朗索瓦丝也难以接受这个事实，可她仍然保持一贯的幽默。"我知道客人们有时会偷走一条毛巾或者一块香皂。"她说，"没想到这次竟然偷走了我们的一位护林员。"

　　尽管伤心，可我们不得不继续前进。我心情沉重地在不同的野生动物出版物上刊登广告招聘一名新的保护区经理。第一个求职电话是从开普敦打来的。

　　"我想去你那里面试，可机票太贵了。"对方说，"如果花那么多的钱，走那么远的路，那我必须得到这份工作。"

　　这听起来不像是传统意义上给未来雇主留下好印象的做法，实际上，这近乎命令啊。

　　刚想告诉他滚蛋，我犹豫了片刻。也许，布兰登·惠廷顿·琼斯这个名字听起来更像是位威严的律师，而不像是一个护林员，这让我有一点点异样的感觉。他肯定有令人赞叹的书面资质证书，但是我如何判断他的优点和品德呢？毕竟我们还未曾谋面啊。想到这儿，我突然来了兴致。我这一生，总是不走寻常路。

　　"你打球吗？"我脑海里也不知从哪儿冒出这么一个问题。

　　"打啊，曲棍球。"

　　我认真考虑了一两秒钟。

"你可以尽快过来了。"

曲棍球是一项绅士运动。我父亲以前打过国际比赛，他总说这个项目吸引的都是正直的人。我决定听从他的建议，尽管他的初衷不见得是指我现在做出的这个决定。

几天后，布兰登拎着一个装着他全部家当的破旧手提箱来到了苏拉苏拉。这是一个健壮的小伙子，长着一头令人吃惊的紫红色的头发，不太愿意笑，但是也不乏冷幽默细胞。他的确需要一些幽默细胞来支撑他度过在苏拉苏拉的日子。

他的专业是昆虫学，还拥有动物学和野生动物管理学的学位，他对昆虫的热爱几乎达到令人难以捉摸的痴迷程度。从他那里，我了解到自然界的万物都起源于土壤和水。在林下植被中，在表面平静但水下沸腾的湖泊河流中，通常我们看不见的昆虫的世界才是所有野生生态系统的本源。

当然，他也热爱动物。他乐观的态度和天生的公正感使他很快赢得了大家的喜爱。

不久，他收留了一只有癫痫毛病的小疣猪，还给它起名叫拿破仑。这个有着伟大名号的小猪在它还是婴儿的时候就被妈妈抛弃了，我们在保护区发现它时，它正毫无目的地乱窜。这样一个迷路又孤独的小东西很容易成为路过的豹子或者土狼的佳肴。我们后来发现这个可怜的小家伙有时会抽搐，也许就是这个原因，它妈妈才甩了它吧。然而，拿破仑很快就把布兰登视为自己的代理妈妈，甚至晚上睡觉都要躺在一张床上。马克斯也喜欢布兰登，很快，一天晚上，它从我们的房间溜出去，效仿拿破仑跳上了这个新护林员的床。

第二天早晨，我抄近路，穿过晨雾去布兰登那里，露水和汗水浸透了身上的丛林装。走进他的房间，对我而言，又是一个全新的体验。马克斯下颚宽厚的脑袋从毯子里钻了出来，后面跟着令人发笑的拿破仑，过了一会儿，露出头的是睡眼惺忪的布兰登。

弗朗索瓦丝很快也喜欢上了布兰登。可现在，她被眼前这古怪的三口之家惊呆了。

"如果你和狗，还有猪睡在一起，怎么能找到老婆呢？"她问布兰登，还一边摇着头。

布兰登安顿下来不久，我意外地接到了戴维的电话，他乘坐的飞机刚刚在约翰内斯堡着陆。

"老板，我在伦敦待得不舒服。太讨厌了，我这儿正堵车呢。我能要回我的工作吗？"

"可是我已经另雇别人了。"

"我不在意，你也不用付我工钱，反正我回来了，今晚就到。"我还没回答，他就撂下了电话。

他肯定说到做到。夏天的瓢泼大雨在祖鲁兰的上空倾盆而至，恩坦巴纳纳河的河水漫了堤，切断了苏拉苏拉和恩潘盖尼之间的道路。所有的路都变成了泥潭，根本无法通行。

戴维的爸爸开车载着他，刚驶过希顿维尔村，就看到恩坦巴纳纳河的河水已经完全淹没了混凝土桥梁。对戴维来讲这不是问题，他在黑暗中设法蹚过了湍急的河流，然后浑身湿透地徒步 12 英里，终于抵达了苏拉苏拉。

他到达的时候，满身雨水和泥浆，可内心却充满了重返丛林的狂喜。布兰登看了看这个浑身湿透、肌肉发达、突然现身的家伙，先是摇摇头，接着就放声大笑起来。

"这样吧，以后我处理科学方面的事物，重点进行环境研究，这些是保护区亟待做的事情。他还当你的经理。"

他们互相问候致意，而且很快成了最亲密的朋友。他们的关系好到如此程度，以至于大家戏称他们是"布兰维德—克隆护林员"。

第二十二章

　　晚冬时节，丛林落下了夏天浓密的叶子，用红棕色、巧克力色和淡黄色装点着广袤的非洲大地。由于越来越多的客人发现了苏拉苏拉，所以过来观察野生动物的人数急剧上升。

　　"我们今年必须烧荒，"我对戴维和布兰登说，"我们还得把一些植被浓密的区域开辟出来。"

　　所有的保护区在冬末都要放火焚烧部分区域，主要原因是现在几乎没有自然火情帮助我们烧荒了。自从远古时候起就时不时肆虐整个地区的大火，在当今只要露出苗头就会被人们马上扑灭。出于多种原因，荒野需要过火，这能大大增加土壤的肥力。烧掉枯死的植被后，绿芽就能够在肥沃的草木灰里生根，大地得以重生。

　　我们总在冬末烧荒，因为那个时候，所有的小型动物都冬眠了，它们待在地下很安全。

　　烧荒通常选择有道路和河流界定的区域，因为它们就是天然的防火线，这种烧荒叫作可控焚烧。我觉得这里用词不当，因为还没有见过可以标签为"可控"的大火。火跳跃逃窜的习性经常给人制造麻烦，风向的变化一眨眼就能改变火头的方向。因此，即使是"可控"焚烧，最终也往往导致人们疲于奔命地追赶一个火场又一个火场。

还有一种更糟糕的情况，就是恶意火灾——人为纵火。当你赶到火场的时候，那里早已经是一片炼狱场景了。

戴维和布兰登同意我的指示。布兰登仰望着天空问我："你打算什么时候烧荒？"选个好天气是烧荒至关重要的环节，要有微风在火头的后面吹拂，帮助火头朝着你希望过火的区域前进。

"我们先划定过火区域，如果风向适宜，后天烧荒。"

仅仅过了几个小时，就有人把我们的这个决定提前实施了。

戴维拿着双筒望远镜，目光瞄准保护区最高的山，然后朝着无线电大声地喊："着火了！火点在约翰尼瞭望哨的后方！红色警告！红色警告！"

我单凭肉眼都能看到一缕浓烟猛蹿到空中。

保护区的每一个壮劳力立即对红色警告做出了反应，护林员、保安、作业队马上停下手头的活计，快速向总部这边冲来。离得近的那些人全速飞奔过来，离得远的人跳进最近的卡车疾驰而至。

几分钟内，我们就集合了大约十五个人，戴维和布兰登迅速做出作战指示，并把这些人分成小组。他们爬上汽车，并尽可能地多抓几瓶饮用水，因为经验告诉他们，这将是艰苦干渴的一天。

戴维在第一辆卡车里，他踩了一脚刹车让我跳到车里。我一进去，他就说："这是有人故意放的火，我们看到有三个人逃跑了。我派贝基和恩圭尼亚去保护区的另一侧，让他们检查那里有没有偷猎分子，万一这是他们分散我们注意力的计策呢。"

纵火是偷猎的一个新招数，至少在苏拉苏拉这里是新的。一伙喜欢这个办法的人在保护区的远处纵火，把我们所有的人力都引过去。然后，他们就可以随心所欲地在另一侧偷猎。这个办法奏效过，不过我们很快就识破了他们的阴谋。贝基和恩圭尼亚是经验丰富的退伍老兵，任何暴徒遇到他们都成了他俩的手下败将。

当天的天气很温暖，为了能够控制住烧荒中的回火及火场，我们已经布好了大量的防火线，所以对这次纵火的火情我并没有太紧张，只希望我们可以很快扑灭火点。布兰登带领的小分队已经开车抵达火头前大约半英里的地方，准备点起第一片迎面火。这种迎面火是在迫近的火头前方点火，这样提前就把火头前进方向的易燃物烧光了。被称为迎面火是因为这种火正面迎击扑面而来的火头。

"好，每个人都各就各位。出发！"戴维冲着无线电咆哮着。

布兰登的队伍马上点燃大片的草地，并沿着路边点燃迎面火带，扩大火势，以应对即将到来的迅猛火焰。

人算不如天算，十分钟后，风向突变。不知从哪里刮来一阵狂风把迎面火从我们这里卷跑，直接汇入了迅速席卷草原的熊熊主火中。现在，我们不是要应对一个火场，而是两个了。这绝不是在正常消防演习中经历过的场景，我们现在遇到大麻烦了。

经过了酷热和烧灼的四个小时，我们的水用光了，迎面火的火势也弱了。现在，这个燃烧的怪物已经完全失去了控制，在丛林里横冲直撞，畅通无阻。看着它从一个区域跳到另一个区域，我惊恐地意识到，我们现在是为苏拉苏拉的生存而战了。

所有动物对火的了解都不错。它们的生存突触本能地知道火既是敌人，也是朋友，因为它可以使丛林重新充满活力。只要不被大火困住——这当然会带来盲目的恐慌，它们就小心观察火势的进展，要么跨过河流到对岸去，要么返回到火头的后面，在已经烧焦的区域耐心地等待。它们知道在那里是安全的。

然而这次的大火是个强大可怕的敌人，极度的高温把夹杂着土块的草团炸到空中。祖鲁人把它叫作"以兹尼亚尼"——鸟窝的意思。这些超高温旋涡中热得咝咝作响的灰烬是主火到来的可怕预兆。它们被吹到前方，落到易燃的草丛上，每隔几分钟就能点燃一个新的起火点。

接下来让人难以置信的是，火焰居然像飞驰的德比赛马选手一样敏捷地跳过了河流。我站在高处绝望地看着眼前的一幕，心想我们完了。这场火太大了，即使是专业消防队员都无能为力。呼啸的狂风使迎面火完全失去了作用，而且我的人员只配备了水桶、手摇泵，还有灭火器，我们已经没有机会取胜了。

炼狱般的大火又跳过了一个防火线，山上的阵阵旋风直助火势，在我下面的山坡上吹起黑色和橙色相间的巨大火苗。

尽管高温袭来，可我已经完全呆住了。这时，我看见在火头正前方的路上有一组救火人员。如果我们不把他们救出来，那么他们几秒钟就得被熏倒。我急忙派两个护林员冲进浓烟中呼喊他们赶紧逃命。

二十分钟过去了，10英尺高的火苗呼啸着越来越近。两个护林员回来了，但是没有他们去找的那队人马。

"什么情况？"他们从林子里一出来，我就冲着他们喊起来。他们已经被烟熏得阵阵作呕。

"他们不在那儿，我们没看见他们。"一个人喊着告诉我。

我的大脑飞速地旋转。现在，不仅仅是保护区处于生死边缘，我们也处在折兵损将的当口。山下的人员已经无路可逃，生存无望了，两个巨大的火墙在他们的头顶上撞得啪啪作响。

我们对此也无能为力。布兰登那里有我们唯一的一辆消防车，他在几英里外的地方想点燃我们后防线的迎面火。我们最后一丝希望就是截住侧翼的火，如果挡不住的话，它们就会点燃保护区剩下的区域，包括旅店和我们的家。

戴维一句话都没说就跳进了路虎车里，打开大灯，以最快速度冲进了浓烟和火焰里。我能听到的就是汽车刺耳的喇叭声，这是戴维给被困的人员发出的信号，告诉他们他的位置。在波浪般翻滚的烟灰里，谁也看不见任何东西。

十分钟后，他穿过浓烟出来了。在那，在车的顶棚上，是失踪的救火人员。比耶拉——我的园丁，正镇静地吸着香烟。

比耶拉一跳下车，我就对他喊道："你是到那里头给烟点的火儿吧？"

他看了一眼香烟，高兴地大笑起来。"当然！"

我们拼命地挤到路虎车上，戴维急忙加速驶离，火焰就在车后几码的地方追赶。只有一条道可以把我们带离这个地方，只要戴维一直把油门踩到底儿，我们就有希望活着出去。

在我们逃命的途中，我仔细搜索着山下的丛林，寻找大象的踪迹。大火来得真不是时候，因为娜娜和弗朗姬都要带着刚刚出生的小象寻找安全的地带。我非常害怕它被困在火场里，可是火势越来越严重，我也想不出什么办法来。

我们的逃生路线和火头的前进路线是平行的，现在火线已经1英里宽了，巨大的火苗在我们的右方蹿动着、咆哮着、跳跃着，把我们淹没在有毒的烟雾和打旋的烟灰中。

"大象是从这儿转移的。"戴维的吼声压过了火焰的噼啪声。他指着地面说，"这些痕迹真新鲜。"

我打个手势让戴维停车，然后迅速下车，用大拇指和食指捏捏大象的粪便。粪便又黏又湿，很明显它们就在附近。

"它们在这里停留过，"我大声地喊，"也许是让小象休息一下，但我想，娜娜停下来是要估计一下形势。我猜它要去鳄鱼池那里。"

我回头看看横在后面的火场，感到胃里一阵阵抽搐。大火所经之处，树木瞬间就被烧成灰烬，什么东西都不能幸免。

"上帝啊，请保佑娜娜成功。"我一边返回车里，一边哽咽地说。

戴维加大马力，我们一路颠簸着急速前进。突然，他猛地一转方向盘，原来一只白斑羚从树林里狂奔出来冲到我们车前。这个可怜的家伙完全吓傻了，浓密的烟灰使它什么都看不见，竟一头撞到树上，又猛冲到另一棵树上。我们听到咔嚓一声，这是让人揪心的断裂声，甚至压过了火苗的噼啪声，它的腿撞断了。它吓呆了，还无法站起来，只能趴在地上，眼中全是绝望的神情。

我从旁边的座位上抓过猎枪，戴维明白我要干什么，马上猛踩刹车，卷起一团尘土，震得后车厢里的人都失去了平衡，他随后快速地倒车。

我伸出头的时候，戴维对我喊："老板，快点儿！快！否则我们就跑不出去了。"

我抬起李–恩菲尔德猎枪，身子靠在打开的车门上，两声果断的枪响，结束了这个可怜的羚羊的痛苦。我们旋即疾驰穿越丛林，继续和火魔赛跑。我们费力地把车开到山顶，然后开上另一条路，至少这样可以把我们带离火魔肆虐的路线。我们甚至都没有时间把死的羚羊抬上车。

戴维的速度领先一步，渐渐把火苗甩在了几分钟路途的后面，车后的人疯狂地欢呼着。可是我害怕他们高兴得太早，可怕的现实就摆在眼前，我们还是被困住了，已经没有逃出去的路了。两侧高高的火焰肆虐袭来，几分钟之后就能吞没我们。我第一次感到恐惧正潜行到我的意志里；我要绝望了。

"往哪儿跑？"戴维狂喊，"快点决定，要不我们全都要玩儿完了。"

突然脑海里灵光一现，我知道该怎么做了。娜娜已经给我们指好了道路。

"鳄鱼池！"我朝戴维喊着，"如果娜娜认为象群待在那里很安全，那对我们也一样。"

戴维居然在刺得眼睛都睁不开的浓烟里找到了拐弯的地方，颠簸了十分钟之后，我们再一拐弯，眼前见到的就是鳄鱼池，娜娜正在那里指导最后一头大象踏进深水里。它和弗朗姬站在池塘边的浅水区，身边站着小象姆乌拉和伊琅嘉。娜娜要保证其他的大象都安然无恙。

　　娜娜抬头看到了我们，这个时候我才理解它们为什么选择来这里，原因不仅仅是这里有水。每个保护区水坝周围的草丛都是动物热衷的摄食区，所以由于过多动物在那里吃草，它周围30码的半径内已经没有多少草了，这样大火也就烧不过来了。

　　"聪明，太聪明的丫头了。"我心里想着。慌乱中，我们甚至都没有想到鳄鱼池，更别提那里天然的安全屏障了。

　　我们把车开到池塘的对面，找到一个开阔的地方，尽可能地靠近池塘。我们往车上泼水，这样可以给它降降温。随后，我们蹚进齐膝深的水里。那种凉爽和放松的感觉太奇妙了。

　　这个特别的区域被称为"鳄鱼池"是有充分理由的，我急忙环视一下四周。在我们左边的芦苇荡里，两头巨大的鳄鱼一动不动地趴在浅水里，用它们半睁半闭的爬行动物的眼睛观察着周围的情况。幸运的是，由于这场大火剧目的上演，它们现在首要关注的是生存，最后考虑的才是午餐。我们待在那里暂时没有什么危险。我伸手紧紧抓住马克斯的项圈，它身上脏兮兮的满是灰烬，我快速地给它洗了洗，这样也可以保护它抵御迫近的火球。

　　现在，我们都在这儿，包括一群大象，两头大鳄鱼，一只狗，一帮拖泥带水浑身湿透的人。是生存这一最基本的本能把我们联合在了一起。

在死神哈德斯即将到来的时候，我们看见黄嘴鸢高飞到空中，然后俯冲下来，叼走那些逃离火海时烤焦的昆虫。成群的有着光亮羽毛的椋鸟同样急冲进烟雾里，再飞出来，捕捉着昆虫。两只大巨蜥从树丛里飞奔出来，一头扎进我们旁边的水里。紧接着，一群斑马从烟雾里飞驰过来并停下了脚步。雄马在改变方向之前嗅了嗅空气，然后带领着家人加速离开。它们完全知道该去哪里，它们奔跑的速度超过了火头的速度。

燃烧的丛林产生的浓烟遮天蔽日，我们一起站在虚幻般的正午暮光的黑暗里，只有燃烧的橙红色的火苗能够划破这片黑暗。这是我见过的最大的火海。

灼热的浓烟夹杂着嘶嘶声窜到了我们的头顶。在这个紧张的现场，我的意识超越了喧闹、狂怒和混乱。我感到娜娜胃部的隆隆声从水里传过来，那是一种主宰一切、平息一切的力量。它站在那里，高踞水坝之上，用身体遮蔽着小象，并往自己的身上不停地喷着水。我发现自己也在做着同样的动作，舀着水往头上浇，仿佛自己也加入了这个象群。

当炽热的涡旋从头上掠过后，阳光惨淡地穿过阴暗和混乱照射过来。我们一边大口地把空气吸入被烟火烧灼的肺部，一边望着眼前这片被烧黑的，如同预示着世界末日的场景。多亏了娜娜，我们活下来了，是它拯救了我们所有的人。后来，我更深入地洞察了它当时是如何把我们引到鳄鱼池的。

突然，无线电也有了生命力。"戴维，戴维，戴维，请讲话！你们这帮家伙到底在哪儿？我这边遇到大麻烦了，我马上需要人手。"是布兰登。

"我们在路上。"戴维一边喊，一边和我抢着方向盘，"坚持十五分钟，我们马上到。"

"火头从我们保护区的边界跳出去了。"我们一到，被烟熏得漆黑的布兰登就喊起来，"火头跑到下一个农场去了，困住了一群狒狒。它们尖叫着从丛林里跑出来，活活烧死了。太可怕了，至少死了六七只。"

他抬起满是油污的手揉了揉布满血丝的眼睛。"全怪那些该死的香泽兰野草，它们着起火来那么旺，根本扑不灭。我们保护区和他们的甘蔗地之间长了好几百亩的这种外来垃圾植物。现在，大火就在甘蔗地中间烧着呢。他们肯定得责备我们。"外来植物指的是来自其他国家的入侵者，它们在这里没有天敌，因为野生动物们不喜欢它们的味道，所以，它们得以猖獗地蔓延。在火灾中，香泽兰尤其有害。它含油量高，燃烧时产生非常高的温度，可以烧毁近旁的本土树木和丛林。

变幻不定的风向终于对我们有利了，布兰登让最后一股残喘的迎面火迎头吞掉火墙前方的树丛，我紧张得心都要跳出来了。不断推进的烈火终于因为没有了助燃物熄灭了。

现在，我们终于可以回应从保护区另一端不停传来的求救呼叫了。所有剩下的员工都聚集在最后一道防线那里，像《边城英烈传》那样坚持着保护旅店和房屋。

大家累得都已经瘫软了，谁料到我们又遇到了一个火墙。这时，我见到了最令人惊讶的一幕。一辆四门轿车沿着一条偏僻的道路行驶，里面坐着一家人，迎面就是扑来的大火。他们完全迷路了。司机把车停下，显然还没有意识到他们所处的险境，一开口竟是含糊不清的意大利语。

"你们是最幸运的能够活下来的人。"我的笑声听起来不太合时宜，"我们拖着你的车，把你们带出去吧。"

这一家人离开的时候，山顶的烈火继续发出剧烈的轰响声，看起来，我们的草皮屋顶旅馆，还有我们的房屋马上就要付之一炬了。这时，一队密集的 4×4s 车辆穿过浓烟驶来了，上面还装满了灭火设备。附近的农民都收到了我们的紧急呼叫，现在水墙和火墙迎面遭遇了。救兵终于来了。

三十分钟后，看起来难以阻止的浩劫终于被瓦解了。现在，只剩下清理火场的任务了。大火之后，我们发现过火面积超过了保护区三分之一的区域。

幸运的是风向改变了。尽管这场大火几乎将我们消灭掉，可也带来了早春的第一场阵雨。那天晚上，倾泻的新鲜雨水把烧焦的黑土冲刷得干干净净。

第二天早晨，大象、白犀牛、斑马、黑斑羚，还有其他动物都来到了过火区域。它们就像每次大火之后那样，吃着地上的灰烬，汲取着它们身体急需的盐分和矿物质。

两周之后，曾经如同世界末日般燃烧着的地方已经是一片新绿。感谢那些不明就里的偷猎者，他们放的这把火完美地帮助我们完成了烧荒任务，现在我们拥有的是几千英亩获得新生的原始大草原。

然而，我们谁都没有忘记我们差点儿失去了苏拉苏拉。

对了，我们还要感谢那头救了我们命的大象。

第二十三章

和象群的绝大多数互动都是我坐在路虎车里进行的。我是故意这样做的,因为想让它们习惯汽车的样子。

这样做的确达到了预期效果。娜娜和它的家人根本不理会路虎车,所以在一车游客面前可以尽展野生大象的本色风貌,我们的客人就得到了极好的观赏野生动物和拍照的机会。当然了,前提是护林员得和大象保持合理的距离,尊重它们的隐私。

可是现在,我想站在外面和大象接触。因为我一方面打算开展徒步观赏野生动物的项目,另一方面,我也想让象群渐渐习惯在丛林中有人类出现。否则,作业人员和护林员将一直处于危险当中。

我带着马克斯,一起出发去找它们,这是我的第一次试验。象群正在一片开阔地吃草,享受着夏天丰盈的馈赠。旁边要有一些我可以爬上去的大树,这是一个必须重点考虑的要素。一旦出现什么意外,我可以跑过去逃命。

简直太完美了!我把车开到路边,停在一个枝繁叶茂的马鲁拉树旁边,然后下了车。我没有关车门,而是敞开着,这样是为了在必要时我可以快速上车。

我故意逆着风走，这样它们就能闻到我的气味。我"之"字形地朝着象群走过去，故意慢慢地，就好像是周日散步一样，马克斯陪在我的身旁。看起来一切都很正常，相距30码的时候，弗朗姬的鼻子在接近地面的地方旋转着，它闻到了我的气味。我马上停下脚步，它像近视似的眯起眼睛凝视着我和马克斯，过了一会儿它就不再理睬我们，继续享用它的盛宴了。截至目前，一切都还顺利。我继续以古怪的步态朝着它们大致的方向走去。

我只接近了五步，弗朗姬就突然抬起头，挑衅地展开它的耳朵。

没办法，我只好停下脚步。不过这一次它一直盯着我，直到我后退了五六步，它看起来才满意，继续回去吃草了。

在随后的一个小时，我重复了几次这样的过程，前进几步，再后退几步，得到的总是同样的反应。它先是故意不在意我，然后就是愤怒地直视我。我觉得这太有趣了，它制造了一个边界线——线外，我是受欢迎的；我一旦踏进线内，它就不悦。

在核查一下距离，确保一旦出了岔头，我能及时跑到路虎车里之后，我踏进了想象中的界线，走得更近一些。

弗朗姬无法忍受了！它对着我摇晃着身躯，挑衅地向前迈了三步，鼻子高高扬起，我马上退了回去。

我随后开车到分散的象群的另一侧，走出车门，冲着娜娜重复这个过程。同样的事情发生了，只不过和弗朗姬相比，娜娜能让我靠得近一点，它的反应与其说是挑衅，还不如说是暴躁。

在接下来的几周里，经过反复试验，我终于知道象群设定了一条尽管看不见，但却真实存在的界线，这是一条任何人、任何东西都不能踏进的界线。我发现，当偏离象群的时候，每头大象都有这样一条界线。这些界线是很灵活的，通常来说，成年大象的"空间"周界要比幼象的小很多。然而，这也是一个需要反复试验的估算。你必须通过判断大象的举止来估计它的周界大小，而且，每天这个空间的大小都不一样。

通过在乌姆福洛济保护区重复这些实验，我发现，一般来说公象比母象更能容忍别人接近。原因很简单，大个头的公象对自己的防御能力极其有信心，并且允许你离得更近。大象越小，对自己越没有信心，它们就需要更大的安全空间。离开象群的母象和新生儿需要的空间最大。

很长时间以前，我就注意到其他动物身上也有类似的现象，可以把它称作"惊吓—逃跑"距离。对大象而言，这更像是一个"注意—攻击"界线。

尽管到目前为止，诸事还算顺利，可是要想在苏拉苏拉开展徒步观赏野生动物项目，我需要一群情绪非常稳定的大象，否则冒太大风险就不值得了。我们需要进行更多的研究，因此我又做了一次实验，这次实验是我和乌西一起进行的。乌西是个身材粗壮、健步如飞的护林员，他勇敢地主动要求成为"实验室小白鼠"——也就是试验品。他要做的就是重复我以前的步骤，围着象群慢慢地走，而我观察大象的反应。我停下车让乌西下去，估测了象群的安全界线后，我告诉他界线在哪儿，然后让他往里面走。

我们差点儿酿成大错，不过好在乌西还没有走出多远。一看见乌西过来，弗朗姬就非常警觉地站直了身子。见此情景，惊慌失措的护林员转身直奔汽车撒腿就跑，那速度比卡尔·刘易斯跑得快多了。

和这个勇敢的年轻人又进行了一些实验，就这个象群而言，它们和陌生人保持的分界线要远很多。

既然如此，我怎么才能让大象把分界线往里收一收呢？不仅是为我，而且是为在保护区里漫步的所有人。我开始没事儿就在安全线的外围闲逛，专心于自己的事情，好像不在意它们似的。它们慢慢开始习惯我徒步的样子。这样，我开始逐渐地拉近跟它们的距离。这个过程的关键是耐心，我为此做了长时间的努力。另外，我还发现，如果不看，或者不理睬它们，大象也就不太注意我。

尽管很单调乏味，这的确还是个令人极度紧张的过程。只要看到任何一触即发的征兆，我就要准备好飞速离开。

最后，我开始绝望了，因为一点儿进展都没有。就连努姆赞和象群在一起的时候，它都不肯走过来离我近一点。终于有一天，娜娜朝着我的方向慢悠悠地走过来，它想尝尝自己喜爱的一棵小树的味道。这样，它甚至都没抬头看我一眼就把"闲人免进"的分界线距离缩短了一半。不一会儿，弗朗姬和其他大象也加入进来。

随后，天就亮了。就大象而言，边界线的设定不是僵化的。当它们心情好并且乐意的时候，这个界线可以重新设定。当然，这必须是它们自己做出的决定，你不可以擅自设定。

从这个实验中，我还明白了与大象打交道的另外一个重要规矩，那就是永远不要直接靠近它们，而要站在附近。如果它们愿意的话，它们会主动靠近你。如果它们不主动，那就不要再妄想。大象最看重的就是自己至高无上的地位。

在这段时间，有一头大象总是攻击我。曼德拉，现在已经两岁半了，站起来几乎4英尺高。它一见到我就张开耳朵冲过来，不过只跑四五步，又马上折回到它妈妈身边，毕竟那里是它安全的港湾。娜娜总是密切关注周围的情况，不过却总是忽视曼德拉"英勇的"滑稽壮举。现在，这已经成为我们之间有趣的游戏。每天，当曼德拉上演这出戏的时候，我就对它大声喊叫，还跟它说话。我们玩得非常开心，它变得越来越勇敢，也离我越来越近了。

一天，娜娜和曼德拉在离象群稍远的地方吃草。这时，娜娜开始慢慢地向我走来。天啊，难道它决定过来看看我吗？以前当我坐在车里的时候，它经常过来看我。还有在博马那里，在我的住所那里，它都到过我身边。但是，在那些场合，我知道自己是安全的。这一次，如果它再走近一点点，我就得赶紧跑。否则，我就会被困在这片空地上，没有任何逃生路线了。这可是完全不同的游戏了。

它摆出一副友好的姿态向我慢慢走来。我决定赌一把待着不动，看看究竟会发生什么。心中暗暗祈祷，其他大象千万不要过来啊。

它离我越来越近，曼德拉在它的脚边蹦蹦跳跳地跟着。我

232

紧张地扫了一眼马克斯，它正一动不动地谨慎观察着。它回过头来看看我，突然摆动起尾巴。它没有感觉出任何危险。我希望它的判断是正确的，这次可是一头非常巨大的大象在向我们走来。

突然，我的内心发生了激烈的冲突。骨子里的生存本能劝我赶紧溜之大吉，而我做出的决定却是一动不动地站在那里。我几乎无法呼吸了，而现在能做的就是坚定立场。直到现在，我都不知道当时是怎么控制住自己没有跑掉的。但是，我的确做到了，它也来到了眼前。娜娜庞大的身躯高耸在我上方，遮住了天际线。

想必它感觉到了我的惊恐不安，因为它故意停在距我五步远的地方，接着继续吃草，全身传递着一种宁静的气息。当你站在距离一头 5 吨重的野生大象只有五步远的地方时，你根本无法清醒地注意到周围发生的其他事情，尤其是大象的情绪状态。

而我居然还能非常镇定地考虑这样一个事实：自己跟一个母头象，还有它的孩子待在开阔的平原上，这是最危险的处境了。可是我们之间这种纯真的相处关系既帮助我守住了尊严，也帮助我站稳了脚跟。

五分钟过去了，它还在那儿，我意识到我们实际上是在一起消磨着时光。它在那里转悠着吃草，我也觉得自己放松了很多。我注意到娜娜有着最优雅的就餐礼仪。它先伸出鼻子探寻食物，然后熟练地卷起它选好的一团草，再把草轻轻地往膝盖上敲几下，这样就可以抖落草根上的泥土。它轻柔地把草送进嘴里，只把根部留在外面。臼齿轻轻一咬，草根就飘走了。接下来，娜娜就可以尽情享受嘴里剩下的少许精华了。我还注意到它对所吃的食物非常挑剔，在吞食之前，娜娜要认真甄别每样植物的味道。

它吃树叶的样子同样让人着迷。娜娜熟练地从小金合欢树上扯下树叶，再把树叶放到嘴里，然后折断一根树枝。一嚼完叶子，娜娜就把树枝像烤肉串一样送到嘴里，过一会儿，树枝从嘴角的另一端伸了出来，树皮已经被扯掉吃进肚里了，那可是它喜欢的东西。

而曼德拉一直躲在它妈妈树干般的大腿后面，偷偷地看着我和马克斯。偶尔也会走出来，仔细看个究竟。

马克斯静静地坐着，时不时地走出几步，闻闻娜娜究竟在哪儿。其余时间，它就是一动不动。

我抬头看看远处和其他大象在一起的弗朗姬，想想自己可没有办法冒险去和整个象群这样交往，于是赶紧告别。我对娜娜说了声"谢谢"，并告诉它我们很快就会再见面。

这真是美妙的一天，微风轻拂，让人觉得日头都不那么炽热了。我决定和马克斯走回家，于是把汽车交给了乌西，让他开回去。我和马克斯沿着大象的足迹往回走。恩塞勒尼河的河水奔涌着，卷起的旋涡猛烈地拍击着我们脚下悬崖深处的岩石。大象很少整齐有序地行动，无论它们去哪里，总是推挤和打闹。不过，在经过这个悬崖边的时候，它们显然表现得非常安静，也非常稳当。我想起兽医科布斯·拉迪特对我说过，大象可以去的地方，有些竟然连拿着公文包的"猴子"都去不了。他说得没错。

大约走了 500 码，马克斯突然停下脚步，进入全面戒备的状态，扫了我一眼，就盯着前方不动了。在动物王国，眼睛的动作是一种主要的交流方式。我知道它一定是感觉到什么异常了，我也停了下来，顺着它的视线望去。前方的视野非常开阔，只有一小片灌木骄傲地矗立在草丛上。过了几分钟，没发现什么动静。可是当我叫马克斯的时候，它却一动不动，这是以前从来没有过的事情。实际上，马克斯是我见过的最听话的狗。我轻轻地喊它，接着又喊它一遍。它看了我一眼，马上又盯向前方。我四处环顾，还是没发现异常。它肯定是在想象什么场景吧。

"走吧，小伙子，那儿什么都没有。"我刚要过去拉它，突然听到一声咳嗽从旁边传来。非常与众不同的咳嗽声，猎豹！我很少带猎枪，这可是在丛林行走的每个护林员的必备武器啊。这次，我多希望自己身上带着一支啊。我伸手去拔手枪。

在相距仅仅 10 码的那个小树丛里藏了一只豹子。即使我听到了它的声音，也完全知道它就在那里，可是太不易察觉了，我还是看不到它。我抓过马克斯的项圈，紧紧地拽着它，然后往地上开了一枪。我讨厌在保护区里面开枪，但是一只巨大的猫科动物就埋伏在旁边，除了开枪，也没有什么别的选择了。

眼前闪电般窜出一个模糊的影子，原来是一只身上长满了金色斑点的雄性猎豹。如果它从那个距离冲向我们，那肯定是一场噩梦。不过，它朝另外的方向逃走了。猎豹就是运动的诗篇，自然界里最绝妙美丽的生物。

除了这次小冒险外，我对这一天经历的其他事情都极其满意。

在娜娜允许我和它以及曼德拉在一起消磨时光后，所有的事情都改变了。现在，在它们周围活动已经很容易了。甚至我的那个实验品乌西都可以走进合理的距离之内，象群都没有什么反应。又过了一段时间，我安排四个护林员在象群面前走过几次，就好像是日常散步观赏动物一样。瞧，不就是这样嘛，我们成功了，即使弗朗姬都懒得抬起眼皮看他们一眼。

显然这是娜娜做出的决定，并传达给象群的每一个成员。从这个经历中，我又学到了一课。只要母头象对一个新人建立了信任，那么从前受到过心理创伤的野生大象看起来也能重新对人类产生一定程度的信任，但必须有母头象的信任在先。尽管努姆赞和象群之间总在交流，可是我和它的亲密关系几乎没有改变多少象群对我的态度。

现在，多亏了娜娜，客人们可以走在野外靠近这些壮观的生灵了，这是一个可以回味一生的经历。然而就在大约两年前，当乌姆福洛济的经理彼得·哈特利徒步追踪逃脱的象群时，弗朗姬还差点儿杀死了他。

我想这样准确地表达：目前一切进展顺利。

有时，不仅仅是我们追踪大象，它们也会追踪我们。一天晚上，我们的旅馆里人头攒动，正在准备烛光晚餐。客人们在长廊里愉快地交谈，滔滔不绝地讲述着一天的丛林经历。这时，娜娜突然出现在旅馆正对面的草坪上，象群跟在后面。

"哇，它这次离得有点儿近。"我心里想着，小心翼翼地观察着它的动作。这时，人群里传来了叫喊声。

"大象，大象！"两个最先发现象群的客人嚷道。那些经验丰富的丛林爱好者马上发出嘘声，让他俩安静，可是这两个人继续兴奋地指着大象。当整个象群走进视线，站在旅店和水池之间的时候，其他人赶紧伸手去抓相机。这真是一次难得的观赏经历，可是我很快意识到了问题，如果它们不奔水池走去，它们就要冲着旅店过来。

大象一贯的做事准则就是所有的生命形式必须为它们让路。在它们眼里，坐在游泳池边享受晚餐的这些外国游客与池塘边的狒狒没有什么两样。

娜娜一溜烟儿地向我们走来。我观察着，可是发现它根本没有停下脚步或者改变路线的意图。我大声地告诉客人们赶紧撤离。

这下子可好，客人们纷纷起身，急匆匆地跑回屋里。

可世上总有一些自以为是的人。他们通常是男人，喜欢拉帮结派，并利用一切场合，甚至是荒唐的场合，证明自己的男子汉气概。

当客人们匆忙奔向安全地带时，一伙来自大城市的人就是待在原地不动，还懒洋洋地躺在餐椅上，假装对逼近的象群无动于衷。

弗朗姬抬起头，冲着这伙不肯让出地方的人弹了弹耳朵。可他们根本不知道这是一个通常的警告信号，仍待在原地不动。没有得到恰当的反应，弗朗姬快速地向他们迈出几步，耳朵像披风一样展开，鼻子高高扬起。

"糟糕！"一个人大喊，"它冲来了！"现场一片混乱，椅子到处乱飞。这伙拥有"男子汉气概"的人像无头苍蝇似的到处乱撞，以一副不光彩的自顾自的模样瞬间溃败逃跑。

弗朗姬很满意，因为它从这伙不着调的灵长类动物身上得到了应有的尊重。它放下耳朵，回到象群里，站在娜娜的身后，然后一起慢悠悠地走过草坪，朝观景露台走来。它们站在那里审视着陌生的环境，巨大的身躯看起来与这里很不相称。

确认没有什么危险之后，大象们被精心布置的餐桌上的奇怪用具吸引了。它们走了过去，想要好好探查一番。它们用重重的鼻子查看着这些精美的食物，这场景使我相信不管是谁杜撰出的那句"瓷器店里的公牛"，他肯定从来没有见过瓷器店里的大象。玻璃杯和盘子被荡来荡去的长鼻子扫到一边儿，碎了一地。蜡烛和烛台也同样被扔到地上，桌布被粗暴地从餐具刀叉下面拽出来。它们完成了一次彻底的瓦解任务。

当发现地上一些脏乱的东西居然可以食用时，它们优雅地把食物捡起来，吃掉每一个面包卷和所有的沙拉。它们从碎玻璃上走过，就像踩在纸上一样。桌子被粗暴地撞到一边，顿时就四分五裂了。我惊讶地看着一把又一把椅子被甩到空中，整个人都目瞪口呆了。对晚餐厌倦之后，它们终于开始考虑此行的真正目的了。对，是游泳池。

"这才是它们来这里的目的。"我暗想，"它们知道这个水池。他们以前来过这里，也许是在半夜。"

游泳池成了它们新的水坑。娜娜要做的就是清场，不仅对人类，对待任何其他动物也是如此，这样它们就可以安安静静地喝水了。

它把大鼻子伸进池塘里，吸进好几加仑亮闪闪的干净水。往后一仰头，就把水送进了布满皱纹的嘴巴里。它一口喝掉，肚子里发出的隆隆声传到了其他大象的耳朵里。

它们绝对是在那里狂欢。客人们高兴地窥视着姆乌拉、伊琅嘉和曼德拉跳跃玩耍，而那些大家伙喝饱肚子之后，开始往身上尽情地喷水、洒水，好好地洗了一个澡。

看起来一切顺利，突然，娜娜捕捉到了我的气味。它慢慢地转过身，穿过草坪，朝我走来，我当时正站在露台里一根茅草柱的旁边。它抬起还滴着水的湿漉漉的鼻尖，轻轻地抚摸着我的前胸，我一动不动。显然，躲在一旁的几个客人不明白这种爱意的表达方式，他们认为我这下子必死无疑了。为了安全起见，他们悄悄地跑到了卫生间里。

"真是个聪明的丫头！找到了保护区最干净的水。你居然还能把每个人都吓跑。"我说后一句时，故意增添了一点儿惩戒的语气。

我向前迈了一步，伸手去碰它的鼻子，爱抚着它。"但是你真的把客人们吓得半死，现在你们得走了。"

娜娜可不想离开。五分钟过去了，它仍然平静地站在那里。后面的弗朗姬只要看到有人从藏身之处出来就马上摇动它的耳朵。

娜娜真的得离开了，旅店肯定不是它和它的家人应该拜访的地方。我往后退了三四步，轻轻地拍着手，鼓励它离开。

天啊，它根本不喜欢这样。又往前动了动，它把头靠在了我前面的立柱上，还推了一下。这可好，整个屋顶都晃动起来。我控制住喊叫的冲动，快速地走上前，又一次抚摸着它的鼻子，对它说些安慰的话。令人难以置信的是它又往前靠了靠，而且这次更用力了。从承重柱发出的阴郁声响判断，整个房子都要坍塌了。

我本能地做出了自己能做的唯一举动——高高地伸出双手，使出全身力气向后推它的鼻子，还祈求它千万不要毁了我们的生计。

我们胶着着，它靠在立柱上，我用力地推它。过了似乎静止的三十秒钟，它终于后退。冲着我一边摇着头，一边走开，还狠狠地踩了一脚露台表示它的厌恶之情。

这当然是一次博弈。娜娜可以轻松地推倒立柱，我那点儿微不足道的力量在它眼里就像风中的羽毛。它那样做只是表明一种态度而已。

其余的大象跟着它走上草坪，漫步离去，最终消失在丛林里。

"现在我才知道你真是个疯子。"愤怒又震惊的弗朗索瓦丝从吧台后面走出来对我喊着，完全不顾那些起身出来的客人，"你究竟在做什么？你想找死吗？噢，你疯了，是不是？居然推大象。"在呱呱地大喊几声之后，她冲回厨房重新准备晚餐去了。

第二天上午，我们在旅馆四周竖起了一圈电线，高度就是成年大象的身高。为了哄娜娜开心，我们还从地下井里引出一根水管，把它安在电线的外面作为一个新的饮水器。

这种安排很见效，即使电线没通电，它们也不再尝试回到旅馆门前了。

第二十四章

一周后，我收到了一个令人伤心的消息，我的好朋友，恩科西·比耶拉去世了。他的确不年轻了，而且已经病了很长一段时间。尽管我的医生给予他很专业的治疗，可他还是没有挺住。

这也是预料之中的事情。两个星期前，我们一起坐在外面，尽管亚热带的天气很炎热，而且他还披着毯子，却仍然不由自主地哆嗦。

整个部落陷入深切的哀悼中，哭泣声在山谷回荡。没有人到苏拉苏拉这里做工了，我们知道现在只能依靠有限的几个骨干力量保持保护区的正常运转，而那些部落人要等到几周后传统葬礼过程结束才能回来工作。尽管殖民主义削弱了酋长的权力，但是所有祖鲁的酋长仍是终身制国王。

恩科西·比耶拉是他这个时代的人物，他是一位脚踏两个世界的强大的传统领袖。他既能够领会经过考验的传统价值观，也深谙现代化的必要性。运用自身的机敏和智慧，他尝试着把久经考验的"老"和引领未来的"新"融合在一起。

他的长子费瓦因克斯·比耶拉继位，而我对他并不太了解。带着礼物，我参加了他那烦琐的入职仪式。

他的家人承诺安排一次我和他的会面，可是尽管再三要求，却始终没有成功。

就职不久，这位新恩科西·比耶拉的权威就受到了检验。一场一触即发的部落争执演变成了暴力冲突。在保护区里，我们都能听到从 1 英里外布查那那小村子传来的零星交火声。我在保护区边界安排保安执勤，以确保不要有什么事情影响到苏拉苏拉。

经过一天的努力后，我终于设法接通了当地警察局的电话。

"究竟是怎么回事啊？"我问警长，他是一位和蔼可亲的阿非利卡人，刚刚接管这个警察局。

他疲惫地叹了一口气，说："内讧。"

正如我预料的那样，内讧是纠缠不清的，就像阿帕拉契亚宿仇一样没完没了，这是两败俱伤的部落争执。部落冲突就像这片古老的大地一样繁杂、血腥、古老和残酷。它们可以一代接着一代永远继续下去，因为兄弟能看到手足被残杀，儿子能记住爸爸被处死。

这是非洲大陆常有的事情，这种长期不和遍布整个大陆。布查那那村是我们的近邻，是 20 世纪 60 年代末形成的。那时，为了给非洲最大的港口开发腾出空间，理查德湾周围的祖鲁部落都被驱赶走了。这些不幸的人都被甩到了传统的比耶拉领土上，可是并没有得到恩科西·比耶拉的允许。这就是当时狂妄自大的种族隔离政府的所作所为。

那些当时被迫离开故土的祖鲁部落的头头儿叫马克斯维尔·姆坦布，后来这些人就被称作马克斯维尔人。事已至此，那么马克斯维尔人和比耶拉人之间的内讧就完全可以预料到了，而且冲突持续了多年，直到马克斯维尔的族人因为长期奔波，难以继续对抗人数占优的比耶拉人，才最终勉强同意效忠恩科西·比耶拉。反过来，马克斯维尔被任命为比耶拉的一位因都那，也就是头人。他的部落继续生活在比耶拉的土地上，后来渐渐融入了比耶拉族。

至此，恩科西·比耶拉用最少的流血重新拥有了自己部落原来的领土。但是部族的忠诚感如此深地植根于族人的心底，其影响力远远超过炉边谈话时随意签署的条约。布查那那人仍然有着很深的"马克斯维尔"情结。

现在，恩科西·比耶拉一死，马克斯维尔人就收回了效忠比耶拉族群的誓言。这已经是很严重的事件了，可马克斯维尔人还想继续占有原本属于比耶拉人的土地。比耶拉的族人被彻底激怒了，这样，双方都拿起了武器。

第一次的冲突持续时间不长，但是很激烈。随后的一些小规模冲突转入地下，往往是以夜间孤立进攻和埋伏的形式进行。这一切就发生在我的家门口，我遇到的问题是，几乎我们所有的雇员都是来自布查那那的马克斯维尔人。当恩科西·比耶拉是我的好朋友的时候，我和比耶拉族的关系就很好，同时我也认识马克斯维尔人的头头儿威尔逊·姆坦布，他在20世纪90年代初接替了去世的马克斯维尔的位置。姆坦布做事纯粹是摸着石头过河，毫无章法，所以我知道他的人根本赢不了这场争斗。可是如果我们公开支持比耶拉人，就会惹恼近邻马克斯维尔人，这无异于惹火上身。面对这个双输的局面，我决定保持中立。我双手合十，焦急地等待着这位新恩科西·比耶拉可以马上解决这个问题。

对于一个西方人来讲，即使像我这样与当地人联系得如此紧密，都觉得祖鲁部落的政治体系令人难以置信的复杂。很快我发现，尽管自己是一个不折不扣的中立旁观者，可还是一夜之间成了整个冲突的焦点人物。所有这些动荡背后隐藏的是力量强大的极力主张畜牧牛群的阴谋团伙，他们一直垂涎"皇家祖鲁"的土地，想方设法破坏野生动物保护区项目。我知道这些人都是谁，他们在我推介这个项目的部落大会上曾经向我发过难，不断地提出一些不友好的问题。可是，我对他们的背景一无所知。无论什么时候我问线人，他们都只是耸耸肩，然后说"他们就是牛的主人"。

就像马克斯维尔人把恩科西·比耶拉的死看成是宣布独立的良机一样，这些极力主张畜牧牛群的阴谋团伙把受人敬重的恩科西的死和比耶拉人与马克斯维尔人的冲突看成一个机会，他们可以利用这两件事情破坏我和恩科西·比耶拉后人的关系，尤其是和他的儿子，新任酋长的关系。

祖鲁社会很容易受到流言蜚语的影响，因为这是一个举国上下的消遣娱乐形式。这个阴谋团伙散布了大量有关我的谣言故事，说我秘密支持分裂的马克斯维尔派别。

这是公然地造谣。可是，不知怎的他们发现，在冲突期间，未经我的允许，马克斯维尔人在夜间就把苏拉苏拉偏远地方的丛林当成了埋伏地点。这个团伙随后放出话说我藏匿反叛者。这个编造的故事很快传到了各处。

更可气的是，这个有计划的诽谤性造谣还说我为反叛者提供枪支和弹药。这样的谣言很有可能带来潜在的致命后果。眨眼间，我在当地辛辛苦苦赢来的名望就要土崩瓦解了。我被他们运用的策略彻底击败了。

如果恩科西·比耶拉还活着，他肯定会对这些无稽之谈狂笑不已。可是他已经不在了，他的继任者，他的儿子费瓦因克斯是一个非常正直的好人，可是他不了解我。他听到了太多关于我的假消息。

我需要得到别人真诚的帮助来快速消除谣言的影响。我给老朋友，有着极高威望的祖鲁吉迪恩王子打去电话，向他解释一下目前的形势。吉迪恩王子是祖鲁国王的叔叔，是王室的一位头领。他听后惊呆了，警告我注意目前所处的潜在危险，就好像我不知道似的。好在他同意运用自己巨大的影响力帮这个忙。不过他强调，我首先要做的是直接接触一下新任恩科西·比耶拉，告诉他正在发生的事情，而王子会运用他的人脉查出究竟是谁造的谣。

我给这个年轻的酋长打去电话，向他保证，如果真有一些他的敌人藏身在我的地盘，那绝对是他们非法所为。他们根本没有得到我任何形式的许可。

他很有礼貌地听着。我知道他听到了太多误传的消息，他能给我时间在电话里为自己辩解，这就明确地表明他是一个公正的领袖。我现在感觉好多了。

"很高兴你能打来电话，"他说，"这个周末在布查那那有一个专门针对这件事情的会议。过来给我们讲清楚吧。"

我宁愿跟他进行一次私人的会话，我们可以面对面地把事情捋清楚。可是，我却不得不正面应对整个事件。在部落激烈的冲突中，作为唯一的西方人出席这样气氛高度紧张的族群聚集大会是一件极具挑战的事情。但是被指控私运军火致人死亡也不是一件好事情，一点儿都不好。

但是，我看到了他选择让我这么做的智慧所在。他给了我一个平台，让我陈述自己的境遇。至于如何讲，那是我自己的事情了。我对他的帮助表示感谢，并告诉他我一定会到场。随后，我向吉迪恩王子通报了一下我要参加这次会议的情况。

他努力想让我放心。"那里有我的一些人，他们会在幕后做一些工作。但是他们不能为你说话或者为你辩护，你必须为自己而言，必须语气坚定。"

接下来的事情说明祸不单行这句话的确不假。我得到风声，说苏拉苏拉本身现在也受到了威胁。在后种族隔离时代的南非，经常有人怂恿部落要求收回原来被种族隔离政府吞并的土地。几年以前，比耶拉人也提出过索回苏拉苏拉的申请。但是，这个申请在法律层面上没有被受理。我依靠跟恩科西·比耶拉的个人交情得以在社交层面上把这个问题友好地解决了。然而这个极力主张畜牧牛群的阴谋团伙已经不再满足只是散播关于我的谣言，他们正在努力地重启这些已经废止的收回土地的声明。他们不仅仅垂涎"皇家祖鲁"，他们也对苏拉苏拉望眼欲穿。

我回到办公室，开始起草这个极其重要的讲话，苏拉苏拉的未来全靠它了。如果这个阴谋团伙赢了，他们就可以拖家带口，赶着牲口搬进苏拉苏拉。我们本土的动物就要被赶尽杀绝，包括这群大象。

这是娜娜和它的家人找到的最后一块可以带给它们快乐的土地。但是，因为存在着把这片土地拱手让给入侵者的危险，如果我在会上的陈述没能达到预期的效果，那么它们可能就是第一批被枪杀的动物。

一想到这些，我原本非常焦虑的情绪渐渐平静下来，头脑也清醒了，一个计划开始慢慢成形。我知道这个阴谋团伙想要指控我藏匿交战人员，因此我想证明要想监督到像苏拉苏拉这么广袤的保护区的每一寸土地是根本不可能的。我确定他们一定有证人作证说在我的土地上见到了交战人员。他们是怎么知道的呢？如果我能够掌握在苏拉苏拉发生的每一件事情，那么早就一夜之间根除偷猎行为了。

这次会议不可能是一次冷静客观的法庭现场，我必须给那些普通部落人提供形象实际的证据，这样才能帮助我摆脱困境。我的讲话里不能有干巴巴的法律术语，而应该充满对理性的呼唤。

尽管这伙人对我的指控已经极其严重了，可是当地的头领们也不会忽视我在本地区的良好形象。他们都知道我痛恨种族隔离，而且通过前几年我和全国的祖鲁领袖们的密切合作，促成了1994年南非的第一次民主选举。

目前的当务之急就是找一位翻译。尽管我的祖鲁语还够用，但还是要确保有一个翻译费力地把每一个问题从祖鲁语翻译成英语，这样我就有了更多的时间构想出最好的答复。当然，还要确保这个翻译能够被双方都接受。否则，我就要面对指控，说我解答不当。

我的保安头头儿恩圭尼亚给我提供了一个当地牧师的名字，他说这是本社区一位德高望重的人物，是最好的翻译人选。这个善良的老人同意去当翻译，还建议我到他的教堂去一趟，要为我安排一个祝福仪式。

在布查那那有很多牧师，但其中绝大多数人不是我们所称的传统意义上的教士，因为他们把基督教和古老的崇拜及泛灵论融合在了一起。简而言之，这种形式真正混合了灵性和非洲的特性，并且能够从每一个能想象到的源泉那里获取灵感。

第二天，我去了他的教堂。这是一个用瓦垄薄钢板搭建的棚屋，里面有几把快要散架的木椅，其中一把摆放在屋子的正中央，他让我坐在上面。屋里唯一的装饰是一个画在锡铁皮墙上的简单的白色十字架。

他随后把一个大桶放在我脚边，里面装的好像是河水。他向里面撒了一些粉末，然后围着我转圈，还用祖鲁语诵经，既恳求上帝，也恳求先祖倾听他的呼唤。与此同时，他撕下几页报纸并用火点燃，挥舞了几圈之后扔进了水里。报纸厚厚地团在一起，所以漂在水上继续燃烧。

过了几分钟，他停下来搅拌搅拌直冒烟的水。这些水一开始就不干净，现在已经变成漂满纸灰的浑水了。他嘴里继续诵经，手上忙活着把桶里的东西倒进一个旧塑料水瓶里。

"这是好的玛斯。"他说道，"去开会的时候，你必须把它喝掉，而且一定要让大家亲眼看着你喝掉它。因为你得到了祝福，所以这个会议的结果肯定对你有利。"

我对他表示了感谢，拿过瓶子，并且说本周晚些时候我再去见他。

五天后，我和戴维到了布查那那的村礼堂。太阳还没有升到最高，可礼堂就已经像炉子里面那么热了。这座用砖和瓦垄薄钢板建成的房子坐落在一座光秃秃的小山顶上，现在里面挤满了人。那些小窗户根本不能保证室内的空气流通，屋里弥漫着汗的恶臭，同时也弥漫着深深的敌意。

屋外面有很多持械的部落人，他们找不到椅子，就只能在周围转悠。当我们开车抵达时，那些人对着我们指指点点。一个人挥舞着拳头，另一个人舞动着伊克瓦——一种传统的祖鲁长矛。给长矛起这个名字是因为把刀刃从受害者体内拔出来时，会发出这样的漏气声。我对自己的运气没抱太多的希望。

现场还布满了警力，我故意把车停在了他们的警车旁边。

负责的警员是一位祖鲁女性，她穿着天蓝色的制服朝我走来。"你怎么在这儿？"她很好奇在一个严格的部落大会上见到白人的面孔。

"我今天在会上发言。"

"噢，"她饶有兴趣地盯着我，"那么你就是安东尼了？"

我点点头。"里面什么情况？"

"很热！"她答道。可惜，她指的不是天气，她用的是祖鲁语中的白话，意思是"危险"。换句话说，红色警戒。

她用舌头发出啧啧的声音，表现得不太乐意，因为我的出现可能会引发更多的问题。"你确定你还想讲话吗？"我顺着她的目光望去，一群人正走来，其中一个人挥舞着破烂不堪的猎枪。"我早就用无线电呼叫要求增援力量了。"

警察方阵的及时到来主要是针对积怨极深的内讧，而不是因为我个人的事情。不管怎样，知道警察都认为这次会议可能随时出现意外，我更觉得紧张了。

"是的，我要讲话。"我故作勇敢地回答，尽管自己一点儿都没有感到勇气的存在。我知道自己被对方设计陷害了。尽管有吉迪恩王子的幕后相助，可要使好几百近乎处于内战边缘的部落人相信我的无辜也不是一件容易的事情。

一个传信人打断了我们，他让我进去。我跟着他走进沙丁鱼罐头般的会场，坐在第一排。此时，一个全副武士打扮的部落头领刚刚发表完十分轻松愉快的讲话。一言以蔽之吧，他讲话的要旨就是他们的敌人在这个会场安插了奸细。人群咆哮着，四处寻找嫌疑人。

这时候，主会人，一位资深的酋长把我介绍给大家，并要求人们给予我一个公平的机会陈述自己的案情。鉴于会议爆炸性的气氛，他没有做更多的请求，因为那样实属徒劳。

我深吸了一口气，手里握着牧师的瓶装玛斯，站起身来感谢我熟悉的这位主会人。如果事态有变，现在就已经有这样的迹象了，我知道自己能够得到这位主会人的帮助。我随后中肯地感谢新恩科西的邀请，以及我认识的其他长老和代表，我还一一念出了他们的名字。换句话说，我一点不害羞地略提这些知名人士来提高自己的身份。牧师当场做了翻译。

我把玛斯瓶放在椅子旁边的地上。当场没有什么反应，不过我看出来它肯定引起了一些人的注意。也许他们知道这个瓶子意味着什么，我也很高兴自己决定把它带到会场。我需要所有能够得到的帮助。

　　尽管心有忧虑，但是按照吉迪恩王子的指导，我说话的声音非常坚定有力。这给了我一些信心，我挺直腰杆，继续镇静地讲话。我强调祖鲁文化令人尊敬地赋予每个人公平申诉的机会。我一直用英语发言，因为希望牧师在翻译那些提问的时候，我就可以利用这点儿宝贵的时间好好考虑一下怎么回答。

　　就在我认为一切顺利的时候，现场炸开了锅。"道歉！"一个大嗓门儿尖叫着，根本不管我当时在说什么，"为你的所作所为道歉！"

　　其他的挑拨者也开始跟着起哄，还想扇动人群，"道歉！道歉！"

　　我一下子就像聚光灯底下的兔子似的惊呆了，不过随后头脑马上就清醒过来，我知道自己应该做什么了。任何道歉都是致命的，因为这就等于承认了罪行，而这就是那个阴谋团伙想要达到的目的。如果我陷入他们的圈套，下一步就是认罪求情。那么，我就一败涂地了。我没有理会他们的刺激，静静地等待主会人恢复会场的秩序，他总算做到了。安静下来之后，他冲我点点头，让我继续往下讲。

　　"我不能道歉。"我的话立即招致一小部分人的嘲笑声。我把目光投了过去，发现他们犯了一个错误，他们全部坐在了一起。现在，我知道他们究竟是谁了。

"我不能道歉。"我重复着,"因为我没有做任何应当道歉的事情。"

更多的嘲弄声。

"一个人,如果他是个男人的话,"我提高了嗓门儿,"只有做错了事情的时候才会道歉,而且他必须为此道歉。你们想让我撒谎吗?你们想让我对恩科西撒谎吗?你们想让我对这次会议撒谎吗?你们知道我受到了威胁,就想让我放弃人格,像个胆小鬼那样撒谎吗?"

在一个装有空调的第一世界国家的法庭上,这些话可能听起来很原始。不过在祖鲁兰的乡下,正直是男子汉气概的重要组成部分。情况就是这样,你可以对外人撒谎,但是不可以对族人撒谎。

一个蓄着小胡须的细高个男人跳起来。"但你就是在撒谎!你一说话就是在撒谎!我看见你把枪给了敌人!当时天黑了,但我亲眼看见你秘密地接触我们的敌人。我看见你给他们很多武器。"

我认识他。这就是个懒汉兼偷猎者,根本不是一个好家伙。他竟然是他们的关键证人,我轻轻地舒了一口气。他们用来对付我的主要人手居然是个在社区没有任何地位的众所周知的混混。

他太性急了,没有控制住自己。那么快地跳出来表明自己控告人的地位,这下子完全暴露了身份。现在大家都知道这个主要证人根本就是不可靠的。

随后,主张畜牧牛群的阴谋团伙头目站了起来,会场一下子安静了。这是一个结实的男人，长着明显突出的下巴，上面蓄着灰白色的胡椒粒状胡须结。他是一位高级社区成员，地位主要建立在畜牛财富上。他说话语气威严，努力想要弥补那位控告人不成熟的指控所带来的损害。

"安东尼先生，感谢你到这里来澄清一些重要的事情。我知道你不是一个说谎的人。"他停顿一下，为了加重效果，清了清喉咙，"尽管你没有撒谎，可是你能否认攻击我们族人、威胁我们酋长的那些人当时正和你一起生活在苏拉苏拉吗？"

实际上，这个团伙的头目是在说他目睹了那些参战人员当时就在我的地盘上。对此，我要据理力争。

"我们全都想听到这个问题的答案。"我慢慢地应道，"这就是我们今天来这里开会的目的。"我看见主席台上的头领们向前倾着身子，"但是，我要求在任何人做出判决之前，先让我把话说完，全都说完。大家同意吗？"

我迫切地需要得到别人的信任。

"应该如此。"一位资深酋长说，"让安东尼说完。"

"好。"我提高声音继续说，"我否认他们和我生活在一起。我坚决否认这个指控。"

屋里一下子沸腾了，看来他们如此确信我的罪行。这个团伙头目粗野地笑着。我被他们认定是个说谎的人了。

这些头领用了好几分钟的时间才算恢复了一些秩序。然后，就像他们承诺的那样，我得以继续讲话。

"然而，我不否认这些人可能藏在苏拉苏拉。"我说，"我坚决否认我认识他们，或者他们跟我生活在一起。"

这个团伙头目又一次站起身来，摇着脑袋，咧着嘴笑。"这个人说他不认识待在他家里、待在他自己地盘上的人。"他转向人群，"哪个人不认识自己的来宾？"

全场哄堂大笑。恩科西抬起手示意大家安静，他又向我点点头，让我继续。

"大家都知道，苏拉苏拉是个非常大的地方，从一端走到另一端要花上好几个小时。任何人都可以轻松地藏身在里面。"

"但是你有工人在你的地盘上巡逻啊。"这个头目伸出一根手指喊道，"你还说你不认识你的来宾？"

"不认识。"我回答道，"但是你呢？你知道谁生活在比耶拉土地上吗？"

"我当然知道！如果头领不知道他的名字，谁都不敢待在我们的土地上。"他又一次放声大笑，在人群面前作着秀，认为胜利唾手可得了。

我给站在屋子后面的戴维做了个手势。片刻之后，他领着恩圭尼亚走上前来。眼前的一幕让恩圭尼亚有些兴奋，他把双手举到眼前，用传统的方式向大家问候。

我向大家介绍他："这是恩圭尼亚，我的高级护林员。我们都知道他的家庭在本地区非常受人尊敬。"我很高兴地注意到几位资深头领点点头表示同意。

我转向坐在我们西面的一位控制恩坦巴纳纳地区的头领，"恩坦巴纳纳的比耶拉领土对所有人封闭，没有人可以待在那里，是吗？"

"是的，"他认可这个说法，"没人在那儿，没有人可以待在那儿。"

"我和恩圭尼亚刚去过那里，我可以告诉你有好几个人生活在那儿的腹地。我们发现了他们，还跟他们说了话，他们已经在那里待了好几个星期了。丛林掩盖了他们，就像丛林遮蔽了你说的那些待在我的土地上的人一样。"

我说话的时候，恩圭尼亚不住地点头。

"他说的是真的吗，恩圭尼亚？"一位头领突然站起来问，"你当时在那儿？有人在那儿生活？"

恩圭尼亚点点头，"是的，就像安东尼先生说的那样。"

"哈呜！"这个头领发出一声老式的惊叹，声音回荡在此时安静的房间里，"那么，他们就是入侵者。"

这个阴谋团伙的头目不屑一顾地耸耸肩。不过我的说理已经吸引了大家，部落领袖们现在都充满期待地看着我。

"我再重复一遍，我不认识藏在苏拉苏拉丛林里的任何人，就像可敬的因都那也不认识他领地上的人一样。入侵者就是入侵者，他们不是客人。我们不欢迎他们。"

人群里传来嘀嘀咕咕的赞成声，尽管不大，但足以让我安心很多。

"枪是怎么回事？"有人在后面喊。

这才是此次会议的主题。

"是的，我们有枪。"我说，"我们要有枪保护自己免受野生动物的攻击，这一点，你们都知道。我们为什么要把枪给别人，而把自己置于危险之中呢？如果走在丛林里面，手里还没有武器，那就是在玩命。"

256

我正要回答我自己的问题时，一位部落的长者先站了起来为我辩护。这表明事态已经朝着对我有利的方向发展了。

　　"穆克胡鲁说的是实话。"他说，"我跟他的护林员们交谈过，他们手头仍然有自己的枪。他们的枪从来没有离过手，因为他们的工作需要它。他们不会把枪给别人，而威胁自己的生命。"

　　"安东尼在撒谎。"这个团伙的另一个成员绝望地喊着，"大家都知道他给别人提供枪用来对付恩科西。"

　　现在，这已经是人身攻击了，我不再掩饰声音里的愤怒。

　　"不，不是每个人都知道。这和每个人没有什么关系。现在不是'每个人'在指控我，只有几个人在捏造这些可怕的谣言，他们毫无根据信口雌黄。现在正在发生的一切是有人在我和恩科西之间制造分裂。这些人别有用心，另有企图。"

　　"我们不相信你。"这个人又喊道，"正是因为你，我们的人才会送命。不想让你和我们生活在一起。你是白人，我们不相信你。带着你的家人滚吧。"

　　我听到了突然的吸气声。人群里的每一个脑袋瓜儿都转了过来，先看看恩科西，再瞧瞧我。

　　我突然感到身心俱疲。这就是事情的根源所在，在南非，当理性无能为力的时候，邪恶势力就会抬头。但是，多亏了有种族歧视这一说，现在人群的注意力全转移到了我身上。

　　"在我来到苏拉苏拉之前，今天在座的几位长老就知道我的名字了。他们知道在种族隔离期间，甚至在你们出生前，我就和祖鲁的领袖们一起共事了。"我补充着，这激发了祖鲁人对年龄的深深敬意。

"我曾经相信，也衷心希望种族隔离已经消亡。可是这个人却想在我们的村子里重新挑起种族的仇恨。"

我看着他说："你抹黑了我们每一个人。"

这时，年轻的恩科西站起身。他像一根长矛般笔直地站着，那一刻，我知道他是一位真正的领袖。

"这太过分了，我们今天在这里不是进行审判。"他说，"安东尼来这里也不是为了受审。军火走私的问题应该交给警察处理。如果谁手里有证据，那么去找警察吧，不要狮子大张口在这里诉求土地的所有权。可现在，在这个房间里，正发生着这样不该发生的事情。会后，我亲自跟警方谈。安东尼是我爸爸的好朋友，事情到此结束。"

就这样结束了，我长舒了一口气。

这个团伙最不愿意听到这样的结果。他们什么证据都没有，只知道一些反叛者偷偷潜入了苏拉苏拉偏僻的地方。他们知道对我走私军火的指控就是胡说八道，他们也知道我多么尊敬恩科西家族。他们知道报复我的唯一办法就是煽动大家进行公开对抗。他们最终失败了，而且在此过程中遭到了公开的羞辱。

实际上，恩科西已经责备了他们叫嚣的做法。对我而言，胜利的感觉如此甜蜜。会后，很多村民，一些人还拿着棍棒，走过来跟我握手或者挥手示意，就好像欢迎我重返家园一样。在这个充满仇视情绪的会上讲话终于证明了我的清白。根据祖鲁人的传统，这件事情已经尘埃落定，不会再提。苏拉苏拉安全了。

回到苏拉苏拉，在马克斯的陪伴下，我放眼保护区，并在地平线那里瞥见了象群的身影。它们正在漫步，它们现在可以安全、自由地去它们想去的地方。胜利的确让人欣喜，可这并不意味着斗争已经结束。不久，我发现自己早已和一些可怕的敌人结下了梁子。

第二十五章

第二天大清早，大象经理人和所有者协会的玛丽昂·嘉莱打来电话。与以往一样，她带来的又是异乎寻常的消息。

"你能再接收一头大象吗？我手上有一头十四岁的母象，它迫切地需要一个家。"

"出了什么问题？"

"这真是让人震惊的事情。简单地说吧，它的全家要么被杀死，要么被卖掉，只剩下它自己待在一个非洲五霸保护区里面。"

非洲五霸保护区名字的由来是因为那里猎物的声望极高，这种保护区拥有最危险的五种动物——大象、黑犀牛、河马、猎豹，当然，还有狮子。大象是个头最大的五霸之一，霸气也应该位列五霸之首。可是没有家族的保护，如果周围再有狮子出没的话，一头未成年的大象很难长时间生存下去。狮子不敢进攻一头成年长牙象，但是一群狮子对付一头未成年大象则要容易很多。

玛丽昂继续火上浇油地说："更糟糕的是它被卖给了一个老

猎手。"

　　看起来她是轻描淡写地提了提这件事儿，不过她知道这是我最受不了的事情。我不了解什么样的人才能狠下心来杀死一头惊恐的小象，而且还是一头母象。仅仅是为了有个可以放在火炉旁炫耀的战利品吗？仅仅是为了获得杀戮的快感吗？这该是一个多么卑劣的爱钱如命的保护区主人啊，竟然把一头脆弱的小象兜售给这样的人。

　　我从来不会为了满足味蕾和胃口去打猎。这个星球上的每一个生命，不论是微生物还是庞然大物，都是以一种或另一种方式猎取食物。适者生存，不论你能否接受，这就是这个世界的自然法则。

　　可是我遇到过很多猎手，他们狩猎只是为了满足一时之欢，为了从中体验紧张战栗的快感。在我看来，这是应该受到诅咒的。当然了，所有的自然主义者都了解和热爱丛林，他们千方百计地从保护动物的角度为自己的行为辩护，而他们辩解的语言毫无意义，更缺乏说服力。

　　真相是什么？他们全都心怀杀戮的冲动，而这种冲动只能通过亲手残忍地杀死另一个生命得以满足。他们通过毫无节制的猎杀来满足这个难以抵制的冲动，最重要的是还得为此找出正当的理由。

　　另外，更让他们的说辞显得荒谬的是，凭借当今的武器装备，人在与动物的较量中已经无往而不胜，没有哪个动物能在猎人的枪口下幸免于难。现代大火力猎枪和望远镜瞄准器终结了狩猎活动中任何关于体育道德的争论。

我不得不考虑让象群接纳一位新成员可能带来的结果。从好的方面想，娜娜和它的家族已经安顿好了，我也很有信心它能接受一头年轻的母象。只有状态稳定的象群才能这样，一群不适应环境，甚至颠沛流离的象群会赶走任何一位新成员，或者有更甚的反应。

　　不管要面对什么样的风险，一想到有这样一头孤独的大象，它甚至还只是个孩子，整天被狮群包围着，吓得魂不附体，而且很快就会被某个道德败坏的人杀死，我就感到非常气恼。

　　"我接收它了。"

　　"太棒了。我这里有位捐赠者愿意支付捕捉和运输的费用。"

　　不出预料，这个猎人拒绝放弃他的战利品。然而，简直就是突发奇想，布兰登决定去查查这个人的大型动物狩猎许可证。你可以说是天意，也可以说是上帝的旨意，不管是什么吧，总之，令人难以置信的是他的许可证那天正好到期。更神奇的是布兰登以前的一位大学校友就在许可证办理办公室工作，我们想方设法阻止了重新发放。仅仅十一个小时，我们就拯救了这头大象孤儿的性命。

　　这个猎人很气恼，因为严格意义上说，他仍然拥有这头大象。这时，多亏了玛丽昂的那位捐赠者前来救援。在给了他一笔该死的钱之后，事情得以解决。一周之后，这头小象终于踏上了去往苏拉苏拉的旅程。

　　我们匆匆忙忙地维修博马。在我们的这位新成员适应环境期间，我和戴维、布兰登还得准备在丛林里待上一阵子需要的口粮。我们甚至把汽车停在了当初隔离象群时停车的地点，而且我们还想知道那个不辞辛苦的树皮蛛威尔玛会不会仍到汽车天线上结它的丝网。

马克斯胡乱地检查了一下周围环境，就安顿好自己了。它知道我们要在这里住上一段时间。

运送的卡车在下午两三点钟时抵达，然后慢慢地倒进了卸载沟渠。这一次，我们把沟沿弄得和车厢板水平，卸货门顺利地打开了。我们全都伸长脖子想要看个究竟。我的眼睛一眨不眨地盯着，这真是一头健壮的小象。门一打开，它就直接冲刺到博马里面最浓密的丛林里。它在那里躲了好几天，只在大半夜才出来吃我们扔进去的食物。只要我们悄悄地溜过去，稍一靠近，它马上就飞奔到远处。我从来没有在一头动物身上见到过这样的惊恐，毫无疑问，它以为我们要杀死它，就像人们杀死它的家人一样。

运用我和象群打交道期间掌握的方法，我开始温柔地跟它讲话，还一边唱歌，或者吹着口哨，一边在博马周围转悠，就想让它习惯我的存在。可是不管我怎么做，它依然害怕，四脚如同生根一般站在最茂密的丛林里，一动不动。

大约过了一周的时间，它的情绪和态度没有丝毫改变。最终，我决定中断这个过程。我不再努力跟它交流了，而是采取了一个"曲线救象"的策略。我走到围栏前，找一个地点，然后就待在那里，什么也不说，什么也不做，故意不理它。就是待在那里。

每个上午和下午，我都变换一下位置，而且每次都稍稍靠近一下它藏身的地方。然后继续不说，不做，不理它。

第三天，当我故技重施的时候，终于引起了它的反应，但这可不是我期待的反应。我希望自己这样做可以安慰它，让它平静，可是它却从丛林里愤怒地走出来，然后像旋风一样朝我冲来。

　　看着它冲过来，我完全惊呆了。以前认为这样一个迷失的灵魂更应该对温暖关爱做出反应，但不是这种激烈的反应。在我们之间有一道博马的电围栏，所以对我而言没有什么真正的危险。我有三个选择——待在原地不动，让它知道谁在这里说了算；或者不理它；再或者后退。

　　它的进攻非常凶猛，一点儿都不软弱。这个可怜的、重达两吨的由长牙和血肉构成的生灵，只要一个猛击就能要了我的命，我看着它，能够感觉到它此时有着小老鼠般大的自信。

　　它需要相信自己，相信自己是这荒野的主宰，知道自己值得尊重。它需要相信它已经赢了这次较量。我决定赶紧后退，还得带着舞台上夸张的戏剧效果。与自然界强者生存的直觉反其道而行之，我决定让它知道这次它是主宰。想造假并不难，但是如果没有那道电围栏的话，我可能就不是演戏，而是真的逃跑了。

　　伴着飞扬的尘土，它在围栏那里停下来，目不转睛地盯着我，已经完全晕了。它可能从来没有见过人逃跑，它以往的任何一次进攻都可能会招致霹雳般的枪声。

　　它观察到，或者说嗅到了我的退让，然后转身跑回了丛林。它的鼻子高高扬起，完全是一副胜利者的姿态，这是我第一次看见它做出这样的动作。它目送走了一个敌人。更重要的是，它把恐惧变成了行动，至少就当前而言，这是一个巨大的进步。

这次干得很漂亮，简直太完美了。现在只要我靠近，它就开始进攻。每一次我都在做戏，假装出害怕的样子，紧接着就跑掉。我这样做就是想显示给它看看它有多么强大，它就是丛林女王。大象是威严的动物，它们既不是恶霸，也不是懦夫。我必须让它找回自我。

慢慢地，它开始重拾勇气，甚至在白天也敢走到开阔的地方，在博马里面四处散步了。

无论什么时候它从丛林里出来，我都尽量保证自己就在旁边。当我开始跟它说话，或者胡乱唱着歌的时候，它就警觉地盯着我或者静静地待着。在这几次遭遇中，无论是好奇、愤怒，还是惊恐，它从来都没有发出过一声。在我看来，这是罕见的悲哀。大象喇叭般的叫声就是美丽的丛林乐章，可眼前这个心烦意乱、悲痛欲绝的生灵，即使全速向我冲来的时候，也像空气一样寂静。

后来有一天，当我们正往围栏里面倾卸食物的时候，它又向我冲来。不过这一次，它的饥饿战胜了恐惧，它想把我们赶跑。这也是第一次，它使出了全身的力气叫喊着。不过，它发出的喇叭声不清澈也不干净，就好像被勒住喉咙的大鹅发出的叫声似的。

我和戴维互相看了一眼。现在，我们知道为什么它一直那么沉寂了。这个可怜丫头的声带已经毁了，这是因为它曾经那么大声地嘶喊求助过，曾经那么大声地呼唤过妈妈和姨妈，也曾经凄惨地在荒野上独处，周围就是可怕的狮群。它的遭遇的确是个特例。

为了努力使它放松精神，我们亲切地叫它"ET"，这是"enfant terrible"的缩写，意为"可怕的孩子"。

尽管它开始最低限度地对我有所容忍，可它仍然极度地不开心。它的恐惧和孤独使整个博马都处在忧郁的气氛中。每当夜幕降临，当我和戴维围坐在营火旁交谈的时候，我们就能感到这压抑的情绪。这时，我们往往就钻进睡袋，平躺着，仰望夜空的群星。

在我们认为马上就要成功的时候，它又一次无助地滑落到绝望的深渊里难以自拔。在这个深渊里越滑越远，它开始在博马里没完没了地划着大大的"8"字形走来走去，完全遗忘了周围的一切。它已经无法摆脱这种悲伤与痛苦了。它这样忧郁，我害怕它会死于心碎。于是，我改变了策略。

我去寻找象群。它们是唯一的解决办法了。

"过来啊，娜娜！过来啊，宝贝！"一见到它们，我就喊起来。它们站在300码外的地方，娜娜抬起头，鼻子伸出去嗅嗅空气。又喊了几遍，它寻到了声音的方向。紧接着，大象们全都朝着我慢慢地走过来。它们轻松地穿过讨厌的荆棘丛，如果是我们从那里走过，估计会被划得体无完肤。当它们前进的时候，这个壮观的象群让我惊叹不已。它们是多么美丽的生灵啊，油光可鉴的灰色皮肤在阳光下闪烁着光芒。而且因为有了新生命的加入，它们看起来那么心满意足。

现在，我需要它们的帮助。但首先我要尝试一下以前在荒野上没有做过的事情：让它们跟着我走。

它们走近了，我把脚轻轻地搭在油门上，开出大约50码的时候再松开。娜娜停下脚步，它搞不清楚我为什么要开走。我随后呼喊它们。乱转了一会儿，它跟了上来。它刚一靠近，我又开走。它再一次停下，觉得很困惑。

我再次呼喊"过来啊，娜娜"，催它往前走。我大声地喊着，告诉它这事儿很重要，我需要它。这些话对它而言毫无意义，但是它能感受到我的情绪和情感吗？它知道这事儿很急迫吗？

令人惊讶的是它开始跟上来了，而且后来不用我呼喊，它继续跟着我的车，它的家人们跟在它后面不远的地方。我需要它们帮助我，帮助那个心烦意乱的小象。

我看着后视镜。我的身后跟着九头大象，我瞬间有了自己是个大象吹笛手的感觉。娜娜的身影在这个长方形的镜子里若隐若现，跟在它身后的其他的大象都被它挡住了。在这片非洲丛林的深处，有一群大象跟在我的身后，是因为我想让它们这样做，我也需要它们这样做。一切都让人如此难以置信，可一切就这样发生了。天啊，我爱它们。

3公里后，我们到了博马那里。令人难以置信的是，象群一直跟在车后面，坚持到了最后。

在距离围栏30码的地方，我停下车。娜娜朝我走来，迟疑了片刻，然后看见了那头幼象。它回过头来看看我，好像明白了我为什么去叫它过来。紧接着它走向围栏，发出一长串胃部的隆隆声。

ET像一棵树似的静静地站着，从浓密的树叶缝隙往外偷偷地看着象群，还抬起鼻子去探寻它们的气味。这种情况持续了一会儿，然后突然，它像游乐场里的小孩那样兴奋地从树丛里出来，跑向娜娜站着的地方。这是一年来它见到的第一个同类。

娜娜抬起粗大的鼻子，从电围栏上方探进去，它想触摸一下 ET。它的这个举动马上得到了 ET 的回应，它也抬起了鼻子。我出神地看着娜娜抚摸着这头不安的幼象，幼象也庄重地承认了母头象的权威。现在，其余的大象都好奇地走上前来。弗朗姬现在的个头足够高了，它也把鼻子探过电围栏，轻轻地抚摸着 ET。它们全都站在那里，胃里发出隆隆声和嘟囔声。这是它们在交谈。

它们这样热闹地持续了将近二十分钟，交流完气息和味道，也互相介绍完毕。接下来我认为 ET 的苦难理应结束了，因为终于找到了解决办法。

娜娜转身走开，故意经过博马的大门。当初，就是它撞倒门两侧的立柱后，率领象群走出来的。我毫不怀疑，它就是在告诉 ET 大门的位置，同时也是告诉我去把门打开。我去找它帮忙，它现在告诉我它的决定："放它出来！"

但是有那么多大象在旁边，我们不可能到门口去。只能看着 ET 在博马里面跟着它们走，一直走到博马的最远处。它沿着围栏走来走去，急切地想要找到加入象群的途径，它绝望地发出大鹅般的叫声，这一幕看得让人心碎。

但是它让我们过去开门吗？一点机会都没有。每次我们接近大门，它就猛冲过来，因为我们的出现而怒不可遏，就好像我们要阻挠它加入象群里似的。

终于，它不动了。由于不停地奔走，它已经筋疲力尽了。这时，我们快速地冲过去抬下大门的水平横杆，并撤掉电线。

　　娜娜在旁边的密林里等待，观察着眼前的一切。然后它从树丛里走出来，绕到博马的另一侧，其他大象排成一列跟在它的身后。它故意慢慢地又一次走过现在打开的大门。ET从树林里冲出来，可惜又一次没有找到出口。它在围栏里面跟着象群走，一直到无路可走了。它的绝望在加深，我们也无能为力。只有知道大门是它唯一的逃离出口，问题才能够得到解决。

　　这回，娜娜不想再等了，它朝着小河走去。我们以为当晚必须又得关上博马的大门时，ET从原路返回到大门口，然后跑出来了。它一路欢快地小跑着去追寻象群的气息，鼻子摆动着，距离地面只有几寸远。

　　我们关闭了博马电围栏的电源，打包回家。半个小时后，我们在开车回家的路上看到象群正穿越宽阔的大草原。它们仍然排成一列，但是早已经按照地位高低排好了前后顺序。ET排在倒数第二的位置，用鼻子抓住前面大象的尾巴，它身后是努姆赞。当它们前进的时候，努姆赞把鼻子搭在ET的后背上，安慰着它。

　　估计沃特·迪斯尼本人也不能描绘出比这更好的结局吧。

第二十六章

我知道那个阴谋团伙仍然躲藏在背后伺机破坏"皇家祖鲁"自然保护区项目。但是，因为一直忙着让象群接纳 ET 这件事情，我没有太多时间考虑这伙人。

有一天，妈妈从她在恩潘盖尼的办公室打来电话，由于焦虑她的声音听起来有些沙哑。安全警察找到她，希望能够联系上我。他们给她提供的消息足以吓坏任何一个妈妈。警方的线人渗透到了毗邻苏拉苏拉的一个部落头领家，这个头领非常有势力，控制着苏拉苏拉以西的大片地区。在这个头领家，线人听说有人要雇凶暗杀我。

肯定是这个阴谋团伙。实际上，根据警方的消息，这个混蛋头领曾经公开说过，如果我被干掉，他和他的手下就能把苏拉苏拉这片部落托管土地据为己有了。尽管从法律层面讲，这片土地属于五个不同的部族，我只是这个项目的协调人，可他们认为，如果没有我的参与，他们就可以明确对这片土地的所有权，然后破坏掉这个项目。这个场景让人联想到很多年以前，肯尼亚那位以主张"生而自由"闻名的自然保护者乔治·亚当森的遇害。他被觊觎科拉保护区的部落人杀害，他在这个保护区里与狮子们在一起，而部落人想把这里变成牧场。

警察甚至已经掌握了刺客们的名字，但是他们说还不能采取行动，因为这个消息只是耳闻，没有实据。然而，消息的来源非常可靠和可信，因此警方警告我们要注意。

我了解并且热爱祖鲁文化，它是我日常生活的一部分。但是，我也知道，如果一个人不能立即面对问题，那么它可能会急剧膨胀，难以控制。激烈的流血冲突仍然无处不在，并时有发生，而人们竟然都不记得冲突的原因。现在，我没有办法回避问题，我只能迅速直面威胁。我必须尽早拜访这位头领。

我的好朋友，同时也是一位非常有勇气的老人，奥比·玛斯斯瓦，认为我独自一人去头目那里太危险了，他自告奋勇陪我去。奥比是玛斯斯瓦部族的高级顾问。这是祖鲁最有势力的一个部落，在当地享有很高的声望。通过多年的交往，我和他成了好朋友。现在，有他陪我，这让我安心不少。

我告诉了奥比警方指出的行刺者的名字。这几个人早就名声在外了，所以奥比非常了解他们。"索茨斯"，他一边往地上吐着唾沫，一边用祖鲁的轻蔑语骂这几个人是恶棍。下午，我们驱车沿着满是车辙的小路深入祖鲁兰的乡下，赶往那个酋长的家。

这是一个景色如画的村庄，传统的圆形茅草屋整齐地坐落在小山顶上。村民们刚要完成一天的活计，牧童们正在赶回牲口，妈妈们在唤孩子回家，每个人都准备休息了。家家户户的晚饭味道飘荡在整个村庄里。

我们等待了近一个小时。天色已经完全黑了，才有人喊我们进去。这是一个不祥的预兆，好在有奥比陪着我，让我得到很大的安慰。

　　我们被领进一座最大的茅草黏土建成的木屋，这通常是商讨要事的地方。

　　室内只点了一根蜡烛，烛火把我们的身影映到墙上。室内的陈设很简单，一张桌子，几把做工粗糙的木椅。我马上注意到屋里只有酋长一个人，这是非常罕见的情形，因为他身边经常带着参谋或者顾问。我们在进屋前，看到他们当中一些人在外面等候着。

　　现在他们在哪儿呢？他不让他们进来听的用意何在呢？

　　按照祖鲁的礼仪，我们互相询问一下对方的健康状况，直系亲属的健康状况，还谈谈天气。在这个过程中，我慢慢地挪动自己的椅背，直到椅子靠到了墙上。这样，没有人能够从我背后偷偷摸摸下手了。我希望无论出现什么危险，自己都能够正面面对。

　　终于，酋长张口问我们此行的目的。于是，我用祖鲁语向他解释说，警方告诉我有人签署了一份针对我的杀人契约，他们雇用的职业杀手就来自他的部落。

　　"哈呜！"他惊叹一声，这是祖鲁人表示诧异的方式，"不可能是我的人。他们非常尊重你，穆克胡鲁。你的新保护区可以给他们带来工作，我的人怎么可能想杀了你呢？"

　　"我知道你说的不假。但警方说他们的消息也不假。他们说并不是你所有的人都想杀死我，仅仅是一伙恶棍想这样。恶棍

272

们认为只要杀死我，就可以把苏拉苏拉的土地据为己有了。"说到这儿，我稍稍停顿一下，直接盯着他，"但是我们都知道那不是我的土地，它还属于其他部落。即使有人杀死我，它也不会落入他人之手。"

酋长又一次表现出震惊的神色，我都开始怀疑警方的信息是否有误了。他要么是无辜的，要么就是一个演技高超的谎言大师。

这时，我们听到有汽车停到外面，随后传来核对身份的喊叫声。大约过了十分钟，四个男人走进来。他们来向自己的头领汇报事情。

酋长让他们坐下，于是他们就一屁股盘腿坐在了地上。他们的头全部低于酋长的头，这是他们表达尊敬的方式。

他们一坐下，奥比就抓住我的胳膊轻声用英语告诉我："他们就是杀手，他们就是警方给我们提供的名单上的恶棍。"

在昏暗的烛光下，他们一开始没有认出我和奥比。可是当眼睛适应之后，他们脸上突然出现的震惊神情完全出卖了他们。

我当时穿的是一件宽大的丛林夹克，兜里揣着一支 9 毫米口径手枪。我一只手伸进夹克，悄悄握住枪托，轻轻拉上保险栓，在夹克衫底下把枪口对准了离我最近的那个人的肚子。

奥比向前倾了倾身子，又一次抓住我的胳膊，小声说："这里太危险了。我们必须出去。现在！"但是已经没有出去的路了。我盯着酋长，手紧紧地握着枪。

"警方向我提供了想要杀死我的那些人的名单。名单上的名字就是这四个人。"我用另一只手指着这四个人，"这是不是意味着你完全了解警方说的事情呢？"

这几个签约杀手马上从地上跳起来，对着我大喊："你撒谎，这儿没你什么事儿。"

我也跳起来面对着他们，手一直牢牢地握着手枪。奥比也站了起来，挺了挺胸，盯着这几个杀手。

"不要吵了！"他语气强硬地命令大家，"这里是酋长的房子。应该说话的是他，而不是你们。你们放尊重点儿。"

"穆克胡鲁，我不知道你是从哪儿听到的这些故事。我不知道为什么警方编这些关于我的谎话。我不知道你说的任何事情。我所知道的是这里没有带你名字的杀人名单。说我这里有杀人计划的人都是骗子。"

这些话听着很平静，可是毫无疑问，他的态度已经彻底变了。他现在全线后退，只是间接地指控我说他是个骗子——这在祖鲁文化里可是令人发指的污点。

"那么为什么这几个人这么轻松地就进了你的房子？"我继续发问，"这看起来不是很可疑吗？"

没有回答。

"还有，"我接着讲，"警方知道我过来找你谈话，我也向他们报告了此行，他们在等着我们回去。如果我和奥比·玛斯斯瓦今晚没有回家，他们就会知道这里究竟发生了什么。警察会找到你，你将为你的行为承担一切后果。"

又一次，酋长没有出声。

我知道自己不可能杀出一条血路出去，但我肯定能收拾掉一两个凶徒。也许这可以给奥比一个冲出去的机会。

274

我盯着蜡烛，它距我仅一步之遥。如果发生什么事，我想把蜡烛踢翻，让屋里陷入黑暗。酋长也盯着蜡烛，无疑他也抱着同样的想法。他随后看了看我。

我们彼此心照不宣。

酋长先移开视线。我能看出他现在有些不安了，尤其是当他相信警方已经知道我们就在他的地盘上时。他现在已经完全被这几个到访的杀手出卖了，而且我们还知道他们是谁，他早前所有的否认现在看来就是谎言。

这几个杀手盯着他们的老板，不知道该做什么了。他们四个人在人数上明显占优，但是作为经验丰富的枪手，他们也能看出来我的夹克衫底下有一支待发的手枪。如果他们伸手去拿枪，我就会对着最近的那个人率先射击。现在，是他们的酋长做出决定的时候了。

现在的对峙既紧张又无声。谁都不动。

我最后给了酋长一个台阶。

"我没有说你是个骗子。也许是警察说谎，但那就是你和他们之间的事情了。我到这儿来就是想听到你的承诺，你部落的任何人，任何听你指挥的人都不能威胁到我的安全。"

酋长赶紧抓住这个台阶，马上承诺说他的人绝对不会伤害我，同时再次强调根本没有什么刺杀名单。

我需要的就是这个，会见的主要目的达到了。如果这位头领以后公然违背诺言的话，那他就是一个十足的傻瓜。他也知道如果我发生任何意外，不管是不是他干的，他都是最大的嫌疑犯。

作为临别赠言，我告诉他在下一次的理事会会议上，我会向恩科西汇报我们这次谈话的内容。

我们随后就走了。我们一进到车里，奥比就长舒了一口气。我们刚刚已经看到了死神的面孔，现在终于死里逃生。我充满感激和敬意地看着这位长者，他有着狮子般的勇气，不顾生死地陪着我去谈判。所有这一切完全出于最单纯的目的：友情。

在我们穿过黑暗回家的路上，奥比，这位天生的讲故事高手，不失任何一个细节地回顾了刚才发生的故事。他惟妙惟肖地模仿对方的语言和动作，逗得我哈哈大笑，死里逃生后的疯狂释放使得体内的荷尔蒙仍然兴奋异常。我知道奥比会记住这个故事，他还会在晚上的炉火旁反复讲述这次经历，当然也要添油加醋地放进一些部落传说的丰富内容。可是那个被称为当地最有势力的酋长和他的那伙恶棍又该怎样讲述这个故事呢？

这件事过后，那个阴谋团伙全线溃败了。他们知道警察已经渗入到他们中间，他们当中有线人。我也从他们的一个酋长那里得到了保证，我不会受到他们的伤害。现在就看他能否信守承诺了。

第二十七章

　　我非常乐意去看看 ET 是如何融入它的新家庭里的。因此，我会抽出尽量多的时间到丛林里去，待在他们的旁边观察。

　　然而不久，我就经历了象群接纳它以后所带来的后果。如果我出现在象群的附近，娜娜和弗朗姬看起来很高兴。可如果我走近的话，ET 就会暴怒，尤其是看到我从车里爬出来。它只是不相信它的母头象竟然允许人类靠近，在它的脑海里人类完全是恶魔的化身。每当这时，它特别警惕，浑身颤抖，随时准备好发起攻击。这样，每次我靠近象群都要尽量不引人注目，还得十分小心翼翼。它的确还只是头幼象，可是体重已达两吨，力量超乎我们的想象。如果它攻击我，我不确定娜娜和弗朗姬会有什么反应。它们待的地方没有标注是我的领土，所以除了耐心等待，让 ET 心头的怨恨消散外，也没有什么其他的法子了。

　　一方面，它可能疯狂地攻击我，但是另一方面，它完全沉浸在身处新家庭的狂喜中。看到这头从前抑郁的小家伙现在整天和其他小象在一起快乐地消磨时间，彼此推挤、拉扯，不亦乐乎地玩耍，这一幕让人觉得太不寻常了。

努姆赞仍然只能待在象群的边缘，一旦它靠得太近，就会被其他大象发出嘘声赶跑。看到这个新成员被接受，它多少有些迷惑不解。我猜我是它最好的朋友，无论什么时候，只要我驾车经过，它就会发出喇叭般的叫声在后面追赶。一般情况下，我都会停下车，努姆赞赶上来挡住路，围着路虎车吃草，能把我拦住多久就拦多久。我非常喜爱我们之间的"交谈"，但这并不能掩饰它的孤独或不安。我们之间建立的这种新型关系，不管是不是权宜之计，在我看来都不是符合天性的自然之举，这让我多少有些担心。公象一进入青春期就会被象群赶出去，它们最终都要慢慢克服这种被抛弃的伤痛，和其他的单身公象组成关系相对松散的群体。

然而，我们这儿没有其他的单身公象。KZN 野生动物组织也不会考虑为我们引进一头成年公象充当努姆赞父亲的角色。KZN 制定的新条例要求为公象建立一个较大的保护区，但这要等到"皇家祖鲁"项目成熟的时候才行。努姆赞因此被困在了一个没有雄性的领地，它的生存一半靠自己，一半靠目前的边缘状态。

一天，努姆赞正在几码远的地方吃草，我收到了来自保护区小旅馆的无线电呼叫。我们的斗牛犬彭妮不见了。它喜欢在旅馆的房前屋后闲逛，那里的客人们把它给宠坏了。大多数时候我们都会把它从住处带到这里，它很享受在旅店前那条小河边的水池里游泳的感觉。有时候为了凉快一下，它就直接跳进水里。就像我在前文中说的那样，它对我和弗朗索瓦丝的忠诚难以用语言描述。因为血统的缘故，它的个子很矮小，可它却拥有着提坦巨人的勇气和品格。

我一直喜欢斗牛犬和斯坦福德牛头梗。它们是最宽容、最有爱心、最友善的狗。除此之外，和它们在一起，你还能得到额外的收获，那就是它们尽心尽力的保护。令人遗憾的是，它们不喜欢其他的狗，你必须得密切关注这一点。不过它们是可以教导的，而且很值得你努力付出。

马克斯跟在我的脚边，我们在旅馆周围四处寻找，还时不时呼喊彭妮的名字。一般情况下，我一吹口哨，它就做出响应，从丛林里一下子蹿出来，尾巴像仿制的风车一样摆动着。但是今天四周一片寂静，我担心发生了最糟糕的事情。保护区里的狗擅离职守的原因只有两个：要么是遭遇了猎豹，要么是困在了偷猎者下的套子里。如果不能及时找到被困的动物的话，它们会死得非常痛苦，而且要经过长时间的折磨。我强迫自己不去想这样可怕的情景，我不断扩大搜索的范围，仔细地在丛林里寻找它的足迹。什么都没有。

我最终放弃了，当我们折返回来走到水池边的时候，我突然看到了刚留下的脚印。我顺着足迹一直跟踪到河床，然后沿着逆流的方向往上走了一段路，经过了几个深绿色的水坑。我突然战栗了，胳膊上满是鸡皮疙瘩。

阿非利卡人有句话是"狗的思维"，也就是直觉的意思。这是所有人都具有的，程度不同的一种内在的预感。看着这些邪恶的池塘，我觉得肯定有异常。我不自觉地伸手去抓马克斯的项圈。

随后我看到它了。在风吹得沙沙响的芦苇丛里，露出一片疙疙瘩瘩的灰绿色铠甲外衣。这的确让人难以察觉，一头巨鳄趴在那里。在距离它几码远的地方，我的视线捕捉到一束白色。在平静的死水里，一动不动躺着的正是彭妮。我的心瞬间沉入谷底。它被鳄鱼拖进水里溺死了。

鳄鱼正在休息，它要把彭妮的尸体浸泡在它的泥潭巢穴里，这样尸体会慢慢腐烂。尽管鳄鱼长有吓人的尖牙，可是除非有两头鳄鱼把猎物撕开，否则只有一头鳄鱼的话，它自己无法咀嚼。一头耍单的鳄鱼不得不让猎物腐烂分解成块，这样才能吞咽到肚子里。

绝对不能让这条忠诚的小狗待在那里，我慢慢地靠过去。鳄鱼不喜欢大的声响，它们更不喜欢突如其来的造访。我蹑手蹑脚地匍匐过去，在相距 15 码的时候，我猛地跳起来，一边大声喊叫，一边拍着手。它一甩巨大的尾巴游走了。

我一直等着，看到它在下游很远的地方露出头才涉水过去拽回彭妮。又震惊，又悲哀，我把它带回家，轻轻地放在草坪上。原本紧跟在我身后的马克斯挤到了前面，静静地坐在彭妮早已没有了生命特征的身体旁。

我和比耶拉把它埋在了一棵枝繁叶茂的漂亮的布法罗荆棘树下，祖鲁人常把这种传奇树木与精神世界联系在一起。只有我和比耶拉在场，布兰登非常喜欢彭妮，可是他当时在保护区的另一端忙碌。至于弗朗索瓦丝，早已经哭成了泪人，根本无法过来了。

"它太喜欢游泳了。"比耶拉一边用铁锹铲土一边说，"鳄鱼一定就在那里等着它游过去呢。"

我很了解彭妮，所以不怎么确信比耶拉的说法。尽管彭妮是一条驯养的狗，可是它非常熟悉丛林。我无法理解怎么能有鳄鱼偷偷地接近它，它的动作那么灵敏，头脑那么聪明，而且具备强烈的生存本能。它的死啮噬着我，我一定要弄清楚究竟发生了什么。

第二天，我去了怀疑它被鳄鱼捕获的地点。通过研究各种痕迹，我想彻底了解事情的原委。

研究野生动物的痕迹是一门正在消亡的艺术，当今几乎没有人掌握了。但是在多年的丛林生活中，我积累了一些这方面的经验。我决心待在河边，寻找丛林里留下的每一个线索，直到解开这个谜团。

首先，我查看了一下那头巨鳄在不在附近。然后我来到一块岩石那里，强忍内心的痛苦，默默地仔细研究每一处痕迹，想让丛林跟我说说话，告诉我那天彭妮经历了什么。

彭妮的足迹显示它当时正在河岸上走来走去。通过它步伐的长度，爪子的印痕，以及急转弯时留下的痕迹，看得出来它的动作非常快，明显也很激动。但是，足迹到了水池边就不见了，它站在河岸上方几码远的地方，这是一个相对安全的距离啊。它转身奔跑的速度足可以让它逃离任何饥饿鳄鱼的袭击。只有一个地方能让它走到水边了，也许它就想过去喝点水。

我离开岩石，小心翼翼地行动，以免破坏了地上的痕迹。我看到了鳄鱼出现在河岸时留下的 4 英尺长身躯的痕迹，它朝着旅馆的方向爬上去，然后又转身蜿蜒地滑行回水里。有趣的是，彭妮的脚印比这个痕迹远出一两码。它一定是看见鳄鱼出现了，然后就偷偷地跟着它。当鳄鱼沿着河岸笨拙地行动时，也许彭妮很担心它会危害到旅店的安全。这些痕迹就可以排除鳄鱼突袭彭妮的可能性了。

我又往回走，仔细研究唯一一处彭妮待在水边时留下的脚印。最初，我认为它是过去喝水。可现在，这个结论已经站不住脚了。

那里没有打斗的痕迹。更关键的是那里甚至都没有鳄鱼进攻时爬上岸的痕迹，没有拖拽的痕迹，水下的淤泥里也没有这样的痕迹。一旦鳄鱼的上下颚一咬合，它马上就会无情地滑回水里。这就是一张通往地狱的单程车票，途中肯定会留下猎物疯狂挣扎的痕迹，尤其是在这个静静的池塘里。

可是彭妮留下的痕迹所显示的情况正好相反。从它的脚印上，可以清楚地看到它向后蹬开的沙土。它是自己跳进河里的，这根本无法理喻。

我突然想明白了。它到河边来不是为了喝水，也不是为了应对鳄鱼的攻击。实际上，正好相反，发动攻击的是它，鳄鱼根本就没有袭击彭妮。我的那条疯狂的、漂亮的狗竟然主动进攻鳄鱼。它是故意冲进水里，去对付比它体态大二十倍的杀戮机器啊。丛林痕迹不会撒谎。

也许有人会说彭妮是条愚钝的狗，我强烈反对这种说法。我相信当时彭妮看到了一头鳄鱼，意识到这是一个巨大的威胁。在它的脑海里，它要保卫我们的领地。拥有着血统里那种无穷的勇气，它宁愿牺牲生命去保护那些对它至关重要的人，它爱的人。同样，马克斯会无声无息地攻击一条射毒眼镜蛇。彭妮为了履行它自己承担的职责而英勇赴死。它就像《边城英烈传》或者《温泉关战役》中舍生取义的英雄一样令人感动。

它是我知道的最优良、最勇敢的生灵。

常言道：福无双至，祸不单行。好也罢，坏也罢，对我而言，事情总是接踵而至。

失去彭妮后不久，有一天，马克斯在旅店的长廊里打盹。突然，它一下子坐了起来，四处嗅着。它的鼻子追踪着这种不熟悉的气味，很快就发现了它的来源。这是一头南非野猪，这头笨猪正快速地穿过草坪向旅店奔来。

南非野猪有 2～3 英尺高，看起来跟疣猪的大小差不多。在没有经验的人看来，它们很容易被混淆。但是有一个差异可以轻松地把它们两个区分开来。疣猪长着半圆形的长牙，而且很容易受到惊吓。南非野猪则野性十足，在野外，如果见到它们，应该想尽一切办法躲开。它是真正的好战者，重达 140 磅，下切牙如同剃须刀般锋利，任何动物都不能低估它的杀伤力。

马克斯对此浑然不知。看见在自己的地盘上出现了入侵者，它后背坚硬的毛发马上竖了起来。它依然没有吠叫，而是一下子跳过去，拦住了野猪的路，迫使对手面对这个异乎寻常的挑战。我说异乎寻常，是因为即使两只饥饿的土狼看到一头健壮的成年野猪都要退避三舍。

在野外，根本没有这种无用的威胁。通常，在狭路相逢的情况下，一个动物会采取战术撤退，这样既保留了"面子"，也结束了对峙。在丛林里可没有医疗救护，动物们本能地知道，即使一道划伤，如果感染了，都能致命。因此，与因为路怒症这样的小事都会暴跳如雷的人类不同，动物们只在别无选择的时候才会打架。在谁都不能吃掉对方的情况下，没有必要发起战斗。这头野猪只是个临时的过路客，实在没有必要大动干戈。

可是它们的确动了干戈。野猪坚守立场，拒绝后退。马克斯发起挑战，绕着野猪转圈，寻找突破口。野猪试探性地虚晃一招，结果战争就爆发了。马克斯血统里的好斗基因使它马上投入战斗，它雄赳赳地向野猪猛冲过去。我当时正在主房那里，幸运的是戴维就在附近。看到马克斯处于危险当中，戴维不顾自己的安危，一边喊着，一边跑了过去。

太晚了！野猪转过身，用它铲形的脑袋猛地撞击马克斯的肚子下面，并把它挑到空中。马克斯在野猪的头顶摇摇欲坠，然后落下来砸到了野猪的身上。野猪朝着马克斯奔去，匕首般的切牙对准了它柔软的肚子。

马克斯急忙爬起来，也向野猪冲去。它冲得又快又猛，可是野猪使出全身的蛮力又一次把马克斯挑到了空中。马克斯掉到地上后翻滚着，精准地调整身体的动作，拼命地想要站起来。

它们只分开了片刻。野猪誓与马克斯战斗到底，而此时的马克斯，尽管皮毛上浸着血，仍然警惕地围着野猪转，再次寻找对方的破绽。它们两个完全没有注意到戴维的叫喊。

马克斯再一次发动猛攻。经过又一次激烈的混战后，野猪已经完全不能理喻这个身材明显小自己一大截的对手怎么能有如此坚定的决心。它退回了丛林。

几秒钟后，马克斯骄傲地一路小跑来到戴维的跟前，完全不顾自己的肚子已经被划开，肠子成串地挂在外面。

"马克斯，瞧瞧你血乎乎的样子。"戴维已经惊呆了。他抓起马克斯，托着滑出来的肠子，冲到路虎车里。去往恩潘盖尼的 20 英里路上，他一次都没有把脚从油门上抬起来。直开到外科诊所门口，他才猛踩一脚刹车。兽医给马克斯手术的时候说它的情况的确万分危急。

我经常去探视它，几天后，马克斯回到了苏拉苏拉，尾巴还重重地拍打着。除了肚皮上多了一长条像围栏似的缝合线外，它看起来没受什么损伤。

令人难以置信的是，几天以后，第三件事儿发生在了我们的狗身上。这次是贝柔，弗朗索瓦丝的小公主，陷入了麻烦。我在前面说过，贝柔完美地定义了"养尊处优"一词。和草地相比，它更喜欢地毯。它不愿意，或者不可能睡在地上。在弗朗索瓦丝的坚持下，它只喝瓶装水（每次护林员给它水喝的时候，都揶揄它"水还是汽水？"）。

我说这些只是为了强调这个被宠坏的小狗居然决定"进攻"一头公白斑羚，这是多么可笑的事情啊。当时只是因为这头成年公白斑羚在旅馆前门不远的草坪上吃草，贝柔就不答应了。

贝柔站起来时，从脚到肩膀只有 6 英寸高。它冲向这个巨大的公羊，使出全身的力气狂吠。戴维看得哈哈大笑。

他的笑声突然憋了回去。眨眼间，这个娇小的马尔济斯犬逼近了公羊。实际上，已经是致命的距离了。还没等戴维出手相助，公羊抬起头，猛地把长角刺向地上的贝柔。

贝柔一动不动地躺在地上，比一块皱巴巴的白色手帕大不了多少。戴维的心脏似乎停止了跳动。他知道，如果他告诉弗朗索瓦丝，贝柔就在他的眼皮底下被活活杀死了，那他的生命价值在弗朗索瓦丝的眼里就一文不值了。

戴维发疯似的把公羊赶跑，然后冲到贝柔身边，把它抱起来，检查受伤的情况。没有任何伤口，甚至都没有看到一滴血迹。他估计贝柔是心脏病突然发作了。随后，慢慢地，它扭动着活了过来。

当羚羊角几乎是贴着它的身体插进两侧的地里时，贝柔吓得昏过去了。现在，贝柔在屋里仍然那么妄自尊大、趾高气扬地走来走去，可是不再那么爱往外面跑了。

然而，越来越多的白斑羚到我们卧室外面的草地上吃草，这也提醒我保护区里面这种华丽羚羊的数量过剩了。我决定把大约三十头卖给其他有繁殖需求的保护区。

随后我们打电话叫来一位猎物抓捕专家。那些被麻醉后的白斑羚被放到博马里面，我们在那里备上了充足的饮用水和苜蓿草。一旦数目达到销售配额，我们就把它们装进这个专家定制的货车里面，他会把它们运送给买家。

布兰登监督整个抓捕工作，他用无线电报告说捕获数量已经达到销售配额，大货车明早就会载着羚羊离开。

这是个漫长的一天。我筋疲力尽，盼着夜幕快点儿降临。因此，当半夜十一点的时候，布兰登的呼叫让我惊讶不已，"你最好过来一下，发生了一件最不可思议的事情。"

我咒骂着，穿好衣服，然后开车来到布兰登和抓捕队员等候的地点。我注意到的第一件事情是博马的大门敞开了。

"羚羊哪儿去了？你们不是肯定把它们卸到里面了吗？"

我转向我们的这位负责抓捕的头头儿，他正和那些队员站在一起，死死地盯着敞开的大门，就好像看到了幽灵似的。

"你不会相信刚刚发生的事情的。"他说。

"那就试试吧！"由于缺乏睡眠，我的耐心早没了，显得有些急躁。

"我们就坐在博马旁边，正在聊天。"布兰登说，"这时，我们听到大象过来了。大约两分钟后，娜娜带着象群走到了空地上。我们赶紧离开了，有些人要逃得更快。"他咧着嘴笑了，一边看着那些抓捕队的家伙。"我们一开始以为它是闻到了苜蓿草的气味才过来的。博马里面有十二桶的苜蓿草，我们担心得要命，就怕这些大象因为要进去找食物而把博马夷为平地。

"可是它们停下了脚步，好像在等待指令似的。娜娜独自走到博马那里。正当我们以为它要撞碎围栏的时候，它在门口停住了脚步。我们并没有给大门上锁，因为合上了扣钩，门已经关得非常牢固了。它开始摆弄门上的扣钩，一会儿就拨弄开一个，随后另一个也开了。然后，娜娜就把门拉开了。我们不敢相信这是真的，可它真的把这该死的门打开了。"

他环顾一下四周，其他人赶紧点点头。

"它并没有奔向苜蓿草，我们原本以为这才是它来执行的使命。它退到一旁，静静地等候。过了几秒钟，一头羚羊出来了，然后又一头。还没等我们弄明白怎么回事儿，它们全都发现了这个缺口，都跑了。

"最古怪的是当最后一头羚羊跑出去之后，娜娜也走开了，其他大象都跟在它的身后。它们根本就不是来找苜蓿草的，那么一大堆上等的草料，它们连看都没看一眼。"

我看着布兰登，微笑着。"好啦好啦，这么说大象们非常同情那些可怜的老羚羊。它们不辞辛苦地穿越保护区过来，就是出于好心把羚羊从博马里面放出来。这是因为它们实在没有什么更好的事儿可做了。做得好。那么，就这些？"

"我向上帝发誓就是这些。要不你再问问别人。"一说到这儿，其他人赶紧异口同声叽里咕噜地附和着，证明布兰登说得没错，而且一个比一个讲得精彩，力求给予这个故事更好的诠释。

我得花费些时间消化这个故事，不过，毫无疑问，他们讲的是真话。大象的脚印遍布博马周围，娜娜还考虑周详地在博马门口排了一堆热腾腾的粪便作为确凿的证据。大门的扣钩上满是它鼻子里流出来的黏液。

对于一些人来说，这件事情发生得很神秘。如果你认为大象的智力非常有限的话，你完全有理由觉得这事儿很神秘。可一旦你了解到这些从远古进化来的，漫步这个星球无数年的大象是有意识的生命时，那么一切都清楚了。娜娜，自己曾经是博马里的囚徒，它决心放羚羊逃出博马，重获自由。这很简单，或者很复杂，完全取决于你自己怎么想。没有别的解释了。

这个故事在丛林里到处传扬，人们讲了又讲。最后，当地的媒体报道了这件事，它又被传播到了国际媒体上，标题就是《一群野生大象如何解放了一群被捕获的羚羊》。一个物种毫无动机地拯救另一个物种，在这样的新闻素材面前，即使是最腻歪自己工作的记者也会兴致大发的。

　　当然了，第二天，我们不得不从头开始抓捕另外一些白斑羚。在我看来，这些麻烦是值得的。我从没有像现在这样为我的大象感到自豪。

第二十八章

在丛林中犯错误的结局往往很糟糕，因为一不留神，就会造成无法挽回的损失。我从来没有想要成为一个死去的英雄，所以在别人看来，我往往表现得过于谨慎。

无论什么时候，只要把车停到象群附近，我总要确保能有一个畅通的逃跑路线。或者当我步行接近它们的时候，我从来不会冒险走得离汽车太远。

可是这一次，我一不留神就被截住了。当看到它过来时，已经太迟了。ET 像一枚火箭似的从树林里猛冲出来，匆忙间，已经没有办法逃回汽车那里了。我陷入了巨大的麻烦中，此时已经没有了退路。我努力克制自己不要发出本能的尖叫声，还强迫自己站在原地不要动，直面 ET 的进攻。尽管越来越惊恐，可是某种细小的声音不停地提醒我不要想着逃跑，因为那是一个致命的错误选择。

突然，离我大约 20 码的娜娜，尽管身躯庞大，却以惊人的速度冲了过来，用身体的侧面挡住了 ET 的进攻。

这头幼象被踉踉跄跄地撞到了一边。它笨拙地恢复了身体的平衡，然后温驯地转过身，慢吞吞地回到象群的后面。而娜娜就像什么事情都没有发生过似的，继续吃它的草。

我盯着眼前的一幕，惊愕得几乎无法呼吸，也几乎无法把吓跑的魂魄重新塞进这个躯体里。我第一次经历这样的事情，实际上，这是我以前闻所未闻的事情：一头野生大象，为了保护一个人类，竟然用身体去阻挡另外一头大象的进攻。娜娜完全改变了我对它这个物种的认知。在过去的几周里，我一直在想怎么对付 ET 不断的挑衅。现在，娜娜出手替我教训了 ET，警告它不要伤害我。

在 ET 到来之前，我本已打算减少拜访象群的次数。我唯一的目的是想让它们在丛林里恢复正常的生活，这样它们才能保持真正野生大象的本色，才能适应所处的环境。这也是为什么我固执地坚持任何员工都不能与大象互动。实际上，如果他们不听话去和大象接触的话，那么很可能马上就被我解雇了。最关键的是如何让大象学着信任一个人，但是只能是一个人。这个人可以阻止它们进攻人类，但是还能保持它们的野性。那些见惯人类的大象通常是极其危险的，因为难以预料它们什么时候会袭击人类。出于这个考虑，我从来不为了取悦客人而和大象互动。

一旦达到了这个目的，我就会渐渐地从它们的视野里面撤出来，直到没有任何接触。我认为自己离这个目标不远了。

但是 ET 仍然是个主要问题。象群已经能够从容对待那些从身边经过的载着观光游客的路虎车了，而且根本不在意这些车和车里的人。可是 ET 所为与此正好相反。它经常对着汽车做出威胁的举动和姿态，这可吓坏了客人们，护林员对此也很心烦意乱。荒野漫步——这个客人们非常喜爱的活动，现在变得越来越危险了，几乎难以继续下去。

最终，我决定把更多的时间花费到它的身上。因此，不能像计划那样减少跟象群的接触了，我不得不增加拜访它们的次数。正如我预料的那样，有时的相处也很危险。以后，我要格外小心才对。

我先是坐在汽车里跟它打交道。我慢慢地开车迎面靠近它，观察着它的反应。毫无例外的，每次它都要向我奔来。要么是向前迈出威胁的两三步，要么就是张开耳朵，抬起尾巴，愤怒地向我猛冲过来。

在博马那里的时候，每次它这样做，我都故意后退，装出一副害怕的样子。当时这样做是为了帮助它恢复早已枯竭的信心。这种做法在那个阶段的确发挥了作用，但可能达到的效果有点儿太好了。现在，我不得不反其道而行之了。它必须学着敬畏我，通过我，还要敬畏所有的汽车和人类。

经过不断地尝试，我终于掌握了几个接近生性好斗的大象的技巧。一个就是压根儿不理睬它，这样做有时会带来神奇的效果，因为这个方法能够激发好奇心，通常还能让大象心平气和地接受我的存在。但这是后话了，就 ET 的情况而言，我决定直接向它发起挑战。对它而言，心理战术可能不会起什么作用了，我不得不直面迎击它。

显然，我不能站着或者步行去面对进攻。于是，我坐在车里，慢慢地接近它，然后把车停在它前方，发动机空转着。然后，它一发起进攻，只要靠近汽车，我马上一脚油门快速地连续冲击它一到两次。只需开出 1 码远，但是足以让它停下脚步琢磨一会儿了。对于一头大象而言，我这样做实际上就是在说："我不想在这儿浪费时间了，我准备好战斗了。你最好后退。"

这个举动总能打断它的进攻。然后我从车窗倾出身子，用坚定但又安慰的语气对它说："ET，如果你不跟我捣乱，我们完全可以成为朋友啊。"我这样做，实际上是在大象的等级社会里证明自己的至高无上的地位。

我发誓，娜娜和弗朗姬很清楚我对它们这个不守规矩的养女在做什么。如果它们不清楚，那你怎么解释下面发生的这件事情呢？

有一次，ET 突然神不知鬼不觉地从丛林里直奔我猛冲过来。我当时没有逃生的路线，它又一次差点儿踩死我。

那天，我正小心翼翼地接近我正前方丛林里的象群。我没有看见 ET，还以为它跟象群待在一起呢。可是令人感到意外的是，它居然自己溜到一边儿潜伏起来了。

这一次是弗朗姬做出了反应。它从侧面冲向正在奔跑的幼象，把它的长牙压在 ET 的屁股上，迫使它后腿及臀部往旁边一滑，跌倒在了地上。当 ET 四仰八叉地倒在飞扬的尘土里时，弗朗姬一直站在它的身旁，直到它费力地挣扎着站起来，闷闷不乐地回到象群里。弗朗姬，那头曾经被定义为"挑衅者"的大象，危急时刻能够挺身而出保护我，这的确不是一件寻常的事情。

ET 对我发动的第三次勇猛进攻被娜娜以有点儿匪夷所思的

方式打断了。我坐在离象群大约 30 码的地方静静地观察着，这时，ET 突然猛地向我冲过来。但是，要想撞到我，就不得不绕过它正前方不远处正在吃草的娜娜。

娜娜听到了这个小家伙跑来的声音，它倾了倾脑袋。就在 ET 怒火冲天地铆足劲儿冲过来时，娜娜扬起鼻子，摆好姿势等待着。ET 一跑到与它平行的地方，娜娜马上伸出鼻子，轻轻地用鼻尖儿碰了碰它的脑门中央。

ET 停下脚步，一动不动了，就好像被大锤猛烈击打了头骨似的。然而，娜娜所做的一切几乎就是在爱抚它。我以前从来没有见过这样的一幕。

所有这一切都吸引了另外一种动物的关注，这是一群捻角羚"单身汉"。它们螺旋形弯曲的羊角深受猎人们的喜爱。它们饶有兴趣地一动不动地观察着，只是偶尔抽动一下椭圆形的耳朵。它们全都看明白了。

公捻角羚的出现提醒我要经常保持警惕。野生动物们永远都保持着警觉，随时准备逃跑或战斗。永远保持警惕使它们的生活略显单调，它们要关注周围环境每一处微小的细节，不断评估安全和危险的等级。要清楚哪里可以去，哪里不可以去。不断地分析本能感知的信息对生存来讲是至关重要的。

在野生动物世界，每样生物都要与环境协调一致，对命运有清醒认知，与地球和谐共处。它们的注意力完全集中于外部的世界。

人类与此正好相反，他们往往过于关注和爱惜自己的生命。他们思考和放大的事情，在动物王国里是根本不值得浪费精力考虑的。对于绝大多数人来说，他们理解不了自然界中关于生死的真正意义。

我认为 ET 正在不断取得进步，看起来和它在一起的一个个工作日的确带来了变化。

可是我错了。当它和象群待在一起的时候，我的方法看起来是有效果的。可它已经找到了另一种策略来发泄想要杀死我的强烈本能。

可惜，我是在盛怒之下意识到这一点的。当时，我正带着两个护林员步行跟在象群身后安全的地方。我知道娜娜和弗朗姬已经暗中和我站在了一起，并且教训了 ET 这头幼象，所以我觉得相对安全多了。

但是 ET 却另有打算。当母头象和它的副手在旁边的时候，它没有机会对付我。因此，它决定偷偷摸摸地下手。它鬼鬼祟祟地溜到象群的侧翼，其他大象还在继续前进，它却埋伏起来了。我还没意识到怎么回事呢，就听到了丛林里传来的可怕声响。树丛摇晃着，发出树枝断裂的啪啪声。它从里面冲到了空地上，低垂着头，这是大象要发动进攻时的样子。没有娜娜和弗朗姬阻止它，ET 终于要胜券在握了。

我看了看身后的路虎车，冲着那两个年轻的护林员高喊："它过来了！不要动！对，就这样！千万别动。"

在这种情况下，逃跑很容易就把吓唬变成了致命的攻击。尽管这是最让人害怕的决定，可是我们无论如何也要面对一次虚假进攻了。

"不要这样！不要这样！"我冲着 ET 大声地喊着。"不要这样！"当它以雷霆万钧之势冲过来时，我把手举过头顶对着它嘶喊。

最后时刻，它停下了脚步，迈着笨拙缓慢的步伐，高高地扬着鼻子转过身去。

随后，我绝望地看着它拐了一个大弯，又转向我们了。"它又来了！不要动，别动！别动！"

但是这相当于我自言自语，那两个年轻人刚刚经历了有生以来第一次和大象的近距离接触，他们可不想第二次一动不动地站在原地了，我的命令在他们看来实在是太疯狂了。他们消失得太快了，我还以为他们是坐着飞船抵达我们旁边那棵巨大无花果树的树顶的呢。

对于他们来说这很不错，可却把我一个人留在下面面对进攻的ET。看到那两个护林员玩命地飞奔并奋力爬到树上，ET的胆量更大了，而这正是我极力阻止，不想看到的情境。现在，ET比以往更有决心展现它的优势了。

那一刻我知道，当与大象打交道遇到凶险时，周围所有的闹哄哄的场景都会变成慢动作。尖叫声、令人头脑麻木的恐惧全部从身体里被过滤出去，取而代之的是幸福的平静。这一次也是如此。当对着ET大喊的时候，我仿佛置身事外，平静地看着它冲到我面前。可是最后时刻，它竟然从我身边绕了过去。我可以告诉你，它险些没能顺利撤离，因为它马上就要迎面撞到我了。

它继续跑，回到了象群里。大象们正走过来想看看究竟发生了什么事情，搞得这里闹哄哄的。从我个人角度看，娜娜至少应该反应得再快些才对。

我抬头看着那两个抱着大树的家伙。"呀！太难以置信了，"树顶上一个人喊着，还冲我伸出了大拇指，"我不敢相信你居然成功了。我还以为你死定了呢。做得好。"

好吧，多谢夸奖了。

象群越来越近了。ET跟在队伍里，但是仍然很激动。见此情景，我赶忙回到车里。开车经过那棵巨大的无花果树时，我在树底下故意喊来娜娜和弗朗姬。我冲着那两个栖息在树上的护林员冷笑着，冲他们竖起两个大拇指。他俩看着树下面转来转去的大象，就是不敢下来。我打算给这两个赛跑者上一节丛林课，因为他们这一跑，就把我们所有人的生命都置于危险之中了。

我跟大象们说了一会儿话，开玩笑地责备娜娜为什么不在那儿帮帮我，还让它好好教训教训ET。随后，我就开车走了，把那两个护林员留在那里，继续挂在树上，树下就是一群野生的大象。

在回家的路上，我遇到了一件令人高兴的事情，这足以弥补我在ET的袭击中受到的创伤。一对出来觅食的蜜獾从我车前几码的地方穿过。它们不是很常见，却是我最喜爱的动物之一。

它们的身体几乎贴到了地上。除了后背上有一块银白色的白霜外，它们浑身长满深黑色的厚毛。过厚的毛皮使它们看起来好像穿了一件宽松的外衣，这可以帮助蜜獾强健的身体在捕食者的控制下来个一百八十度的大转弯，然后用它"丁"字斧状的牙齿和开合式致命的咬合发起反攻。但凡思维正常的猎食者，除非异常勇猛，或者愚蠢迟钝，否则都不敢轻易尝试抓一只蜜獾。

蜜獾既迟钝又无畏，阿非利卡人把它称为"拉塔尔"。它们什么都不怕，不怕人，不怕狮子，不怕任何东西，它们是真正无所畏惧的生灵。如果你跟它们纠缠起来，那可是凶多吉少。我曾经听一个护林员讲过这样一对蜜獾，它们在原木和别的动物藏匿食物的地方觅食，没想到一下子溜达进了一群休息的狮子中间。蜜獾连眼皮都没有抬，接着在那里闲逛。一开始还围着蜜獾跃跃欲试的狮子很快认定"拉塔尔"不是它们食谱上的佳肴。看到这两个凶猛的小勇士嘶嘶叫着从身边经过，而丛林之王居然吓得跳起来，警惕地睁大眼睛，这真是古怪的一幕啊。

大约三个小时以后，我拿着一罐啤酒坐在屋前的草坪上休息，这时，那两个护林员回来了，浑身是汗，狼狈不堪。我没有跟他们说一句话。

他们也没有说话。他们已经吸取了教训。

第二十九章

转眼又到了春天，大地闪耀着绿宝石和翡翠般的光芒。鸟儿、鲜花和树木的灿烂色彩赋予大自然一片生机。到处都是新生命，万物看起来都是它们应有的模样。果树开花了，成群的公羚羊、牛羚，还有斑马也开始长胖了，准备产崽的怀孕动物身上闪烁着健康的光泽。但是，春天也会带来意想不到的暴风雨。

感到风向突然伴着剧烈的阵风改变了，我抬头看了看天。在东方天际的高处，成团的积雨云悬在平流层的上面。暴风雨正在集结，这将是一场很大的暴风雨。我用无线电呼叫布兰登和其他护林员，提醒他们注意防范。

"这看起来是场特大暴雨，让每个人马上进入室内。"

一个小时以后，我们知道当时做的安排太及时了。大风袭来了，看起来就像有一张灰紫色的毯子被拉扯着跨过天际。在过去的两周里，天热得简直要人命。现在，雨神正在终结炎热的途中。

听到从远处传来的第一阵隆隆雷声，马克斯就崩溃了。它特别憎恨打雷，我赶紧把它带进屋里。它坐在地上，可怜巴巴地盯着墙发呆。有时候我心里想，如果我不得不破门盗窃一户养着斯塔福德郡斗牛犬的人家的话，我肯定要在暴风雨的天气里下手。贝柔早已安顿在它的羽绒枕上了，我希望它每天下午的这个小憩不要受到过多的干扰。

屋外面，天色正迅速地暗下来。这时，一道锯齿形的白色闪电划破天空，紧接着头顶上炸起了巨大的响雷。的确，这将是一场暴风雨。

我走到花园的尽头，眺望着保护区。它现在正快速地消失在从山顶上滚滚而来的灰色的雨帘后面。站在室外，看着祖鲁兰壮观的暴雨快速袭来，也是一件难以忘记的经历。

第一阵雨点儿飞溅到地上，就像小炮弹在地上炸开，扬起小团的尘土。随后暴雨倾盆而至，只几秒钟的时间，原本挺拔的树叶全都垂头丧气了，荒野的植被在暴雨的洗礼下也都低下了头。

暴雨先在地上砸出一个个的水洼，然后汇聚成一条条小溪遍布整个大地。这些溪流裹挟着肥沃的土壤，呈现出了泥土的颜色。几百条小河流喧闹地流淌着：前进、止步、再前进、汇入其他小河、奔腾，然后壮大，最后滚滚流向保护区的最低点——恩塞勒尼河。

骤雨滂沱中，我满心欢喜地观赏着眼前的一切。那些水坝就要蓄满水了，无数的细小龟裂、小洼地、裂纹和凹地也要吸透供养生命的水分。我们这里的雨水永远都不够用。尽管南非有着如美术明信片般美丽的景色，可实际上，它是一片长期干

300

旱的土地，只不过偶尔会有大雨光顾罢了。

我身后屋里的灯光闪烁了几下，随后就灭了。这是暴风雨带来的一个必然结果，这也意味着打不通电话了。从窗户望进去，只见弗朗索瓦丝正在点亮蜡烛，可现在才刚刚下午三点钟左右。

我走进屋，用塑料布包裹好自己的双向无线电对讲机。从以往的经验中得知，今天晚上，这将是我与外界联系的唯一手段了。

过了一个半小时，我的满足感开始夹杂进去一丝不安。如果说有什么不同的话，现在的雨要比先前大多了，一条条褐色的溪流从道路上奔涌而过。

"布兰登，呼叫布兰登。"我对着无线电呼喊着。

"收到。"他听到呼叫后马上回复我。

"现在河流的情况怎样？"

"还好。河水在慢慢上涨，但是没什么大问题。"

布兰登正在旅馆附近的一个观察哨那里，他密切监视着横贯保护区的恩塞勒尼河的情况。我一直渴望这里能有一条像欧洲河流一样缓缓流淌的小河，小河的河床也是稳固不变的。可这里是非洲，我们的河流就像炸药一样反复无常。这一刻，它们几乎不流动。可是下一刻，它们就变成了狂暴的泥流。如果你一不小心被它卷走，那么马上就会被冲到20英里外的大海里。

横跨在这条河流进出保护区那两处上面的电围栏更是经不住洪水的冲击。在这两个地方，我们建的是姑息围栏，设计它的目的就是在洪水到来时，它可以脱离主围栏，随洪水流走，免得造成对围栏的更大破坏。但是，这样就会在那里留下大大的缺口。洪水过后，我们马上就得替换上新的围栏。否则，大象就可能从那里逃走了。这意味着暴雨一停，我们就要尽快行动。

两个小时以后，天色几乎一片漆黑。大雨仍然下个不停，周围的一切全都改变了。无线电里断断续续传来布兰登的声音："你最好过来看一看。河流正在失去控制。"

"姑息围栏怎么样？"

"早就不见了。"

弗朗索瓦丝正坐在我的旁边。"我要到河边去找布兰登。"我告诉她，"河水正在上涨。我会经过旅店那里，顺便可以检查一下那里的情况。"

"我跟你去。"她说话间就把趴在她大腿上打盹的贝柔推到一边，"我正担心那些客人没有电怎么办。他们有一些是真正的城里人，我应该和他们在一起。"

我们抓过雨衣，飞奔到路虎车里，把车开上大道。现在，道路已经变成了泥泞的溪流，路虎车一路打着滑前行。在我们的头顶，持续不断的闪电把我们已经淹没在水中的大草原照得银光闪闪。

当我们拐过最后一个弯儿的时候，我第一眼瞥到了恩塞勒尼河。当时，我的心都要跳出来了。河水翻滚着，咆哮着，奔腾着，就像是一个巨大的怪兽。

我赶紧倒车，开上了通往过河管的那条小路。在那里，我们曾经受到过弗朗姬的攻击，而当时我们正坐在越野摩托车上面。现在，汽车的前大灯照到的是咆哮而过的恩塞勒尼河，它所经之处无不遭到破坏。

我看见滚滚的波浪中夹带着一头死牛，然后又看见一头。"这太让人难以相信了。"我说。弗朗索瓦丝早已经目瞪口呆说不出话了。

我猛地挂上倒挡，但是，车子并不向后行驶，车轮在黏糊糊的泥里打着空转。让我恐惧的是，车子开始无情地向前溜，顺着陡坡往湍急的河水里滑去。

就在我认为一切都已经失去控制，我们就要滑进激流中的时候，我本能地旋转方向盘，车子狠狠地撞到了河流右侧的河床上，挤进了松软的泥土里。

"快出去！"我告诉瞪大眼睛的弗朗索瓦丝，"车还会溜的。赶紧离开！"

她一打开车门，整个人就从我的视线里消失了，原来她跌倒在了泥巴里。我攀爬到她那一侧，帮助她站起来。我们爬上过河管，在黑暗中摸索到了主路上。在滑溜溜的淤泥里，我们一步一滑，只好紧抓着彼此用来支撑摇摇欲坠的身躯。

谢天谢地，我当时居然还能镇定自若地拿上无线电对讲机，并把手电筒别在腰带上。我急忙呼叫布兰登。

"收到。你现在在哪儿？"他问。

"在旅馆旁边的过河管这里。路宝宝陷入河床里了。你能尽快开辆拖拉机过来吗？否则我们的车就要被河水卷走了。"

"该死，你到那儿去干吗？"

"你以为我去干吗？我打算去游泳。可是一看到那些死牛，我就改变了主意。"

"对，我看到它们在水里像软木塞一样摆动。更糟糕的是，我想我还看到了一两具人的尸体。太黑了，我也不太确定。对不起，我没法儿过去，我们车的车轴都陷到泥里了。我尽量试试把咣当咣当开过去。"

"弗朗索瓦丝和我在一起。我们不能待在这里，我们要走回旅店了。"

"好吧，"他停顿了一下，"记着点儿恩圭尼亚啊。"

他知道弗朗索瓦丝在听着，所以故意用这个祖鲁语指代鳄鱼。我无声地对他表示谢意。

我们距离旅店庭院的大门大约有 100 码，从大门到旅店还有 100 码。但是在我们和大门之间有两个深深的池塘，分别位于道路的两侧。昨天，我和布兰登还看到两头巨大的鳄鱼在那里安家，一个池塘里一头。

通常情况下，我不带猎枪。可是现在，我真希望自己带上了一支啊。我不会射杀这些爬行动物，只是想用砰的巨响吓走它们。

我审视了一下眼前的道路。两个池塘的水已经漫上了它们之间的大道，并且合并成了一个小湖泊。我确切地知道这条路通向哪里，可是它已经被淹没在水下一英尺半的地方。在黑暗中，这个水深完全可以藏得住一头鳄鱼。

我们在湖边停下脚步，我用手电筒照遍整个水域，几乎立即就发现了一头。在手电筒的照射下，我们看到它被折射成红色的眼睛。随后，我看到了另外一头。它们现在就待在一起。这两头鳄鱼逃离洪水，转移到了30码开外的一处高出很多的地面。它们离我俩足够远，我心里祷告着这两个家伙中间千万不要再出现一个第三者啊。我拉过弗朗索瓦丝的手，费力地在水流中前进。

踏上对面的土地，我突然明白了，原来即使是鳄鱼也会本能地寻找更高的陆地。可见，这条河将变得多大啊。

几分钟后，我们到了旅店，那里一片漆黑。弗朗索瓦丝先把自己洗干净，然后去看了看一些客人。这些人早就离开了自己的房间，现在待在酒吧区，摆出一副勇敢的神情。我抓过保安队员，一起沿着宽大的草坪朝恩塞勒尼河谷的方向走去。

一道闪电让我看清了眼前的情景。原本100码开外的河流现在已经漫过了河岸，河水飙升，淹没了草坪。我赶紧转身往回跑，经过旅店，来到刚才回来时路过的鳄鱼藏身的池塘附近。

我仔细地检查两个池塘，它们现在已经完全被一条新的河流淹没了。河水冲开池塘，翻滚着从旅店庭院的后方流过。当我意识到这种险情的时候，我们已经完全被切断了与外界的联系。前方是暴怒的恩塞勒尼河，后方是滔滔洪水。

现在我才知道为什么鳄鱼要寻找高地。我们的旅店现在已经处于被吞没的极度危险中。

我隐隐约约地听到对讲机里有人喋喋不休地喊着什么。仔细一听，原来是布兰登的声音："呼叫，呼叫。"他不断地重复着。

我用大拇指按下按钮。"我在！对不起，刚才河水的声音太大了，我没听见对讲机的声音。"

"我们把路虎车弄出来了，但也只能如此了。恐怕我们赶不到你那里，河水已经漫堤了。"

"我知道。我们什么也做不了，我们被困在旅店这边了，现在只能在这里坐等。保持联系，节约电池。"

"明白！通话结束。"布兰登说。几分钟之后，我看到他汽车的灯光穿透黑暗，从一两英里外的地方传过来。他们返回住处了。

我回到旅店里，弗朗索瓦丝为我们找了一间空屋子。我洗了一个热水澡，然后告诉夜班值班员，如果看到河水继续上涨，务必叫醒我。

第二天清晨，我被布兰登的呼叫唤醒，原来他正通过对讲机给员工们发布指令呢。暴风雨终于结束了。从窗口望出去，经过昨晚的洗礼，现在天空一丝云彩都没有。太阳闪着耀眼的光芒，河水水位也在下降，可我们仍然被困在这里。

"嘿，布兰登，损失情况怎样？"

"我们测的降雨量是 6 英寸，后来雨水都从计量器里溢出来了。恩塞勒尼河把河床冲宽了 5 英里。我们现在的问题不仅仅是姑息围栏被冲走，东部边界的 500 码围栏也没影儿了。围栏不见了，就好像那儿根本没竖过围栏似的。"

"象群在哪儿？"

"不知道。但是如果娜娜就像我了解的那样，它一定是把它们带到山顶上去了。"

"我也希望如此。维修护栏得用一整天的时间，你还得想办法跨过河到那边去。"

"你不是想要告诉我跨过河去铺设电缆吧？可是现在河还很宽，根本没法游过去。我想让你看看现在那里究竟什么样。"

"好啦好啦。先派一些人去找找大象吧。我们需要知道它们现在在什么地方。"

"马上安排！完毕。"

好在护林员们终于发现了象群，它们就在布兰登所处的河对岸。现在，即使大象们想穿过围栏的缺口，它们也过不去。我告诉恩圭尼亚找个制高点密切关注象群。

旅店后方的暴洪现在也开始回落了，一个护林员开着我的路虎车前来搭救我们。他来得可真是时候啊，因为我接到了最害怕听到的呼叫。是恩圭尼亚。

"穆克胡鲁，穆克胡鲁！呼叫！紧急呼叫！大象跑了。它们在外面。"

我一把抓起对讲机，就像精神错乱了似的回复他："在哪儿？怎么了？"

"在北部边界那里。它们正沿着围栏走呢，不过是在围栏的外面。"

北部边界离这里不算太远，谢天谢地，而且还在高地上。我跳进路虎车里，叫上围栏巡视员穆萨，指示他开着越野摩托车跟在我的后面。我们全速出发，车子在刚能通行的路上一个劲儿地打滑。

二十分钟后我们到达了那里，我一眼就看到了娜娜。但是它和其他大象都在围栏的里面，恩圭尼亚究竟说的是什么啊？

我心里的石头一下子就放下了。可片刻之后，我意识到有严重的事情发生了。娜娜和弗朗姬焦躁不安地走来走去，每过几秒钟它们就停下脚步，把鼻子从顶部的电线上面探出去，摇着围栏的立桩。那是唯一一处它们够得着，而且还不会被电击的地方。

　　我像以往一样数了数大象的头数。少一头，但是是哪一头呢？一定是努姆赞吗？不，它就在那里。因此，我又数了一遍。

　　这时，我看到围栏对面出现的一个动物吸引了象群的注意力。原来娜娜的长子曼德拉孤零零地站在那里。从它绝望的神情上看，它似乎已经从最初的害怕变成了冷漠，并且打算放弃回到妈妈身边的努力了，可它的妈妈早已经焦虑万分了。

　　围栏至少还能支撑一阵子，但我们怎么才能把曼德拉弄进来呢？离我们最近的大门也在几英里外，可是大门也发挥不了什么作用，因为如果曼德拉能从那里进来，娜娜就能从那里出去。

　　我把车子开得靠近一些，并冲着娜娜高喊，想让它知道我来了。它远远地看了我一眼，目光冷漠。

　　我的大脑飞快地旋转，努力想要找到解决办法。如果我不能马上把曼德拉弄进来，象群就要冲破围栏。这一点是无可置疑的，为了确保自己孩子的安全，一头母象什么事情都做得出来。

　　也许我们可以割断围栏，但是我们面对的是跟通过大门一样的问题。我从车里出来，点燃一根烟，苦苦地琢磨该怎么办。我们怎么才能让曼德拉进来，还不能让象群出去呢？我看了看电线，突然脑海里有了主意。

如果我们割掉围栏，还有中间和底部的电线，那么曼德拉就能进来了。不过，我们要保留顶部的电线完好无损，这样就能阻止成年大象出去了。现在的问题是，仅仅顶部的电线能拦住困境中的娜娜和弗朗姬吗？

娜娜又一次猛烈地摇动着围栏。突然，我听到了好几条狗的叫声，是猎犬。祖鲁人狩猎的时候通常带着本地猎犬，看来离曼德拉不远的地方有一群祖鲁人的狩猎队。娜娜也听到了叫声，它停下来，不再摇动围栏，同时张开耳朵捕捉每一个声响。

猎人们是在他们自己的土地上，而且就他们本身而言，这根本不是什么问题。我担心的是如果猎狗闻到曼德拉的气味，就会过来骚扰它。那么，娜娜就会像推土机一样捣毁围栏。

我们从工具箱里拿出剪钳。现在的问题是我们怎么才能割开围栏，剪断曼德拉前面的电线，同时身后还有一群激动的大象冲着我们的脖子喘气儿？

我自己解答了这个疑问：我们在 50 码外的地方割出一个缺口。然后我喊娜娜，它一过来，曼德拉就会在围栏外面跟着它过来，看见缺口，知道它可以从这里钻进来，一切就结束了。

很简单，是吧？

我们赶紧走到几十码外的围栏处，割出缺口，把这片围栏向后折叠，再把下面的两道电线切断。这个计划的第一个步骤圆满完成了。

第二个步骤可不那么容易了。娜娜不肯离开曼德拉，我喊了它十分钟，可是毫无效果。现在，情况陷入了僵局。

猎狗的叫声越来越大，我赶紧转身命令穆萨从缺口钻出去，抄到曼德拉的身后，然后弄出大点儿的声响吓唬曼德拉，让它朝着缺口的方向跑。

"它只是个孩子，"我说，"和它保持一个适当的距离，然后使劲儿拍手，让它往缺口这边跑。放心，没有危险。"

"好的，穆克胡鲁。"他的语气中一点儿热情都没有。

"那好，我们用对讲机联系。我会告诉你具体怎么做。"

穆萨是个好人，只不过有点爱显摆。他总是给其他的员工讲些捕风捉影的故事，比如说他如何勇敢地面对各种野生动物啦，其中也包括大象。"我根本不怕它们。"他一边说还一边模仿弗朗姬的步态，把自己的胳膊当成大象的大鼻子。"它们害怕我。"

现在，我们可以看看他到底有多么勇敢。

他从围栏中间爬了出去。过了我给他的五分钟到位时间，我呼叫他："你在哪儿？"

"我在这儿。"他回答道。我当时气得真想拔掉自己的头发。穆萨还以为我通过对讲机能够"看见"他呢。有人可能会嘲笑这样的事情，可是祖鲁人也很容易嘲笑那些掌握各种先进技术的西方人。他们认为，在野生环境下，西方人表现得多么无知啊。

"好好好。这儿是哪儿？"

"就是这儿啊。"他充满信心地回答，"我就在这儿。"

我对自己发誓，完事儿后一定勒死他。

"好吧，你能看见大象吗？"我问他。

"是的，穆克胡鲁。我能看见。"

"你离它多远？"

"很近。"

"好！你现在拍手，我喊它的妈妈。"

对方一点儿反应都没有。

"穆萨，你还在等什么？快拍手。"

还是没有反应。

"穆萨！赶紧拍你那该死的手！"

随后，我听到了拍手的声音。好嘛，我勉强才听到他的声音。他拍的节奏非常慢，还一板一眼的。而且声音非常小，都吓不到一只跳蚤。最糟糕的是，声音的出处就在我的旁边，就在围栏的外头。我四处一看，他就坐在小灌木丛的中间，慢悠悠地拍着手。原来，他从围栏的缺口爬出去后，藏在了几码远的丛林里，而不是去接近小曼德拉。他不怕大象的故事也就到此为止了。

"穆萨？"

"什么事儿？"

"我看见你了，从那儿出来。"

这使他再次确信我可以通过对讲机看到他。他慢慢地走出来，盯着我，然后又看了看这个无线电发送器。

现在只能不停地呼喊娜娜，让它到缺口这边来，并且让曼德拉跟着它来。大约过了四十分钟，在我不停地嘶喊、要求、祈求和恳求下，它终于慢慢地朝着我走来，曼德拉顺从地跟在后面。它一下子发现了缺口，赶紧蹦蹦跳跳地跑进了保护区。

危机总算过去了。

　　它一回来，每一头大象都挤到它周围，用鼻子轻轻地触摸它，表现得关爱备至，而且胃里还发出隆隆的声音。看着曼德拉经历了痛苦折磨后，象群对它表现出来的关心和爱护，我觉得这真是一件让人感到惭愧的事情。

　　我后来才知道，原来一条暴涨的小溪冲走了一小段围栏，可是还留下了一条电线。这条电线距离地面的高度可以让曼德拉从底下穿过去，但对于其他大象而言，电线又太低了。可它一跑出去，连紧张带害怕，就回不来了。

　　曼德拉一回来，我如释重负，甚至都忘了"称赞"一下穆萨的"勇气"。大象们，尤其是弗朗姬，该多么地"怕"他啊。

　　但是我敢肯定，那天晚上，他坐在村子的篝火旁所讲述的故事一定编造得非常精彩。

第三十章

绝大多数祖鲁人都相信灵魂的存在。它们以各种各样的形式和伪装积极地参与到人类的命运当中，它们可能以植物或者动物的外形示人。同时，神仙们占据着河流、天空，以及山峦。

祖鲁人认为肉体死后，既没有上天的奖赏，也没有地狱的惩罚，只是重新获得了祖先的人格而已。然后，在这个精神与物质世界的永恒共生关系中，一个人继续扮演自己永无休止的角色。

很多自以为是的西方人经常嘲笑祖鲁人这些根深蒂固的信念，而且他们也理解不了这些信念。

当然了，只有关掉灯的时候，你才有可能理解这些信仰。只有在黑暗中，只有在非洲丛林里和那些知道奇怪故事的非洲人一起体验黑夜时，你的灵魂才能被领到相同的道路上。当然，并不是"文明"侵蚀了精神世界，而是夜晚的电灯。光明挤走了黑暗，使我们看不见鬼魂、天使和恶魔。同样，光明也彻底击败了我们的先祖。

那天大约半夜时分，我带着旅店值夜班的员工返回他们的住处。这时，我们看见一棵大树横卧在路上。努姆赞早些时候来过这里，它有放倒大树的癖好。过去，我经常认为它是故意这样封锁道路的。我的意思是这些树怎么从来不被推走呢？

无法从树中间挤过去，于是我转向了那条河畔路。这是一条不错的替代路线，这时，一个女员工对我说："穆克胡鲁，你为什么走这条路？"

"为什么不呢？这条路更短啊。"我回答她。

"你不能走这条路。"她轻声地说，"不能走这条路，现在不行。"

"为什么不行？"我又问她。

"难道你不知道居住在这儿的塔尕提？"

"不，我不知道。在哪儿？"

"在河边悬崖的那块巨大岩石里，它住在那儿，我们不能靠近，请掉头吧。"

塔尕提是一种先发制人的邪灵，祖鲁人有一条铁打不动的规矩，那就是你千万不要去惹塔尕提。因此，为了尊重员工的意愿，我折了回去，然后我们绕远路走回家。稍后，我做了些调查，并且返回去想看看他们谈论的究竟是什么东西。

村里的桑格玛，也就是占卜者（总被误称为巫医）向我解释了这是怎么回事。"那个塔尕提已经在那里很久了，早在苏拉苏拉之前，在白人到来之前，它就在那里了。即使我们都死了，它还会在那里。那是它的地盘，不要去那儿。"

"为什么不能去呢？"我问。

他奇怪地看着我。"为什么有人想去塔尕提那儿呢?"他不满地问我,"你不了解塔尕提,一定要万分小心。"

当然了,我去过那里,实际上,去过几次。尽管想发现点儿什么,可是我没有看见什么,也没有感觉到什么。我想,如果我尽情地发挥自己的想象力,再加上一定程度的幻想,也许情况就有所不同了。有一次,我在那里待了一会儿,仔细研究那块岩石。我应该发誓,我有了一点点感受,一点不安的感觉。但是这些似乎不太合乎逻辑,我也就没有放在心上。

尽管我的员工不赞成我到那个地方去,可我还是过去拜访以示敬意,而且我路过那里是不得已而为之。我的意思是毕竟它距离马路很近。

接下来一天的晚上,夜幕刚刚降临,我慢慢地沿着河畔路开着车,欣赏着各种各样异域风情的植被。突然,我有了一种不舒服的感觉,下意识地抬头往上看,发现自己正好在别人警告过的那块凹面岩石的下面。

我感到很惊讶,这种不合逻辑的感觉竟然侵入了自己原本实际的沉思中。我停下车,这时,这种奇怪的感觉又向我袭来。我有了一种模模糊糊的感觉,似乎一切都不太对头。我好像被下了咒语似的坐在那里,那种感觉越来越强烈。突然,我意识到在周围存在一种东西,我只能把它描绘成恶意或者怨恨。我马上产生了一种不自觉的警惕,浑身起满了鸡皮疙瘩。然后慢慢地,这种感觉消散了,就好像它被岩石接管了一样。

我本人根本不迷信,可还是被自己的反应吓了一跳。我又看了一眼这块岩石,仍然被它吸引了。我发誓,在那里仍然有一点点东西，一点点我刚刚经历事情的残余。这种残余就是我以前拜访时察觉到的那种不安的感受。

我恢复了神智，赶紧离开了那里。我感到非常困惑，而且不好意思告诉别人这件事情。最后，我把它抛在了脑后。

几周以后，我决定再过去一趟。我想听听其他人的观点，但不是祖鲁人的观点，因为我早就知道他们会说什么。当然了，前提是我也得能把他们带到那里啊。我想听听一个西方人的观点，戴维是个不错的人选。我等到天色暗下来，然后对戴维说："跟我来，我给你看样东西。"

我们沿着河畔路行驶，这时天色开始擦黑儿了。我在那块岩石下面停下车，熄了火。

"我们到这里来干吗？"戴维问。

"这个地方，"我说，"那块岩石，你认为它怎么样？别着急，慢慢想。"

戴维知道我们到这儿来一定有原因，他不着急不慌张地环顾了一下四周。然后，我看到他的目光就好像被什么东西慢慢地拽到了头顶的那块大厚东西上。看到他这样，我的皮肤开始刺痛。过了一会儿，硬朗坚毅的戴维冲着我奇怪地一笑，平静地说："赶快离开这个死地方。马上！"

在车里，我们谁都没有说话。快到旅馆的时候，他大笑着对我说："那到底是什么鬼东西？"

"塔尕提。"我也大笑着说，"可恶的塔尕提，就是那个东西。"

在祖鲁的乡下社会，是桑格玛说了算。当然，他们并不是公然这样，而是在幕后操纵一切。他们非常有影响力，而且受到高度尊重。很多操纵迷信的江湖骗子完全就是为自己谋利益。但是，你也有机会接触到那些通过正当途径实践祖传技艺的占卜者。这些技艺早已经被西方的科技进步铲除了。跟一位好的桑格玛打交道是非常有趣的经历。

桑格玛的身份是天生的，而不是任命的。人们不能自己想当桑格玛就能当上，你必须是被拣选的，或者在特殊情况下被接受为桑格玛的。按照历史传统，这应该在孩子年龄很小的时候就明确下来了。桑格玛们会来到一户人家，向孩子的父母宣布，他们的孩子是桑格玛，或者是某位去世的桑格玛的化身，并且告诉孩子的父母是哪位的化身。对于这个家庭来讲，这是一个无上的荣誉。不久，他们的孩子就被带走了。孩子们要和灵魂医师住在一起，接受他们的教导，继承桑格玛的衣钵，并以此身份度过一生。

桑格玛不同于草药医生或者巫医，他们只和灵魂世界打交道。如果你去找桑格玛，请他与逝去的先祖们，主要是与你的先祖和那些早就过世的家人沟通时，通常情况下，他会陷入精神恍惚的状态。他会给你传来一位或者另一位祖先的话以及建议，有时还会有对未来的预言。

如果你得了小病，那肯定得去找桑格玛占卜一番。不同于西方医学要求的患者自述症状，在桑格玛那里，你什么都不用说。桑格玛必须自己完成全部的诊断工作，这也决定了他们声望的高低。

曾经有一个桑格玛搭过我的车，作为回报，他要为我占卜一次。出于兴趣，我接受了。当时我碰巧后背疼，没想到他竟然给诊断出来了。身染微恙的人坐在那里，别人就可以给你确诊，还能通过与祖先沟通，然后在患者神情恍惚的情况下，手到病除。这看起来的确很神秘。

从那以后，我因为身体不适先后找过几次桑格玛，有时效果非常显著。当然了，因为桑格玛一向实话实说，所以这种方法不适合胆小的人尝试。

弗朗索瓦丝突然有了一个主意，她认为外国的客人可能会对此感兴趣，于是我们安排了当地的一位桑格玛接待这些想要"算命"的客人。他的头三脚踢得非常好，很受客人们的喜爱，自己也因此有了很多额外的收入。

接下来，我们了解到他开始炫耀自己刚买的一款闪闪发光的公文包了。无论他去哪儿，手里肯定拎着这个包。我们很快就跟他谈，向他解释他的形象和皮肤上的那些标记，还有身上披挂的念珠，等等，对于外国客人来讲很重要。只要有客人来，他必须把新买的公文包藏起来。他极不情愿地同意了，并且解释说这个皮包这么漂亮，肯定能给客人留下深刻的印象。

随着收入的增加，他的装备中开始有了一部新手机，他把它同祖鲁人的念珠一起别在自己的腰带上。我们又不得不跟他理论应不应该带手机这件事儿，因为他有时候喜欢在给客人占卜的时候打电话，而且还向他们解释这个特殊的电话不需要电话线。

随着我和弗朗索瓦丝越来越能够入乡随俗，我们也越发尊重当地人的信仰。当我们的员工经常生病，或者保护区出现异常灾祸的时候，我们就会请来一位受人尊敬的桑格玛。他会在保护区周围放玛斯或者一些保护的咒符，重要的是他做这些事情的时候，还要求我们和员工在一旁观看。如果没有积极、善意的法术，他们认为塔尕提就会更加凶猛，并且变成人形，在夜晚骑在狒狒的后背上出来制造恐慌，传播邪恶。

但是在苏拉苏拉还有很多祖先的显灵之神，它们让人感觉更轻松，有时候还很幽默。当然还有其他的魂灵，比如声名狼藉的托克劳施。

托克劳施是一个邪恶的、爱恶作剧的小魔鬼。他的性格有点儿像挪威人的混乱之神——洛基，不过身材要比洛基小很多。它们是塔尕提的奴才，每天晚上都被派到苏拉苏拉的各地去制造麻烦和搞破坏。苏拉苏拉这里几乎所有的祖鲁人都把床垫在砖头的上面，也就是每个床腿下面放两到三块砖。这样做的目的是防止小托克劳施在地上蹦蹦跳跳的时候撞到头，否则的话，它们就会打扰到正在熟睡的人。据说，只有真正纯真的孩童才能看到托克劳施，可是这也会给孩子们带来噩梦。

我发现一个很有趣的现象，如果你让一个祖鲁人谈谈托克劳施，他们总是表现出一副不屑一顾的样子，而且还嘲弄地调侃这个小恶魔。不过，只要你走进他们的卧室，肯定能看见他或者她的床下垫着砖头。

但是巫术还有更加邪恶和罪过的一面。一天晚上，我和布兰登，还有一位叫尊古的护林员看到村子里大约六个地点冒起了浓烟。

"发生什么事儿了？"布兰登问尊古。

"今天他们要烧光巫婆和巫师的房子和财产。"他非常肯定地说，就好像这是一件年度事件似的，"人们在晚上看到他们当中的一些人骑着狒狒。"

"他们要杀死这些人吗？"布兰登焦急地问。

"不，不会的。要是在以前，他们就得杀死这些巫婆和巫师。现在，他们就是烧光他们的房子和财产，然后再把他们赶出村子。有些人可能要挨顿揍，但是不会被杀死。他们必须离开村子。"他补充说明着，语气中完全是确信的态度。

"你说他们是巫师，这是什么意思？他们怎么知道这些人是巫师？或者他们怎么知道有巫师呢？"

"每个人都知道他们是巫师。"他轻松地回答。

布兰登决定一追到底，继续问了一长串的问题。当然了，这些问题里面有太多西方人的逻辑了。

"如果有人说你妈妈是个巫婆，然后来抓她，那怎么办？"

"他们不会的。"

"为什么不会？"

"因为每个人都知道她不是巫婆。"

"好吧。"布兰登困惑地说，"如果他们做这样的坏事，那为什么不把这些巫师带到法庭上去呢？"

"因为法庭需要证据。"尊古说。

"说得太对了。"布兰登说，"当然，在惩罚之前，一定要提供对方做坏事的证据。"

"没有证据。"尊古说，"当然没有证据，因为巫师做坏事不会留下证据，这就是为什么他们是巫师了。"

布兰登一边摇着头，一边走开了。尊古所说的确有点道理。法官怎么可能相信因为巫婆对一户人家下了咒语，就会有人死于蛇咬，庄稼就会旱死？

我能和大象进行奇怪交流的消息不胫而走，其中还掺杂着我甚至不让任何人杀死一条致命的毒蛇或者蝎子这类的说法，以至于很多村民认为我和动物有着某种神秘的联系。我的意思是，究竟什么样的人愿意逃离正常的生活，跑到非洲的丛林里，宁愿与大象谈心，也不乐意跟同类交流？

现在，如果我能够驯服一头狒狒，那……

第三十一章

"看这儿，穆克胡鲁，看这儿。"贝基一边喊着，一边从后排座往前倾着身子，把头探进驾驶室的窗户，"左边，看左边。"

我猛地一拉方向盘，车子颠簸地跳过车辙两旁的土堆，然后又一个转弯，免得头顶悬挂的荆棘枝刮到站在后车厢上面的护林员。

马克斯原本把头伸出副驾驶的窗外观花看景呢，一下子从座位上跳过驾驶室，趴在我的大腿上。

"正前方，正前方！"贝基大喊着。为了引起我的注意，用拳头猛烈地捶击着车顶。他一边猛地低头躲避带刺儿的树枝，一边利用自己站得高的优势为我指路。我们穿过盘根错节的丛林，颠簸了好几分钟终于抵达了尸体所在的位置。

这是一头角马，尸体已经被啃得乱七八糟，几乎难以辨认。我们到那里去不是因为这头角马。在角马尸体的旁边有一只死掉的秃鹫，往前再走几步，我又看到了一只。这两只秃鹫的头都被砍掉了。

衡量一个保护区是否充满生机与活力，其中一个最准确的指数就是那里秃鹫的种群数量。我记得很清楚，当我们初次到达苏拉苏拉的时候，很难找到一对能够繁育后代的秃鹫。如果你没有大量的野生动物，就不会有常驻的秃鹫。

在早前的时期，这些巨大优雅的食腐动物经常成群结队地从乌姆福洛济保护区飞来。空中的这些小斑点乘着气流翱翔在令人难以置信的高度，搜索着地上的腐肉。

现在，我们保护区动物的数量已经进入良性状态，有很多对成熟的秃鹫在河两岸的大树顶上筑巢，舒适地栖息繁衍着。

但是现在，秃鹫竟突然成了偷猎黑名单上的首要猎杀对象。原因非常离奇，是我们这些保护主义者闻所未闻的。一度被瞧不起，甚至被贬低的秃鹫突然成了桑格玛眼中强有力的、能带来好运的图腾。

原因很简单：钱。一家全国彩票公司最近开展了每周一次的巨额返奖活动。如果你能猜中六个乐透大奖的号码，那么你眨眼间就成了百万富翁。

我们绝大多数人都知道玩彩票纯粹是靠运气。可是在非洲，预测中奖号码已经成为接近神秘学的一门神奇艺术。越来越多的南非人相信只有一种办法可以掏空奖池，那就是向祖先请教。那么谁是生者和鬼魂之间重要的纽带呢？当然是桑格玛啊。

这不仅仅是原始的乡下人的迷信，从不识字的牧童到拥有多学位的大学教授，很多人都曾向逝去的先祖寻求过帮助。如果你不理解这种信仰的力量，你就永远不能真正掌握非洲那些丰富的、经常让人难以理解的灵性。据一些无耻的桑格玛讲，最强大的"乐透玛斯"就是晾干的秃鹫大脑。随着一夜暴富想法的升温，人们开始在一些保护区疯狂地猎杀这些不起眼儿的秃鹫。

玛斯在祖鲁语中是一个集合名词，既可以指魔咒，也可以指桑格玛备下的味道难吃的药水。玛斯有好有坏，后者总是跟巫术有关联。晾干的秃鹫大脑被认为是非常好的玛斯，所以桑格玛们告诉那些容易上当受骗的客户，如果晚上在自己的枕头底下放一片，祖先就会在梦里轻声告诉他们乐透大奖的中奖号码。

秃鹫玛斯得以盛行，其中最让人不可思议的是为什么还有人盲目地相信如此明显靠不住的东西。成千上万极度贫穷的农民根本不懂赌博的基本概率，他们把全部身家都投到了博彩中，而其中只有寥寥几个能赢得大奖。每周都有几百万人失去了辛苦赚来的收入，不管他们的枕头底下有没有一片秃鹫的大脑。

然而，这给桑格玛们带来了巨大的商机。薄薄一片秃鹫的大脑要卖出十美元的高价，这在祖鲁兰的内地可是一笔相当大的支出。尽管中奖者少之又少，可去桑格玛那里占卜的人数却一路飙升。不管他们损失了多少钱，村民们继续花成捆的钱去买更多的秃鹫大脑，然后虔诚地把它们放在枕头下面，等待着祖先们叨咕出神奇的数字。

很明显，最终结果是很悲惨的：人们浪费了一生的积蓄，秃鹫也不断地死亡。被杀死的秃鹫太多了，以至于在有些保护区里面，能繁育后代的成对的秃鹫越来越少。实际上，乐透奖的真正大赢家是桑格玛们。

我们从车里爬出来，避开那些挡住了路虎车的高高的棕色蚁丘，仔细地研究眼前这具血淋淋的角马尸体，以便确定导致其非正常死亡的原因，这也是我们一贯的做法。其他的秃鹫也被吸引到尸体这里，就像铁屑被吸到磁石上一样。它们要么在上空盘旋，要么聚集在旁边的树顶上，因我们的出现而表现得非常不安。

这一点很明显，我们最害怕传染病导致动物意外死亡，因为眨眼间，疾病就能传播到其他动物身上。我们首先检查这头角马的鼻涕、身上的扁虱数量、外伤，以及死前的整体身体状况。这匹角马非常强健，因为尸体被啄食得太厉害了，所以不能马上断定它的死因，看起来好像是因枪击死亡的。

贝基和恩圭尼亚放下手里的猎枪，靠近角马，把它翻了过来，这样我们就可以检查一下尸体的另一侧。这时，我发现了异常，让他们赶紧停住。

"毒药。"我说，并且开始慢慢地明白究竟发生了什么事儿，"我想这里被下毒了。先不要碰尸体了，我们去检查一下秃鹫。"

他们吃惊地抬起头，但是什么也没有说就退到了后面，跟着我走到第一个被砍头的秃鹫那里。

我紧盯着马克斯，不停地命令它跟在我的脚边，让它知道不能离开我的身侧，甚至不能去闻这些死去的动物。即使只闻一下士的宁、杀虫剂，或者其他什么毒物，对它的身体肯定没有任何好处。

我以前从来没有这样近距离地接触过黑背秃鹫。它们的翼展有 7 英尺，无论按照什么标准衡量，这都是一种巨大的、给人深刻印象的鸟类。但是，它们现在的死状太不体面，太没有尊严了。这种天空中的超级赛车现在躺在地上，脑袋也不见了，身体难看地摊开着，一个巨大的翅膀还伸进了草丛里。

在它的身上没有任何痕迹，不过从它与角马尸体的距离判断，这只秃鹫肯定死得很快，可能就在它想飞走的时候。另一只也一样，只不过它挣扎得更远一点。在附近彻底搜查后，我们发现了总共四只死去的秃鹫。

这头角马的尸体里面肯定被下了毒，而这些毒物能导致非常迅速的死亡。如果剂量少一点儿的话，秃鹫就会在几英里外坠落，偷猎者就永远也找不到它们了。

我们步伐沉重地走回去，斜靠在汽车的发动机罩上，研究着这起屠杀。护林员们还报告说角马的尾巴被切掉了。

"它们死得很奇怪。这儿一定有巫术。"恩圭尼亚晦气地说。

桑格玛们非常珍视角马的尾巴，在祖鲁文化里，它等同于魔杖。恩圭尼亚认为这起杀戮的背后有巫术作怪，他提到巫术这点是对的，但是推理是错的。

"是的，这里有巫术。"我肯定了他的怀疑，"但不是你想的那样。"

我随后给他们讲了做梦、秃鹫大脑、桑格玛，还有大乐透的故事，等着看他们的反应。

贝基第一个做出了反应。"我也听说过这样的事情。那是在最北边靠近莫桑比克的地方，在这儿从来没有过这种说法啊。"他摇着头说，"我们不做这样的事情。"

"可是现在我们已经遇到这样的事情了。"恩圭尼亚说，"这些人也不好好想想，如果秃鹫都死了，谁去清理丛林里动物的尸体啊？腐肉会传播疾病的，那可太糟糕了。"

恩圭尼亚环顾一下四周。我能够感觉到谈了这些关于疾病的话题后，他现在正在想什么。"这里仍有毒药，我们必须把这儿的一切都烧掉——角马、死鸟，全部。否则，会有更多的动物死掉。"他一边说着，一边指着盘旋在头顶的秃鹫，"今晚，那些认为这是一顿盛宴的野狼和豺狼也得被毒死。我们现在必须马上行动了，否则……"

"别，先别烧。"贝基打断了恩圭尼亚，"这些贼从远处能看到我们头顶的鸟，他们会回来核查有没有更多的死鸟。我们现在先藏起来，晚些时候就能抓住他们。"

"好主意。"我表示赞同，"我听说这些猎杀秃鹫的人还为其他偷猎者充当'伊兹姆匹姆匹'——线人。如果我们这次抓不住他们，大象和白犀牛就要遇到大麻烦了。"

我看了看手表，已经是下午一两点钟了。我还要处理其他一些保护区里的事宜。

"我现在要走了，但是一定要随时与我保持联络，我需要知道事情的进展情况。但是，无论发生什么，都不要让任何鸟，还有任何动物吃角马的肉。"

"一定做到。穆克胡鲁。我们晚些时候再见。"

一两个小时以后，我一边开着车，一边找着努姆赞和象群的影子。这时，突然听到一两英里外传来一声枪响。我一脚刹住车，随后对讲机里断断续续传来恩圭尼亚平静的声音。

"穆克胡鲁，穆克胡鲁，呼叫穆克胡鲁。"

"收到。"

"我们逮着他们了。"恩圭尼亚的语气中难掩喜悦，这完全不同于他平日里冷淡的声音，"抓住其中两个。"

"做得好。待在那里别动，我马上到。"

就在我驾车经过住处的时候，脑海里突然有了一个主意。也许，我们可以跟这些桑格玛玩玩他们的把戏……

我把车开到车库旁的仓库，从里面挑出几样东西放到两个麻袋里，再把这些东西全都放到了后车厢里。我又去了趟厨房，从冰箱里拿出三袋牛肋骨，把它们包好塞进驾驶座椅的下面，这样马克斯就够不着了。

然后，我用无线电对讲机呼叫两个护林员，其中之一是位举止庄重的中年人，他是我实施下一步计划的理想人选。我告诉他们换上便服，以及到哪里跟我会合。

最后，我给恩圭尼亚打去电话，问他是否已经询问过偷猎分子关于下毒的事情。

"还没有。"他这样答复。

"好。"我放下心了，"不要对他们讲任何有关秃鹫或者下毒的事情。你们就假装抓他们就是因为他们杀死了一头角马。等我一会儿到了再跟你具体解释。"

我在途中把那两个护林员接上车，然后，我们在旅店那里停下，我又到古玩店里扫荡了一圈。

在开车前往贝基和恩圭尼亚等待我们的地点时，我向两个护林员解释了一下所发生的事情，并告诉他们接下来应该做哪些事情，还给他们看了看麻袋里的东西。年长些的那个护林员一边盯着这些玩意儿，一边哈哈大笑。他马上就领会了计划安排。

"你的土狼嚎模仿得怎么样？"我问年轻的护林员。

"上学的时候，谁也比不上我。"他"谦虚"地说。

准确模仿各种动物的叫声是很多乡下的祖鲁年轻人需要掌握的技能，今晚，我们就能把它派上用场了。有些人认为土狼拥有着超自然的特性。当你近距离观察这些奇妙的动物的时候，你能看到它们四肢笨拙地慢跑，听到它们在夜间怪异的嚎叫。这时，你就知道为什么关于它们的神话能流传至今了。

祖鲁人是天生的演员，非常喜欢表现，接下来将要发生的事情让他们觉得很有趣。但是，这个计划也是很严肃的事情，他们的表演既要朴素，也要让人信服。我让他们待在一棵树底下讨论各种戏剧化的手段，而我继续开车去和恩圭尼亚、贝基会合。

那两个罪魁祸首盘腿坐在地上，双手被铐在背后。贝基和恩圭尼亚坐在角马尸体的旁边，因为他俩在那儿，聚集来的成群的秃鹫就不敢飞下来啄食毒肉了。现在，四周的树枝都被它们压弯了。

这两个偷猎者也就是二十出头，脸上带着硬装出来的冷漠和沮丧，这是我在抓捕到的每个偷猎分子脸上看到过的神情。如果他们抓住一点点的机会，就会像兔子一样地迅速溜走。如果他们手头仍有枪的话，他们就会射击。我很好奇，这两个人的枪究竟在哪里呢？我一支也没有看见。

恩圭尼亚跟我打了声招呼，我递给他们一些水。这是个大热天，一直这样守着也把他们渴得够呛。

"嘿，穆克胡鲁，"他在痛饮一大口之前对我说，"抓住他们太容易了。他们走过来一坐下，我们就从后面冲上来了。我朝天上放了一枪，他们就投降了。他们的枪和砍刀在那边。"

我看见一支很旧但是保养得很好的罗西 .38 左轮手枪躺在草地上。

"怎么回事儿？"我惊讶地问，"他们不可能用左轮手枪射杀一头角马啊。"

"我们问他们了，不过他们说的话半真半假的。"恩圭尼亚说，"他们不是本地人。他们为北部的一个桑格玛工作，主要任务是搜集角马的尾巴，可他们到现在还没有弄到呢。他们还说是两个职业偷猎分子射杀的角马，这两个人也是同一个桑格玛雇的。偷猎者拿走了绝大多数的肉，然后就把他俩留在这里了。左轮手枪只是为了防身，他们没有什么经验，不过也很危险。"

"这么说，他们是桑格玛的助手了？"我厉声地说，"他们的交通工具在哪里？"

"他们没有车。"贝基说，"他们想走出去，然后打辆丛林出租车回家。"

"那么秃鹫的头在哪里？"

"按你吩咐的，我们没有问，不过他们倒是有一个袋子。我把它放在附近的丛林里了。不用担心，放在那里很安全。"恩圭尼亚答道。

"好！"

我随后放低声音，对他们耳语着："让警方处理这件事情就是浪费时间，只不过是一头角马和几个秃鹫的脑袋。今天，我们好好教训教训他们，让他们一辈子都忘不了。他们不是一位桑格玛的跟班吗？那他们就能给老板捎回口信。以后，他们，还有其他任何人都不敢再来了。我们用自己的巫术打败他们。计划是这样的。"

当我大致描述一下马上进行的即兴"苏拉苏拉玛斯"时，贝基和恩圭尼亚听得露出了大大的笑容。然后，按照计划，他们大步走到两个偷猎分子那里，把他们拽起来，推进了丛林里。

我呼叫那两个后援护林员，他们带着柴火走了过来。我们在20码外的地方点起一小堆火，在上面支起一个三腿铸铁锅，锅里煮上牛排。

他们又从麻袋里拿出我在仓库里找出来的一头鳄鱼和一只大狒狒的头骨，把它们摆放在角马尸体的两侧。那位年龄稍长的护林员把一张土狼皮披在肩上，又把我从我们的古玩店拿来的念珠绑在胳膊和腿上。为了完成这些特殊效果，他把珍珠鸡的羽毛插进头发里，手里还嗖嗖地挥动着至关重要的角马尾巴。

为了让我的计划发挥作用，我必须得回避，不能让这两个偷猎者看到。这里不是白人待的地方，我把路虎车藏进一小片杂树丛里，然后和那位年轻点儿的护林员走回空地，我俩偷偷地躲到一棵有着良好视野的大树后面。此时的暮色是营造超现实气氛的最好背景，我用无线电呼叫恩圭尼亚，告诉他可以把那两个家伙带回来了，但是要把眼睛蒙上。

刚把无线电放下，我听到身后一根树枝突然发出了咔嚓的断裂声。我几乎吓得魂飞魄散。象群！它们在这里。我刚想呼叫恩圭尼亚全速撤离，这时我的眼睛捕捉到了一片影影绰绰的轮廓，原来是一支由公捻角羚组成的"单身汉"队伍。它们螺旋形的角正从荆棘丛的上方探出来。

"咻！"我和这两个护林员都大声地长舒一口气。如果刚才是娜娜和它的家人的话，那我们的整个计划就全都泡汤了。

我们在越来越浓的夜色中看着这两个偷猎贼被带到角马的尸体处，他们的眼罩随后也被摘掉了。他们站在那里猛眨眼睛，想搞清楚这个新环境究竟是怎么回事。当看到尸体两侧的头骨时，两个人吓得几乎同时向后退。在桑格玛的装备中，鳄鱼和狒狒的头骨是恶毒的象征。

他们不由自主的反应太令人满意了，这说明我们的演戏达到效果了。

"坐下！"恩圭尼亚一边命令他们，一边把他们推到地上。

"可他为什么在这儿啊？"其中的一人问，还盯着我们那位坐在15码开外的，身上披着土狼皮的护林员。我满意地笑了，他们肯定以为面前的是另一个桑格玛。

"这里就是他的地盘。这周围所有的地方，一直到山那边全是他的领地。"恩圭尼亚说着，还威严地挥舞了一下胳膊，"他到这里来，是因为今天他的很多家人都死在这儿了。那些秃鹫全都是他的孩子。有些人说在平日里看见他和它们一起飞翔。"

恩圭尼亚说话的速度很慢，故意带着冷酷愤怒的语气。他随后抬起头凝视着树上的那些秃鹫，意味深长地点点头。我当时真想马上颁给他一个奥斯卡奖。

"他想把我们怎么样？"一个人声音颤抖地问。

"身上有没有你们效力的那个窝囊废的东西？难道是女人控

制你们吗？”贝基冷不丁地大声咆哮起来。

“我们身上有玛斯保护我们。”一个人急忙回答，“在这儿，就在我们的口袋里。我们一回去，就把这东西还有他的枪都还给他。”

贝基伸出手去搜索他们的口袋，从里面掏出来两块用蛇皮包裹的粉色和白色相间的河卵石。他走到我们的“桑格玛”面前，把玛斯还有那支左轮手枪递给了他。

然后，他和恩圭尼亚像豹子一样迅猛地冲到偷猎者那里，按下其中一个人的脑袋，用他们手中像剃须刀一样锋利的丛林刀割下他的一绺头发和一小块指甲。

对第二个偷猎者也是如法炮制。他们把这两个人的头发和指甲放在一片树叶上，隆重地递到以背示人的我们的“桑格玛”手中。

为了让玛斯真正发挥效力，桑格玛需要有目标人身体上的一些东西，或者至少一个物件。偷猎者们都知道这一点。

他们现在都要被吓死了。他们确信自己侵犯了一位强大的桑格玛的领地，而且这位桑格玛手头上还有了他们的头发和指甲，也有了他们主子的财物，也就是石头和手枪。这可是最恶毒的符咒了。

他们死盯着前方，没头没脑地用脚跟蹭着地。我看得出来，他们已经完全是一副困兽的样子了。

我们的“桑格玛”用一种我认为是阴魂不散的语气大声地喊叫着，恩圭尼亚走过去，拿回来煮得半生不熟的牛排，摆放在那两个人面前。

他解开他们的双手。"完事儿了。你们现在可以吃点儿来自尼亚马赞的肉了。这肉很好吃，一会儿，你们还要走好长的路呢。"

他当时不妨把一支长矛猛掷向他们的心脏。这两个家伙还以为自己要像秃鹫那样被毒死呢。毕竟，这个奇怪的、无所不能的、土狼皮下的桑格玛不是可以和秃鹫一起飞翔吗？难道它们不是他的孩子吗？而现在，这两个坏蛋已经成了桑格玛手中的俘虏。

他们紧紧地闭着嘴，在极度恐惧中，从鼻子里发出可怜的呻吟声。

他们完全被骗了，我对此感到有点儿愧疚。他们没有受过教育，本身也很无知，可是我们必须把这出戏继续演下去，这样我们才能有机会保护秃鹫的种群数量，使其免于灭绝。

"你们不肯吃？你们杀死了他的孩子，现在竟然还拒绝他的盛情款待！"恩圭尼亚怒喝着，还把一大块肉狠狠地往一个偷猎贼的嘴里塞。

这个可怜的家伙被吓掉了魂。他使劲儿地往外吐，还拼命地咳嗽，脑袋摇得像拨浪鼓一样。

不过他马上就崩溃了，因为害怕，竟难以抑制地哭了起来。他说他们是被迫过来收集秃鹫脑袋的，他们为自己的所作所为感到羞愧。可是，他们怎么能知道这些秃鹫是桑格玛的孩子呢？

贝基又拖延了一会儿，然后松开他们，命令他们站在原地不要动，而他和恩圭尼亚朝桑格玛走去，故意把这两个人独自留在身后。

不出预料，这两个偷猎贼撒腿就跑，不加考虑地以最快的速度冲进黑暗的丛林。贝基还冲着地上开了两枪，以便加快他们的行程。

估计他们得一直跑出几英里才敢停下脚步喘喘气儿，我希望他们能够安全到家。实际上，我也需要他们毫发无损地回去，这样才能向他们的桑格玛报告所发生的一切：他的石头和手枪，以及他们的头发和指甲现在都在一个强大的对手手里了，而这个对手的祖先竟然驻留在秃鹫的躯体里面。

当确信这两个人已经跑远，根本不可能听到我们说话的时候，我和那个年轻的护林员从藏身之处出来，大笑着祝贺我们的"桑格玛"，还有贝基和恩圭尼亚的高超演技。我觉得，他们比得上好莱坞任何一位一线演员。

"我们甚至都没用得上土狼嚎。"我拍着这个年轻护林员的肩膀。

随后我问了一个至关重要的问题："你们对此怎么想？他们能相信这一切吗？"

"他们再也不敢来了。"贝基回答着，"他们完全相信了。"

我们把四只死鸟和角马堆在一起，在上面放上木柴，然后把它们烧成了灰。恩圭尼亚把偷猎者装秃鹫头的袋子拿了过来，我们数了数，一共有七个头，上面撒满了盐。有的看来已经超过一个礼拜了。

当秃鹫的尸体在火焰里燃烧的时候，我想到了巨额的大乐透奖金。也许，我正看着它们化为乌有。

尽管我没有赢得过大乐透奖，但是如果弗朗索瓦丝在我的枕头下面发现了那些恶臭的秃鹫头，她脸上的表情就能值一百万美元了。

第三十二章

午后的微风几乎不会搅动树丛。努姆赞在马路对面兴致索然地吃着草，我在大约 10 码开外的路虎车旁边无所事事地待着，脑海里想起什么，就随便说些什么，我们两个都因为有对方的陪伴而感到心满意足。这又是一个你想出去与朋友闲逛的日子，大家可以尽情地享受阳光与友情的温暖沐浴。

与往常一样，我所做的就是说，它所做的就是吃。但是，我总觉得有什么地方和以前不一样了，可是还无法确定。

马克斯现在已经习惯了努姆赞待在周围，反过来，努姆赞也根本不在意它了。马克斯躲在汽车底下，把那里当成了床铺。它还在地上刨了一个洞，洞里可要比地表凉快多了。

我之所以过来看看努姆赞，是因为一个护林员告诉我，今天早晨象群出现了不小的骚动。1 英里外，人们就能听到它们长时间的尖叫和吼叫。我查看了一番象群，它们正在几英里外的地方吃草，看起来状态不错。努姆赞看起来也很平静，可是我总感觉有点儿不一样。以前它身上表现出来的那种明显的不安不见了，它看起来好像重拾了自信。

它朝着我走来，我仔细端详着这头离我不到 10 英尺远的巨大公象。毫无疑问，它看起来更自信，也更从容不迫了。它几乎比我高出 5 英尺，每次我们在一起的时候，我都能获得它大方给予我的全部温暖和安慰。

然后，它冲着我扬起鼻子。这个举动很不寻常。努姆赞很少伸出鼻子，即使伸出来，它也不是真的想让我触摸它。这一点和娜娜、弗朗姬不同，它们两个非常喜欢被人抚摸。

紧接着，它就转身走进了大草原。这也跟平常不一样，因为每次在丛林里相会后，都是我先要离开，而努姆赞总是站在我的车前面挡住我的去路。

稍后，随着落日把群山染成各种各样的红色和金色，象群来到了旅馆电围栏前面的水池边。如此近距离地欣赏这些荒野的王者，也是我们款待客人的一种独特方式。就在这时，我看明白了为什么努姆赞现在这么有自信。

象群们正在喝水，并往身上洒水的时候，努姆赞盛气凌人地从林子里走出来，高昂着头，敏捷地向水池边走去。我觉得这也太奇怪了，通常它都躲藏在外围。今天，这是怎么了？

娜娜抬起头看见了它，让我非常惊讶的是，伴随着胃里发出的深沉的隆隆声，它离开了水池，还要求象群也跟它走。

可是太晚了。努姆赞加快了速度，挑出弗朗姬——象群的金牌斗士，然后风驰电掣地向它冲去。弗朗姬被撞得倒退几步，险些被掀翻在地。

看到发生在它们冠军身上的这一幕，其他大象赶紧迈着碎步跑开了。当努姆赞转过身面对着娜娜，耳朵大大地张开，头高高地昂起时，我终于松了一口气。

娜娜迅速地挡在它心爱的家人和努姆赞中间，然后掉转身子，朝着努姆赞的方向倒着走。这不仅仅是表示恭顺的举动，更是准备好顶住即将到来的流星般的快速进攻。当它的身躯受到巨大的冲击时，我赶紧退避到一旁。两头加起来重达10吨的大象高速冲撞，就像看到两辆阿布兰坦克迎头相撞一样。看着眼前发生的事情，我惊呆了，内心里还掺杂着深深的同情。

现在，努姆赞很满意自己得到的尊重，并认为这都是它应该得到的。它灵活地走到水边，独自畅饮起来，这是新头象理应享有的特权。从现在开始，每到水源地，它就是第一个下去喝水的那头大象了。

努姆赞长大成人了。

从那以后，保护区跟以前不一样了。努姆赞不再给汽车或者其他什么东西让路了，它就站在路中间，等忙活完自己手头的事儿之后才慢悠悠地走开。任何想要把它赶走的企图都会招致警告，所以我们格外留神不要惹恼它，谁也不想受到这位保护区新任老大的攻击啊。大家很快掌握了与公象打交道的礼仪，那就是离它远点儿。否则的话，后果不堪设想。

不管发生了多么大的改变，对我而言，它还是原来那个努姆赞，我们的丛林相聚也仍在继续。它不再吼叫，也不再呼唤我，所以我们见面的次数不像以前那么频繁了。和它在一起的时候，我更加小心翼翼了。只要走出路虎车，我一定要确保发动机盖横在我们中间。这并不总能奏效，它有时候仍然想站在我的旁边。我爱这头壮观的动物，看到它摆脱了不安和恐惧，我感到非常欣慰。没有妈妈的陪伴，也没有得到任何父亲角色的教导，它的成长过程异常艰辛。然而，它终于长大成熟了。

"你现在是个厉害角色了。"上一次邂逅时，我对它讲，"你现在是一个真正的努姆赞——真正的老大了。"我奉承它的时候，它一动不动地站在那里，用那双大大的棕色眼睛凝视着我，就好像在接受这些赞美之词似的。

努姆赞可以是占据主导地位的公象，可是娜娜仍然是象群的领班。不久以后，保护区里又发生了一次冲突。这次，是苏拉苏拉保护区里面两个勇敢坚定的女家长之间的斗争。

"劳伦斯，劳伦斯！快过来，看看发生什么了！"

我冲出房间，跑到院子里。在花园的一端，站着弗朗索瓦丝；另一端，站着娜娜。娜娜找到了电围栏上的一个薄弱环节，然后闯进了弗朗索瓦丝宝贵的香草和蔬菜园。和它的孩子们——曼德拉、姆乌拉一道，正狼吞虎咽地嚼着眼前的每一棵灌木。

"让它停下来！把它带走！"弗朗索瓦丝命令我。

与此相比，我觉得更可行的一个办法就是以卵击石。看到我脸上绽放的大大笑容，她转向娜娜大喊："娜娜，停下，我没处去买这些香草。这是我为客人们准备的。停下来！该死！"

这是一场真正的对抗啊。弗朗索瓦丝和贝柔的体重加起来125磅，娜娜、曼德拉和姆乌拉加起来也许能有10吨重。

看到我什么忙也帮不上，弗朗索瓦丝冲进厨房。再出来时，双手拿着坛坛罐罐。我还没来得及阻止，她就开始使劲儿地敲打这些厨具，就像是一个发狂的撞钟人。

340

第一个做出反应的是贝柔，它还以为天塌下来了呢，拔腿就跑进屋里，不敢再出来。以前我从来没有见过贝柔如此不顾形象地逃跑，它那毛茸茸的小短腿所迸发出来的速度让我惊叹。它一跑，就把弗朗索瓦丝一个人留在了对抗的现场。

　　这叮叮当当的声音把娜娜吓了一跳，它抬眼看过来，然后一边摇着脑袋，一边用它那像鼓面一样大的前脚狠狠地跺地，就好像在跳祖鲁勇士的舞蹈一样。它盯着弗朗索瓦丝，弗朗索瓦丝也回盯着它，还冲着娜娜大喊，让它赶紧离开这里。

　　看见自己手里的打击乐没有什么效果，弗朗索瓦丝又转身走了。不一会儿，她手里握着花园里的水软管回来了。我们房子的水压非常好，所以弗朗索瓦丝站在围栏后面安全的距离处，打开喷嘴，就像消防队员一样冲着娜娜喷射水柱。娜娜又摇着脑袋，冲着弗朗索瓦丝跺脚。

　　后来，娜娜习惯了这个高压喷泉，开始捕捉起水柱，自己玩了起来。至于弗朗索瓦丝，她恨恨地评价我和周围难掩欢笑的护林员们，说我们就是一群废物。她疾风骤雨般奔回屋里，嘴里不停地喊着"该死"。

　　当一切都平静下来之后，我捡起软管，慢慢地放开一点压力阀，然后伸向娜娜。娜娜走过来，让我把它的鼻子灌满水，然后又走回花园里面，把那里扫荡一空。

　　第二天上午，弗朗索瓦丝叫来一个电工把围栏和花园进行了加固。自此，任何长有长鼻子的东西全部被挡在了外面，再也进不来了。

　　无论什么时候象群经过我们的住处，即使不再突袭弗朗索瓦丝的花园，仍要途经一条 30 码长的水坝，我们把这个就在路边的水坝称作"呱啦呱啦"。大象们喜欢在那儿的浅水里洗澡。不过，它们到那里去也会毁坏一些东西，我们就不止一次地过去维修过溢流堰。这一次，护林员们告诉我它们又把溢流堰弄坏了，我急忙赶过去看一眼，马克斯跟在我的脚边。

果然，我从老远就看见它们进到了坝里，站在溢流堰上，它们合起来的重量又把堤堰压塌了。这没什么大不了的，工作队一天就能把它修理好。我决定把车停到一边，在这里享受一下片刻的安宁和平静，顺便也看看会发生什么事儿。

在有水的区域，总有大量的生命形态存在，所以在水坝这里消磨一两个小时绝对是值得的事情。本季的第一批蝌蚪已经孵化出来，它们成群地集结在水面下，有些群像足球那么大，在水下缓慢轻柔地翻滚着。芦苇床那里，橙色的蜻蜓在上面或盘旋，或疾飞。

一只大的尚格鲁鲁——有着油黑身躯、橙色腿、长达 6 英寸的非洲千足虫，从用填石铁笼造的挡土墙的缝隙里爬了出来。我伸过去一只手，它就爬了上来，并沿着我的胳膊一直向上走，它们每次都是这样。最后，我抓住它的尾部，把它轻轻地放下来。我的动作非常非常轻，否则，如果你吓到它们，它们就会排泄出一种散发着恶臭的东西，即使你用水和肥皂都不容易洗掉。

云集的昆虫显示这里有着大量的生命形态。褐色池水的平静水面经常会泛起大理石花纹般的涟漪，原来那是水下的罗非鱼游上来觅食搅起的水波。

旁边有一棵歪倒的罗布斯塔树斜在水面上方，树枝上满是织布鸟的鸟巢，它们悬挂在上面，就像是淡黄色的累累硕果一样。这些漂亮的明黄色的小鸟正忙着建造它们季节性的家，并且跟以往一样，那里至少有一个家庭在叽叽喳喳地争吵不休。

建造鸟巢可是雄鸟的任务，而且它的伴侣就在旁边仔细地监督着，扮演着自封的质量监控员的角色，而且工作态度非常认真。这个可怜的小家伙，它可能已经用了三天的时间收集芦苇，辛辛苦苦地建造窝巢。它从一根树枝跳到另一根树枝上，叽叽喳喳地叫着，抱怨着。它的老婆在窝里进行最后的检查，现在正啄着把巢固定到树枝上的绳结。这只意味着一件事：这个巢被拒绝验收了。它痛苦地嘟囔着，眼看着这个该死的窝离开树枝，掉进水里，加入其他几十个同样被丢弃的鸟巢里。它的新家没有通过检测，它现在必须又得从头做起，否则就会失去自己的伴侣。

我摘下帽子，把它当作枕头垫在头底下，伸展着四肢躺在旁边的草坡上打个盹。这时候，我感觉自己好像身处人间天堂一般。

直觉是种很奇怪也很有益的东西。它会悄无声息地来，而且常常让人觉得莫名其妙。但是在丛林里，它非常实用，也极其有价值。

我正在小憩的时候，一种隐约的潜在的恐惧感突然打破了我内心的宁静。过了好一会儿才弄清楚这种感觉，我猛地醒过来，疯狂地向四处张望。

周围的一切看起来都很平静。马克斯在水边喝水，如果有危险的话，它会发出警告的。但究竟是什么让我内心感到如此焦虑呢？

我一遍又一遍地查看着四周，一切看起来依然风平浪静。可我觉得，肯定有哪里不对头。刚要把头枕到帽子上，我发现自己险些错过了这一幕。

在大坝的水面上，有一道几乎感觉不到的波纹向我们这边移动过来。这看着太有趣了，我索性又坐了起来。不过，那是什么呢？

它看起来毫无恶意，还那么轻柔，几乎不值得我们担忧。但是，有种感觉总是不断地困扰我，这时直觉又来了。我使劲儿地仔细看，这回，吓出了一身的冷汗。在暗褐色的水里，细小的水波纹下面，藏着一头巨大的鳄鱼，它的大尾巴正推动着它向马克斯游去。就是它稍微露出一点点的鼻子尖儿把水面拱出了一道波纹。

我一跃而起，一边冲向马克斯，一边对着它大喊："马克斯，过来！过来！马克斯……马克斯！"

它不喝水了，抬起头看看我。马克斯从来没有听到过我这样急躁地对它喊叫过，它觉得既然自己没有做错什么事情，那么我的怒吼显然跟它没什么关系。它低下头，继续用舌头舔起水来。

我跌跌撞撞地翻过挡土墙，抓起上面一小块松动的石头，想冲着马克斯掷过去，以便再次引起它的注意。可由于用力过猛，我脚下一滑，摔倒了，手里的投掷物也甩飞了，自己还被尖锐的岩石划伤了。我迅速地起身，继续向马克斯奔去。可是现在，鳄鱼已经快游到岸边了。马克斯仍然继续舔着水，对可怕的危险浑然不觉。

终于在最后一刻，马克斯意识到我是冲着它喊叫。它一下子就蹿到河岸上，甚至把我都甩在了身后。我们两个都在为性命而逃，只不过我知道有危险，而它一无所知而已。我以前见过鳄鱼从河里冲出来猎食的场景，那可是我最不喜欢的死法了。

我跑到了山顶，这之前经历的可怕时刻感觉好像有一个世纪那么漫长。当我们抵达山脊，确信安全以后，我回过头，看见这头巨大的怪物在身边搅起了巨大的旋涡，那里正是刚才马克斯喝水的地方。这头鳄鱼大约有12英尺长。

我们终于安全了，我一下子瘫坐在地上，努力恢复神智和呼吸。我伸出手，用一只胳膊把马克斯搂住，它回赠给我一个湿吻，表示看到我不再发疯，它有多么高兴。

当它再抬头面对前方的时候，突然看见了那头鳄鱼。马克斯立刻紧张起来，并且警惕地观察着。它太幸运了，因为我的手一直搂着它，并及时地抓住了它脖子上的项圈，否则，它就得冲向那头巨兽。我想起了我那勇敢的彭妮，还有它壮烈的死法。丛林里留下的踪迹显示无误，它就是故意冲向鳄鱼的，而鳄鱼夺去了它的性命。也许有人认为它们有勇无谋，可是在我看来，斗牛犬和斯塔福德牛头梗拥有着无穷的勇气。

这次事件是马克斯在那里喝水导致的。动物用舌头舔水的声音通常会把鳄鱼引过来。它们猎杀的技巧很简单，待在水下，慢慢靠近，然后从深处发起突袭。它们非常非常擅长这一点，在鳄鱼嘴下逃生的概率微乎其微，因为它们不会事先给你任何的警告。

靠着源自本能的直觉，我们活了下来。没有别的，仅此而已。

十五分钟以后，这头巨大的爬行动物在水坝的远端浮出水面，拖着沉重的身躯慢慢地爬上岸。我正等着这一刻呢，这样，我就可以好好看看它了。

即使有可能，从远处判断一头鳄鱼的性别也很困难。不过，我判定这头鳄鱼是雄性，从它后背那么深的颜色看，它的年纪也不小了。另外，从它狩猎技巧的娴熟程度上，也能断定这是一头狡猾的家伙。它是保护区的一位新成员，肯定是顺着河水游下来的。也许就是在最近的洪水中，它跋涉两里路到了这儿，然后就宣称"呱啦呱啦"水坝是它的家了。它的到来，壮大了苏拉苏拉的动物家庭。现在，它理应得到保护，在这里过着自然生态的生活。水坝里有很多白鱼，这足够它吃的了。它偶尔也要享受几顿大餐，当然了，希望这里面不要包括我和马克斯。它在这里会过得很开心。

第三十三章

"老板！呼叫老板！"

双向对讲机里传来戴维的声音。

"收到。什么事儿？"

"这边出了错误。"戴维说。在祖鲁话的上下文里，"错误"这个词意味着大问题。"我现在在库杜河的过河管这里。你最好马上过来。"

"为什么？"

他停顿了一下。

"又有一头白犀牛死了。"

"该死！发生什么了？"

"你最好亲自过来看看。你不会愿意知道真相的。"

我觉得很困惑，马上拿起 .303 手枪，心里多多少少期盼着能够碰到偷猎者。从第一头白犀牛被猎杀那天起，我就一直想着和这些家伙碰碰面。我跑向路虎车，马克斯依旧跟在脚边。究竟是什么事情让戴维不肯在无线电对讲机里告诉我呢？

到过河管那里去，大约需要二十分钟的车程。我的注意力突然被努姆赞的出现打断了，它正迈着大步穿过草地朝我的左侧走来。尽管心里很着急，可我还是停下车。它看起来有些不对头，我坐在车里都能感觉得到。

我大声地喊它，可是它没像以前那样向我走来，只是抬起了头，张开耳朵，故意走开了。大象每一个不同以往的反应都能引起我的兴趣，放在以往，我会跟踪它去看个究竟。可是现在不行，戴维正在火急火燎地等着我呢。

十分钟后，我看到了戴维。他正盘腿坐在一棵小平顶金合欢树的树荫下，神情严肃地盯着地上。我把车开到他旁边，然后下了车。

"怎么了？"我一边问，一边环顾四周，"白犀牛在哪儿？"

他慢慢地站起来，一句话没有说就带着我沿着一条老路走到了一片空地上。那具灰色的尸体就躺在地中间。这是一头雌犀牛，从外表上看，它刚死不久。

它的角仍然完整，这令我很奇怪。我以为这两只角早已经被割掉了呢，因为第一伙在这里偷猎犀牛的家伙就是这样干的。我走近这具一动不动的巨大的尸体，不经思索地就去寻找弹孔，可是没有找到。

我随后又仔细检查这具尸体上有没有得过病的迹象，或者其他可能导致死亡的原因。戴维静静地站在一旁。

眼前恐怖的情景完全把我吓呆了，以至于我都无法搞清楚到底发生了什么。抬头一看，我更震惊了，即使是龙卷风也不会造成比这更大的破坏吧。成片的树丛被压碎，树木横七竖八地倒了一地，碎片崩得到处都是。地面也被刨出了一个大坑，好像是一辆失控的推土机不顾一切地铲平了这里的一切。我很费解，一头白犀牛不可能造成这么巨大的破坏。到底发生了什么该死的事情呢？

我本能地在地上找答案。到处都是犀牛的足迹，脚印踩得很深，也很凌乱。不过，从现场迂回曲折的行走路线看，这很不正常。然后，大象的脚印出现在我的眼前，巨大的厚皮动物的足迹，还有愤怒的公象全力进攻时在地上蹬出来的深沟。

努姆赞！

我努力地压抑自己刚刚想明白的判断，再次希望自己的想法是错的。

"是努姆赞杀了它，老板。"戴维的话把我拉回到了现实世界当中，"它和努姆赞过招，根本就不是对手，永远都不是一个重量级的对手。它拼得太难了。"

我点点头，可心里还是不愿意相信这一切。但是足迹所讲述的故事就像胶片影像一样真实可靠。

"我以前在纳米比亚的一个水坑边见过一头大象杀死了黑犀牛。"戴维继续说，就像在自言自语一样，"大象猛地冲向犀牛，把它撞得后退了30码，重重地倒地死了。它的肋骨被撞得凹进了胸腔，挤压到了心脏。大象还把一只前脚踏在尸体上，前后地扒拉着这头可怜的犀牛，完全把它当成了玩物。大象的力气大得让人难以置信。"

戴维盯着我们面前的尸体。"我知道它是一头白犀牛，身体比黑犀牛大出两倍啊。可是，在大象面前，它也没有机会。"

我突然看到左侧的丛林里有东西一闪，马克思也看到了。

顺着它的视线，透过树叶，我看到了一头被遮盖着的小犀牛，它正在树丛里静静地往外观望着。它是海蒂，死去白犀牛的两岁半的女儿。在绝大多数情况下，白犀牛都会奋战到底的。不过，如果身边带着一头小犀牛，它们肯定要妥协了。

"真是一团糟！"我气得火冒三丈，声音回荡在丛林里，"该死，它为什么要这样做？这个大白痴！"

"我们，我们不会射杀它，是吧？"戴维问我。我第一次意识到他为什么那么沮丧。

射杀努姆赞？这句话让我不寒而栗。

在大多数南非的保护区，爱进攻的年轻公象往往是早前屠杀时剩下的孤儿，并且没有得到过贤明成年公象的监护，这样它们才会无故地杀死一头犀牛。一旦发生这样的事情，保护区主人会立即做出严厉的惩罚。南非的白犀牛非常稀有，非常昂贵。相比之下，大象的数量则多很多，相对也便宜很多。过去的记录显示，如果大象杀死了一头犀牛，以后它还会杀第二头。因此，为了保护更有价值的白犀牛，凡是杀死犀牛的大象也就宣判了自己的死刑。

一次愚蠢的暴力行径，努姆赞就将自己置于被驱逐的卑贱命运中了。我不能继续留它，也不能为了爱或者钱把它送走。谁会因为一头大象杀死了白犀牛而收留它呢？绝大多数保护区主人会马上安排一次猎杀行动，当场解决这个问题。

"不，"我像给自己打气儿一样对他说，"我们不会射杀它。不过这回，我们手头可有了一个烫手的山芋。"

我停顿了一下，努力想怎么解决这件事情。"我们把这件事情分解一下。首先，海蒂应该没有什么问题。它已经长大了，没有妈妈在身边也可以活下去。它可以加入其他的犀牛群里。"

"其次，我们必须把牛角取下来。"戴维打断我，"消息马上就能传出去，这两个牛角对于偷猎者来说是太大的诱惑了。我去找人手，我们把角割下来，清理干净，放到保险柜里。"

我点头表示赞许。"好主意。我给 KZN 野生动物协会打电话，告诉他们发生的事情。他们肯定会对犀牛的死感到很不爽，那我也得向他们通报一下啊。把尸体放在这里，可以给客人们开开眼界，让他们看看土狼和秃鹫是怎么食腐的。"

戴维又要开腔，可还有些吞吞吐吐的。"老板，"随后他几乎是央求的语气低声地问，"你肯定我们不会射杀努姆赞？"

这是个难以回答的问题，我的心里还没有答案。我决定见招拆招。"我先去找它，看看自己能做点儿什么。我需要和它待上一会儿，看看能不能找到解决办法。"

戴维看着我，不太信服的样子，但是这已经是我能想出的最好的方案了。我们两个站在那里，长久地凝视着这具巨大的灰色尸体，然后朝着不同的方向离去。他去找人割掉这个曾经那么雄伟的犀牛的牛角，而我想找努姆赞好好谈谈。

我们离开的时候，我看到小犀牛从藏身的树丛里迈着碎步走出来，充满戒备地站在它死去的英雄妈妈的身边。努姆赞这次真是惹了一个大麻烦啊。

足足找了一个半小时，我才在呱拉呱拉水坝那里找到它，它居然还有闲心在那里吃草。我慢慢地靠近，在大约 35 码远的地方停下车，走下来，靠在汽车的发动机盖上，拿出了双筒望远镜。我没有喊它，不过它完全知道我就在那里。它没有理会我，继续吃草，这正是我希望的状态。用望远镜快速地扫视了一下它的全身，我看到了它和白犀牛战斗时留下的伤口。

努姆赞身上已经凝结的血块证明白犀牛的牛角刺进了它的胸口，它身体的两侧还遍布着深深的划伤和擦伤。这可不是一次简单的短兵相接，这是一场激烈持久的战役，可能只是因为它还不习惯战斗。一个像它这么大个头的老手只需一次雷霆万钧的猛冲就能结束战役。

当时犀牛肯定有很多机会可以逃跑，但是身边带着一个小家伙，"逃跑"这个词就从它的字典里删掉了。它就像自己这个英勇的物种中其他成员一样坚守着阵地，直至为固执付出了最高的代价。

它终于吃完草，抬起头看了看我。

"努姆赞，"我严厉地喊它的名字，声音不大，但是语气和语调非常严肃，"你知道自己都做了什么吗？你这个该死的大傻瓜。"

我以前从来没有用这么愤怒的语气跟努姆赞说过话。我需要让它明白我对白犀牛的死非常生气。

"对你，对我，对每个人来说，这都是一个大问题，你当时是怎么想的？"

当我严责它的时候，努姆赞一动不动地站着，眼睛也一动不动地盯着前方。直到我开车离开，我才看见它走开。

从那以后，我每天都跟踪它，尽量多地待在它旁边。但是，如果它走过来，我故意开车离开它。我能看出来这样让它很烦恼。

有一天，实在太巧了，我在白犀牛遇害的犯罪现场发现了它。我立即把车开到白犀牛仍在继续腐烂的残骸旁边，确信自己站在逆风口，因为这个气味实在是太让人难以忍受了。我还要确认这是一个很有利的逃跑位置。我轻声地呼喊努姆赞。

显然，它很高兴再一次听到我亲切的语调，于是冲着我慢慢地走了过来。我让它一直走到犀牛的尸体旁，然后从车窗探出头，用坚定并且平稳的声音严厉地训斥它。当它一反常态地转身离开时，我才停止了责备。

有人可能会说我这么做完全是瞎胡闹，大象怎么能听懂呢，我完全是对牛弹琴。可是我相信努姆赞明白了我的意思，它再也没有跟别的犀牛打过架，更别提杀死一头了。我们的关系恢复了正常，努姆赞就像以往一样又从丛林里走出来跟我聊天了。

有时候它甚至还到我们的住处，跟大家打个招呼。现在，戴维也终于放下了一直悬着的心。

不久后的一天，戴维敲开我的门，看起来有点伤心。

"我能进来吗，老板？"

"当然。怎么啦？"

"我爸妈打算离开这里，他们要去英国。是移民。"

一听这话，我多少有些诧异。戴维的家人是早年到祖鲁兰拓荒的先驱者的后裔，在当地很受人尊重。对他们来说，这一定是个巨大的决定。

戴维注意到了我震惊的表情，他笑了，露出的是近乎尴尬的笑容。

"不仅如此，我也要跟他们走。"

353

这次，我差点儿被吓趴下。如果说我难以想象戴维的家人在英国的生活，那我更难以想象戴维在那儿怎么过日子了。他是一个丛林人。在英国，这种人是稀缺资源。他的本质是狂野，而不是绅士风度。

"你确定这回不再是卡其狂热吧？"我微笑着问他，想起了他上次为了那位漂亮的英国游客而离开我们的那件事儿。上次他在外待了一个来月就杀回来了，想要回原来的工作，即使我们不给他开工钱。

他大笑着说："这次不是。对我爸妈而言，要适应外国的生活很不容易。我想过去帮帮忙。"

我点了点头。我知道他跟家人的关系有多亲密。

"我们怎么做才能让你留下来呢？"

"老板，恐怕什么都不能让我留下来了。做出这个决定太艰难了，我会想念苏拉苏拉和大家的。我不得不和家人在一起。"

"我们也会想你的。"

那个月的月末，他走了。当我最后一次以他"老板"的身份握住他的手的时候，觉得这一天太让人忧郁和伤感了。

戴维的内心里拥有着无法扑灭的快乐火焰，刚在英国扎稳脚跟，他就加入了英国陆军。他被选中到世界闻名的桑德赫斯特英国皇家军官学校学习了军官课程，并作为军官在阿富汗指挥了一系列的军事任务。在那里，我相信他的户外技能和天生的领导能力会帮助他成为优秀的指挥官。

第三十四章

在苏拉苏拉，已经有六十年的时间没人被蛇咬过了。

这一点并不让人感到奇怪。尽管苏拉苏拉，就像每一个非洲的保护区一样，里面爬行着各种类型、各种大小的蛇类，可是出于三个原因，这些迷人的爬行动物见到人类，是要退避三舍的。第一，它们不想被践踏，没等你接近，它们早就爬走了。第二，人类不是它们的猎物。第三，它们早就知道人类会杀死它们，原因无外乎就是因为它们是蛇而已。

第一个原因里面唯一的例外是鼓腹巨蝰。它们依赖自己身上暗沉的黄、棕、黑色作为保护色，即使你走到它的面前，它都不肯挪动一下。它的身体很粗壮，身长能有 3 英尺。因为这种蛇太爱进攻了，所以它们比非洲其他蛇类造成的死亡人数都要多。每个老护林员都经历过踩到或者几乎踩到一动不动的鼓腹巨蝰，事后才发现自己刚刚逃过了致命的一劫。它们就是一动不动，有时候即使你踩到它们了，也不动。但是，它们如果咬人，出手的速度比你跳起来的速度快多了。

驱散有关蛇类的诸多神秘色彩可以帮助游客们开阔思维，

这样，他们就可以欣赏这些迷人的生物，甚至还可能把它们当成朋友。蛇类对于自然环境至关重要，尤其是在控制啮齿动物的数量上发挥着积极的作用。

然而有一种蛇，它本身就是一条法则。

"我们刚刚损失了两头斑马。"约翰·廷利说。他是毗邻的KZN野生动物协会梵蒂姆维罗保护区的一位资深护林员。那天，他路过这里，顺道过来喝杯茶。"两头都死了，就死在水池旁边，又胖又健壮的，根本没有生病的迹象，身上也没有伤痕。"

他看着我，等着我评论一番，想检测一下我的判断。

"那么，究竟怎么回事儿啊？"我把问题又抛给了他。

"黑曼巴蛇啊！"他一边吹着热茶，一边回答，"杀死了两头斑马。一动不动地死了。"

"你逗我玩儿吧？"我说着坐直了身子，"一条黑曼巴蛇能杀死两头成年斑马？"

他打了一个响指。"就是那么回事儿啊。当我们到那儿的时候，它们两个已经成了历史。它们肯定是吓到那条该死的蛇，或者踩到它了。谁知道到底是因为什么啊。"

"你确定？"我对所闻感到惊讶不已。一头斑马可以重达600磅啊。"杀死两头？"

"痕迹不会说谎。那儿没有别的蛇留下的印迹了。你可能看到火光了，我把尸体给烧了。我可不想让任何人或者动物吃它们的肉，即使土狼也不行。"

他一走，我赶紧拿起电话。打完几个电话后，我陷坐在椅子里。他说得对，一条黑曼巴蛇可以轻松地杀死一头斑马。实际上，它几乎可以杀死任何动物——狮子、高大的公捻角羚……甚至长颈鹿都被撂倒过。至于人类，一条黑曼巴蛇的毒液足以杀死四十个成年人。

它可以长到 15 英尺长，粗细如同一个男人的手臂。它还是爬行速度最快的蛇，可以把头扬起三四英尺高，在地面上飞驰。在这里完整地描述一下吧，确切地讲，它不是黑色，而是金属灰色。不过，嘴里面可是漆黑的，它由此而得名。看到一条在草原上滑行的黑曼巴蛇，棺材型的脑袋扬起几英尺高，这无疑是在保护区里面游览的终极体验。

几天以后，当我正在办公室工作的时候，听到了比耶拉扯着嗓门儿的喊叫声。

"穆克胡鲁，快过来！黑曼巴！"听到"曼巴"这个词，我浑身打了一个激灵。抓过猎枪，把马克斯关在屋里，就冲了出去。看到比耶拉正站在房后，背靠着储藏室的墙，用手指着。

"黑曼巴！"他又喊了一声。

我把手指放在嘴唇上，示意他小点儿声。他点了点头，并且很感激地看着我拿的猎枪。他指着那个用栅栏围绕的小院子，那里是我收藏一些小摆设的地方。

"它钻进那里面了。"

"你确定那是一条黑曼巴？"我问他，因为我知道，比耶拉只要见到蛇，就不经思索地认为都是黑曼巴蛇。

"绝对是黑曼巴蛇。"

通常，我们不会杀死蛇。即使是一条黑曼巴，我们也尽量抓住它，然后放进丛林里。但是，如果如此致命的东西想要逃到房子里，我会毫不迟疑地开枪杀死它。我最不想看到的就是这种剧毒的家伙出现在卧室里或者藏在沙发靠垫的后面。

我们侧着身一点点地靠过去，突然，比耶拉抓住了我的衣袖，我们看见一个尾巴在眼前消失了，光天化日之下从我们卧室的窗户爬了进去。

"该死！"我和比耶拉一边火急火燎地转身跑向房子的前门，嘴里一边骂着。我们奔回前门那里，冲进卧室，然后停下脚步。侧着身子慢慢地往屋里走，我们小心翼翼地扫视着周围，然后是地板，最后是头顶上的横梁。可是什么都没有发现，什么都没有。

它跑了。我们到处找，床底下，衣柜里，窗帘后，找遍每一个地方。它彻底地，彻底地消失了。

"太不可思议了。一条黑曼巴蛇钻进了我们的卧室，可是却找不到了。老天啊，一条可怕的黑曼巴蛇啊！它到底爬到哪里去了？"

"它们就像幽灵。"比耶拉这样回答。

令人惊慌的是，我突然听到弗朗索瓦丝正在外面和一些员工聊天。"你是说我的卧室里面有一条黑曼巴蛇？劳伦斯在哪儿？"

"嘿，我在休息室呢。"我向她喊着，努力装出无所谓的语气。

她走进屋，脚边跟着蹦蹦跳跳的贝柔。"真是无稽之谈，为什么说我们的卧室里有黑曼巴蛇？"

"噢，也许有吧。我想刚才可能有一条，不过现在，啊，也许已经爬走了。"我严肃地点着头说，就好像我已经完全控制了局势似的。

"你不确定我们的房间里面到底有没有一条黑曼巴蛇？"她踮起脚尖，视线从我的肩头越过，盯着卧室的门，"好吧，好吧，你真是一位了不起的白人职业猎手。我今晚到旅店去睡，如果你确信蛇已经跑了，那么你在这儿睡吧。不过，你要确保遗嘱是更新过的。"

这时，贝柔在卧室里开始咆哮，也不知它什么时候从我们身边溜进去的。我本能地知道它发现它了，或者更糟糕的是那条要命的蛇发现了它。

我转身冲进卧室。在地中间，站着小狗。在它的正前方，不是一条黑曼巴，而是一条莫桑比克射毒眼镜蛇。这是一条姆菲兹，马克斯最喜欢的对手。不过贝柔不像马克斯进攻前那样快速地绕着爬行动物转圈，它根本不是一个能跟蛇打架的战士。

这条蛇已经摆出了经典的进攻姿态：头高高地扬起，头巾状的颈部也张开了，仿佛在施催眠术般盯着眼前的这个矮小的小毛球。见我们进来，贝柔立马来了勇气，昂首阔步地走来走去，还使劲儿地叫个不停，完全不再是这条致命毒蛇的固定进攻对象了。

一条姆菲兹的蛇毒可以杀死一个人，它造成的杀伤力远远低于黑曼巴蛇。一想到这点，我心里放松了很多。

黑曼巴蛇，就像先前所述，实际上是灰色的，跟姆菲兹的颜色看起来极为接近。从姆菲兹爬进窗口时露在外面的尾巴判断，我和比耶拉把它误认为是黑曼巴蛇。让我宽慰的是，这只是一条致命的莫桑比克射毒眼镜蛇。不过，这种宽慰很快就被担心所取代。我担心如果贝柔出点儿好歹，弗朗索瓦丝的怒火就会发泄到我身上，她非得让我出去找条黑曼巴不可。

"劳伦斯！想想办法啊！"

我把眼镜往上推了推，以便更好地防止蛇毒喷溅到眼睛。出于同样的原因，我还闭上了嘴（刚才把嘴张开是为了顶嘴）。我绕过这条泰然自若的蛇，兜起激动的小狗，把仍在狂吠的它递给了弗朗索瓦丝。

随后，比耶拉递给我那把忠心耿耿的捕蛇笤帚，我小心翼翼地靠近，可不希望引起姆菲兹先生任何不必要的反抗。

我冲着竖起身子的蛇慢慢地调整着笤帚的方位，通常情况下，蛇见到笤帚，就会低下直立的头。可今天，不知道为什么，这条蛇并没有被笤帚吓到。可是，笤帚前进的势头仍绊到了竖立的蛇。它现在全身的平衡只维系在身体的后三分之一那里，它一下子就趴在了笤帚头上。接下来的事情就简单了，我抬起笤帚，蛇盘旋在远端的笤帚头上。我把它端到外面，然后走出老远，放它走了。

谢天谢地！贝柔安然无恙，在弗朗索瓦丝的眼里，我也拥有了家庭英雄的崇高地位。

另外让我高兴的是，在这次抓捕中，两个见习护林员亲眼见到了全部过程。事后，我又领他们复习了一遍笤帚技能，并且强调这种方法只对眼镜蛇起作用，因为它们进攻时必须保持直立的姿势，这时，你可以把笤帚慢慢地伸到它身体较低的位置下面。

　　然而糟糕的是，几天以后，当时即席发挥的捕蛇培训课程竟然带来了意外的严重后果。

　　"红色警告！有人在主区被蛇咬了！"路虎车的对讲机里传来急速的呼叫声。这时，我和布兰登正和象群待在一起，看着曼德拉跟比它大很多的马布拉玩耍着摔跤。

　　"谁被咬了？在哪儿？什么蛇？"布兰登的回复很冷静，也很有条理，这非常有助于平息大家恐慌的情绪。

　　"是新来的见习生布雷特。我们认为应该是条黑曼巴蛇。我们正在找，这样才能鉴定出到底是什么蛇。"

　　随着对讲机里的声音渐渐减弱，我觉得胃里一阵翻腾。黑曼巴！我把路虎的油门一踩到底，转眼就冲回了主区。对讲机里面早已经乱成一团，我根本插不进一句话。

　　从苏拉苏拉驱车赶往恩潘盖尼的医院大约是四十分钟的车程，如果伤者遭遇的是黑曼巴蛇铆足劲儿的一咬，四十分钟的路途太遥远了，因为这个毒量在二十分钟内足以夺去伤者的性命。另外，保护区里面没有黑曼巴的血清。实际上，没有人手头能有这种血清。原因很简单，这种血清离开蛇体后，在很短的时间内就会变质。而且有时候，血清跟被蛇咬一口差不多，也能夺取人的性命。

　　"上帝啊，我希望不是黑曼巴蛇。"我祷告着，"如果是黑曼巴的话，最好不是条大黑曼巴。"

　　但是我也知道个头大小不是关键所在，即使是刚孵出一天的黑曼巴蛇的蛇毒也能杀死一个成年人。

我猛地把车停在房后的停车场，车轮掀起了一波尘土巨浪。从车里跳出来，我跑到了护林员聚拢的地方。他们正站在一条巨大的死蛇周围，我心里仍然希望这不是条黑曼巴蛇。

　　可它的确是条黑曼巴。

　　"谁送布雷特去医院了？"我问。

　　"没人送。他想先装好手提包。不过，我们现在就送他去医院。"耳畔传来另一个实习生如此荒唐的回答。

　　"什么？他知不知道这是条要命的黑曼巴蛇？"

　　"他知道。不过只在手指上咬了一小口而已。"

　　"只咬了手指！老天啊，这是条黑曼巴啊！这跟咬到哪儿没关系啊！"

　　我真不敢相信自己听到的这些话。看见布雷特从他的房间里走出来，手里拎着手提包，好像要去度假一样悠闲的样子时，我冲着他大喊，催他快点儿。

　　我随后深深地吸了一口气，目前要做的可不是好好吓唬吓唬这个浑小子。"布雷特，"我平静地说，"千万不要跑，因为你一跑，就会提高心率，这样会加快毒素的蔓延。这是一条黑曼巴蛇，对吧？给我看看咬伤。"

　　他把手伸给我，在手指上有一个犬牙形的伤口。让我舒口气的是，这只是一道刺痕。

　　"有没有刺进肉里？"我问。

　　"没有，就是撞了我一下，然后就爬走了。但是我的手指头越来越疼。"

　　这条黑曼巴没有把蛇毒刺进布雷特的体内，只是一颗牙划破了他的一根手指头，布雷特也许还有活命的机会。

"你的手有没有麻刺的感觉？"

"有，感觉很奇怪。我的脚趾头也觉得麻刺了。"

四肢的麻刺感是被黑曼巴蛇咬后的第一个症状，这是蛇毒已经侵入他体内的一个确切信号。

"这就是咬伤的反应。你现在必须马上去医院。但需要放慢一切动作——你的呼吸——一切都要放慢。"

我转向司机，为了不让布雷特听到，只好从牙缝里嘶嘶地说："玩儿命开！"他点点头，一脚油门冲了出去。

我看了看手表，从被蛇咬到现在，已经浪费了宝贵的六分钟的时间，我们也不知道他体内的蛇毒到底有多少。如果不仅仅是划伤的话，我们不得不接受这个现实：他可能在半道就没命了。

"到底是怎么回事？"我问贝基。

"唉，这个年轻人就是不听话。我们当时是在这儿，然后在那边看到了这条黑曼巴蛇。"他指向我们卧室窗户后面的小院子。

我盯着院子，这周早些时候，比耶拉就在那里也看到了一条蛇。我突然明白当时是怎么回事了。那天，院子里一共有两条蛇。比耶拉说得没错，他看到的那条钻进院子里的就是一条黑曼巴蛇。它肯定是与那条姆菲兹狭路相逢，姆菲兹只好冲出院子，爬进我们的窗户躲开了，没想到在屋子里居然又遇到了"勇敢"的狂吠不止的贝柔。从那以后，这条黑曼巴蛇就独自掌管了院落。

"是啊，我那天看到的就是一条黑曼巴，不是姆菲兹。我们当时搞混了。"站在贝基旁边的比耶拉好像读懂了我的心思似的说道。

"那么然后呢？"

"布雷特拿着一把笤帚就朝黑曼巴走过去。我告诉他这条蛇太危险，你只能用笤帚对付姆菲兹，可是他根本不听。我刚要拦住他，可是太晚了，蛇咬了他。现在看来，他也许活不了了。"

"谁射杀的黑曼巴？"

"是我。当时它非常生气，到处爬。"

"干得好。"

十分钟后，我拿起手机，拨通了司机的电话。

"布雷特怎么样？"

"又冒汗又流口水，不过还算清醒。快到医院了，我的车都要开飞了。"

"好。找到医生的时候别忘了告诉我们。"

听起来情况不妙，根据初步的诊断，我知道布雷特活下来的机会很渺茫，他现在正处于艰难时期。不过，如果当时那个咬伤致命的话，他早就该呕吐，并且失去肌肉的控制力了，那是最后临死前的症状。

十分钟后，司机打来电话，他们已经抵达医院。布雷特被火速送进了重症监护室，他在那里要待两天，为生命而与死神搏斗。

这甚至都不是咬伤，只是蛇牙在手指上留下的一点刻痕而已。

　　从那以后，我们经常看见黑曼巴蛇，它们继续在这里生息。不过，我们谁都不会忘记这次咬人事件，因为这是半个世纪以来，我们这里唯一一次因为蛇而引发的危机。这些见习护林员永远不会忘记这个故事的。

第三十五章

　　娜娜的长女南迪的肚子胀得鼓鼓的，这吸引了很多关注的目光。

　　南迪的名字取自沙卡国王颇具影响力的妈妈，是"善良友好"的意思，这非常符合南迪在象群里独特的气质，它总是那样庄严、自信和机灵。尽管当时才刚刚十多岁，可是在象群抵达苏拉苏拉第二天，它和它们一起发起了那次闻名的脱逃。现在，它已经成长为一个二十二岁的大姑娘，而且从妈妈娜娜那里继承了成为母头象的潜质。

　　它怀孕了。

　　小象的爸爸当然就是努姆赞了。南迪的肚子鼓得像个水桶，我们都期待着一个健康大象宝宝的出生。整个苏拉苏拉都在等待着这个好消息。

　　约翰尼是一位非常招人喜欢的新护林员，他是第一个抵达南迪分娩现场的人。约翰尼长着金色的头发，相貌英俊，举止像个小男孩。他刚刚加入我们的队伍里面，常常挂在脸上的笑容使他非常受员工们的喜爱。约翰尼用无线电告诉我南迪产下小象的消息，不过奇怪的是，他听起来并不开心。"我们刚在河边发现了南迪，但是我们看不清小象。象群围成一圈，不让我们靠近它。它们的举止非常奇怪。"

"你们的确切位置在哪儿？"我一边向门口走去，一边拎着手提无线电问他。

"就在通往旅店那条路的过河管这里。请走后道，否则你看不到象群。"

时间大约是上午十点钟的样子，炽热的阳光烘烤着大地。温度计的水银已经指到三十七点八摄氏度，当我在路虎车里弯腰到脚底下摸索着找帽子的时候，水银柱仍在继续猛升。因为自己的肤色很白，在非洲，我格外注意保护自己躲避毒辣辣的日头。马克斯坐在副驾驶的位置上，头伸出窗外，伸长舌头，嗅着所经之地的各种气息。

我很轻松地找到了约翰尼和布兰登。就像约翰尼说的那样，象群站在 50 码远的地方，罕见地围成了一个紧密的圆圈。

"什么情况？"

"我们也不知道。"约翰尼说，"我们没办法走近查看。不过，它们已经在那里待好一阵儿了。"

我走进丛林，在安全距离内，努力找一个可以从大象之间的缝隙窥视到圆圈里面的地点。终于，我瞥见了圆圈中间地上的那头刚出生的小象。

它躺在地上的事实实际上已经敲响了警钟。这个新生儿早就应该站起来了。非洲大地的所有野生动物，出生之后，几乎马上都能蹒跚行走。原因很简单，地面上脆弱的小生命就是在惹麻烦，它会成为食肉动物的轻松快餐食品。即使大象这样的庞然大物，在小象出生后，也要马上离开现场，因为胎盘的味道会把潜伏在周围的食肉动物吸引过来。

我需要弄清楚究竟发生了什么，于是慢慢地以"之"字形路线向它们靠近。一边走，我一边小心地观察着它们究竟能让我靠多近。距离它们大约 20 码的时候，弗朗姬用眼角的余光瞥到了我。它转过身，昂首挺胸地向前迈了威慑的两三步。当它认出是我的时候，就垂下了耳朵。但是它坚守在那个位置，从它的举止看，它不想让我再靠近了。它确定我明白了它的意图后，就返回到躺在它面前的刚出生的小象那里。

我现在至少可以看到发生了什么，我的心沉了下去。这个小家伙非常健壮，身体里面奔涌着动物王国里新生命所具备的自然力量，正拼命地想要站起来。它的妈妈南迪，姥姥兼母头象娜娜，姨妈弗朗姬耐心地用鼻子抬它，它自己也努力了一次又一次。可是令人心碎的是，每次它站起一半，就又倒下了，然后马上进行下一次努力。

这种情况持续了好半天，我的心已经全部放在这头小象和这个绝望的家庭身上了。现在，这一家子正竭尽全力地想帮助新成员站起来。

此时，天炽热难耐，这使情况变得不妙。小象躺在树林中唯一的一片空地中央，烈日正好在头顶上。更糟糕的是，这片空地上没有草，小象就躺在被晒得滚烫的沙子上。

我现在无能为力，只能等待、观察和希望了。我把护林员们都打发走，让他们去忙别的事情。我自己从车里拿出一瓶水，找到一个大象允许的、离它们最近的阴凉处。我向它们喊着，这样它们就知道我和它们在一起。我和马克斯打算陪伴它们度过这段艰难的时期。

我拿出双筒望远镜，想方设法聚焦到小象宝宝的身上。这是一个小姑娘，而且问题也已经一目了然。它的前脚变形了，在妈妈子宫里的时候，脚尖折到脚掌下面了。每次它想站起来的时候，重心都落在了脚踝上。

一个小时以后，这个小家伙太累了，它想站起来的尝试变得越来越无力，而且不像先前那么频繁了。可这并没有打消它妈妈和姨妈的决心，它们在每次失败后都马上投入到下一次的努力中。它们把鼻子蠕动着伸到小象的身子底下，一起把它抬起来，每次帮助小象站立几分钟，然后再轻轻地把它放下，小象再一次一蹶不振地趴在了地上。

在大热天，大象总能找到浓密的阴凉处，然后待在那里庇荫。它们庞大的身躯能产生很多热量，所以说保持凉爽是它们生存的头等大事。抬头看看太阳，我心里诅咒着。此时骄阳似火，这些可怜的大象正好在它的直接照射下。然而，它们谁都没有到仅仅20码远的树荫处乘凉，它们全都站在正午的烈日下保护着这头刚刚出生的小象。即使是那几头幼象，尽管它们帮不上什么忙，但也一直站在旁边观察着。而且，没有一头大象为了去不到半英里远的河边喝水而离开小象。它们船帆似的耳朵长时间地扇动着，它们可是大象天然的散热器。它们尽可能地多扇动空气，想通过这种方式调节过热的身体。

这时，我注意到原来小象一直躺在它妈妈和姨妈的身影下面。这不仅仅因为它们碰巧围成了一个圆圈，更因为它们是有意识地这样做。随着太阳在天空的位置沿着弧线移动，我惊讶地发现，它们轮流给小象充当遮阳伞。它们慢慢地变换位置，确保这头苦苦挣扎的小象不被阳光直射。

三个小时过去了，小象开始消沉了，它一动也不想动了。当家人的长鼻子再一次把它抬起来时，它发出了可怜的哀号。它已经极度疲惫了。

终于，娜娜停了下来。它们全都站在那里，小象躺在它们面前一动不动。我调大一下望远镜的倍数，看到小象仍有呼吸，不过已经昏昏欲睡，完全丧失了生命力。

野生动物所承受的困难如果放到一个人的身上，可以在转瞬之间摧毁这个人。这头小象经历了出生时的创伤，又遭遇了半天的酷热烘烤，到现在还没有喝上一口奶。然而，它仍然活着，仍在抗争着。

但是，它肯定已经快走到生命的终点了。不管怎样，我都得让它离开象群。它们已经竭尽全力了，不过这个小生命现在需要复杂的医疗救护。即使有着这个世上最美好的意愿和最坚强的意志，南迪和娜娜也无法修复小象变形的双脚。目前，小象唯一的机会掌握在我们的手里，可是希望也极其渺茫。

可是我们怎么才能把它从象群那里夺过来呢？大象母性的本能非常强烈。我们不可能那么容易地开车过去，把小象从它妈妈那里抢夺过来。如果那样的话，后果将是灾难性的。

那么我们该怎么办呢？除了开枪，用子弹吓跑它们之外，看起来似乎没有什么其他的好办法了。不过这样的话，我们之间的关系就将遭到永久的破坏。也许，如果只有南迪在那儿，我们可能还有把小象抢过来的希望。如果娜娜和弗朗姬在场，那肯定没戏了。

我和马克斯静静地坐在那里，我思忖着这个厚皮动物王国里发生的这些不可思议的事情。到了下午的晚些时候，天稍微凉爽了一点儿，大象们又开始齐心协力地把鼻子蠕动到小象的身体下面，想把它抬起，让它站起来。夜幕降临了，它们仍然在努力，可是每一次都痛苦地失败了。

我把车开得离它们又近了一点，把车大灯对准空地中央，这样多少可以给它们一些帮助。当大象们不屈不挠地努力的时候，它们永不放弃的精神让我心生敬畏。到现在为止，它们为了拯救这头小象已经努力十二个小时了。它们坚忍不拔的劲头太让人难以置信了。尽管海军陆战队里面有句"不放弃任何一个人"的口号，可我认为大象也许还可以教给他们一两种宝贵的精神。

到午夜时分，小象已经极其虚弱了。我不得不接受这个事实，小象挨不过去了，我也无能为力。我对它们说了声"再见"，并且告诉它们我会回来，然后就开车回去睡觉了，心里想着当我第二天醒来的时候，一定会看到最糟糕的结果。

第二天，天刚蒙蒙亮，我就回到了现场。让人难以想象的是它们还在那里，还在努力地帮助早已瘫软的小象站起来。我无法相信这一切，这些伟大生灵的奉献精神完全超出了人类的理解能力。它们目前所做的一切让我无限敬仰。

太阳越升越高，到十点钟的时候，我知道这又是一个"蒸笼"天儿。尽管它们还在尝试着帮助小象站起来，可它们还能做什么呢？我知道，这头小象完了。

几分钟后，娜娜第一次后退了几步，独自站在外围，就好像在评估一下目前的形势。然后它转身，一步没停，坚定地走开了。它的鼻子拖沓着，肩膀俯曲着，完全是一幅沮丧的画面。

它已经做出了决定。娜娜知道它们已经尽力了，它也知道一切都结束了。尽管它们做了最大的努力，可是小象仍然站不起来，也活不下去。

其余的大象跟着娜娜走了，很快不见了踪影。它们要到河边好好喝些水，这样才能消除食道的极度干燥。它们在旷野里不吃不喝不休息，已经坚持了二十四个多小时，这是人类无法比拟的。

可是南迪留下来了。作为一位妈妈，它要坚持到最后，它要保护它的孩子不要被土狼或者其他捕食者吃掉。它把跛脚的女儿拨弄到自己的阴影里，然后一动不动地站着，低垂着头，完全耗尽了体力。尽管它已经接受了自己第一个孩子的命运，不过南迪下决心要保护女儿到最后一刻。

我通过望远镜观察着这头小象，确定它已经死了。接下来，我突然看见它的头动了动，尽管这是极其细微的一个动作。

我的心激动得怦怦直跳。它还活着，尽管快死了，但仍然活着！现在，象群已经走远了，我的脑海里突然闪出了一个疯狂的主意。

我火速返回住处，把一个大的敞口容器放到路虎车的后车厢上，里面装满了水，然后又扔到车厢里一袋子刚割下来的新鲜的苜蓿草。布兰登把护林员们都召集了过来。

"好吧，伙计们。"我开口说道，"接下来，我们要做这些事情。我试着把车倒着开到南迪身边，让它闻到水和苜蓿草的味道。我再把车慢慢地开远，把它从小象身边引走。它已经二十四个小时没吃没喝了，并且一直在烈日下炙烤着。现在，它一定又饿又渴，这样，它也许会跟在我的后面。沿着路大约30码远的地方有一个急转弯，如果南迪跟着我的话，到那儿，它就看不到自己的孩子了。这时，我希望你们能从对面偷偷溜到小象那里，速度越快越好，把小家伙抬到车上，然后加大油门，赶紧开走。"

我停下片刻，扫视着大家热切的面容。"但是，如果南迪看见你们碰它的孩子，你们跑掉的机会可就微乎其微了。如果你们当中谁不想去，那就不必跟着我。这次行动很危险，我是认真的。"

大家没有片刻迟疑，异口同声地回答："我们去！"

我点点头表示谢意。"那好！我已经给兽医打了电话，他正在赶来的路上，还带来了静脉点滴的药水，因为小象可能有非常严重的脱水现象。现在，拿张垫子放到车厢上。"

我们很快出发，不一会儿大家就全部到位了。大家复习了一遍这次计划的每个步骤，然后又检查了一下对讲机。"我们只有一次机会。"我提醒他们，"就像我刚才说的那样，如果南迪在小象身边截住你们，那你们可就在劫难逃了。把车倒着开过去，这样，如果南迪看见你们，你们可以全速撤离。一个人在驾驶室，两个人在后车厢里准备抬小象。"

我至少还有一些防卫意识，而且南迪认识我，我还给它带去了水和食物。但是，我们这样做，它会做出什么反应？每个人都能猜得到，毕竟那里还有它跛脚的孩子啊。可是对于那些护林员来讲，这完全是两码事儿。南迪不认识他们，最重要的是，他们在偷它的孩子。这些护林员就别指望南迪能饶过他们了。

　　我上了车，开始朝着南迪倒着开过去。随着汽车离它越来越近，我开始喊它，好让南迪知道是我来了。

　　它的第一反应不出所料。它站到小象和不断靠近的路虎车之间，然后摆出进攻的姿态。它大声地吼叫着，想把我吓跑，还用脚踢起一片尘土。以前，南迪从来没有攻击过我。我停下车，把头伸出窗外，用非常安慰的语气跟它说话。它一退回去，我就再一次慢慢地把车倒着开向它们，结果当然是又一次引发了它的吵闹和攻击。我不停地跟它说话，这样，当我第三次倒车的时候，它的进攻不再有火气了。当它转身走开的时候，我看见它的身体摇摆着，这次南迪闻到了难以抗拒的水和新鲜的食物的气味。它停下脚步，转过身来。

　　"来吧，宝贝。"我温柔地叫着它，"来吧，漂亮丫头，过来啊。你太热了，你已经二十四小时没吃没喝了。到我这里来吧。"

　　它迟疑了一下，然后试探性地向前迈了几步，耳朵伸展着，迟疑地审视着四周。终于，它走上前来，把鼻子伸进水槽里，吸进去好多的水，然后胡乱地喷射到嘴里，匆忙间把水溅得到处都是。这时它的饥渴占据了上风，南迪开始在车后面贪婪地

374

喝个不停。我非常慢非常慢地往前开着车，它毫无迟疑地跟着车走，在一起前进的过程中，它已经喝进去了好几桶的水量。当我们拐弯儿之后，它还没有停下脚步。这时，南迪已经看不见它的孩子了。我不能相信它竟然已经渴成了这个样子。

"快去，快点，快点！"我小声地对着无线电呼叫，"我看不见你们，它也看不见。完成任务后马上通知我。"

我接着对南迪说话，用声音安抚它，分散它的注意力。并且，我还告诉它我们现在所做的一切都是为了什么。"如果我不把你的孩子带走，它就要死了，我们都知道会是这样的结果。所以，一会儿你回去的时候，它已经不在那里了。但是，如果我们能把它救过来，我会把它送还给你的。我保证。"

我不知道它能不能理解我说的话，不过我相信说话的语气和语调所能传递的信息远胜过言辞。至少，当我告诉它我们正在做的努力时，心里感觉舒服多了。

几分钟后，对讲机里传来气喘吁吁的呼叫："我们把它抬上车了。它还活着，我们开车离开了。"

"太棒了！干得好！直接把它拉到我们的住处去。我再跟南迪待一会儿。"

南迪把水喝得几乎一滴不剩，然后就像没了明天似的狼吞虎咽地吃起苜蓿草。吃饱喝足后，它感激地看着我，接着转身向小象原来躺着的地方走去。我倒着车跟着它，看着它开始用鼻子嗅着地面。由于大象有着出色的嗅觉，所以南迪一下子就捕捉到了护林员的气味。嗅了漫长的好几分钟后，它停了一会儿，然后朝着象群的方向慢慢地走远了。

我知道，如果它闻到了土狼或者豺的气味，它肯定不会有这么平静的反应，或者这么快地离开这里。它会跟踪着气味前去报复，并且永不停止。

　　我一直等到看不见南迪了，才呼叫护林员们。

　　"情况怎么样？"

　　"它还活着。它现在在草坪上，我们往它的身上喷水了，这样好给它降降温。兽医正给它静脉注射呢。"

　　"我马上就到。干得好，伙计们。"

　　我的手仍然在颤抖。我不敢相信我们居然成功了。多亏了我的那些勇敢的护林员，我们从大象妈妈那里把小象抢了出来。

　　我们接下来要做的就是拯救小象的生命。

第三十六章

我回到住处的时候，小象一动不动地躺在草地的阴凉处，兽医正把第二个点滴药袋的针扎进它耳朵后面突出的血管里。

"它是勉强活着啊，而且严重脱水。"兽医说，"接下来的几个小时，我们就知道它能不能活下去了。"

我走到一边，打了几个电话，询问怎样配备最佳的野生象宝宝的母乳替代品，我们需要的是搭配精准的混合物。从肯尼亚著名的达夫妮·谢尔德里克的小象孤儿院那里得到了配方后，我派了一位护林员到城里采购配方里面的材料，还有一些超大的瓶子，以及市面上出售的最大的橡胶乳头。

当我忙活这些事情的时候，弗朗索瓦丝开始把我们卧室隔壁的备用卧室改造成小象的托儿所。她把成捆的干草铺到地上，还放了一张结实的垫子，这样小象可以躺在上面睡觉了。

"它在这儿会很舒服。"她比我还有信心地说，"我们就叫它苏拉吧。"

我点点头。这是个不错的名字。

我回到小象那里，认真检查它前脚上的褶皱。

"它个头太大了。"兽医说，"实际上，它是个巨大新生儿。这就是为什么它的脚在子宫里就被挤压得折叠了。相对子宫来讲，它体态太大，脚都没有地方生长了。不过，骨头没有断，肌肉也没有损伤。如果处理得当，它的脚应该可以复位。希望通过一些练习，它们能够伸直。"

他围着小象走了一圈。"我还有点儿担心它的耳朵。它们被太阳晒得滚烫的沙子烤坏了，也许我们保不住它耳朵的边缘。我再开些药膏吧。"

就在这时，苏拉非常有力地抬起了头。对于野生动物来说，静脉注射是个神奇的东西。有时候，它能发挥出强大的功效，仿佛具有起死回生的魔力。现在，它在苏拉身上同样发挥了作用，把它从死亡线上拉了回来。

"它肯定感觉好多了。"兽医说，"我们把它抬进房间里吧，希望它能好好睡上一觉。等它醒来的时候，喂它一大瓶奶。"

有人拎着药袋，有人抬着苏拉，我们把它弄进了它的新房间。苏拉一躺到垫子上，马上就沉沉睡去了。

"我想告诉你们一件神奇的事儿。"约翰尼走到我和弗朗索瓦丝身边说，"我们两个人就把它抬上了小卡车。我们太害怕它的妈妈杀回来了，所以只用了几秒钟就把它装上车。可当我们回到这儿的时候，它太沉了，我们根本没法把它抬下车。最后，我们一共四个人才合力把它抬下来。这件事足以证明肾上腺素的功效啊。"

我们新来的护林员约翰尼每天二十四小时陪着苏拉，他要一直陪它到痊愈。大象孤儿需要有个替身妈妈陪在身边，否则它们的身体和精神很快就会衰弱下去。约翰尼，加入我们当中才几个月的时间，不过已经兴致盎然地接受了这个任务，也对面临的诸多杂事做好了准备。第二天早晨，苏拉从他那里得到了一大瓶奶，并且喝得一干二净。

第二天，苏拉更健壮了。见此情景，约翰尼把一根帆布带悬挂到草坪上一棵高耸的马鲁拉树上。我们把苏拉小心翼翼地抬到外面，当大家把这条帆布带当成吊索揽到它的肚子上时，苏拉进行了激烈地反抗。吊索把它往上提，约翰尼把它变形的前肢往前掰。然后放下它，让它的脚心着地。

我们的计划很简单：我们必须强化它前肢的力量，否则它就会死掉。它站在那里，最初蹒跚得像个酒鬼。但是慢慢地，它开始获得了一些平衡。我们在两餐之间重复好几次这样的步骤，到晚上的时候，它在吊索的帮助下，已经能站得很稳当了。

我轻声地吹起了口哨。也许我们可以救活它，也许我能够实现自己对象群的承诺。小象在第一天就取得这么大的进步实属不易，这极大地鼓舞了人心。

第二天，在悬吊带的支撑下，苏拉可以犹犹豫豫地向前迈几步了。第三天，尽管走得很慢，而且摔倒很多次，可它已经可以不用悬吊带独立行走了。它从来不抱怨，看起来总是一副开心的模样。每次当它挣扎着站起来的时候，脸上展现的就是大象的开怀笑容。它的勇气是不容置疑的。即使持续忍受这么多的痛苦，它仍然保持着快乐的心态，这让我们觉得太难以置信了。

在一周的时间内，尽管走路时跛得厉害，可这个勇敢的小家伙已经可以在草坪上蹒跚地溜达了。比耶拉跟在它的身后，举着一把巨大的高尔夫伞为它遮阳。苏拉已经俘虏了我们这位园丁的心，从现在起，看来他人生的主要使命就是不要让太阳晒到苏拉疲惫的身躯上。

　　日子一天天地过去，苏拉也长得越来越结实。它现在已经开始有规律地进食，这对于人工饲养的野生大象来说至关重要。小象跟小白犀牛不同，小犀牛自己就会跌跌撞撞地奔到你身边要奶喝，可是喂养小象孤儿却困难多了。它们总是下意识地想要吮吸妈妈的奶，所以你必须想办法让它们认为自己喝的就是妈妈的奶。解决办法就是在天花板上悬挂一个大麻布袋，用它来模拟大象妈妈。然后让小象站在麻布袋的旁边，橡胶奶头早已放在布袋的下面了，小象以为这是妈妈的乳头，这样它才会吮吸。

　　可是如果这种方法不奏效，那就要采取暴力喂养的手段了。在这里，有时候喂食的场面完全可以重新定义"混乱"一词。约翰尼把苏拉挤到墙上，用胳膊绕着它的脖子，把奶瓶塞进它嘴里，然后再把富含维生素的混合奶喷进它的消化系统。可是，苏拉也不是好惹的，一个劲儿地和约翰尼角力，不愿意后退一寸。现在，它的体重已达270磅，完全可以跟人打架了。约翰尼经常败下阵来，一屁股躺到地上，手中奶瓶里的奶喷得到处都是。这时，苏拉就会冲到门口，去寻求它最好的朋友比耶拉还有那把大阳伞的安慰。比耶拉跟在苏拉的身后在草坪上散步，并且狠狠地瞪着我们，仿佛我们是系列虐待小象案件的罪魁祸首似的。

不过，它可以规律地用奶瓶喝奶的事实的确是保护区里的一大亮点。我想这要归因于它本身快乐的天性，还有我们给它营造的温馨环境。尤其是弗朗索瓦丝，她几乎把所有的关注都放在了小象身上。反过来，小象也很崇拜她。苏拉跟在弗朗索瓦丝的身后，在房前屋后转来转去，看起来就像是一条体态巨大、一往情深的小狗。唯一的麻烦是苏拉总打碎东西，比如说，桌子上的咖啡杯转瞬就会成为历史。我们很快了解到，任何东西，如果不被钉死，都得被苏拉捣毁。即使它不用长鼻子把它扫到地上，它的庞大身躯也能把它从原来摆放的位置撞到一边。

　　随着苏拉越来越强壮，它的跛脚也不那么明显了。现在，苏拉除了躺下时会遇到点儿困难外，对它的整个治疗取得了很好的效果。实际上，它现在想搞清楚的最大问题是在它眼前挥来挥去的这个长东西究竟是干吗的。大象的鼻子上大约有五万块肌肉，苏拉对自己的鼻子有着无限的好奇与遐想。它舞动鼻子时就相当于人类的小孩在玩弄玩具。

　　我告诉每一个人，苏拉的身边一定要有人陪伴。这样，我才能少一点儿牵挂和担心。约翰尼一直陪着苏拉，那些下班的员工也经常过来看看苏拉，给予它充分的关怀和照顾。每个人都爱它身上体现出来的不屈不挠的精神。在这个新家庭里，苏拉在大家的格外关照下茁壮地成长着。苏拉的脚在慢慢地伸直，在此过程中，它要忍受持续的疼痛。可是，它看起来总在微笑。即使是马克斯，尽管它总是随时准备跟别的动物打架，但在苏拉面前，它完全变成了另外的样子。每当苏拉到草坪上散步，马克斯都跟在它的身后，尾巴欢快地摇摆着，就像风中飘舞的羽毛。

　　一天，临近傍晚时分，夕阳西下，我带着苏拉在花园外面的丛林里散步，让它适应深草、荆棘和树林，因为这些才是它未来家园的本来面目。突然，我看见象群出现在道路的尽头。它们正决定走过来做例行的拜访。

　　它们选择了一个不能再糟的时间。我现在在电围栏的外面，如果南迪发现我和苏拉在一起，后果将是灾难性的。它们还可能把我当成绑架分子。

　　如果我扔下苏拉，自己跑回去，毫无疑问，它们会把苏拉带走，它也就活不了了。它的小脚丫（按照大象的尺寸）根本不能适应丛林的生活。我们带着它在花园里散步的距离和它跟象群在丛林里跋涉的路途没法相比，这就像爬小山和登珠穆朗玛峰不可同日而语一样。就算南迪可以落在象群的后面照顾它，这也相当于给苏拉判了一个缓期死刑。

　　对我有利的是大象不知道苏拉还活着，它们到这里来完全是社交访问，而不是来找孩子。我必须快点行动了。

　　"过来，苏拉！过来，小丫头！"我回过头焦急地喊着它。我们距离大门大约有 100 码，我尽量地催它快点走。我在前面小跑，苏拉跌跌撞撞地跟在后面。幸运的是，我处于下风口，这样象群闻不到我们的气味儿。如果风向相反的话，象群肯定会疯狂地冲过来。在我前面的比耶拉用遮阳伞发疯似的指着前来的大象，拼命地向苏拉喊着，让它快点儿走。

　　我们终于到了大门口。我一把苏拉交给比耶拉，转身就看见象群走过来了。

几分钟后，它们就到了门口。娜娜的鼻子像潜望镜一样竖着，鼻尖不停地转换着方位，最后固定在刚才苏拉停留的野生鹤望兰树篱那儿。

它转过身，胃里隆隆地响着。南迪和弗朗姬走到它身边，嗅着空气，分析着苏拉留下来的飘浮的分子，它们就像犯罪现场的侦探一样。接着，它们又往前走了几步，离电围栏只有几英寸远时才停下脚步。

我走向苏拉的房间，我要确定它被关在屋里，还要确保它和约翰尼在一起。我又叫来一个护林员，让他仔细检查围栏的电流是否正常。接下来，我只能等待了，内疚万分地希望它们快点儿离开。我只想逃避，假装什么都没有发生。

二十分钟过去了，它们还在那里。我觉得不能不理睬它们了，它们有权利知道我们所做的一切。

但是怎么告诉它们呢？如果我们让它们看见苏拉，那一切又都回到了最初我们无法掌控的状况。如果象群认为它们的孩子有危险，那一切都会失去控制。大象的母性本能是坚不可摧的。我该怎么做才能既平复它们的心情，还能把苏拉留在身边，直到它健康强壮地回到家人身边呢？

我不知道该怎么办。但是，我觉得至少应该让它们知道它们的孩子还活着。

我走进苏拉的房间，脱下衬衫，用它擦拭苏拉的身体，然后又把它穿到身上。接着，我用胳膊和双手蹭它的皮肤。做完这些事情，我返回围栏那里，喊大象们过来。

娜娜第一个走过来，鼻子从单根电线上面伸过来问候我，我也像以往一样伸出我的一只手。它的反应很不寻常，鼻尖一下子停到我的手上，整个身子也僵住了。然后，它的鼻子抽搐着，好像要把每一个气味分子都吸进去似的。我把两只手都伸出去让它闻，它又抽动着鼻子嗅我的衬衫，不肯错过每一寸地方。苏拉的妈妈南迪，还有姨妈弗朗姬站在娜娜的两侧，鼻子像蛇一样扭动着。它们也获得了这个重要的嗅觉信息，那就是苏拉还活着，而且就在附近。

在这个过程中，我一直跟它们说话，告诉它们我们如何帮助苏拉死里逃生的，它的脚出了什么问题，它为什么还要和我再待上一段时间。我告诉它们，我们全都爱苏拉，因为它那么勇敢，那么乐观。我告诉它们，它们应该为这个小家伙感到骄傲，因为它一直不屈不挠地和命运抗争着。我还告诉它们，不知道到底为什么，甚至马克斯这条出了名的坏脾气斗牛犬都和苏拉成了朋友。

这么长时间以来，每当跟大象们聊天的时候，我就像个怪人似的完全没有了自我意识。和这个象群在一起，我们创造了奇迹，而跟它们聊天则是这个进程中一个至关重要的组成部分。我们为什么不这样做呢？凭什么要我评判它们听没听懂呢？另外，我个人认为这种交流最令人满意，它们也明显地喜欢这种方式。它们的反应就是胃里面发出的低沉的隆隆声。

终于，它们从我的衬衫上读懂了我想传递的信息。这三头壮观的厚皮动物站在我面前，就像是一个陪审团在评估案件的证据一样。

经过认真考虑后，它们走了。我看得出来，它们轻松了，也不担心了。我不是在轻描淡写地说这些，因为我先前在大门口看到的是郁郁寡欢的象群。我非常熟悉它们的情绪，当它们离开的时候，我知道它们很快乐。我还知道，如果它们想到的是不好的结果，那么不管这里有没有电网，它们都会势如破竹般冲破围栏的。

我感到心里燃起了一团火焰。它们信任我，我知道自己决不能辜负了它们的信赖。

几周的时间过去了，苏拉一直表现得很好，它完全沉浸在弗朗索瓦丝和约翰尼的宠爱里。不过它得到的宠爱太多了，以至于贝柔产生了疯狂的嫉妒心，经常对着眼前这头庞然大物狂吠。在苏拉眼里，贝柔就像是一只小耗子在吱吱叫。苏拉表现出了令人钦佩的帝王般的蔑视态度，根本就不理睬这只叫个不停的小狗。

在房子里，苏拉就像是弗朗索瓦丝的影子，它尤其喜欢在弗朗索瓦丝做饭的时候跟进厨房。我敢打赌这一定是世上第一头喜欢把马如拉浆果与蒜头浸泡在一起的大象。

它仍然打碎所有的东西。现在，护林员每周一次的进城购物清单上包括可以堆成山的餐用器皿，这些都是用来替代被苏拉毁掉的餐具的。但是你又能怎么办呢？你怎么能对这样一头勇敢的、从不放弃的小象生气呢？怎么能对从不抱怨的小象生气呢？怎么能对一头拒绝倒下等死的小象生气呢？

在屋外，比耶拉是苏拉心目中的英雄。由于比耶拉手里的那把多彩的高尔夫伞总是遮盖着苏拉，所以比耶拉和苏拉已经形影不离了。实际上，如果看到苏拉在屋里待得时间过长，比耶拉就开始生闷气了。

的确，对我们所有人来讲，苏拉就是大家的吉祥物。它身上散发的精力与活力已经融入了保护区的精神里。这种精神就是把生命活出样儿来。

一天早晨，约翰尼在它的房间里喊我。我走过去一看，它正挣扎着要站起来。

"它站不起来了。"约翰尼一边说，还一边又推又拉地想让苏拉站起来，我赶紧过去帮忙。终于，在苏拉的抗议和叫嚷中，我们让它站了起来。它蹒跚片刻，然后就一瘸一拐地走到了屋外。

就像变魔术一样，比耶拉和他的大阳伞出现了。当我们跟在身后的时候，我看见苏拉用了比平时更长的时间放松脚部的肌肉。比耶拉也发现了，我看着他轻声地在苏拉的耳边说话，而苏拉的耳朵虚弱地扇动着。

我随后意识到它不仅仅是脚部僵硬，而且还承受着剧烈的疼痛。现在，不仅仅以前的旧疾令它疼痛，它的髋骨看起来也在折磨它。情况很严重，我叫来了兽医。

"没有 X 光片，我没办法告诉你究竟是哪里出了问题。"他说，"没有骨折，不过它的前脚和臀部的关节发炎了。炎症很重，也许这是导致它走路方式改变的原因。"

他开了一些抗炎药，还告诉我们不要让苏拉再进行长距离的行走。

第二天早晨，情况依然没有改变，它仍无法站立起来。第三天也一样。我开始焦虑了。

一周后，它不喝水了。约翰尼也变得胡子拉碴，蓬头垢面，一脸沮丧。他本想哄苏拉喝点儿奶，可结果却溅了他一身。约翰尼认为苏拉现在对什么都失去了兴趣。

我看着苏拉，它待在角落里，头对着墙，无聊地摆动着它的小鼻子。另外，它还忍受着口腔溃疡的折磨。每个妈妈都知道，这是婴儿口腔里的酵母菌感染，患处非常疼痛。每天，我们都往它的舌头和牙龈上涂抹药膏。苏拉非常憎恨这个药膏的刺激性味道。

约翰尼已经筋疲力尽了。我接过奶瓶，想把它伸进苏拉的嘴里，可是没有成功。随后，苏拉真正喜爱的弗朗索瓦丝也尝试着喂它。弗朗索瓦丝特别温柔地劝说着苏拉，但是它还是不肯喝奶。

就像约翰尼说的那样，它根本没有兴趣。从一开始那个活跃的小斗士，到现在突然间放弃了活下去的念头，我不知道究竟是为什么。也许，它原来与命运搏斗时所忍受的痛苦，现在，它承受不住了。

第二天，它喝了四分之一奶瓶的奶，这只是它身体所需的一小部分。不管怎样，它喝奶了，这又给了我信心。我心里祷告着，希望它不屈不挠的精神能够再次帮助自己战胜困难，取得胜利。

那天晚上，兽医给苏拉打了点滴。我没有叫他来，这是他自己的决断。苏拉早已经让这位兽医着迷了。

两天后，尽管不断地给它打点滴，还有全体员工给它呐喊鼓劲儿，它还是陷入了无边的淡漠里。

第二天一早，忧郁的约翰尼告诉我们，在夜里，在他的陪伴下，苏拉静悄悄地离去了。

苏拉的死让所有的人都很伤心，尤其是弗朗索瓦丝，我从来没有见过她那么悲痛地哭泣。在过去的那些年，有那么多的动物曾经跟我们生活在一起，我们跟它们也非常亲近。可是，苏拉跟它们不一样。它快乐的性情，不屈的精神，一直鼓舞着保护区里的每一个人。

它告诉我们，尽管生命中有苦痛，可仍要让快乐傍身；尽管生命很短暂，我们仍要活出精彩。生命的意义何在？在于活在当下。它的离去带来的悲伤长时间地笼罩在我们的心头，难以摆脱。

约翰尼把它的尸体带到了草原上，按照大自然的法则让它归于尘土。

后来，我独自一个人出去找到象群，并把它们带到了苏拉的尸体旁。它们聚拢到了一起。这次，我一句话都没有说，也没有必要告诉它们究竟发生了什么。我把头埋在双手里，任由泪水横流。当我抬起头的时候，娜娜正站在车窗的外面，鼻子扬起，摆出了我熟悉的问候的姿势，南迪站在它的旁边。然后，它们走远了。

苏拉的遗骸仍然在那里。偶尔，娜娜带着它的家人经过，它们会停下脚步，用鼻子嗅嗅，再推推这些骨头，用大象自己独特的纪念仪式摆弄着它们。

第三十七章

南非水牛是典型的非洲动物。不过经常让那些缺少经验的游客觉得尴尬的是水牛看起来就像普通的牛，或者就像一头普通的非洲牛。既然只是一头牛而已，为什么人们要浪费那么宝贵的游览时间盯着牛科动物看个没完呢？

不过对于非洲丛林的水牛而言，没有别的动物可以跟它媲美，没有其他哪种动物比它更能代表非洲，没有哪种动物比它更有君威、更难以捉摸，或者更危险。一直以来，我都想把这种了不起的动物引进苏拉苏拉，今天就是这样的日子。

拖车的车门已经打开好一会儿了，可是不知道什么原因，动物们拒绝出来。亨尼，这位野生动物抓捕专家一边咒骂着，一边从拖车的车顶上爬下来。他走到他的小卡车那里，把他妻子的电话号敲进了手机。

没有任何征兆地，一头巨大的公牛以雷霆之势从拖车的后面出来了。它没有消失在丛林里，而是难以解释地绕了一个"U"形弯儿，这个动作足以让西班牙的斗牛士紧张战栗。然而，这可不是一头普通的公牛，这是一头一吨半重的正当年的

389

南非水牛啊。它正疯狂地发出呜呜的声音。只是瞬间，它就弄清楚了四周的情况，然后把注意力放在了正在漫步走远的亨尼的硕大身躯上。

"上帝啊，不要！"看到眼前这吓人的一幕，我心里念叨着。为了报复这一路的颠簸，水牛正全速向亨尼冲去。

"乌姆！乌姆！"一个年轻的阿非利卡护林员惊叫着，他用这个阿非利卡人对年长者"叔叔"的尊称对亨尼喊着，"公牛冲过来了！"

所言不假，公牛的确冲向亨尼了。亨尼回过头一看，扔下手里的电话，撒腿就跑，飞也似的逃命去了。

我知道他跑不掉了。亨尼是个大块头，离我们的距离还太远，我们根本来不及取出猎枪，更别提把子弹上膛，再精准地射击了。笼罩着可怕静寂气氛的场景在我们面前慢慢地拉开了帷幕——一部现场版真实恐怖大片正以超现实的慢动作上演。

时间指向早晨四点半，晨曦从一片片朝霞的缝隙中透过来，洒成道道金光。这时，我们正在接收一个正当壮年的繁殖水牛群。我们凌晨两点就起床了，准备跳板，把车辆驶入适当的位置，还和那些兴奋的护林员以及几个从保护区过来的幸运的客人一起喝咖啡。州里的兽医也到场了，他卡车门上的标志早已经被放出来的动物们撞得模糊不清了。

随后，诸事开始不顺。第一件事，大清早，兽医就在这片非官方的丛林里以官方姿态装腔作势地宣布，两头牛死亡了，而且他还要就此展开正式的调查。这让我们很震惊。除了关注牛群的安危外，由于南非水牛非常昂贵，我还很心疼就此造成的损失。

第二件事，兽医抱怨卡车来晚了，牛群不肯出来，我们这边的检验不是他今早唯一的活儿，等等。总之，他是一个忙碌的人。对他而言，不肯离开拖车的那群缺乏激情的水牛就是在浪费他宝贵的时间。而且很明显，这些都是我们的错。

现在，亨尼终于受够了。他一边努力地劝说水牛下车，还要一边向傲慢的兽医解释这群水牛不愿意下车与个人无关。在劝说和解释间，他找了个空档爬下车，一边故意让别人听见他的咒骂，一边返回自己的车，给他妻子打电话说自己可能得晚点儿回家。就在此时，这头公牛终于离开了卡车，我们惊恐地看着它冲向亨尼。

我可不是唯一一个认为亨尼没救了的人。现场至少有十五个人在看着呢，他们其中有一些丛林专家，所有人都屏住了呼吸。我们只听到水牛奔跑时蹄子带起的呼呼风声，听起来像雷鸣般吓人。我们全都在静静地等待着这头肌肉强健、威风凛凛的公牛把牛角刺向亨尼。

亨尼明智地放弃了及时打开车门的念头，他斜身向发动机盖跑去，他想这样可以避开所向披靡的牛角吧。尽管他缺少机灵应对的条件反射能力，奔跑的步态也很笨拙不雅，可是他居然积聚起一股力量，而且跑的速度比我想象的快多了。当然了，这是体内肾上腺素的功劳。公牛就在他身后几英寸的地方穷追不舍，亨尼终于跑到了汽车保险杠那里。他们两个全都从汽车左前方冲了过来，公牛角邪恶地对准了他的后背。

他俩太近了，我相信亨尼肯定得被刺穿。可是一眨眼，他居然又现身了，水牛在他身后不到一个鼻尖的距离。亨尼从车的左前方跑到右侧，又绕过后保险杠，奔车舱的后门跑去。

"快跑，乌姆！"这个护林员又一次扯着嗓子喊起来，声音打破了沉寂。听到喊声，我们全都从恍惚中清醒过来，也开始跟着大声喊道："加油，亨尼，加油！"希望这样可以分散水牛的注意力。

喊声肯定发挥了作用。在下一个拐弯处，水牛稍稍领先。突然，他俩之间出现了一丝曙光。

"加油，亨尼！"我们喊的声音更大了。

不知道亨尼从哪里得到了力量，他又领先了宝贵的半码。他们就像奥运会的运动员一样围着汽车又跑了一圈。

尽管亨尼的块头很大，不过在弯道上他还是很敏锐的。在跑到第三圈的时候，这位捕捉专家终于找到了机会。他一把拉开车门，然后一个猛子扎了进去。又赶紧关上车门，连滚带爬地骨碌到副驾驶的座位上，因为水牛角就像开罐器一样可以把汽车的门刺穿。其实亨尼完全没有必要这样狼狈，在水牛看来，亨尼已经消失在了空气中。它放弃了追逐。

不对，它不是完全放弃了。一听到我们的欢呼声，它转过身来面对着我们这些站在路虎车后面的人，好像我们是在圆形竞技场里面观看角斗士表演的观众。显然我们的欢呼声阻挠了整个进程的发展。这头愤怒的公牛可以轻松地掀翻这辆路虎车。

它改变了步伐，变成小跑，然后俯首猛冲过来。我使劲靠在车上，希望可以顶得住它的撞击。谢天谢地，这头喘着粗气，既有牛角又有体力的成吨重的公牛从我们身边风驰电掣地经过，直接冲进了丛林里。又响起了一阵欢呼声，比刚才为亨尼呐喊的声音还要大。

亨尼从车里爬出来，蹲在地上，双手抱膝，大口地喘着气，努力想恢复正常呼吸。此时，其余的水牛从拖车后面下来了，推推搡搡，乱作一团，跑进了丛林里。

保护区的护林员们是群硬汉子，他们马上开始调侃起刚才惊恐的一幕了。

"嘿，亨尼，我错过刚才精彩的画面了。再来一遍，好吗？"一个人大喊着。

"你怎么呼吸得这么困难？"另一个人叫着，"氧气是免费的。"

第三个人走上前来，把一罐冰啤酒塞到他手里。"干得好！今天上帝和你在一起。"

这句话说得没错。亨尼一口就把啤酒灌进了肚里，根本没想现在是几点钟啊。

贝基、恩圭尼亚和乌西也和我们一起来到这里，他们现在是一个部门的护林员。我们过去检查一下死去的两头母牛。州里的兽医不得不写他的报告，可对我们而言，悲剧就在眼前，那是一大堆一动不动的血肉之躯啊。我们不确定它们究竟是怎么死的，但是有一件事我们非常确定，就是一些愤怒的壮牛已经冲进了丛林。

"嘿，穆克胡鲁，那头牛真有种。"乌西说出了我心里的想法，"亨尼很幸运。我们必须加倍小心，因为其他那些牛也许同样野性十足，或者有过之而无不及。"

"我也是这么想的。我们暂时取消所有的徒步游览项目。贝基马上警告保安和力工们离水牛远点儿。告诉他们今天发生的全部事情。"

我知道这个故事同样会被添油加醋,这也正是我希望的。我们必须把这些水牛安顿下来,我知道它们会安心地在这里生活的。

可是亨尼和牛科动物的这次亲密接触使我不得不思考另一件事情,尽管这是我一直在回避的事情。

生与死是密不可分的两个事物。死是循环的,在非洲丛林里,我见证了更多的自然法则。我的思绪转到了马克斯的身上,它现在十四岁,已经太老了,不能再陪我到它那么热爱的丛林里去了。这位老勇士,曾经在偷猎者的枪下死里逃生,曾经在毒蛇和大它一倍的野猪面前化险为夷。现在,它不得不屈服于后腿严重的慢性关节炎。那天早晨我出发时,把它留在了篮子里。它蹒跚地想要跟我去,可一切努力都是徒劳的。一年前,它还能坐在路虎车里面。可现在,它几乎无法行走了。回到家里,一想到亨尼为了生命而奋力奔跑的画面,我心里充满了悲伤。

有些事情发生得太快了,都让人觉得滑稽。我觉得,好像昨天自己还和马克斯一起出去探险。弗朗索瓦丝和几个亲密的朋友早就告诉我要面对事实,马克斯已经不再坚不可摧了。它现在非常衰老,还忍受着病痛的折磨,活不了多久了。可我却不愿意考虑这个可怕的问题。我一直在抵制这个进程,认为有最好的兽医,我们可以和命运抗争一番的。不过最近,它完全停止了进食，我知道它时日无多了。

尽管有了思想准备，可我大清早一回来，看见兽医莱奥蒂的车停在门口的车道上时，心里仍然觉得很惊讶。我在休息室里看见她正坐在马克斯的篮子旁边，弗朗索瓦丝陪着它。看起来，弗朗索瓦丝的眼泪马上就要决堤了。

马克斯想要站起来迎接我，但却摔倒了。它又想站起来……它不想放弃。

莱奥蒂一直是马克斯的医生，她帮助它无数次死里逃生，甚至马克斯与姆菲兹战斗时受的伤都是莱奥蒂救治的。可现在，她看着我，摇了摇头。

"弗朗索瓦丝打电话告诉我这件事。劳伦斯，我知道你爱它，可是……"她指了指我忠诚的朋友说，"让它这样活着是件残忍的事情。"

她起身说："我到外面等一会儿。"

她一关上门，弗朗索瓦丝就抱住我，紧紧地搂住我片刻。然后，她也出去了。

我坐在我的这个漂亮的男孩旁边，抬起它那粗糙的铁锹形的头，把它放到我的膝盖上。马克斯抬眼看看我，像以往一样舔着我的手。即使它已经衰老成这个样子，它仍然是只一流的狗。

我和它在一起坐了大约十分钟，只有我和它。我告诉它我多么地爱它，我从它的勇气和忠诚中学会了多少道理。我还告诉它，它的生命是永恒的。马克斯完全知道即将发生的事情，我们彼此太亲密了，它不可能不知道我的心情。我稳了稳自己，喊莱奥蒂进来。

　　她走了进来，注射器早已经准备好了。我抱着马克斯，她给它注射了药水。从此，我成了最孤独的人。

　　马克斯的离去让我心如刀割，不能自已。

第三十八章

大约一个月后，一天早晨六点钟，我被人摇醒，原来是弗朗索瓦丝。

"你看这样好不好，"她欢快地问我，完全是法国人直来直去的性格，"亲爱的，我们什么时候结婚啊？"

我揉着眼睛，没有反应过来是怎么回事。在早晨的这个时间谈论这个话题，看来弗朗索瓦丝是认真的了。我必须马上进入清醒状态才行。

"结婚？我们已经结婚了，我们有不成文法的婚姻啊。实际上，我们在一起的时间比我认识的绝大多数人都长久，而且我们也更幸福啊。几乎二十年了，差不多是一生的时间了。"我又适时地打了个大哈欠，面露微笑，希望可以掩饰我无意的冒犯。

"喂，我就是不明白你总说的这个不成文法。你这样说就是不想给我一个真正的婚礼。"她向我扔过来一个靠垫，尽管大声地笑着，仍不能完全掩饰她内心的想法。

"我理解你的感受。不举行婚礼是因为你拒绝过我啊。"

"拒绝你？什么时候？说确切点儿！"

"你难道忘了吗？这正好说明在你心里这件事究竟有多重要。"她看起来有点儿迷糊了，我决定乘胜追击。

"几年前我请求你嫁给我，你甚至都没有答复我。"

"扯淡！我当时肯定睡着了。这都是你编的无稽之谈。"

尽管看起来我们是在彼此轻松地戏谑着，可我们都明白两性之间战争的最后结局就是号啕大哭。这时，我的双向对讲机及时地响了，我心里万分感激这个呼叫，它给了我一个堂皇的理由冲向保护区。

我们在一起已经十八年了，她现在突然提起结婚这件事，我觉得自己还没有做好这个思想准备。这并不意味着我们在一起生活得不幸福。弗朗索瓦丝是一位让人非常着迷的人，但是我的人生信条是：如果事情没有破裂，为什么要修复它们？

我出门前吻了她，她开心地回应着。我舒了口气，战事又一次得到了平息。

一个月后，我去了趟英国。在动身之前，妈妈打来电话问我什么时候回来，她想让我见一些想要去苏拉苏拉参观的官员。我告诉妈妈自己返回的日期，她又打回电话告诉我会见的时间确定了。我把这件事告诉了弗朗索瓦丝，几天后，我乘坐飞机回了家。

周六的早晨我到了家，先跟在围栏那里等着迎接我的大象们打了个招呼，然后走进家门。

弗朗索瓦丝在休息室里忙来忙去地准备接待这些大人物，我穿上了自己最好的卡其制服。我说的最好的制服不过是上面破洞最少的那件而已。我心里多少有点不太高兴，刚结束一趟令人疲惫的长途飞行，回到家没几个小时就不得不强装笑脸应对一些官员。

我走到休息室的前门，用手拍打着丛林帽子，往里面瞥了一眼。里面全是游客。

那里正在举行婚礼。这没有什么不寻常，我们经常在丛林里为那些想要一个浪漫祖鲁式婚礼的外国新人提供这样的服务。我转身刚要到外面去，一下子撞到了我的妈妈。我亲吻着她，向她问好。

"你的那些大人物在哪里？我们不能在这里会见他们了，里面正举行婚礼呢。"

她点着头，脸上浮现出奇怪的笑容，笑容里面很有深意。

"等等，谁要结婚？我们认识吗？"

"你啊！"

我估计在这样的时刻，每个男人的心里都会形成天生的雄性防御机制。我听到了她说的这两个字，可还是没有弄明白究竟怎么回事。

"好了，让我们把这些官员请到会议中心吧，先不要理会这边的事情了。"

她摇着头，脸上仍然带着奇怪的微笑。原来根本就没有什么政府官员的会议。

妈妈挎着我的胳膊，我们一起走进了草屋顶的休息大厅。大家都站起来热烈地鼓掌。

我有足够的时间去搞清楚眼前发生的一切。当大幕在眼前徐徐拉开的时候，我觉得这就如同大象向我发起进攻时一样，自己仿佛完全置身事外。尽管现实那么真切地摆在面前，可我觉得一切都像超现实的慢动作一样在眼前晃过。这纯粹是一次伏击，是弗朗索瓦丝和我家人的共谋。我在人群里看到弗朗索瓦丝在巴黎最好的朋友此时正和安东尼家族坐在最显眼的地方。看来他们为了这件事早就来到苏拉苏拉了，一个人不可能刚从欧洲飞来就能以这样容光焕发的精神状态示人啊。

我的员工们全都穿着他们最好的衣服，站成一排面对着台上的牧师，微笑着拍着手。他们也是共谋分子。

唯一感到意外的人就是我，没有比"呆若木鸡"更好的词来描写我当时的样子了。

现在，在这个世界上，妈妈是我最亲的亲人。如果是其他任何人张罗这件事情，我肯定早就跑到 1 英里之外了，至于后果，只好以后再面对了。可是妈妈现在紧紧地抓着我的胳膊，我只好屈从于她的握力了。硬着头皮走上台，我感激涕零地与牧师握了握手。

我站在那里，对着来宾微笑致意，觉得自己就像一个十足的傻瓜，因为我知道，在座的每一位都清楚我完全被算计了。我低头看着自己的鞋，它们冲我闪烁着微光，我从来没有见过它们这样闪耀过。我又抬起头，看见恩圭尼亚和贝基穿着华丽的服饰，用胳膊肘互相推搡着，还咧着嘴开心地大笑。

在一夫多妻制的祖鲁人看来，眼前发生的一切与他们的生活方式正好背道而驰。他们从来都不愿意让我以这种方式生活下去。我的祖鲁朋友们觉得非常不解，我为什么不多娶几个老婆呢？他们总说你们白人太愚蠢了。大家都知道，对于一个男人来说，一个老婆太凶猛了，往往招架不住。如果有两个老婆，情况会更糟糕，她们会合伙对付你。所以，你必须有三个老婆，因为其中总会有一个人跟另外两个人斗，这样，就为你减轻了很大的压力。

大男子主义？当然了。不过每次我把这个故事讲给女性听，她们都努力地隐藏心照不宣的笑意。好吧，至少她们觉得第一种情况更富有情调。

我的万千思绪被人群发出的一阵嗡嗡的赞叹声打断，原来弗朗索瓦丝走进来了。她从过道向我走来，看起来那么动人。她漂亮的眼睛盯着我，视线里传递着万般深情。我心甘情愿地被她的魔力俘虏了，完全听从所有的安排。没有比这更正确的决定了。

"你看。"她一走上前台就伸手指着河对岸。努姆赞正在那里静静地吃草。

"它喜欢婚礼。"弗朗索瓦丝微笑着说，"它已经过来参加过很多次婚礼了。现在，它在我们的典礼现场。"

像变魔术一样，当牧师问我愿不愿意娶面前的这位女士为妻时，一个戒指出现了，同时，客人们异口同声地高喊："他愿意！"

是的，我愿意。

我们的会客大厅从来没有放过那么大声的音乐，可是那天晚上，充满着非洲活力的音乐节奏响彻整个保护区。欢庆一直持续到了第二天的早晨。

第三十九章

努姆赞表现得越来越不正常了。

事情发生得毫无征兆。一个年轻的护林员正开车载着一对夫妻在保护区里面游览，当他们转过一个弯的时候，意外地发现努姆赞正在几码远的地方吃草。

它从容地漫步走了过来。护林员吓坏了，赶紧快速地倒车，结果撞到了一棵大树上。此时，努姆赞正朝他们走来，他们腹背受敌，完全被困住了。

尽管护林员吓坏了，可值得赞扬的是他没有伸手去拿猎枪。他告诉乘客坐着别动，也不要弄出声响。努姆赞踏着大步来到汽车旁边。这个时候我最有发言权了，这绝对是我们想象得到的最恐怖的场景。实际上，一头6吨重的公象足以盯得你不寒而栗。努姆赞轻轻地碰了碰路虎车，它的长牙划破了一位客人的胳膊。这位男子汉居然没有喊叫。

这位祖鲁护林员表现出了极大的清醒和镇定，他从自己的座位上跳下车，悄悄地溜到汽车的另一侧，偷偷地帮助客人们下了车，一起逃进了丛林里。努姆赞在路虎车周围瞎逛了一会儿，没有造成什么破坏就走远了。当确认努姆赞不见了踪影，这三个人才从藏身之处蹑手蹑脚地爬出来，全速开着车回到了旅店。

从这些最初的陈述中可以看出，努姆赞表现的只是好奇心，而不是攻击性。护林员也没有过分渲染这一事件，因此我也没有太严肃地对待这个插曲。几个月以后，当我接到那对夫妻游客的电话后，才知道了这个故事的全部内容。

那次遭遇之后，努姆赞偶尔开始接近我们载着客人游览的敞篷车。不过，每一次我得到的报告都说它没有生气，只是好奇。护林员们一看见努姆赞走过来，马上就把车开走，这看起来一点儿都没有危险。最大的问题是它的表现完全不符合大象的个性。通常来说，只要我们不侵入它们的领地，大象们对我们会采取视而不见的态度的。

后来我终于发现了努姆赞突然对游览车感兴趣的原因。在我询问了几个尖锐的问题之后，一个员工告诉我，有两位年轻的护林员总去逗弄努姆赞。他们把车开到离它不远的地方，然后和它玩"老鹰捉小鸡"的游戏，这两个护林员比赛看谁能距离努姆赞更近。当努姆赞靠近他们的时候，他们再快速开车跑掉。他们以前见我和努姆赞这样相处过，然后他们完全瞒着我用这种方式去挑逗努姆赞。我和努姆赞互动时，故意在私下里进行，不让别人看到，就是担心他们会学我的样子去接近大象。这两个白痴护林员没有想到，经常开着用来搭载游客的车去逗一头庞大的公象，使努姆赞养成了一个特别糟糕的坏习惯。

除此之外，保护区里面有一条"铁"规矩，就是任何人都不允许和大象有任何自发的接触，任何违反规定的人马上就会被开除。也许我最大的失败就是太信任这些我精挑细选的员工了，我一直认为他们有着与戴维和布兰登身上一样根深蒂固的伦理和常识。让人伤心的是，有些时候常常事与愿违。

我一知道真相，这两个护林员就辞职了。我希望他们以后从事的职业能离野生动物远一点儿。

过了不长时间，旅店的一位见习经理没有事先通知我们就离开了保护区。他离去的尘埃未落，我就听说原来他也曾开着游览专用的路虎车接近过努姆赞，还试图模仿我的呼唤。

这是最糟糕的场景了。一直以来，努姆赞都是一个特例。陌生人不断的挑逗和恶意的闯入正在危险地改变它对人类的态度。它把大声喊叫和发动机的轰鸣看成是直接的挑衅，结果就是护林员只要看到它，就不得不把观光游览车开走。对此，我感到越来越焦虑。

我当时正好买了一辆新的白色路虎旅行车。在多年的满负荷运行后，原来那辆忠诚的老掉牙的 1962 款丛林绿色的路虎车不得不退休了。它的内部结构被拆解后，将作为其他车的配件。对我来说，这是让人伤感的一天。被风化的座椅，简朴的仪表盘，磨光了的变速杆，弥漫着丛林气息的车厢……我该有多么爱它啊。

接收了这辆疾驰而来的新车后，我决定在真正恶劣的地形上进行一次测试驾驶，看看它是否也像那辆老路虎一样坚固耐用。它在越野条件下表现得非常完美，不过最后遇到的一片杂树林迫使我不得不来个三百六十度的急转弯。马上就要完成这个动作的时候，我突然感到一阵不可名状的不安。

片刻之后，努姆赞突然出现在我的旁边。它从暗处悄无声息地现身，也只有大象才能做到这一点，现在就站在了那里。我抬头直视着它的眼睛，刹那间，我的心跳仿佛一下子停止了。它的瞳孔像石头一样冰冷，我急忙喊它的名字。一遍又一遍地问候它。大约过了令人恐惧的十秒钟，它才开始放松下来。

我转过弯，不停地跟它说话，它慢慢地平静，终于让我走了。

我心情沉重地离开努姆赞。一切都跟以前不同了。它的这次挑衅也许是因为不认识这辆新车。我心里强烈地希望就是这个原因。但是，它不应该接近我们的任何车辆，更别提对这些车辆采取挑衅的态度了。我和努姆赞的全部交流和互动都是在绝对私密的条件下进行的，我们之间纯粹是双方个体的相互影响。可是现在，从到苏拉苏拉那天起，它第一次成了淘气的护林员们挑逗的对象。

接下来，又发生了一件事。旅店经理马博娜正开着车前往我们的办公区，这时努姆赞不知从哪里冒了出来挡住了她的路。马博娜完全按照所受培训的指导，关掉引擎，一动不动地坐在车里。努姆赞走到车的后面，然后倚在车上，把车后窗玻璃都撞碎了。玻璃破碎时发出的噼里啪啦的声音让努姆赞大吃一惊，它赶紧退后几步。这给了马博娜足够的时间打火，开车，加速离开了。

这次事件后，我们在通往旅店的路上开辟出了十几条岔路。一旦有必要，司机可以快速地倒车和转弯。我还让人把侵占道路两侧的灌木砍光，这样还没等努姆赞靠近，我们就能看见它了。

这些做法的确很有效果。保护区里的驾驶员尽量避开努姆赞，最繁忙的那条通往旅店的路两边有了简单的逃生路线。现在除了我，努姆赞谁都见不着了。最好的消息是，护林员的那些愚蠢行径再也没有发生过。

总之，一切都在慢慢回归正常。

可是我仍然心有忧虑。我又一次开始花更多的时间陪伴努姆赞，想让它安下心，平静下来。和我在一起的时候，它仍然是我喜爱的那个友好随和的大家伙。它看上去已经很正常了。

可是当我告诉老护林员们努姆赞已经恢复了正常状态时，他们全都摇摇头，依然乐不起来。"那是它跟你在一起时才这样。"他们总是这样说，"它信任你。可是对我们这些人的态度就完全不同了。"

他们不肯靠近努姆赞，如果它出现在某个区域，那里所有的徒步游猎项目就会中止。

几周以后，我的一个记者好友想拍一部我跟努姆赞互动的片子。我很少答应这样的事情，最终同意的条件是摄影组的车辆要停在努姆赞的视线外，而且在整个拍摄过程中，任何人都不许讲话。

我们发现了努姆赞。我把车开过去，然后从这辆新路虎车里下来，只把一个护林员留在了后车厢里。我呼喊着努姆赞，它慢悠悠地朝我走来。我的口袋里总备着一些面包片，每当我要离开的时候，就把它们扔到一旁。最近，我喜欢上了和努姆赞在一起做这件事，因为我那么深爱着它啊。当我不在车里，而是站在努姆赞跟前时，只有在它心烦意乱的情况下，我才不理它。

它慢慢走近，我研究了一下它的举止，判定它的心情不错。然后我们大约用了十分钟左右的时间来交流，或者聊聊人生。当然了，这些需要说话的活儿是由我来做的，而努姆赞只知道心满意足地吃草。当我准备离开的时候，把手伸进口袋里去拿面包，可是面包被裤子上的什么东西给勾住了。我低头看看，想把面包片拽出来。

这时，是我，而不是努姆赞，感到了心烦意乱。它突然直奔我走来，我吓得魂都没了，不仅仅因为它几乎踩到了我，而且我还发现它的整个情绪发生了变化。一定是我身后的什么情况打扰了它，也许是路虎车里的那个年轻的护林员。努姆赞想弄清楚他究竟是谁，到这里来干吗。此时，空气中弥漫着敌意。

我赶紧把面包扔到地上，幸好它过去用鼻子把它吸了起来，又放到嘴里享用，我才得以迅速离开。

当我返回摄影组那里的时候，心跳得就像邦戈鼓一样。我知道它的脾气已经在一触即发的节骨眼儿上了。它的确变了。

很快，我意识到了它究竟改变了多少。几周以后，我带着一些贵宾乘着路虎车去保护区里游览。太阳刚要下山时，我们看到了海蒂。几年前努姆赞杀死了它的妈妈，海蒂成了白犀牛孤儿。看到我们，海蒂赶紧溜进了丛林。我们以每小时 5 英里的速度爬行着，这时，暮色衬托出了象群的身影。它们在前方50 码的地方，正在穿过马路。

"大象！"说话间，我打开了汽车的顶灯。

我的两个乘客第一次见到大象，更别提一群大象了，他们当时的兴奋程度更加证明了非洲的这个古老物种的无穷魅力。我关掉引擎，让他们尽情享受这个时刻。也许，他们以后再也不会有这样奇妙的体验了。

这时，我看见努姆赞走在队伍的最后。我知道它现在正处于狂暴状态，这是一种性状态，此时公象体内的睾丸素水平比平常激增五十倍。这种状态下的公象具有不可预知的危险性，尤其就像努姆赞现在这样跟在母象身后的时候。我从来不敢跟处于狂暴状态的公象有任何的交流互动，因为这个时候，它太反复无常了。更何况我还跟客人们在一起，这样更不会考虑接近努姆赞了。

娜娜带领着家人向鳄鱼池进发。我等了大约五分钟，确认它们已经下了公路后才再次发动汽车，向前驶去。

突然，副驾驶座位上的乘客开始大声喊起来："大象！大象！"

喊声使我一下子呆住了。他究竟在喊什么？大象已经走远了。我凝神细视，仔细地在汽车前灯照亮的道路上搜寻。可是我什么都没有看见。

"大象！"他又喊起来，手指着他旁边的车窗。

是努姆赞。在黑暗中，它离我们只有3码远。客人的喊叫声引起了努姆赞的注意，它向前迈了一步，把巨大的脑袋贴在车窗上，想看看这喊叫声究竟是怎么回事。看到它的眼睛，我一下子紧张起来。我看到的是冰冷的目光，又一次，空气中弥漫着敌意。

随后，努姆赞开始用它的鼻子捅窗户，想测试一下它的回弹性。意识到它随时可以撞碎窗户，压扁乘客，我猛地挂上倒挡，并且发疯似的祈求那两个人快点儿安静下来。

我奋力倒车的时候，努姆赞的长牙滑过了车窗玻璃。伴随着刺耳的重击声，它的牙钩在了车门的门边上。它抬起头，愤怒地吼叫着。这回，我知道我们的处境岌岌可危了。在努姆赞看来，汽车攻击了它。作为报复手段，它突然转到我们的正前方，狠狠地猛砸汽车的保险杠，我们就像汽车里碰撞测试的假人一样往前射去，我的头猛撞到挡风玻璃上。然后它把巨大的头顶在保险杠上，像推土机一样疯狂地把我们向后推出 20 码，一直推进丛林里，直到后车轮被一棵横在地上的树卡住时，它才停下来。

我打开我这侧的车窗，对着它大声地喊叫。不过，在黑暗中，这就像对着龙卷风呼喊一样。我惊恐地看着它往侧面后退，这给了它自己足够的空间可以加速，然后从一个角度向我们猛冲。现在，至少客人们停止了喊叫。我们三个人死一般地沉默着。

现在只有一条出路了。当它摆好姿势准备发起进攻的时候，我打着发动机，让它空转，听到它发出刺耳的声音时，我踩下离合器，想把汽车猛地扭出来。可一切都太迟了。惊恐间，我们被掀到了空中。

咣当！我的路虎车砸了下来，侧面着地，然后底儿朝天翻进树丛里。紧接着，努姆赞发起了第二次大力进攻。汽车翻转着，最终驾驶室这侧着地了。

我的肩膀穿过碎玻璃抵在草地上，副驾驶位置上的乘客实际上就压在我的身上。由于撞到了挡风玻璃上，我的头疼得非常厉害。同时，自己努力地保持着神志的清醒。我并不觉得伤心，现在最担心的是，事情还远没有结束。实际上，对我们的严酷考验才刚刚开始。公象拥有一个可怕的声誉，那就是做事情一定要有始有终，绝不半途而废。为了证实这一点，努姆赞愤怒地跺着脚绕着已经侧翻的汽车走来走去，而它离我们也就几英寸远。

在这个极度危险和混乱的时候，我必须终止努姆赞的可怕行径。我突然想起来，如果大象听到枪声，有时候它们会愣住。努姆赞目睹过它的妈妈被射杀，我本不想再勾起它对这一悲剧的回忆。可是，我别无选择。

我扭动着身子，当努姆赞的再一次大力重击使汽车剧烈颠簸时，我趁势从衣兜里掏出了弗朗索瓦丝的那把小 .635 手枪。透过破碎的挡风玻璃，我对着天开枪了……一枪，一枪，一枪，又一枪。终于，我克制住了把弹匣里八发子弹都打光的冲动。如果它朝我们走来的话，我最后采取的手段就是把剩下的四发子弹射向它的脚，并且拼命地希望它的脚会疼痛难忍。趁它转移注意力的时候，我们可以从车里爬出去，赶紧逃命。

让我觉得非常庆幸的是，它一动不动地站住了。这个方法奏效了。在它迟疑的时候，我冲着它呼喊。可是由于我颤抖得厉害，声音都走音了。我大口大口地吸着气，直到一切平稳下来，才再次张口说话。由于我的声音恢复了镇定，它认出了我。

谢天谢地，它的耳朵垂了下来，身上的怒火也开始渐渐退去。

我随后告诉它没关系，是我啊，它把我的魂都吓飞了，它不必再生气了。努姆赞辨认出了我的声音，然后慢慢地走到我在汽车里侧躺的地方。它的脚像垃圾桶的盖那么大，现在离我的头不过几英寸远。它现在只需抬起脚，踩在薄薄的车厢上，那么一切就都结束了。我把袖珍小手枪对准了它的脚，然后着迷地看着它把挡风玻璃碎片拨弄掉，然后温柔地把鼻子伸进来，贴在我的肩膀上，头上，把我的全身抚摸一遍，嗅了一番。与此同时，我对着它说话，告诉它我们现在的处境太危险了，它必须得小心点。

它从来没有这么温柔过。终于，它走开了，到附近吃起一棵树的枝叶来，就好像什么事情都没有发生过似的。

"对讲机，对讲机！"一位客人小声地说，"快求救！"

我伸手去摸话筒，结果发现对讲机已经从合页上甩掉了。在黑暗中，我找到话筒，胡乱摸索着把线路连接上。别说，还真接通了。我小声地发出红色危险警告的呼救，描述一下我们的位置，所发生的事情，然后把音量调低。我可不想对讲机里传出任何大声的回复，万一再惹恼了状态不稳的努姆赞，那后果就更不堪设想了。

弗朗索瓦丝收到消息后，赶紧把搭救我们的信号转播出去。幸运的是，附近正好有夜间观光游览的活动，护林员们听到了枪声，几分钟后就赶到了我们这里。可是不管什么时候，只要他们一靠近，努姆赞就摆出攻击他们车辆的姿态，使他们无法接近。

我知道他们带着猎枪，我在对讲机里小声地发出严格的指令，不管事态看起来怎样糟糕，绝对不可以射杀努姆赞。他们必须等着它离开。

可是努姆赞就是不肯走。它围着我们这辆侧翻的汽车一圈一圈地转着，不停地把想过来救援的护林员赶跑。

就在我开始绝望的时候，听到对讲机里传来一位护林员焦急的喊叫声："大象们来了，整个象群都来了。它们正朝着你走过去。天啊，它们奔着你的路虎车去了。我们该怎么办？呼叫完毕。"

"什么都不用做。"这回我放下了心，平静地答复他，"只需等待。"

这是一个好消息，不像护林员想的那么糟糕。从车里往前探探身，我勉强看到娜娜和弗朗姬带领着象群走过来。我不停地呼唤着它们。

可它们竟然异乎寻常地没有理睬我，甚至都没有停下脚步，直接从我们旁边经过，然后故意地把努姆赞围在了中间，推挤着它，让它离开。努姆赞有足够的力气用屁股把它们顶到一边去，可是令人惊讶的是，它居然没有这么做。从我躺在地上的这个水平位置，我能听到它们胃里的隆隆声。我不知道它们在交流什么，但是过了片刻，努姆赞不再气势汹汹地监视我们这辆破车了，它跟着象群离开了。

当它们走出 50 码远的时候，护林员们赶紧冲了过来，爬到车顶上，把我们从撞碎的侧窗那里一个一个地拽出来。感谢上天，简直太令人不可思议了，在这次事故中，居然没有一个人受伤。

当我们驾车离去的时候，我看了看象群。努姆赞，这头毫无争议的霸道公象居然顺从地跟在队伍的后面。由于成年公象都是独来独往者，所以看到它跟在象群里，我觉得这的确是极不寻常的场面。我毫不怀疑，是娜娜的干预使它离开的。不管娜娜是不是有意为之，总之，它救了我们的命。

可是，当我们开出大约 40 码的时候，努姆赞猛地抬起头，愤怒地冲着我们迈出了几步。它又一次表现出了对路虎游览车的愤慨，这使我非常担心。现在，我的手头有了一个大麻烦。

回到旅店，弗朗索瓦丝给了我一个大大的拥抱，然后就去酒吧那里招待受到惊吓的客人了。其中一位客人是终身禁酒主义者，他一句话没说就咕咚咕咚喝下三杯双份的威士忌酒。

尽管经历了可怕的戏剧性一幕，可是没有人受伤，甚至连一点儿擦伤都没有。

我那辆全新的路虎车可就没有这么幸运了。困惑的保险公司人员看了看严重受损的汽车，直接就把它确定为报废了。他们可从来没有因为"大象事件"支付过保险赔偿金啊。

第四十章

我们这次可怕的历险逃脱使我不得不全方位地思考下一步应该怎么做。

正如我所预料的，那些说过"我早就警告过你"这句话的人开始拿出野生动物专家的说法来向我游说。他们认为应该马上处死努姆赞，因为它随时可能引发危险。如果我现在还不下手，早晚有人会被它弄死。

我再一次挺身为它辩护，证明在一系列的事件中，努姆赞完全情有可原。这一次它来到我的汽车跟前就像以前它曾经几百次地来过一样。当时，奇怪的喊声让它觉得很困惑，而且它还正处于狂暴期。当我突然倒车的时候，车碰到了它的长牙，这时，它才发火。证据就是它一听到我的声音，就不再疯狂了，而且还走到我身边，把挡风玻璃碎片拨弄掉，用鼻子一个劲儿地嗅我的全身，来检查我是不是安然无恙。

我拒绝射杀它，并且开始采取其他措施保证它和每个人的安全。护林员们已经有足够的经验照顾好自己，我最担心的是来来回回驾驶游览车的旅店员工们。于是，我们把旅店和综合区之间所有道路两侧 30 码区域内的大小灌木清理干净。现在，只要它走近任何一条路，我们从大老远就能看见它。在夜间，我派一位护林员驾车行驶在其他员工车辆的前面，同时打开大灯，检查一下它是否在附近。

可是有必要让它独自待在深深的丛林里，仅仅是为了弥补自己的过失吗？

不过另一方面，作为野生的象群，它们恣意地推倒大树啃食鲜嫩的枝叶，它们在泥潭里打着滚儿地洗泥浴，它们为游客提供了了不起的视觉盛宴。甚至 ET 都已经安顿下来了，我从这个成功案例里得到了些许安慰。相安无事地过去了几周，我想努姆赞肯定从这次事件中得到了教训，它应该可以得救了。

可是，一天清晨，我收到了一位观光车驾驶员的呼叫。他说他的车抛锚了，于是他把路虎车留在丛林里，自己回去取配件。当他返回的时候，汽车四轮朝天地被甩到了路边。

"在那儿等我，我马上到。"我答复着，心里满是不祥的预感。

还没有抵达现场，我就知道究竟发生什么了。到处都是努姆赞的脚印。它发现了这辆静止不动的汽车，然后毁了它。它把汽车掀翻，又抛到了路边。我心情沮丧地检查着车辆的受损情况。

路虎游览车是便于游客观光的敞篷车，车辆没有车顶，如果像这辆车一样翻车的话，车里的人肯定没命了。努姆赞毫无缘由地攻击了一辆空车，那么它肯定也会攻击载有乘客的车辆。

我徒劳地想找理由为努姆赞辩护，想方设法推迟它难逃的命运，可是没有任何办法。我清醒地知道一切都要结束了，它已经完全失去了控制。实际上，在其他任何保护区，它杀死白犀牛之后，马上就会被射杀掉，更别提掀翻主人的汽车了，何况现在它又掀翻了一辆游客的观光车。

我一个人慢慢地开车回到家，给一个朋友打去电话。

"我想借你的 .375 猎枪用一下。"我请求着，这些字麻木地从我的嘴里说出来。

"当然可以，你要干吗？"朋友爽快地答应了。

"没什么大不了的事儿，谢谢。我明天还给你。"

"没问题。"他停顿了一下，"你没事儿吧？"

"我很好，一会儿见。"

我放下电话，这个决定使我不寒而栗。可是，我知道我们已经无路可走了。如果我放过它，也许过不了多久有人就得没命。

我的 .303 猎枪足够用，可这是一个艰难的任务，我不想出现任何闪失。我想要一支最大火力的猎枪，于是，我开车去了城里，借来猎枪和八发子弹。回来后，我没有告诉任何人，自己开车进入丛林。我检查了猎枪的瞄准器，确保它有准头。一个小时以后，我看见我的大男孩正在河边平静地吃着草。

听到了我汽车的声音，它抬起头，慢慢地向我走来。像平常一样，它很高兴见到我。我下了车，觉得自己辜负了它的信任。我把枪架在打开的车门上，然后开始瞄准。在望远镜瞄准器里面，它的五官看起来完全错位了。它都走到我旁边了，我仍然站在那里一动不动。我的情绪完全崩溃了，无法扣动扳机，泪水像决了堤一样流淌着。

我做不到，完全做不到。当它站到我的旁边时，我又一次感受到了它那独特的温暖的问候。我把枪塞进了车里，努力地克制着自己，最后一次跟它说了声再见，告诉它有一天我们还会再见面。就这样过了片刻，我狠下心驾车离开，只留下它不知所措地站在原地。努姆赞想不明白我为什么要那么匆忙地走开。

那天下午，我打电话邀请的两个神枪手来到了保护区。我看着他们用猎枪瞄准河床那里的一个靶子。在猎杀危险的大型野生动物时，这样做是非常必要的，因为你必须确保你的枪能瞄准猎物。这两位以前是职业猎人，现在是野生动物保护者，他们清楚地知道自己接下来要干什么。

"你不跟我们一起去？"其中一个人——彼得问我，他是我的一个老朋友了，"你确定自己不想亲自动手？"

"我试过。可是，我们彼此太熟悉了。"我的声音听起来那么冷漠。

"好吧，我听说了。究竟发生什么了？太令人奇怪了。"

"它现在已经完全没了头绪。"我不想再深入地解释了。

"我懂了。"彼得说着，轻轻地拍了拍我的肩膀。

一个小时以后，当我正站在草坪上眺望着自己如此深爱的保护区时，听到远处传来了两声枪响。一切已成定局，我如同溃兵一样逃回家里。一种可怕的孤独感笼罩着我，这种感觉不仅仅是因为我那漂亮的男孩，也因为我自己。经营了九年的情谊，我最终还是失去了它。它现在与它的妈妈团聚了，就在来苏拉苏拉之前，努姆赞目睹了妈妈的惨死，它一直都没有从这种悲痛中恢复过来。

我强迫自己来到努姆赞躺着的庞大身躯前，猎人就在旁边。让我欣慰的是，它倒下的样子并不难看。努姆赞侧躺着，仿佛睡着了一样。

"它一点儿都没有痛苦，倒地前就死了。"彼得说着，"不过我们在最后一刻有点儿被吓到了，它突然向我们袭来，情势非常危急。这头大象肯定有问题，你的决定做得对。"

我看着努姆赞庄严的身躯，此时，大地和天空仍然随着它脉动着。

"再见，了不起的努姆赞。"说着，我返回了车里。我要去找象群，把它们带到这里，让它们看看我究竟做了什么，看看我万般不忍做的事情。

第四十一章

"看起来事情总是三个一并发生。"两天后，我伤心地这样想着。在过去一年多的时间里，小苏拉、马克斯，包括现在的努姆赞先后离开了我们。

丛林是个了不起的地方，在这里，你总能重新获得人生的视角。一想到尽管它们的肉体消失了，可它们永远都是非洲永恒大地的组成部分时，我心里就有了安慰。它们的骨骼将永远埋葬在这片沃土里。

除了大象和鳄鱼外，通常，其他动物的生命都不算长。在野生世界里，万物不停地繁衍生息。狮子大约只能活十五年，黑斑羚、白斑羚、捻角羚的寿命也差不多如此。斑马和角马可以活到二十岁，长颈鹿还能活得再长些。很多小型动物和鸟类的生命更短，而昆虫有时只能活几个小时。

春天一到，丛林就恢复了生机，脉动着新生命。苏拉苏拉变成了一个庞大的托儿所，成千上万各种形状、大小不一的爱心妈妈把新的一代带到了这个世界上。不管它们曾经多么地生机勃勃，可是野生动物死亡得非常快。这样，它们必须抓紧时间繁育后代。尽管荒野里有着无限的美景，可是在那样恶劣的环境里，只有最强壮、最聪明、最幸运的动物才能活到高龄。这就是丛林里的严峻现实，我喜欢它这个样子。它是自然的，不受任何人为的行为准则和伦理标准的干预，它帮助我对自己、对朋友、对家人的生命有了一个全面的认识。

我坐在一丛金合欢树旁边的蚁丘上，沉浸在思考中。这时，一辆路虎车驶到面前，乌西从里面下来。乌西就是那位被我当作实验室白鼠的年轻护林员，当时，我想开展丛林漫步观光游览项目时，曾经带着他反复接近象群，让大象慢慢习惯有人出现在它们周围的生活。这位身材健壮的年轻人有着钢铁般的坚定意志，我刚刚把他提升为高级护林员。他告诉我他刚刚驾车从努姆赞的尸体旁经过。

他停了一会儿，盯着我的眼睛说："它只剩下一根长牙了。"

我马上从沉思中跳出来："你说一根是什么意思？另一根呢？"

"它不见了。被偷走了。"

"怎么会出现这种情况呢？"我完全惊呆了。

"昨晚它还在呢，我亲眼看见的。今天它就不见了。"他继续盯着我，对于乡下的祖鲁人来说，这是一个罕见的姿态，因为他们的文化要求避免与对方视线接触。我想，这是因为他和我一样震惊吧。

"我们把努姆赞尸体周围几百码开外的地方全部搜索了一遍。然后，我又检查了每一寸的电围栏，上面没有偷猎分子割的缺口。昨晚，没有人闯入保护区。"

420

我回瞪着乌西，大为震惊。

"我还通知保安们今天仔细搜查所有车辆。我本打算弄清楚之后再告诉你这件事儿的。"

"太难以置信了。"我不禁回想起早些时候与偷猎分子做斗争的日子，"我的意思是说哪个该死的家伙偷走了象牙。"

"象牙肯定还在保护区里面。"乌西自信地判断着，"一定是我们的员工干的，它应该被藏到这儿的什么地方了。应该是开车去偷的，昨晚我在那附近看到了灯光。可是我还没到半路呢，灯光就不见了。"

说话间，恩圭尼亚肩上扛着第二根象牙走了过来，然后把它重重地放在了地上。

"估计这里有让你感兴趣的地方。"乌西不再谈盗窃的事情，而是换了一个话题，"摸摸这儿。"他跪在这根华丽的象牙旁边，手指在上面轻轻地滑动着。"这里有条很深的裂缝。"

我蹲在他身边。我一直知道努姆赞的牙尖上有个小裂纹，但这在大象身上很常见，对此我也没有太担心过。

可是，当我顺着乌西手指划过的路线用自己的手指抚摸时，心里一颤。仔细检查后，我发现这个裂缝比我以前想象的更大更深，实际上，在牙尖那里已经完全裂开了，可以看到缝里面已经发黑。长牙就是延长的牙齿啊，对人来讲，活牙上面如果有这样一个破损肯定会引发炎症，疼痛难忍。任何遭受过牙齿脓肿的人都能证实这一点。

"你看，穆克胡鲁。"乌西说，"牙尖里面很深的地方有个巨大的脓肿。我把它割开，里面已经腐烂了。"

我心里又是一颤，现在真相终于大白了。可怜的努姆赞这么长时间以来一直忍受着这么巨大的痛苦，它只是再也无法忍受了，这就是为什么它的脾气变得那么暴躁。我突然明白了它为什么那么狂怒地把我的路虎车掀翻。当我倒车的时候，车窗震动了它极其疼痛的敏感的大牙。它当时肯定疼得眼前直冒金星，后来，是我的枪声把它重新拉回到了现实中。

　　我坐在草坪上，头埋在双手里。尽管人们很少这样治疗野生大象，可我们完全可以先用麻醉飞镖把它麻醉，然后请一位好的兽医加上一些抗炎药物，也许我们可以使它早点儿摆脱痛苦，它现在就还能跟我们在一起。我的脑海里闪现出我们"聊天"时，它心满意足地在我面前吃草的画面。它本质上是个乐观的生灵，尽管在它短暂的一生中曾目睹过那么多的悲剧。

　　我摇摇头，不再去想令人遗憾的事情。我强迫自己回到现实，于是站起身来。现在无论做什么都已经于事无补了。

　　"把象牙清理干净，然后储存在安全的地方。"我吩咐乌西，"现在，我们终于明白它经历了什么，还有它为什么变得那么暴躁了。"

　　"是的，穆克胡鲁。"

　　"我们去找另外一根象牙吧。"

　　我非常震惊地转身离开，在这个时候，我的员工居然想偷走努姆赞的长牙。我原想把这一对象牙摆在旅店里作为对它生命的纪念。

　　我们始终没有找到那根象牙。但这并不意味着我放弃寻找。

　　那天下午，我意外地接到了恩科西·比耶拉的电话。平日里，我们有定期的接触，不过通常都是他的一个头人作为中间人。

"我想见见你。"他语气欢快地说，"我明天下午晚些时候去苏拉苏拉。"

"我期待着您的光临。"我在电话里热情地说，"我可以有个请求吗？请带您的夫人一起过来，你们可以作为贵客和我们在旅店里共度一个晚上。"

"好主意，谢谢。这样，大家可以有充足的时间谈谈我们保护区的项目了。那么，明天见吧。"

推动"皇家祖鲁"这个野生动物保护项目是我来苏拉苏拉这么多年的主要原因。我的心狂跳着，尤其当他把这个项目说成"我们的项目"时。自从十二年前，我第一次把这个项目介绍给他的爸爸老比耶拉后，我还是第一次听到这样的表述。一直以来，我始终不断地追求着这个愿景，但是，正如非洲的很多事情一样，有时候，我们面临太多难以克服的延误和纠纷。恩科西·比耶拉是这个项目成败的关键人物。他是本地区最有势力的酋长，还拥有最大一片土地。而现在，他想和我谈谈！

第二天下午，他来了。我们在祖鲁兰的午后时光驱车穿越保护区，欣赏着苍翠繁茂的原野和健壮有力的野生动物，谈论着未来。

"那是谁的土地？"恩科西指着苏拉苏拉边界外的一片浓郁的丛林问。

"那是你的土地。"

"太好啦！我想把它和你的土地并到一起。"事情就这么简单。

　　我看出来他还有话要说，所以故意拖延了一会儿，没有马上接他的话。他从车里下来，四处环顾，指着苏拉苏拉背面毗邻的 KZN 野生动物保护区说："我知道，那是梵蒂姆维罗，我祖父的地盘。他们把它给我了，我抓紧把它接收过来，也并到你这里。这样我们一起做你说过的联合项目，造福我的族人。"又一次，事情就是这么简单。

　　"谢谢您，恩科西。"

　　"现在只剩下恩坦巴纳纳的土地了，他们为什么这么长时间还不把地出租给我们？"他询问着。他指的是我们西部边界的一大片长满了灌木和荆棘的土地。几十年前，当时的种族隔离政府从几个部落手里把恩坦巴纳纳割占了。现在，又把它还给了那几个部落，而且比耶拉拥有着其中最大的份额。现在他询问为什么租让的过程耗时这么长，这就意味着该项目将得到他大力的推动。

　　"我不知道为什么，恩科西。这也让我很烦恼。"

　　"我们现在必须推动项目的进展了。"他这次指的是当地的政府。当恩科西·比耶拉说"推动"的时候，肯定能够引起人们的关注。

　　在那几分钟的时间里，完全出乎我的意料，他勾画出了我梦想的非洲自然保护区的绝大部分版图，不过还不是全部的土地，还差拼图游戏中的最后一块，也是最重要的一片土地——姆洛什尼。姆洛什尼的面积达八千公顷，从恩坦巴纳纳往北一直延伸到白乌姆福洛济河，是通往世界著名的乌姆福洛济保护区的门户。一旦有了那片土地，我们就可以和乌姆福洛济保护区一起降低围栏的高度，这样，我们就可以拥有一大片广袤的原始非洲大地了。

"姆洛什尼——"我刚一张口，就停住了。

"姆洛什尼怎么了？"

"姆洛什尼可以把我们跟乌姆福洛济保护区连成一片。这非常重要。"

"当然了！我已经跟我的手下交代过这件事儿了，已经达成了协议。"他很平静地告诉我，"动物们可以像种族隔离政府竖起围栏以前那样自由地迁徙了。"

我们的双手紧紧地握在一起。我太兴奋了，难以相信自己听到的一切。这个项目带给他族人的利益是前所未有的，我的脑海里还迅速地评估着这将给野生动物带来什么样的益处。恩科西·比耶拉将领导一个传统社区联盟迈进勇敢的新世界。

我也知道，这个协议表明，十二年的努力终于取得了根本性的突破。不过，今后我们还要做大量的工作，还要参加很多冗长的部落会议。他最后完全答应了这些条件，我们胜利在望了。他的话至关重要，而且毫无疑问这是我们最需要的。现在，所有的梦想都要实现了。

那天晚上，我们在旅店里继续探讨"皇家祖鲁"项目，以及这个项目将如何使我们这片土地重新焕发生机。我感到努姆赞的死带来的阴霾正在慢慢消散，它飞翔的精神将成为这片壮观的新保护区的一部分，而这才是非洲大地本来的面目——原始的、美丽的、人与动物和谐相处的完美世界。在我看来，这个新保护区不仅仅是纪念努姆赞的丰碑，也是纪念马克斯和小苏拉的丰碑。在我们为争取最后的原始土地而进行的斗争中，非常需要它们身上所具备的品质——勇气、忠诚，最重要的是坚韧。

在我今后的人生中，我将永远铭记这个夜晚，它给我展现了非洲美好的愿景。尤其感谢的是杰出的领袖恩科西·比耶拉的合作。

这个新的保护区充满了祖鲁的历史烙印，因为它可以追溯到第一位祖鲁国王——沙卡·祖鲁时代。从物质上讲，新保护区可以增加就业，吸引投资。从精神上讲，这里有着真正原始的非洲气质。在苏拉苏拉的顾客留言簿上，游客们经常说这片原始大地给他们带来了深远的精神影响。现在有了恩科西·比耶拉的支持，最后的主要障碍终于要被清除了。"皇家祖鲁"终将成为现实，我希望，它也能成为非洲野生动物保护的奠基石。

第二天早晨，我和恩科西享受了一顿丰盛的早餐。他对这个新项目的热情显而易见，并且看起来他的心情更加轻松愉快了。饭后，我打开了电视。

在伊拉克，打击萨达姆·侯赛因的战争一触即发。看来，这次进攻是不可避免的了。那天早晨，新闻还播放了阿富汗喀布尔动物园的一个特写镜头，一头狮子占据了整个画面——那是一张瞎了一只眼睛，并且布满弹片的受尽摧残的脸。一个塔利班士兵向它投掷了手榴弹，可它居然还活了下来，它的名字叫马里安。它疤痕累累的面孔、凶恶谴责的目光烧灼着我的灵魂。这就是被困在人类愚蠢行径旋涡中的动物的生存现状，它们既无过错，也无希望地挣扎在生死边缘上。这张可怕图片所传递的内容比语言更有震撼力，这是对我们人类的泣血控诉。我觉得脑海里万马奔腾，内心中怒火焚烧。我决定去伊拉克，想确保同样的事情不要发生在巴格达动物园，那是中东地区最大的动物园。

十天后，我到达了弹火纷飞的伊拉克首都。不久，我就意识到自己面临的任务何其艰巨。我身边需要一个好帮手。只打了一个电话，几周后，布兰登就来了。

在关键的前几个月，布兰登一直和我并肩工作。我们拯救了动物园里最后剩下的动物，以及巴格达其他地方的动物。我离开之后，布兰登又在伊拉克首都坚守了一年多。他的工作绝对重要，他要确保这些动物得到很好的安置和照料。

之后，他去了喀布尔。在那里，他表现得依然出色，尽心尽力地指导阿富汗人改善他们的动物园。令人伤心的是，早在他抵达前，马里安就死了。

在这个过程中，布兰登离开了苏拉苏拉。可是，只要想起他曾经陪伴我们走过的岁月，无论是在苏拉苏拉，还是在国际舞台上，我心中都会涌起无限的骄傲。

和戴维一样，他是我们取得成功不可缺少的伙伴。

现在，他仍然定期"回家"看看我们。

第四十二章

六个月后，我回到了家。那是我人生中最紧张的六个月——酷热、尘土、巴格达战区的骚乱，还伴随着超现实的悲欢苦乐，绝望沮丧。

这次经历教我认清了一件事情，那就是"生而自由"的纯真岁月早已经一去不复返了。有一个阶段，为了能让一群饥渴的狮子活下来，我们不停地从一个发着恶臭的湖里取水，再肩挑手提地把臭水运到狮群那里。一个小时又一个小时，我们把水滴进这些严重脱水的猫科动物的嘴里，而且每次只能喂一桶水。这是维持这些动物活下去的唯一的一个水桶，结果后来还被劫掠者偷走了。为了狮子的下一餐，我们冒着枪林弹雨，明目张胆地去扫荡已被炮轰的萨达姆宫廷的厨房，还有城里那些人去楼空的酒店。

在一群来自不同背景的人的身上，我见证了什么叫作无私无畏。一个个对官僚政治厌恶的美国士兵，他们牺牲了自己的军粮，拿去喂养饥饿的动物；那些顽强的南非雇佣军，他们自封为动物园的保安，尽心尽力地维护着这里的安宁；还有勇敢的伊拉克动物园的工作人员和市民，他们置生死于度外，和西方人一起并肩工作。2003 年的巴格达极不协调地同时展示着这个世界的善与恶，美与丑。

这段经历生动地保留在我的记忆里，后来我写了一本记录它的书，书名是《巴比伦方舟》。把这次历险写在纸上是一次情感宣泄的体验，从中得到的收获是无价的。

我还利用这段令人难忘的经历创办了"地球组织"，它现在正迅速地发展壮大。"地球组织"不是典型意义上的"绿色环保"沙龙，它依靠的是广大普通民众，旨在开展切实可行的项目来扭转目前动植物数量螺旋式下降的趋势。

我的大象以它们争取生存的拼搏态度直面苦难和不幸，并且坚定地为此奋斗着。它们总能管好自己的事物，总能明察事理，还从不忘记挤出时间开心地玩耍和游戏。

在巴格达动物园那些被遗弃的动物身上，我看到了相同的品质。尽管身处险境，尽管饥肠辘辘，尽管这个世界完全变了模样，可是，我从来没有见到它们放弃过。这些精神也应该是我们人生哲学的核心内容。

当我从伊拉克回来的时候，象群正在保护区大门那里等我。这很不寻常，因为它们通常都在我的住所那里等待。而且，它们的这个举动太罕见了，以至于门卫毫无思想准备，吓得把自己关在围栏旁边的屋子里不敢出来。当我按喇叭的时候，他才迟疑地露出头来。一看大象们还在那儿，他匆忙地把钥匙扔给我，就马上冲了回去。我自己把门打开，然后开车进了保护区。

娜娜和它的家人跟着我来到房前，围着护栏焦急地乱转。

我从车里下来，跟它们说个不停，因为激动，声音都嘶哑了。它们现在已经是十三个成员的大家庭，并且把所有的新成员都带来了。最初的七头大象，现在数量已经翻倍了。最新出生的四头小象是努姆赞的血脉，它的精神不仅在后代身上得以延续，而且在心灵层面也得以发扬。

当它们站在那里嗅着空气时，我觉得心里面有种情绪在翱翔。此时，我意识到这个象群对我的意义有多么重大。更重要的是，每一头大象都教给了我不同的生命体验和意义。

他们说，你播种什么就会收获什么。但是，只有当你收获的时候才能真正理解这个道理。当娜娜和弗朗姬的鼻子从围栏上面蜿蜒着冲我伸过来时，天破晓了。它们给予了我太多的爱与信赖，远远超出了我对它们的付出。我拯救了它们的生命，同时，我从它们那里得到的回报也是无法估量的。

从娜娜，这个光荣的母头象身上，我明白了家庭意义的重大。我还知道，聪明的领导才能、无私的自律，还有无条件的爱，都是管理一个家庭的核心内容。我更明白了，当命运多舛的时候，拥有自己的亲人多么重要。

从弗朗姬，这个爱发脾气的姨妈身上，我知道了对自己群体的忠诚有多么重要。弗朗姬为了它的群体，可以毫不犹豫地牺牲自己的生命。对它而言——没有比这更重要的事情了——谁都不会怀疑它的"更伟大的爱"。它以勇气换来的爱和尊重是绝不掺假的。

从南迪身上，我了解了什么是尊严以及真正强大的母爱。在不吃不喝的情况下，它一直陪伴在自己有残疾的孩子身边。

它从始至终坚持了一天多，只要孩子还有一口气，它就绝不放弃。

在曼德拉身上，我看到了一头幼象在多么严峻的环境下成长，在多么敌意的世界里奔跑，也看到它慈爱的妈妈和姨妈如何尽职尽责地保护它顺利长大。努姆赞死后，它也到了青春期。按照自然界的法令，曼德拉也要被赶出象群了。摆在它面前的将是全新的挑战。

从弗朗姬的孩子马如拉和马布拉身上，我第一次看到原来妈妈的精心照顾可以帮助孩子渡过任何逆境。如果用形容人类的语言描述这两个漂亮、乖巧的孩子，它们可以被称为"优秀公民"。在我们这个世界里，这已经不多见了。它们看到了自己的妈妈和姨妈是如何对待我的，它们也同样给予了我尊重。只有德高望重的亲人才能得到这样深沉的爱与敬仰。我爱它们。

从 ET 身上，我学会了宽恕。我曾经想方设法地帮助它度过了伤心和猜疑的岁月，能做到这一点，全凭它的信赖与认可。历尽艰难后，它终于过上了正常的生活。在此过程中，它教会了我如何去宽恕。尽管在它到达苏拉苏拉之前，人类给它的家庭带去了灾难和恐惧，可它仍然饶恕了人类的罪过。我不在苏拉苏拉的这段日子，它生了小象。现在，它站在旁边看着我，骄傲地炫耀着它的孩子。我对它表现出了格外的关爱与呵护。

当然了，曾经还有努姆赞，这个大男孩后来成了我最亲爱的一个朋友。像每个人一样，我的人生中也有很多遗憾。对我而言，最大的遗憾就是我没有想到一个折磨人的牙部感染使它变成了"凶猛的离群兽"。我不断地安慰自己，没有哪个保护区的护林员能够发现问题的症结所在。实际上，如果在别的保护区，它早就被杀死了。

我隔着围栏看着它们，不仅感受到了家的温暖平静，尤其是在战区经历了六个月的骚乱后，而且陶醉在与一个更加壮大的家庭团聚的喜悦里。它们聚在围栏前，我听着它们胃里传出的隆隆声，觉得这是我听过的最让人感到安慰的声音。就像八年前在博马那里娜娜对我表现出亲昵的时刻一样，我觉得自己被一种强烈的幸福感包围着。

曼德拉和马布拉现在站在一边。我知道它们将要经历被驱逐的痛苦，就像当初努姆赞一样，我希望自己能够为它们做点什么。在更大一些的保护区里面，像它俩这样的大象会跟其他年轻的公象一起组成一个关系松散的"单身汉"群体，群体里面有一头成年公象扮演着家长的角色。它们被称作"阿斯卡里斯"，而且就像人类的大多数年轻群体一样，它们到处闲逛，追逐小姑娘，和别人以及这个世界比试力量和智谋。

那头年长的公象有着父亲的身份，这是这群公象在母系群体里面没有见过的。这位"父亲"向它们传授雄性礼仪，以及在野生环境里更实用的生存技能，比如说，最好的水坑在哪里，最多汁的树枝和浆果有哪些。它们永远都不会忘记这些地理课程，这就难怪为什么人们总说大象拥有超凡的记忆力了。

反过来，"阿斯卡里斯"这个群体非常尊敬和爱戴它们的"父亲"。当它老迈得无法扒下树枝上的树皮时，它们就陪着它去沼泽或者湿地那里寻找更嫩的叶子。大象无法体面地死于高寿，所以当它们的第六套牙齿掉光的时候，它们就不再进食，而是把自己活活饿死。当它们的领袖虚弱得无法站立，或者开始痴呆的时候，"阿斯卡里斯"就开始保护它，不让土狼或者狮子靠近。即使它已经死了，它们仍然奋力把食腐动物们从它的尸体旁赶跑。"父亲"死后，它们只要还在这片区域，就会定期去拜访它的遗骸，表达对已逝领袖的敬意。由于绝大多数自然死亡的大象都是在有着嫩叶的湿地这里度过的最后时光，所以就引出了秘密象冢和象牙宝藏的神话，其实那里是大象本能地选择去面对死亡的地方。真相就是它们最后通常死在盛产易于吞咽的柔软食物的那片土地上。

这就不难理解为什么那些猎杀高龄公象的猎人不相信，或者不愿相信他们造成的巨大伤害。一头年迈的公象并不是被淘汰的多余者，可以任由那些搜集狩猎战利品的人瓜分。它的存在是为了帮助未来的一代代大象健康幸福地成长和生活。它教会年轻的公象们认识到自己究竟是谁，它还传授给它们无价的丛林技能，使这个物种得以生生不息。

努姆赞从来没有得到过一位"父亲"的安抚。如果它得到过"父亲"的关爱和教导，如果不是因为某些地方出了差错，我想它不会变得那么暴躁和凶猛。

显然，在我们这个不断壮大的家庭里，我们需要一位明智的雄性行为榜样。随着更多部落的信托土地加入"皇家祖鲁"项目中，苏拉苏拉的占地急剧扩大。我们可以引进一头成年公象来教保护区里越来越多的年轻公象学习生活中的基本知识。

我随后传出话，说我们需要这样一头公象。从大家的热烈反应上判断，我知道不久我们就能有一头贤明的男家长来教导我的"阿斯卡里斯"养成良好的习惯了。我还知道曼德拉和马布拉也将成长为优秀的年轻人。等"皇家祖鲁"项目一成立，我们就将拥有一大片非洲土地。这块母亲大陆理应得到扎根于此的人们的保护和建设，这对于它的未来至关重要。

和贝基、恩圭尼亚在丛林里消磨了一段时间后，我开始仔细考虑接下来所有的计划和安排。这时，我看见整个象群在大约半英里远的地方悠闲地吃着草。夕阳照在守护着苏拉苏拉的小山上，使它们看起来就像金光闪闪的卫士。在群山前面的大草原上，衬着落日，大象们的轮廓看起来无比清晰。

这是最鼓舞人心的永恒非洲的景象，我再一次明白了为什么大象是这个大陆最具标志性的生灵。

娜娜和弗朗姬站在一起，这就是母头象和它的助手。站在它们旁边的是它俩的大女儿们——南迪和马如拉，它们已成长为壮年女性。南迪和马如拉的身边是一个世纪以来在本地区出生的第一批小象——姆乌拉和伊琅嘉。在外围，大约 400 码远的地方，我看见了单身汉们——曼德拉和马布拉。分散在各处的是还没有起名的幼象们。

我故意没有给这些小象起名字，因为我不想和这些新一代的大象再有任何交流和互动。最初决定接受这个象群时，我的整个想法就是把它们放归丛林。我从来没有想过与它们保持任何的联系，因为在我看来，野生动物就应该保持本色——野生。有些事件，比如它们不断地逃跑，迁移时遭受的痛苦，以及目睹亲人们被残杀，使我不得不介入到它们的生存斗争中。正如我以前所说的那样，我只想让母头象娜娜信赖一个人，以此来消除它对整个人类的怨恨。一旦达到了这个目的，娜娜知道了它的家庭不会再受到任何伤害，我的使命也就完成了。我强烈地意识到，与人类的太多互动冲淡了这片原始大地所需的凶猛野性。

这种方法很奏效。时至今日，只要我驾车经过象群，娜娜和弗朗姬就会向我走来。我将永远和它们保持着这种特殊的关系。南迪、马布拉、马如拉和曼德拉，当然了，还有 ET，它们还认得我。它们承认我的存在，也会走上前来，只不过有所保留而已。

但是，小象们无视我的存在。完全无视！在它们眼里，我就是一个外人。在它们那里，我与它们外祖母们的关系永远不会重现。它们不会与人类有直接的接触，无论是谁，包括我和我的护林员们。这才是它们自己的生存方式。

它们将长大，就像我当初寄托在第一批大象身上的愿望那样，长成野生的大象。如果只有一件让我强烈反对的事情，那就是对野生动物非自然的捕捉和驯养。

在我看来，如果这个世界上一定要有笼子，我希望是空空的笼子。

后　记

　　译完本书的最后一句，内心没有如释重负的轻松，而是充满了对书中人物及动物的无比留恋。这几个月，跟随着作者进行了一次深度的非洲之旅。安东尼笔下的南非苏拉苏拉野生动物保护区已经深深地刻在了我的脑海里和记忆中。

　　在阅读原文之前，我被书名《象语者》吸引了。作为一名动物爱好者以及动物权益保护的拥护者，一直以来，我都向往着可以踏上非洲那片古老而又神奇的土地，亲眼看看众多的野生动物，尤其是大象。

　　在翻译的过程中，脑海里不断地闪现着一幅幅壮美的非洲丛林画面，我甚至想象着其中一个个人物的相貌、一群群动物的活力、一个个动作的细节。现在，书中那些活生生的动物——大象、狮子、猎豹、土狼、鳄鱼、白斑羚、黑斑羚、角马、野猪、岩蟒、秃鹫……以及那些发生在人与动物之间的感人故事，都已经成了我记忆中不可磨灭的一部分。

　　作者安东尼带着对非洲这片母亲大地的热爱，多年来精心准备和谋划"皇家祖鲁"保护项目，并努力促成该项目的开展和实施，旨在保护这些非洲大陆的永住民——野生动物。作为该项目最重要的组成部分——"苏拉苏拉"，是祖鲁兰众多野生动物的幸福家园，其中，以娜娜为母头象的象群成了本书的主角。这是一群有血、有肉、有情感、有智慧的动物，它们为了群体的生存，不惜牺牲个体的生命而与命运抗争；它们为了坚守自由和尊严，不惜长途劳顿，不惧电网围桩，只为冲出樊笼，奔向小溪和丛林。

在这几个月，我觉得自己好比演员已经入戏了——快乐、痛苦、紧张、释放……各种情绪与书中的情节紧紧地联系在了一起，让我真正痛并快乐着。娜娜、弗朗姬、努姆赞、苏拉……这些作者倾注了无数心血的大象，教给了我和读者什么是忠诚和奉献，什么是勇敢和坚韧，什么是信赖和宽恕。

提笔写后记的日子正好是"国际生物多样性日"，让我觉得这是冥冥中对本书最好的注释。如果人类能够懂得大象的语言，能够倾听大自然的私语，能够反思自己的贪婪与残忍，那么在过去的十年，就不会有六十万头大象惨遭杀戮。即使现在，每十五分钟，仍有一头大象不得不与地球母亲告别。这个数字太触目惊心了，如果人类不停止猎杀的话，那么在未来五十年，大象种群很可能就要走向灭绝。到那时，我们的后代就再也看不到这一雄伟的陆地上最大的哺乳动物了。

在本书的最后一章里，作者总结了自己从象群里每一头大象身上学到的品德。其中，他从 ET 那里学会了宽恕。即使人类带给了象群巨大的灾难和恐惧，可是大象仍然饶恕了我们的罪过。如果现在，人类可以放下射击的枪和杀戮的刀，我想大象，以及其他的野生动物，一定能够宽恕我们曾经犯下的罪。

最后，期盼作者安东尼的梦想——如果这个世界上一定要有笼子，我希望是空空的笼子——可以成真。

邬明晶

2015 年 5 月 22 日